热带

森见登美彦

［日］森见登美彦 著　　高一君 译

山东画报出版社

果麦文化 出品

目 录

第一章　沉默读书会　001

第二章　学团的男人　032

第三章　满月的女巫　113

第四章　不可视群岛　210

第五章　《热带》的诞生　285

后记　403

第一章　沉默读书会

莫谈与你无关之事，
以免听到逆耳之言。

○

今年夏天，我在奈良的家中，心情甚是烦闷。

我不知道下一本小说该写些什么。

待在奈良的每一天，我的生活几乎都很平淡。早上七点半起床，站在阳台上俯瞰奈良盆地，迎着朝阳吃培根煎蛋；上午九点开始坐在书桌前写作。下午一点停笔，吃个午饭，稍作休息；傍晚再次坐到书桌前，做些写作以外的杂事或是看看书。到了晚上七点，和妻子一起吃晚饭，然后写日记、洗澡，再躺一会儿就睡觉了。

如果写作进展得顺利的话，这样的日子确实没什么可挑剔的。可写不出来的时候，我觉得自己简直没有存活于世的意义，甚至连路边的碎石子都不如。

写作毫无进展的情况已经持续了好几天，这会儿我不禁思绪飞驰，想起了鲁滨逊·克鲁索的故事。船只不幸遭遇风暴后，鲁滨逊漂流到了一个无人的荒岛上，只能徒劳地等待着有船只经过荒岛。映入眼帘的奈良风光是如此秀美，我却白白在此虚度宝贵的人生。再这么无所事事下去，很快我就会变成一个老头子了。到时候就跟变成了老太婆的妻子一起坐在走廊下晒太阳。这样倒也不错呢。

实在写不出来的话，要不就算了吧。我心里已经打起了退堂鼓。

像我这样处在瓶颈期的小说家是根本不可能认认真真去读一本小说的。什么沉重的社会话题啦，艰深的人性故事啦，诸如此类的书我一概读不进去。厌倦了在书桌前端坐着，我就躺在铺着被褥的地板上，读些《古典落语》《聊斋志异》《奇谈异闻辞典》之类的书籍消磨时间。等到这些书也差不多读完了，最后我开始读《一千零一夜》这部鸿篇巨制。

可是，人生充满了未知数。

那次邂逅让我开始了一场不可思议的冒险。

○

《一千零一夜》的开篇写道：

> 很久以前，波斯有位舍赫亚尔国王。他偶然间发现了妻子的不忠，于是对女性极为不信任。舍赫亚

尔要求臣民每晚进献一名处女,他会夺取这名女子的贞洁,并在第二天一早就绞死她。目睹了这些悲惨的事情后,一个大臣的女儿莎赫札德挺身而出。她不顾父亲的反对,毅然来到国王身边,给他讲述起一个不可思议的神奇故事。可是每当黎明破晓,莎赫札德就会停下来,故事听到一半,国王自然无法绞杀莎赫札德。就这样,莎赫札德活过了一个又一个夜晚,拯救了自己和人民的性命。

这就是"框架体结构故事"。《一千零一夜》中收录的故事数量繁多,大部分都来自莎赫札德给舍赫亚尔国王讲述的故事。在莎赫札德的故事里登场的人物都会再讲述一个故事,就像俄罗斯套娃一样,层层嵌套。这其中的故事异想天开,本身就充满了趣味性,而这种复杂奇怪的结构更为《一千零一夜》平添了一份魅力。

岩波书店出版的精装版《全译一千零一夜》共有十三卷。

其中第一卷的开头部分写道:莎赫札德的妹妹杜娅札德和姐姐同在国王身边侍奉。她按事先和姐姐约定好的那样,请求姐姐在就寝前讲个"睡前故事"。

莎赫札德闻言说道:"我当然很乐意讲故事,可是这得要我们尊贵典雅的国王陛下同意才行啊。"

碰巧舍赫亚尔国王正为失眠所苦,便高兴地应允了。于是,莎赫札德开始讲述第一夜的故事。

《一千零一夜》的扉页上装饰着一幅插画,上面写着这样一句话：

　　一千零一夜就此拉开序幕。

　　我仿佛听见耳边传来大门打开的隆隆巨响声。
　　一个叫约瑟夫-夏尔·马尔德吕斯的人将阿拉伯语版《一千零一夜》译成了法语，今年夏天我所读的日语版《一千零一夜》就是从这个法语版翻译过来的版本。
　　但是也有人怀疑马尔德吕斯的译本没有忠实地呈现阿拉伯语原著的本来面貌。不过这个版本读起来确实十分有趣。
　　古今中外的确存在很多《一千零一夜》的手抄赝本，还有人擅自胡乱添加翻译内容。这些伪劣的版本各有各的成书史，其光怪陆离程度堪比《一千零一夜》里的故事。然而这些真真假假的传闻也是《一千零一夜》的魅力所在。欲知详情的读者可以翻阅一些可信度高的参考书来解惑。总而言之，这世上无人知晓这本故事集的真实面貌。
　　《一千零一夜》是一本"谜之书"。

〇

　　七月末的一个午后，我走出书斋，瘫倒在铺着被褥的地板上。
　　关于新书的构想依旧不顺畅，就像撞上了暗礁似的停滞不前。我甚至开始盘算，待在这暗礁上也挺舒服的，不如干脆在这儿搭个房子过日子算了。在小小的庭院里种上苹果树，养一只可爱的柴犬，给它起个名字就叫"小梅"。我想一边对妻子唱着赞歌，一边反复阅读《一千零一夜》，就这么度过余生。

我正一门心思构想着隐居生活，妻子在旁唱着赞歌叠着清洗完的衣物。枕边扔着我好不容易已经读到第五百夜的《一千零一夜》，这书让人觉得怎么读都读不完。

我终于还是抬起头望着天花板说："看来我的小说家之路是走到尽头了啊。"

"走到尽头了？"妻子问道。

"是啊，我再也写不出来了！"

"也不用急着下定论吧。"

"确实也用不着特地强调，写不出好作品的小说家自然会被世人淡忘吧。然后这世上的人也会同样地被别人遗忘，近代文明也会在冲撞中消亡，总有一天人类会如宇宙中的星屑般消失的。如此一来，眼前的交稿日又算得上什么呢？"

我陷入了悲观的思绪中，从宏观的宇宙层面上否定了交稿日的存在意义。

"也不至于这么悲观吧……不是有句话叫'有福不用忙，无福跑断肠'吗？"

我一向很重视妻子的意见，觉得她说的也有一定的道理。正当我在被褥上辗转反侧时，妻子叠完了衣物，指着《一千零一夜》问道："这是本什么样的书啊？"

这个问题着实不好回答。

"书里出现了很多美女。"

"哎呀，美女？听起来不错啊。"

"当然不光只有美女，也有很多妖魔鬼怪。还有国王、王子、大臣、奴隶、坏心肠的老太婆……一篇接着一篇往下读，就不会在意那些细枝末节了，感觉就像被洗脑了似的。莎赫札德能源源不断地讲这么多故事，确实厉害。"

"确实是个十分聪明的姑娘啊。"

"而且这还是本不可思议的谜之书呢。"

过了一会儿，妻子抱着叠完的衣物站起身来。"你要不要吃点东西，休息一会儿？"

我走进厨房，发现还有一些昨晚没吃完的蔬菜炖肉。其中依稀可见一些甘甜的白萝卜、香肠和胡萝卜的碎块，其余大部分都是土豆。

"这算不上蔬菜炖肉吧，顶多算炖土豆。"

我家住在位于奈良某处高地上的公寓楼里，透过阳台上的玻璃窗看出去，底下的奈良盆地一览无余。我边吃着炖土豆边出神地眺望着奈良盆地。奶油般浓厚的积雨云飘浮在碧空中，远方的群山朦胧得宛如一片未知的大陆。视野下方散布着绿色的密林和山丘，就像漂浮在南洋上的群岛。

我总觉得这幅景象似乎在哪儿见过。神思恍惚间，各种各样的情景在我的脑海中浮现出来。有少年时和家人出去野营的场景，有笛福所写的《鲁滨逊漂流记》的场景，有史蒂文森笔下的《金银岛》里的场景，还有儒勒·凡尔纳的《神秘岛》中所描绘的场景……可是这形形色色的场景中，却没有一个是特别重要的。我觉得这似乎和刚才与妻子的对话有关。

于是,我问在厨房削苹果的妻子:"我们刚刚在说什么来着?"

"好像在聊封笔的事?"

"不是……"

"那是《一千零一夜》?莎赫札德?谜之书?"

我拿着汤匙的手顿住了,随后陷入了沉思。

"谜之书"这个词像针扎般不断刺激着我的神经。

我口中喃喃自语着"热带",引得妻子一脸诧异。

"热带?"

"没错,就是《热带》!我想起来了。"

那是我还在京都上学的时候,偶然间在冈崎附近的一家旧书店发现的一本小说。《热带》出版于1982年,作者是个叫佐山尚一的人。如果说《一千零一夜》是一本谜之书的话,那么《热带》就是另一本谜之书。

○

我是在京都上大学的。

当时我住在北白川四叠[1]半大小的公寓单间里,书架倒有房间的一整面墙那么大。我经常在专卖新书的书店和二手书店间流连,乐此不疲地搜罗一些书籍。

书架上的书分成好多种——读过的书、正在读的书、最近

---

[1] 一叠约为1.62平方米。

要读的书、总有一天会读的书、相信自己早晚会读懂的书、如果哪天能读懂了就"此生无憾"的书……过去和未来、梦想和希望以及细微的美感都交织在一起,形成了一个书的集合体。我坐在那间四叠半大小的房间中央时,仿佛置身自己的内心世界中。

埋头在那间如无人岛般的四叠半房间中阅读的时候,我会把从书本中所学到的知识对出人头地有什么助益、能不能用来哄骗一头黑发的女孩子之类的激进想法都抛诸脑后,只是单纯地沉浸在阅读中。往往回过神来时,窗外已是日暮时分。每到此时,我都会惊叹,这些让自己如此醉心的东西并不是现实存在的,它们只是被集合在一起印刷在纸上的文字罢了。

光阴荏苒,就这样我迎来了大四那年的八月。

那年八月是我有生以来过得最窝囊的一个夏天。由于不知道将来该何去何从,休学后穷途末路的我在京都的北白川一带闲逛。而和我一样在司法考试中名落孙山的朋友则在百万遍一带闲逛,我们结伴骑着自行车环琵琶湖一周,甚至萌生了轻生的念头。当时的我们一定是想将那些令我们郁闷的不快之事抛诸脑后吧。

总而言之,那是个酷热难耐的夏天。

京都的炎夏时节,四叠半大小的公寓房间就跟塔克拉玛干沙漠一样,简直不是人住的地方。在那个房间里多待一会儿都让我觉得生不如死。所以,我每天都外出寻找可以纳凉的绿洲,经常去的是平安神宫所在的冈崎一带。那附近有很多可以免费乘凉的地方,比如劝业馆、国立近代美术馆、琵琶湖疏水纪念馆,等等。沿着二条通往鸭川方向走,有一家名为"中井书房"的二手书店,所以我每次去冈崎一带都会顺道去店里看看。

我就是在那家店里发现了佐山尚一的《热带》的。

店门旁放着一个写着"每本100日元"的纸箱,我往箱子里一看,就发现了《热带》。我当时为什么那么想买这本书呢?可能是因为喜欢它古色古香的封面设计吧。反正只要一百日元,而且我现在闲得也只剩下时间了。

买完《热带》以后,我骑着车去冈崎的劝业馆。

劝业馆是一座近代建筑物,馆内的冷气开得很大,大厅里空无一人。我从自动贩卖机里买了果汁,坐在了大屏幕前的长椅上。大屏幕里正在放京都府警察平安骑马队的视频。

我就在那儿读起了《热带》。

莫谈与你无关之事,
以免听到逆耳之言。

《热带》就是从这句充满谜团的话开始的。

想要一句话就说清《热带》讲了一个什么样的故事是很难的。它既不是推理小说、恋爱小说,也不是历史小说、科幻小说,更不是私小说。如果非要说的话,这大概算是一本奇幻小说,可这对说清这个故事也并无助益。

总之,这就是一本令人百思不得其解的小说。

《热带》的故事从一个年轻人漂流到南洋某个孤岛的海滨讲起。这个年轻人似乎是遭遇海难后丧失了记忆,他完全不知道自己是谁,为什么会来这里,这个岛屿又是什么地方。年轻人走在黎明破晓时的沙滩上,他发现了美丽的海湾和码头,并遇见了一个自称是"佐山尚一"的男人。

读到此处,我不禁心中暗叹一声"咦"。佐山尚一不是这本书的作者吗?

"哈哈,这故事越来越有意思了啊。"

我既被这个充满谜团的开头所吸引,又同情主人公无依无靠的凄苦遭遇。这是因为我在京都这个城市里也没有立身之所,跻身于那间四叠半大小的房间里,就宛如置身无人岛上,苦守云开,不见月明,终日只是虚度光阴罢了。

我在劝业馆的大厅里读完了将近四分之一本《热带》。古旧的书页上印的浅淡铅字、开得十足的空调冷气、空无一人的大厅,这些情景我至今都记忆犹新。

我终于回过神来,合上了书页。

"这本书可真是令人醉心啊,我要好好读一读。"

我把《热带》装进书包,走出了劝业馆。晌午刚过,强烈的日光照射在街道上,炙烤着平安神宫前的柏油路。我骑着自行车路过京都市美术馆,树木在路面上投下浓重的树荫,夏蝉在树上响亮地鸣叫。我的心不知为何竟如少年时代般扑通直跳。

此后数日,我慢慢品读着《热带》。

不可视群岛、用"创造的魔法"支配海域的魔王、盯上了魔法秘密的"学团的男人"、在海上行驶的两节编组的火车、暗示着战争的炮台和地牢里的囚犯、渡海前往图书室的魔王的女儿……

"这个故事的结局究竟会怎么样啊?"

不可思议的是,随着情节的推进,我阅读的速度越来越慢。

我好几次想起一位诡辩部的朋友跟我说过的"阿基里斯悖论"——让速度快的阿基里斯追赶速度慢的乌龟,当阿基里斯快到乌龟所处的位置时,乌龟就往前爬一点。当阿基里斯快到乌龟往前爬了一点的位置时,乌龟就再往前爬一点。如果这样无限循环下去,那么阿基里斯就永远也追不上乌龟。也就是说,现在我是阿基里斯,"结局"是乌龟。

总之,这本书我确确实实读了将近一半。

可是,我没想到自己和《热带》的缘分至此竟戛然而止了。

盂兰盆节的早晨,我一睁眼就发现放在枕边的《热带》消失了。"咦?"我觉得十分奇怪,而且找遍了房间也没有发现书的踪迹。打完零工回到家后,我又找了一遍,可还是没找到。难道是出去的时候落在什么地方了?于是,我去翻了打工的寿司店店长的桌子,到之前去过的咖喱店和录像带出租店问了有没有失物招领,还去学校食堂的桌子底下找了找,可找遍了所有地方都一无所获。一切努力都付诸东流了。终于,到了第三天的晚上,我不得不承认——《热带》丢了。

"没办法,只好再去买一本了。"我心想。

可谁知我的这个想法竟是太天真了。

一眨眼,十六年过去了。在这十六年间,我穿梭于旧书店和二手书市,去图书馆询问、在网上查找,却始终未能找到关于《热带》的线索。2003年,我作为小说家出道,而且终于研究生毕业,在国立国会图书馆找到了工作。工作调动到东京后,我也去神保町搜寻过《热带》。可惜,在这条全世界最大的旧书店街上,我也没能找到《热带》。

因此,我对《热带》的结局一无所知。

○

一周后正值八月初,我从奈良前往东京。

那天我处理完一些要事后,打算和原先在国会图书馆的旧同事见个面。2011年秋天,我辞去了图书馆的工作,从东京千驮木搬回了家乡奈良。现在已经过去七年了。

傍晚,我顺道去神保町的三省堂书店逛了逛。

接着,我又来到了靖国大道上的一家名为"午餐会"的啤酒屋,里侧的一张桌边围坐着几位四十多岁的男性,他们正热闹地聊着天,大概是在开同学会吧。在几张朝马路排开的桌子那儿,我看见了文艺春秋的编辑的身影。

"您好!"她向我打了声招呼。

我在这位编辑的对面坐下。马路对面"书泉Grande"和小宫山书店的招牌清晰可见。

"森见老师,最近过得怎么样啊?"

"苦守云开,不见月明,每天光读《一千零一夜》了。"

"您别自暴自弃呀!"

距我的处女作《太阳之塔》出版已经过去十五年了,我若总以自己尚未成熟为借口,一味地让别人包容自己,未免太不光彩了。话虽如此,可要成为一个优秀的作家,道路艰险而漫长。

如今的我只能算个半吊子，要是早知道如此艰难的话，我可能老早就放弃了。曾经的我还是个无名小卒，就像鸭川河畔滚落的一颗小石子。那时，作为伪文艺青年的我还经常幻想美貌的编辑会追着我说"我想要你（的稿子）"之类的话，想得差点流鼻血。于是一有什么线索就拼命地写，可谓是孜孜不倦，笔耕不辍。可渐渐地我这颗如沙漠般干涸的心中就开始滋生出一些毫无根据的判断，甚至认为"交稿日"就是蔓延在这世上的万恶之源。

"嗯……我就是这么想的。"

"但是如果不设置交稿日的话，您就不会写了吧？"

"只有设置了交稿日，作家才会写，这个想法本来就很片面。况且只要作家写稿就好这样的想法本身就不对，问题的关键在于应不应该写。"

"打住打住，这话越说越不对劲啊。"编辑向我告饶，"您冷静一下。"

我们相约在此，明明是为了解决我构思下一部作品不顺的问题，可我却因为对交稿日的憎恶而失去了理智。很明显，再这么争执下去也毫无意义。聪明的编辑巧妙地转换了话题，和我聊起了前几天在电话里提到过的小说《热带》。

"我查了一下关于那部小说的资料。"

"结果如何？"

"同名的书倒是有几本，可是没有您说的那本书。我还问了一些相熟的小说家和编辑，可谁都不认识叫佐山尚一的小说家。不知道他究竟是何方神圣啊。"

"啊,太好了!"

"哪里好了?"

"谜底这么容易就揭开的话也太无趣了。"

"说得倒也是。"编辑说道,"总之,现在我们至少知道了这本书并没有广为流传,也有可能是那种只送给熟人的私人出版物。如果是1982年出版的话,也就是说是36年前。这本书可不简单,是本'谜之书'啊。"

编辑越说越觉得有意思。

身穿红背心、系着黑领结的服务员端来了炖牛肉和芦笋。我用果汁润了润嗓子,跟编辑说起了《热带》实体书的样子。书的纵边比文库本稍长一些,封面上画着一些红红绿绿的几何图形,印于其上的书名和作者名字体十分生硬。大概是看了版权页的缘故,我对出版年份记忆深刻,但出版社的名字却记不清了。

编辑边记笔记边说:"那么《热带》是本什么样的小说?"

"这就很难说清楚了。"我说,"因为我根本没读完。"

"啊?真的吗?"

"千真万确,是不是很不可思议?"

于是,我又讲了学生时代如何与《热带》邂逅,又如何与它分别的故事。

"这故事真是令人难以置信。"编辑怀疑地说道,"该不会是您臆想出来的吧?"

"当然不是,这可是千真万确的事情。"

"要是这些都是真的,那我倒想读一读《热带》了。"

"是吧!是吧!"

编辑边吃炖牛肉边说:"如果……"

"如果什么?"

"如果您下一本书就写《热带》,您觉得怎么样?"

"啊……可我没读完啊。"

"所以,您才要写一本关于《热带》这本梦幻之书的小说。"

这话引起了我的兴趣,我不禁陷入了沉思。的确,每个小说家也许都想写一回关于"梦幻之书"的主题。选择了这样的题材,作者就能尽情展开想象来描写阅读小说和创作小说这两件事了。要不好好思考一下吧——我喃喃自语着环视了一下店里。里侧那桌开同学会的人依然聊得热火朝天。

"不知道能不能顺利地写下去。"

"至今为止不都是这样吗?这就跟冒险一样。"

"嗯,你说得也对。"

"我觉得佐山尚一应该是个笔名。我去调查一下《热带》的事,您就构思一下下一部作品。我们暂且不要考虑交稿日的事了。"

从"午餐会"出来时已是暮色低垂,靖国大道笼罩在一片蓝色中。街灯陆续开始点亮,大楼间的穿堂风意外地透着寒意。

"您接下来有什么安排?"

"我要去参加一个神秘的读书会。"

"神秘的读书会?听起来挺有意思的。"

"我也不是成天宅在家里的,偶尔也会踏上探索之旅,去找点写作的灵感。读书会嘛,有个图书馆的旧同事会带我一起去。"

"说不定对下一部作品的创作有所帮助呢。"

走着走着就到了骏河台下的十字路口。

分别之际,编辑再三叮嘱我:"求您了,《一千零一夜》差不多就别再读了……"

○

我坐千代田线到明治神宫下车。

约好的朋友已经在出站口等我了。他在永田町的国会图书馆工作,是我在信息系统科上班时同一个部门的同事。

我们寒暄了几句就开始往目的地走去。

"读书会在哪儿举办啊?"

"好像是表参道附近的一家咖啡馆。你瞧,这是地图。"

"怎么说好呢,我去这种地方好像不太合适啊。"

"小森见,多见识见识也算是人生经验嘛,肯定对你的新书创作有帮助的啦。"

不知为何,我这位朋友总是叫我"小森见",听起来像是姆明[1]的亚种。不过小说家确实是热爱幻想的生物,与其说是人类,倒不如说和姆明更相近。尤其是像我这种写不出新作品的人就更是如此了。我应该有作为一个"小森见山谷"的闲散居民的自知之明。

1　芬兰作家托芙·扬松创作的卡通形象,长得像河马,其实是个精灵。故事中姆明一家和朋友们生活在姆明谷。——译者注(本文注释若无特别说明,均为译注。)

我的这位朋友喜爱红酒和读书，而且他人脉相当广。我也不知道他是怎么认识那些人的，其中包括动画导演、饭店老板、编辑、律师等，形形色色的人物应有尽有。关于那天晚上我们要去参加的"沉默读书会"的传闻也是通过他的人脉得知的。

沉默读书会究竟是什么？

"我也只是瞥见过一回。"朋友说道。

那就是一个大家各自带着存有谜团的书前来讨论的交流会。至于为何说这些书中有谜团，就全凭参加者解释了。比如那晚，朋友带着纪田顺一郎编著的《谜之物语》，我则带着《一千零一夜》前去。讨论的书籍不局限于小说，哲学书籍、杂志等都可以。无论什么书都能拿来讨论，只要参加者能解释清为何说书中有谜团即可。但是，参加者不能说出这些是什么样的谜团。

有趣的是，沉默读书会禁止参加者解开别人带来的谜团。假使其中有人带来的谜团十分普通，出于礼貌，其他参加者也不能插嘴解开。不过，关于那本书中包含的其他谜团、由那些谜团衍生出来的谜团或是联想到的其他书籍，参加者都可以畅所欲言。这是不可动摇的规则。

"可是读书会不就是让大家来讨论的吗？"我问道，"为什么要让人保持'沉默'呢？"

"因为'对于不可言说之物，必须保持沉默'[1]。"

"噢哟，你还会说这些时髦话。"

"小森见，我偶尔也是会说些时髦话的！"

1　出自维特根斯坦的《逻辑哲学论》。

夕阳西下,表参道两侧的林荫道旁,装修华丽的店铺内灯火通明。我以前在东京生活的时候,一直无缘得见这幅景象。

我在国会图书馆工作的时候,朋友和我同在一个部门,就坐在我隔壁。他有个癖好,就是把喜欢的书都展示在桌子上。他会在桌上摆上各种各样的书,有关于编程和设计的,有世界建筑摄影集,还有关于如何提高会议效率的,而且他会把中意的书摆在尤为显眼的位置上。回想起来,那时我也会把自己已经出版的书放在桌子一角,真是令人怀念啊。

我在表参道上边走边思考我的那本关于梦幻小说的小说。我跟朋友说起《热带》,他似乎也被勾起了好奇心。

"真是太遗憾了,要是那本书还在的话,简直太适合带去沉默读书会了。"

"可是如果能买到书的话,那就称不上有什么谜团了。就因为它不知怎么就不见了,至今都没能买到,所以才是个谜啊。"

"说得也是,真是进退两难。"

"谁说不是呢。"

"你肯定也去国会图书馆查过了吧?"

"嗯,没找到。"

"不过国会图书馆也不是什么书都有,地方出版物啦自费出版物啦,不在馆藏里也不足为奇。"

"嗯,你说得对。"

"不过确实挺不可思议的。三十年对于一个人来说确实是很长的时间,可对于书籍来说就未必了。即使买不到书,也总能找到些关于作者和读过的人的蛛丝马迹,可你却一无所获。除了说这是个谜之外,我也不知道该怎么形容了。这桩谜案还是适合拿去沉默读书会讨论。"

我俩穿过灯火璀璨的表参道山丘,来到迪奥专卖店门前。店内充斥着耀眼的灯光,宛如梦中之景。

右拐转过街角后,继续在一条小路上走着,我觉得渐渐有些迷失在这个城市中了。表参道的喧嚣很快消失在身后,夜色也越发浓重。

蜿蜒的道路尽头是一栋有许多玻璃窗的建筑,能看见二楼的美女们正在做各种发型,也能看见位于地下半层处、外墙由水泥砌成的空间里,人们聚在白板前开着谜之会议。穿过这条充满秘密的后街,终于进入了排列着独栋建筑的住宅区。

接着,我们来到了举办沉默读书会的那个咖啡馆。

○

那是一栋看上去有些年头的欧式建筑,布满了爬山虎的外墙上有几个圆窗。从一楼的凸窗透出的光亮照射在前院郁郁葱葱的树木上,只有这个角落让人仿若置身森林深处。前院里摆着几张白色的桌子。我们穿过前院来到玄关。

门边立着一块小黑板,上面用粉笔写着"今日包场"。

"这地方真不错啊。"

"据说一直都在这儿举办。"朋友说,"店主就是读书会的主办人。"

"这儿让人感觉像是进入神秘国度的入口。"

说着，我们就走进了沉默读书会的会场。

朋友向我介绍了蓄着黑胡子的店主。寒暄过后，我们就在店里参观了起来。店内用隔板分成了几个房间。算上我们，前来参加读书会的大概有二十人。其中既有两个人一组在认真交谈的，也有五个人左右一起热烈讨论的。这里没有孩子的身影，但是从看上去像是大学生的年轻人到老人，参加者的年龄各异，这让我联想到美国电影里常出现的家庭聚会的场面。在这个读书会里，参加者可以加入任何一个讨论组，想换组的时候也可以随时加入另一个讨论组。只要不解开别人带来的谜团即可——这是此处唯一的规则。

于是我们也加入了其中一个讨论组。

组里的一位白发男子正在讲冈本绮堂的怪谈，接着讲到了亚瑟·马钦的《怪奇俱乐部》，继而又讲到了百物语。我觉得时机正好，就讲起了《一千零一夜》。

"这本书或许很有名……"

《天方夜谭》中我们耳熟能详的"辛巴达""阿拉丁""阿里巴巴"原本都没有出现在《一千零一夜》里。这些都是十七世纪后，《一千零一夜》传入西方时混入的故事。辛巴达的故事原本是收录在其他版本里的，而阿拉丁和阿里巴巴更是连最初收录它们的版本都找不到了，因此被称为"孤儿故事"。现在我们所看到的《一千零一夜》，是吸收了那些出处不明的故事后扩充了的版本。

我说出了这些临时搜集的知识后，关于这个话题的讨论一下子就活跃了起来。大家由赝本联想开来，有人说起了"伏尼契手稿本",也有人开始向大家介绍名为《萨拉戈萨手稿》的小说。这部作品由扬·波托茨基创作于十九世纪初,据说它比《一千零一夜》更为复杂奇特,是一部采用了"连环包孕"手法的鸿篇幻想小说。波托茨基本人也像个志怪小说中的登场人物,据说他晚年深信自己是个狼人,最终饮弹自尽。

不过要是这么事无巨细地写下去,就没完没了了。

大概过了一个小时,我起身去洗手间。

回来的路上,我忽然在楼梯底下停住了脚步。那部楼梯散发出一种奇特的气息,把我吸引住了。楼梯的木制扶手泛着哑光,穿过带有小圆窗的楼梯平台后向右弯折,通向没有灯光的二楼。楼梯平台里摆着一张小桌,台灯的红色玻璃灯罩下散发出温润的光亮。楼梯口挂着一根金色的粗绳,看起来是禁止有人去二楼的。

我竖起耳朵,想听听二楼有没有什么动静,可惜什么声音也没听见。但我总感觉楼上有人。楼上正在举办另一个可疑的读书会——小说一般都是由这种幻想的念头开始的。

突然有个声音从我背后传来。

"您怎么了?"

我回头一看,只见黑胡子店主正站在我身后。

我正浮想联翩地在脑海里给店主设定一些符合他这个职业的人物性格,却被一句"您在这里干什么"打断了,真是扫兴。就像一个正在四下搜寻的入室盗贼被警官诘问了一般,我语无伦次地低声说道:"那盏台灯可真漂亮啊。"店主一边应和着,一边抬头往楼上看去。

"那盏灯从我小的时候就摆在那儿了。"

"这是您父母的宅子吗？"

店主说他十几年前从父母那儿继承了这栋房子，就在这儿开了个咖啡店。除了在这里举办一些私人的读书会外，也会出借给杂志和电视台作为外景场地，还经常举办一些店主自己策划的活动。"虽然称不上颇有历史渊源，但这栋房子也快七十岁了。开店的时候，我把各处都翻修了一下。但是这部楼梯却几乎是保持了原貌。我小时候觉得它非常恐怖。楼梯平台里的台灯让人觉得不舒服，阴暗的二楼也让人害怕。"

"啊，小孩子确实会觉得害怕。"

"我小时候真的是个胆小鬼哟。"

我很难从店主现在的外貌想象出他孩提时代的样子。店主体格强健，脸上覆盖着浓密的黑胡子，让人觉得他是头"隶属于南极探险队的熊"。

"你知道耳尾怪[1]吗？"店主突兀地问道。

"耳尾怪？"

"是一种出现在绘本里的妖怪。"

"我不知道。"

"我小时候读过，可能是我妹妹从图书馆借的。书里讲的是一个造访林中小屋的妖怪的故事。我不知道这个妖怪长什么样，也不知道它究竟是什么妖怪。反正是个特别恐怖的故事。

---

[1] 作者创作的妖怪，在河出书房新社出版的《总特辑 森见登美彦·作家在书桌上冒险！》中收录的短篇小说《大草原上的小家》中登场。

那天我母亲正好出去了,妹妹非逼着我看这本书,我就读了。可实在是太吓人了,我没有读完。合上书后,我蜷缩在沙发的缝隙里。正当我和妹妹两人屏住呼吸时,二楼传来了响动。我们鼓足勇气走下楼来。到了傍晚,二楼显得更阴暗了。我们站在楼梯下面,总觉得耳尾怪在二楼走来走去。心中想着它就要下来了,就要下来了,身体却动弹不得。直到母亲回家才有所好转。"

我觉得自己也有过类似的经验。

店主笑说,其实二楼根本没有人。

"自那以后我就再也没读过那本书了,'耳尾怪'也成了谜。"

"你不想再读读那本书吗?"

"我可不想读,你想啊,如果'耳尾怪'是个特别无聊的东西,那我童年时代的回忆不就都毁了嘛。那些对我来说可是很宝贵的回忆啊。所以直到现在我都没想过要再读那本书,这部楼梯和平台也保留了我童年时候的样子。让谜团就这么封存下去是很重要的哦。"

我终于理解了店主说的话。

"原来如此,所以才叫'沉默'读书会啊。"

店主点了点头,仿佛在说"你终于明白我的用意了"。

"我们总是在解读各种书籍对吧?这是在把我们的理解附加给书。这也没什么不好。如果认为书从属于我们的人生,对我们的现实生活有所帮助的才是'读书'的话,那么这种读书方式也无可厚非。但是也有相反的思考模式,有些人认为书存在于我们人生之外的、高于生活的地方,是书赋予了我们意义。但在这种情况下,我们就应该认为这本书充满了谜团。因为一旦我们认为这个谜团是可解的,不就又变成了我们在赋予书意义了吗?于是我萌生了一个想法,如果把许许多多充满谜团的书集合到一起,又不对其中的谜团进行解读的话,会发生什么样的事呢?大家的讨论都不是为了解开谜团,而是让谜团就这么封存下去。这样一来,你不觉得存在于世界中心的谜团的集合体,会像漆黑的月亮似的浮上来吗?"

这大概是店主多年来的一贯想法吧。沉默读书会这种奇怪活动的主办者果然异于常人。

我听得愣了神,店主却开朗地拍了拍我的肩。

"哎呀,反正就是这么回事儿。你好好享受吧。"

说完,店主跨过楼梯下方的绳索,脚步轻快地朝二楼走去。他的身影消失后,二楼又恢复了平静,而且一丝光亮都没有,让人觉得这位店主仿佛是狐仙的化身。可这里明明是东京市中心的一家咖啡馆。

我走到玄关的窗前,凝视着前庭里的树木。

讨论那些充满谜团的书籍的话语声又再次传入我的耳中。

这一切让人宛如置身故事中的一幕。

〇

正当我打算回到原来的座位时,一个小组吸引了我的注意。

那是一个五人小组,成员有男有女。他们面对面地坐在正对着前庭的沙发上,其中一位男性正热情洋溢地说着希腊哲学的话题。

"这头也在聊让人费解的话题啊……"

我停下脚步,竖起耳朵听了起来。

这时,我注意到了坐在沙发最里侧的一位女性。她身材娇小,年龄在二十五岁左右,硕大的双眼中闪烁着好奇的光芒。只见她身体略微前倾,正侧耳倾听着"希腊哲学讲义"。她的确是位充满魅力的女性,可引起我注意的却是她放在膝上的那本书。书的纵边比文库本稍长一些,那个印着红绿相间的几何图案的封面让我觉得十分眼熟。

难道……不会吧!我心想。

那位女性似乎终于感受到了我热切的注视,有些惊讶地朝我看来。她放在书上的手挪动了一下位置,这下我看清楚了上面的书名。

那是佐山尚一的《热带》。

我大吃一惊,甚至没有上前搭话就匆匆离开那个小组,回到原来的座位,然后悄悄对朋友说:"大事不妙。"

"欸?怎么了?有什么麻烦吗?"

"我找到《热带》了。"

朋友猛地站了起来。"真的?!"

"那边——窗边那个小组里的那个女人,她拿着《热带》。"

"不会吧。你不是说那是本梦幻之书吗?"

"实在是太巧了。"

"不可能的,哪会有那么巧的事。"朋友一脸狐疑地说,

"你看错了吧?"

"总之,我打算先去跟她打个招呼。"

"好,我跟你一起去。"

于是,我俩和组里的成员一一道别,然后慢慢走近窗边的那个小组。"希腊哲学男"盯着我们,停止了演说。我道了声"打扰",便又向沙发角落的那位女性说道:"我对这本书很感兴趣。"

对方警惕地把《热带》抱在胸前。

"这本书?"

"这本书对我来说很重要。"

"你读过这本书?"

"嗯……是的。"

"真的?认真读了吗?"

她那双大眼睛直视着我,让我不禁有些动摇。我没有读完《热带》,还是老实说了吧。

"我只读到一半。"我答道。

"哼,是嘛。"

她不说话了,只是盯着我。我被盯得难受,真想掉头就走。谁知她却笑了出来。

"那你能告诉我这是本什么样的书吗?"

她略带挑衅地说着,把《热带》放到桌上,接着像电影里演的在法庭上宣誓的场景那样,把手压在书的封面上。

虽然她脸上挂着笑容,可浑身却散发出一种强大的气场,仿佛在说"你敢胡说试试"。"希腊哲学男"虽然对于我们打断了他的演说一事一脸不满,但还是表示他也要加入讨论。

我搬过身边的椅子坐下。

"要说清楚不太容易。"

"这我知道。"她干脆地说道,宛如一个严肃的面试官。

于是我尽可能地将想得起来的《热带》的内容说了一遍。此间,她根本没有把手从书上挪开,间或不易察觉地皱皱眉。我有些不安,不确定她是不是在听我说话。

在一群陌生人面前讲述自己十六年前读过的书的内容,这实在不是件容易的事情。我有我自己的读书习惯,对于一本只粗粗读了一下的书,我真是不擅长讲述它的梗概内容。于是,我越说越觉得悲戚,自己为什么要花十六年来找这么一本小说呢?像现在这样喋喋不休地说着书里的内容,一定会被别人当成傻子吧。越说到后来,我的记忆就越模糊,使用"呃……""应该是……""到底是怎么样的呢……"这些词句的频次也越来越高,最后我终于什么也说不上来了。

见我停下话头,朋友抓着我的手腕问道:"后来呢?后来怎么样了?"

"我只记得这些了。"

"啊?这就结束了?!小森见!"

"我没读完嘛!如果能让我读一下……"我指着桌上的《热带》说道。

那女子立刻把《热带》拿起来护在胸前。哎呀,我明明表现得那么彬彬有礼,她为什么还对我抱有那么强的戒心呢?我看起来就那么像个可疑的大叔吗?

一阵沉默后,她轻轻点了点头。

"看来你真的读过这本书啊。"

"当然了。"

"但你不知道结局对吧?"

"所以我想读一下结尾嘛!我也不会让你送给我,等你读完了能借我读一下吗?不,如果能卖给我的话……"

"我没打算卖。"

"我没有强迫你的意思,只要能让我读一下……"

"你真的这么想读?"她说,"真的读了以后,可能会觉得这本书和你想象的完全不一样哦。"

也许真的如她所说。在我记忆中这是一本杰作,可岁月似乎让它褪了色。如果一本书暂时失去了魅力,那么岁月有可能让它重放光彩;如果一本书曾让人觉得无聊,回头再读的时候也可能会让人觉得有趣。无聊或是有趣,这本就是"非现实存在"的东西,完全取决于这本书和当下的我们之间的联系。

"无论如何请让我读一读吧。"

"其实这本书我也没读完。"

"那就等你读完吧,无论多久我都能等。"

那位女性用一种奇怪的眼神打量着我,怎么说呢,就好像是小学老师在远处看着我。

可谁知这时她说出了一句令人意想不到的话:"我认为这本书是读不完的。"

"虽然我深知自己没权利这么说,但是如果你不打算再读的话……"

"你根本就一无所知。"她竖起食指摆了摆,接着说道,"没有人能读完这本书。"

○

我仿佛一瞬间从充斥着咖啡馆的纷乱说话声中抽离出来了。刚才还愤愤不平的希腊哲学男不知何时已经加入了我们的对话。

我清了清嗓子,问道:"你这话……是什么意思?"

"就是字面上的意思。这本书永远也读不完。"

"你要这么说的话,"我的前同事说,"那把书翻到最后一页读一读不就好了。反正这样就能知道最后的结局了,不是吗?"

女子冷冷地看了他一眼。

"只看最后一页就算是看完小说了?如果不是从第一句开始就沉浸到小说的世界里,直到读到最后一页,那又怎么能算得上是看完这本小说了呢?"

"唔……"

"我说得没错吧?"

"我收回我刚刚说的话。"朋友老老实实地闭了嘴。

"《热带》是一本小说。"我思索着说道,"大略地讨论小说中的谁做了什么、最后变成什么样了是没有意义的。和登场人物一起生活在书中的世界里,这种只有在阅读时才有的沉浸式体验才是小说最为重要的地方。但是如果按这种方式去阅读《热带》的话,是永远也无法到达终点的。你说的是这个意思吧?"

女子的脸上浮现出神秘的微笑。

"你也没能读到最后吧?"

"可那是因为我把《热带》弄丢了……"

"我还认识其他读过《热带》的人。但是,他们之中也没有人读到最后。"

"还有其他人读过这本书?"

"当然,他们组织了一个社团。跟你说实话吧,我是从他们那里得知了《热带》之谜。《热带》是一本谜之书。"

"谜之书……"我喃喃自语道。

她点点头。

"现在你明白我为什么把这本书带到读书会来了吧?这个世界的中心隐藏着谜团。《热带》就和那个谜团有关。"

"这可真是太有意思了。"

"你想知道这究竟是怎么回事吗?"

"说到一半就不说了,真叫人难受。"

这时我才注意到黑胡子店主站在我们身后。他边拿着银色的咖啡壶往杯里倒咖啡边说道:"我决定今晚也加入这个讨论组。"

店主加入以后,那女子再次把《热带》放到桌上。

"这部小说的开头是这么写的——"她说,"莫谈与你无关之事……"

与此同时,一幅十分逼真的南方岛屿的景象浮现在我眼前。光芒耀眼的白色沙滩、黑暗的密林、漂浮在澄澈大海上的奇妙岛屿。我甚至觉得能想起吹拂在脸颊上的风的触感。我是在十六年前的夏天读的《热带》，当时确实觉得自己身在那片海边。揭开谜底的机会终于来了，我不禁感到一阵狂喜。可我心中却有种预感，接下来要发生的故事只不过是另一个新的谜团的开始。

我的脑海中浮现出莎赫札德的话："我当然很乐意讲故事，可是这得要我们尊贵典雅的国王陛下同意才行啊。"

○

于是，她讲起了故事。《热带》的大门就此打开。

第二章　学团的男人

"小说嘛,也不是非读不可的东西。"

白石小姐由此讲起了她的故事。

她嘴上虽这么说,可学生时代也读了不少小说。可是大学毕业上班了以后,光是读和工作有关的书都读不完。好书实在是太多了,白石埋头苦读,拼命吸收着书里的知识。每天快节奏的生活让她慢慢丢掉了读小说的习惯。

"小说嘛,也不是非读不可的东西。"白石重复了一遍,"可是,真的是这样吗?"

○

直到经过一系列事情,辞掉了第一份工作之后,白石才又开始读起了小说。她在家乡小石川闷闷不乐地生活了一阵子,去年秋天又重新踏入了社会。白石的叔叔在有乐町的某栋楼里开了一家铁道模型店,白石去了店里帮忙,迈出了重新踏上社会的第一步。

模型店位于地下商业街的一角，并不是什么客流量很大的位置。有时店里寂静无声，看上去就像个巨大的模型。空闲的时候，白石就一直坐在椅子上翻看厚重的产品目录。

就这么过了两个月后，有一天她久违地萌生出想读小说的念头，于是午休时间去三省堂书店买了一本浅田次郎《监狱酒店1》的文库本。午后客人稀少，白石悄悄地埋头阅读，大概读完半本的时候，她就站起来像洄游鱼似的在店里来回踱步。"小说竟是这样的吗？！"她惊叹道。太久没读小说了，白石现在完全被阅读小说的快感压倒了。这就好比一台不曾添加燃料、被闲置了近五年的机器，因为这一本书而开始"丁零当啷"地运转起来了。

白石如饥似渴地读完了《监狱酒店1》。夜幕即将降临时，她骑车穿过有乐町高架，往三省堂书店而去。她在书店一口气买了后续的三本，在东京交通会馆地下的"柚拉面"门口边排队边读，回到小石川的家中也读，第二天到了铁道模型店还在读，晚上又接着读，直到第三天的傍晚，她终于把四册文库本都读完了。白石心中顿生一种无书可读的落寞感，于是又去了三省堂书店，之后就一直如此往复循环。

"从那以后，我就像要把这几年的空白期都补回来似的，一个劲儿地读小说。看店的时候读，休息日在商店街吃东西也读，回家的路上还在读，回到家吃完晚饭后又读了起来。总之那时我觉得只要能读书里的故事就心满意足了。当然，没有小说日子也能过下去，可是这世上有无数有趣的小说，光是这一点就让人觉得太棒、太美好了。写作者们都很努力，人类万岁！当时我心里就是这么想的。"

然而,十一月初的某一天,发生了一件事。

那天,白石正靠在收银台边,托着腮阅读《鲁滨逊漂流记》。读着读着,她的心思就从寂静的地下模型店飘到了另一个世界里。

密林中弥漫着闷热的空气,大颗的雨滴带来潮湿黏腻的感觉。植物硕大的叶子被雨点击打,像未知生物的腮腺一般摇曳着。白石穿过森林来到一个舒适的洞穴,在一个小灶里燃起枯树枝。她想象着自己吃了一块山羊肉、一些葡萄干和海龟蛋,还用柔软的树枝编了一个篓子。雨季过后,田野里生长出麦苗……她的心已经飞到了热带的岛屿上,就连客人的呼唤也没听见。

"不好意思,请问……不好意思!"

白石猛地抬头,只见眼前一个穿西装的男子正用手指着一组N轨[1]的水泥搬运车,等待着她的回答。白石认出他是经常来的熟客,红着脸开始收银。

顾客看着放在柜台上的文库本问道:"你在读《鲁滨逊漂流记》吗?"

"抱歉,让您久等了。"

"这书很有意思。"男子小声嘟囔道。

这是白石和池内的第一次交谈。

---

1 线路轨距为9mm,比例为1/148~1/160的铁道模型规格。

○

池内在这栋楼五层的一家进口家具公司上班。

他大概三十岁,总是穿着黑不溜秋的西装,胳肢窝下夹着一本黑色的大笔记本。每次看见他的身姿,白石总是会联想到在屋檐下躲雨的瘦小鸟类。白石偷偷在箱根登山铁道日历上做了记号——池内每周都会来两次,分别是周三和周五的中午。

没过多久,白石和池内说上话了。

"您从事什么工作?"

"我其实是干走私的。"

白石点点头说了句"原来如此"。

过了一会儿,池内又一脸严肃地说道:"对不起,刚才我是开玩笑的。"

他说起了自己的真实工作,可在白石听来也不像是真的。白石觉得比起在进口家具店上班,放荡不羁的哲学家或是夜夜写作的前卫小说家之类的职业更符合他的气质。当然,白石既没见过尚在人间的哲学家,也没见过小说家。池内邀请白石去他工作的家具展示厅看看,可白石觉得那家店看着挺高级的,所以她一次都没去过,反正池内一周也要来模型店两次。

池内的爱好是铁道和读书。

"没有比乘火车旅行更棒的事情了。看看车窗外的风景很愉快,读读手中的书也很愉快。"池内说,"令人高兴的事情不胜枚举。"

池内似乎是个十分热爱读书的人。闲聊间白石提到的自己在读的书，池内都已经读过了。所以，白石觉得那些自己想读但还没读的书，池内可能也已经都读过了。她知道在这些事上非要争个高下也毫无意义，可心里有些不甘心也是人之常情。

"您的阅读量可真大啊。"

"我一直以来都很喜欢阅读，不知不觉就读了这么多书。"

"您平时工作很忙吧？"

"确实挺忙的，但零星的时间总是有的。"

有一次下班回家，白石在通往日比谷站的长地道里见到了池内。他左手拎着包，右手拿着文库本边读边走。人来人往的地下通道令人生厌，可他却在里面快步行走，还用右手单手拿着文库本轻巧地翻着书页。白石心想，这也太危险了吧。她提心吊胆地目送池内穿过人群而去。在地下通道里迅速前进的谜一般的阅读爱好者，身上穿的黑不溜秋的西装和机器人般的举动相得益彰，宛如一个二十一世纪现代版的二宫金次郎[1]。

关于池内还有一件事令白石十分在意。

她上班的有乐町大楼的地下街里开了许多医院、旅行社，地下街一角有一家名叫"玛丽"的古朴咖啡店。白石下午两点左右就会去那儿，一边享用干巴巴的三明治和淡而无味的咖啡，一边阅读文库本以度过午休时光。

十一月下旬，她在那家咖啡店里看见了池内。

光是这些称不上稀奇，引起白石注意的是和池内同桌的那些人。其中一个五十几岁的男子戴着贝雷帽，略微发福，一个看

---

[1] 在日本被称为"学习之神"，几乎所有日本的小学里都有金次郎的塑像。

上去像是大学生的年轻人戴着眼镜,骨瘦如柴,还有一位五十岁左右的妇人,她端咖啡的手上戴着闪闪发亮的戒指。白石在心中暗自给他们三人起了绰号,分别是"贝雷先生""瘦柴小伙"和"老板娘"。

这些人看上去根本不像是池内的客户,也不像是亲戚聚会,他们几个的年龄和气场都不相同,完全找不出什么共同点。

桌上摊着一张大型的纸张,四个人一边喝咖啡,一边围在那张纸周围热烈地讨论着。池内把笔记本摊在膝盖上,一边附和"贝雷先生",一边在本子上记着笔记。"瘦柴小伙"面露不满之色,时不时地插上几句话。唯独"老板娘"一言不发,浅色镜片后的双目无精打采地紧闭着。

"难道他们是正在策划行动的犯罪团伙?"

此时,池内注意到了白石的视线,冲她微微一笑。"老板娘"也注意到了,她的视线穿过浅色镜片朝白石看来。白石慌忙收回视线,低头看向文库本。

她觉得自己像是看到了什么不该看的场面。

○

到了十二月,池内还是一如往昔地定时来模型店。

他没有跟白石提起那次神秘聚会的事,倒是白石浮想联翩地揣测了很多可能性,心里觉得很不好意思。一定是因为自己最近小说读得太多了,所以"想象神经"过分敏感。

有乐町站周围一带都沉浸在圣诞节的氛围中,而地下街的模型店却脱离了节日的气氛,依旧静谧如常。这样心情反倒平稳、舒畅,白石心想。池内一如既往地来到店里,语气平淡得就像地铁里的广播员。午休时间一结束,池内就迅速掐断了话头,回去上班了。

可是模型店的店长却让白石十分为难。

她的这位店长叔叔是个鲁莽的人,亲戚们也都觉得他是个怪人。可能是由于两人年纪相仿,白石和这位叔叔十分投机。可是他却深信"那位男客人是专门来店里见侄女的,我侄女对他也不是毫不动心"。每次快到池内来店里的时间了,叔叔就会莫名其妙地到店外去。对于不太靠谱的叔叔来说,他已经竭尽全力察言观色了,可白石却觉得非常难为情。池内就像按照时刻表运行的电车,这家铁道模型店只不过是他的一个停靠站罢了,而白石就是这个车站的工作人员。途经此站的电车和车站工作人员之间是不会发生什么浪漫故事的。

那天是周三。一到中午,叔叔又悄悄溜了出去。

"我出去一趟。就麻烦你看店啦。"

"你去哪儿啊?"

"嗯……呃……有点杂事要办。"

"什么杂事?"

"你管那么多干吗?我也有要办的事啊!"叔叔口中嘀咕着出了门。

之后,来了店里的池内有些担心地说:"最近都没看见店长啊。他没事吧?"

"他出去四处闲逛了。你找他有什么事吗?"

"没有，他没事就好。"

池内和平时一样慢悠悠地在店内转了起来。白石假装埋头阅读《基督山伯爵》，实则偷偷观察着池内。过了一会儿，池内打开胳肢窝下夹着的笔记本，从胸前的口袋里拿出一支圆珠笔"唰唰"地在本子上写了起来。白石的脑海中掠过那天在咖啡店里看见的神秘聚会的场景。这么一想，在那次聚会上池内好像也在积极地做笔记。

"你一直带着这个笔记本吗？"

听见白石问话，池内"欸"了一声，回过头来。接着他又低头看看手中的笔记本，好像这会儿才意识到自己在记笔记似的。

"我不带这个笔记本就会心神不宁。"

"是工作笔记吗？"

"不，这完全是我的私人笔记，里面记了一些读过的书里的选段摘抄和我自己的感想。"

池内边说边"哗啦啦"地快速翻动厚厚的笔记本给白石看。内页上没有画横线或是网格线，上面书写的字迹就像印刷体般规整。池内似乎还边读小说，边给它们做了时间年表和登场人物一览表。白石从来没有像这样阅读过一本小说。如果说池内是"笔记派"阅读者，那么白石就是"聚精会神派"。

"有点像备考补习啊。"

"有时候这些麻烦事儿也很有意思。比如读托尔斯泰的《战争与和平》时，不给众多的登场人物做个人物表的话，就很难掌握故事情节。哪怕只是记录一下几个主要人物，阅读起来也会轻松顺畅许多。"

"原来乳齿。"

"'原来乳齿'?"

"就是'原来如此'的意思啦。"

"哦,原来如此。原来乳齿……"

"不过只要人物关系没有乱成一团,我都会选择一口气读下来。"

"这也是一种选择。每个人的阅读习惯都不一样。"

池内觉得把那些触动人心的文章摘抄到笔记中是件乐趣无穷的事情。这样就能带着这本写满了摘抄选段的本子到各处去,时不时地拿出来重读一下。每段文章都是自己花了心思摘抄下来的,这些文章已经成了自己的一部分。自己是由自己挑选出来的文章所创造的,这个过程通过肉眼可见的形式,也就是笔记记录下来。这让池内觉得十分可靠,充满了安全感。

"每到一本笔记本快写完的时候,我就会变得不安。因为马上就不能随身携带这些摘抄的文章了。刚开始用新笔记本的时候,我心里真是没底。所以我的笔记本就越买越厚。这也称得上是'大舰巨炮主义'[1]了吧。"

"可是这样一来,每次用完一本笔记本的时候就更难受了吧?"

"没错!真是进退两难,实在令人心烦。"

---

[1] 第二次世界大战以前世界各国海军发展的主流思想,认为要赢得海战,就要有比对手更大吨位的战列舰,搭载更多的火炮,拥有比对方威力更大、射程更远的火炮。

池内边说边抚摸着笔记本。这本笔记本写了还不到一半,看来池内还能安心一阵子。

"我要是也能有你这种毅力就好了。"

"我觉得这应该跟习惯的养成有关系。最初是学生时代的恩师推荐我这么做的,可当时我觉得麻烦就没去做。不过这个习惯一旦养成就不会觉得麻烦了,反而还会觉得很有趣呢。我常常在想,为什么当初没有照老师说的去做呢?如果我学生时代就开始摘抄笔记的话,说不定现在已经是一个充满自信的人了。"

"没有的事,你现在看起来已经相当有自信了。"

"不不不,我只是个笨蛋罢了。"

"笨蛋!"白石不禁笑了出来。

她问池内后来为什么开始摘抄文章了。池内说是因为经历了一些奇妙的事情。

○

事情发生在五年前的晚秋。

池内在奈良各大寺庙观光旅游,他住在猿泽池[1]畔的一家商务酒店,步行去兴福寺、东大寺和新药师寺[2]参观。民宅的门前挂着柿子干,夕阳染红了古旧的土墙,乌桕的枝头布满了一粒粒白色的种子。新药师寺的门前有个小屋,售票窗口里的女人正在

---

1 日本奈良兴福寺内的一座放生池。
2 兴福寺、东大寺和新药师寺均为奈良的知名寺庙。

打盹儿。池内欣赏完奈良晚秋的景色，回到酒店的时候已是傍晚时分。

酒店大堂的特产专区隔壁放着一个小书架。上面的书好像谁都可以拿去看，但同时要把自己看完的书放到书架上来。池内手头正好有一本读完的文库本，就把它放到了书架上，打算再从哪里选一本什么书来看。和旅途中偶遇的书相伴度过漫长的秋夜，想来也是件不错的事呢。

这时，池内被放在书架角落的一本书吸引住了。

"那本书其实也没什么特别的，"池内对白石说，"它的纵边比文库本的更长一些，封面上画着一些几何图形……就是很久以前那种设计简单的书。那个感觉和我当时的心情十分相称。"

"命中注定的相遇？"

"没错，就是你说的那样。"

池内在房间里休息了一会儿，就带着那本书出去了。他在商业街吃过晚饭，穿过昏暗的后街前往奈良大酒店的酒吧。他边喝酒边看书，觉得这实在是一本妙不可言的小说。池内回到下榻的酒店后还在继续阅读，差不多读完了半本。接着，他把书放在枕边后就睡了。剩下的他打算在回程的新干线上读。

"但是到了第二天早上，书却不见了。"

"不见了？怎么会不见了呢？"

"我也不知道啊。但是既然丢了那也没办法了，当时我打算回到东京后再找一本。可怪就怪在，我找遍了旧书店和网上书店，就是没找到我读的那本书。"

找着找着，池内对于那本书的记忆就越来越淡薄了。

有一天,池内决定买本笔记本,把自己在那个时间点能想起来的内容都记录下来。这就是他现在还在做读书笔记的原因,那本笔记本就是第一本读书笔记。

"这事情很奇妙吧?"池内边说边抚摸着手中的笔记本,"我到现在都还在找那本书。"

"那本小说一定非常有趣咯?"

"是佐山尚一的《热带》。"

听到这个作者名和书名的瞬间,白石脑海中突然出现了记忆中自己坐在某张长椅上打开一本书的场景。

"我好像……读过这本书。"

池内像是吃了一惊,他紧紧盯着白石的脸。

"真的吗?"

"我也不太肯定。"

"什么时候读的?在哪儿买的?"池内探出身子追问道。

白石抬头望着天空回忆着,记忆中的某个场景慢慢复苏。

那是她学生时代一个人去京都旅行时候发生的事。她从出町柳站坐叡山电车到八濑比叡山口站下车。五一黄金周刚过,天气还很凉爽,嫩叶苍翠欲滴,那绿色像是要一下子浸透白石的皮肤。白石走过横跨在高野川上的桥,听见河边有人在吹奏奥卡利那笛[1]。

那天,她打算坐索道上比叡山。可走近索道乘车点,她却突然停住了脚步。

---

[1] 英文"陶笛"的中文音译,因形似小鹅,也称"小鹅笛"。

乘车点前的广场上有一个奇怪的摊位,看上去是一个流动的拉面摊,可店面却像一家古董店。那里杂乱地摆放着许多东西——摊位正面垂挂着一幅威风凛凛的猛虎图,被波斯风格的布盖住的华丽屋顶上摆着"三猿"[1]木雕,还有风车在不停地转动,搅得光线忽明忽暗,有些晃眼。这花里胡哨的风格就像一支来自另一个世界的迷途商队。可是从写着"暴夜书房"的黄色幡旗来看,这个摊位应该是个书店。白石从未见过也从未听闻过有流动书摊。

她小心翼翼地靠近书摊。"我可以看一下吗?"

"当然可以。想怎么看都行。"

摊主坐在摊位旁边的椅子上吃着杯面,空气中飘散着一股勾人食欲的咖喱味。摊主穿着红色的短袖T恤,体格健硕,虎背熊腰。他留着鲁滨逊一样的胡子,矍铄有神的眼睛让人心生亲切之感,比白石想象的要年轻。书摊小小的书架上摆满了书。

"这是……书店吧?"

"可以这么说吧。"

"店名是'暴夜书房'?"

"写的是'暴夜',可是读作'阿拉伯'。[2]"摊主得意地说道,"我这儿有很多有意思的书哟。"

白石心想,在旅途中买本书做纪念也不错。于是,她开始浏览书架上排列着的书脊,尽是一些白石没有听说过的书名。

---

1 用双手捂住两耳、两眼、嘴,表示"不听、不看、不说"之意的三只猿猴。
2 日语中"暴夜"的发音"abareya"和"阿拉伯"的发音"arabiya"相近。

"流动书摊我还是第一次见。"

"这东西根本赚不了钱,充其量就是个'传教布道'的活动罢了。"摊主因刺眼的阳光而皱起了眉头说道,"除了这个书摊,我还另有工作。"

"什么工作?"

"我是宴会上的表演艺人。"

白石心想这人真是来历不明。

她从书架上挑了一本书,付完钱后和摊主道别,然后又来到索道乘车点买了票。白石打算在发车前读会儿书,就在乘车点的板凳上坐下了。可最终她却没有坐缆车。由于完全沉浸在《热带》中,时间过得飞快,她根本没时间去登比叡山。

"原来如此。"听完白石的故事,池内表情严肃地点点头说道,"那么,小说的结尾是怎么样的呢?"

"是怎么样的呢……"

白石努力想要回忆起来。可是浮现出来的却只有开头的那部分,记忆已经变得模棱两可了。那个故事到底结局如何,白石完全想不起来了。也说不定她只读了一半。

"对不起,没提供什么有用的信息。"

"不,这不能怪你。"池内说,"这就是《热带》啊。"

白石心中很是怪异,这话是什么意思呢?

〇

午休结束,池内回去上班了。

白石双手托腮，在收银台边想着《热带》的情节。

最先浮现在她脑海里的场景是火车行驶在黎明的海面上，沙滩上站着一个茫然地望着火车的年轻人，他就是主人公。他失去了所有的记忆，漂流到了南方的海岛上。他在那个岛上遇见的第一个人就是"佐山尚一"。作者的名字突然在这里出现，白石读到的时候有些意外，所以此处给她留下了特别深刻的印象。可是再往下的情节她就只能想起一些片段了。矗立在密林中的观测站、画着奇异岛屿的海域图、有炮台的岛、潜藏在地牢里的胡子拉碴的囚犯……浮现在白石脑海中的只有这些断断续续的场景。

她皱着眉头，"唔唔"地喃喃自语。

叔叔担心地问道："你怎么了？发生什么事了？"

"没什么，我在想事情。"

"你别露出那么吓人的表情，我都被你吓到了。"

"不好意思啊。好了，继续工作！"

白石暂时不去想《热带》，把心思放回工作上。反正池内还会再来的，她打算到时候再仔细问问。

可是，那周的周五和下周的周三池内都没有来模型店。叔叔还是和以前一样出门去了，白石一个人在空荡荡的店里等池内。

接连几天的空等让她十分恼火。故弄玄虚地埋下了伏笔，结果又不来做后续的解释，白石觉得池内简直毫无责任心。她心想，难道这是池内为了让自己焦虑故意布下的局？自己已经落入了池内的圈套？不会的，再怎么说也不会有人如此大费周章。

等她回过神来，才发现自己又在想《热带》的事了。

白石回小石川的家中检查过书架和抽屉。那里封存了她从幼时到现在的人生经历。她打开贴着封条的纸箱，封条上用记号笔写着"打开这个箱子的人将受到诅咒"。那时候自己心思敏锐，毫不顾忌周遭，就像无用的刀具在徒劳地砍伐。她拨开当时自己写下的诗集和日记，却没有找到像《热带》的书。到底是自己没有从京都带回来呢，还是后来扔掉了呢？这种时候，像白石这样不做读书笔记的"聚精会神派"就只能望洋兴叹了。

日子就这样在郁闷中一天天过去，马上就到圣诞节了，岁末也近在眼前。

周五午间，池内久违地现身模型店。白石不假思索就打算扬声质问，可又慌忙憋了回去。接着，她故作平静地打招呼道："好久不见呀。"池内道了一声"你好"，就低下头靠近收银台，把一个扁平的包裹递给白石。

"抱歉送迟了，这是圣诞节的礼物。"池内说，"希望你用得上。"

白石一看，是一本金色的笔记本。

池内像是下定了什么决心似的接着说道："其实，我有一事相求。明天下午，你能来参加我们的读书会吗？可能你已经在玛丽咖啡见过一次了……"

"那是在开读书会？"

"我们称之为'学团'。"

"学团？听起来很厉害啊。"白石微笑道。

池内有点不好意。

"我也觉得有点太大惊小怪了，是一个叫中津川的成员决定的。这是在《热带》里登场的一个神秘组织的名字。我们四个成员都曾经读过《热带》,大概一年前开始调查这本书。你能跟我们讲讲你读的《热带》吗?"

"但是我基本上都记不起来了啊。"

"哪怕是一些记忆的片段也会有所帮助的。"

白石沉默地盯着金色的笔记本。她脑海中浮现出在玛丽咖啡偶然看到的神秘会议的画面——"贝雷先生""瘦柴小伙",以及"老板娘"。原来那是围绕神秘小说《热带》开展的读书会啊,怪不得成员们看上去毫无共同点。他们看上去实在很可疑,白石甚至怀疑过他们是不是在兜售什么"灵验之壶"[1]。

这让她的好奇心越发旺盛。如果这一切都是池内的策略的话,那么白石已经完全陷入了他的圈套之中。

"既然如此,那我就去参加吧。"白石满不在乎地说道。

○

第二天,也就是周六的下午,白石去了玛丽咖啡。

店内的墙上排列着套娃台灯,发出的光亮把合成皮革沙发照得锃亮。店内让人联想起热带的观叶植物都是塑料做的。意义不明的几何图案抽象画、放在每张桌子上的菜单上略显模糊的字迹,等等,店里的一切都让人觉得历史悠久。

---

[1] 日本的一种诈骗行为,假借宗教或者通灵之说,贩卖一些所谓"灵验的法器"。

白石走进店里时,学团的成员们已经聚集在角落的桌边了。池内正表情严肃地翻着笔记本,"贝雷先生"小口吃着涂了黄油的吐司,"瘦柴小伙"则专心致志地擦拭着镜片。抽着雪茄环视店内的"老板娘"第一个发现了白石。她用手搭了搭池内的肩,埋首于笔记本的池内抬起头来,忽地露出开心的表情。

"欢迎你来参加。这边请。"

白石在池内的引见下加入了聚会。学团成员像在估价似的盯着她看。

这里的气氛太奇怪了,早知道就不来了,白石心想。

池内似乎才想起来向大家介绍白石。

"这位是白石小姐。她在这栋楼里的铁道模型店工作。"

接着学院成员们也一一介绍了自己。"贝雷先生"名叫中津川宏明,据说在神保町开了一家事务所,是个旧书收藏家。"瘦柴小伙"是东京都内某大学的学生,名叫新城稔。"老板娘"只说她叫海野千夜,其余身份信息依旧是个谜。

"就叫我千夜吧。""老板娘"说道。

据说这个奇怪的聚会始于千夜小姐和池内的相遇。他们俩开始认真调查《热带》的事情之后,又遇到了两个同样读过这本书的人——中津川先生和新城。他们四个聚在一起后,中津川先生给这个组合起名叫"学团"。

只听中津川先生说道:"那么,这位小姐记得多少呢?"

白石觉得自己像是在被盘问。

"我不记得什么重要的内容……"

"总之请讲一讲你想得起来的内容吧。"

在池内的催促下,白石缓缓地讲了起来。

《热带》的开头处,漂流到南方岛屿上的失忆青年被一个叫佐山尚一的岛上住民所救。佐山说这个岛屿周围的海域都归魔王管辖,魔王能运用"创造的魔法"随意创造出岛屿或是让它们凭空消失。为了盗取这个魔法的秘密,一个叫"学团"的组织把佐山送到了这片海域当密探。于是,主人公和佐山尚一一起潜入了魔王管辖的这片群岛。

白石记得真切的就只有这些了。"书里好像出现了一座有炮台的岛屿。""那个岛上好像有囚犯。"白石开始前言不搭后语,听众们的脸上也露出失望之色。

新城沮丧地嘟囔道:"什么嘛,连'无风带'都没到啊。"

"'无风带'……是什么?"

"之后会再做说明。"池内对白石说完这句后,又安慰起其他成员来,"白石小姐肯定是读过《热带》的。我们责怪她记得不清楚也没有意义。就连我刚遇到千夜小姐的时候,对《热带》的记忆也很模糊。我们这样的交谈就像引线,让我记忆里的内容更加确凿。所以同样的事情也会发生在白石小姐身上的。而白石小姐的记忆,又会成为我们的记忆的引线。互相帮助不正是成立这个学团的目的吗?"

"我们的脑袋里确实已经空空如也了啊。"中津川先生说道,"大家都已经绞尽脑汁了。"

千夜小姐在白石耳边说道:"期待你接下来的表现哦。"

白石完全不明白这些人在讲什么。

"我能问个问题吗?"她战战兢兢地举起手问道,"难道大家都没有读完《热带》吗?"

"没错。"中津川先生说道,"谁也不知道结局。"

"咦?居然有这么巧合的事吗?"

"出现这种偶然也是有可能的。"

"我不觉得这是偶然,肯定是有什么原因的。"

听完新城的嘟囔,中津川先生冷笑道:"虽说新城你是个少年侦探,可这一年进展缓慢,我对你的推理也不抱什么期待了。这位小姐看上去也不像是能成事的人。"

他的这种说法让白石十分生气。

"现在还不能下定论吧?"

"没错。一切都要看接下来的发展。"池内调停似的说道。

"接下来我来说明一下'打捞'吧。"中津川先生从包里拿出一张卷起来的纸,展开后铺在桌上。

那好像是一张贴在A4纸上的自制年表。"打捞"是指从学团成立以来,他们就试图从记忆的深处搜集《热带》的片段写到纸上的这种方法。纸上到处都写着成员们的笔记,可见他们对此非常用心。他们希望通过"打捞",尽可能细致地唤醒自己关于《热带》这本小说内容的记忆。

白石感叹道:"哇!这是什么?太有意思了。"

"很有趣吧?"池内高兴地说道。

白石探出身子阅读纸上密密麻麻的笔记。

小说开头部分大致已经还原成了一个完整的故事,和她记忆中的内容也是一致的。再往下读时,白石感觉自己曾经读过的《热带》里的场景不断地浮现在脑海里,就像以往沉在水底的遗迹浮了上来似的。

白石兴奋了起来。没错!《热带》就是一个这样的故事。这个故事就是这么奇特。

可是继续探索下去,纸上的笔迹就越来越凌乱,分支、空白处或是问号也越来越多。最终纸上再也找不到故事的主线,只剩下分散的片段式的内容了——"鹦鹉螺岛的地下世界""沉没的森林、森林里的贤者""一些可怕的东西从海底冒出来吞食人类""被魔王下令去和老虎搏斗、杂耍小屋",等等。

白石完全不记得自己读到过这些情节。这些谜一样的片段仿佛散落在热带海域的群岛上了。

白石指着那些片段说道:"从这里开始情节就支离破碎了……"

"这里就是刚刚提到过的'无风带'。"池内说,"你看,到中间阶段为止,我们都凭着各自的记忆,非常细致地还原了《热带》的情节。可是再要往前推进时,这个战术就行不通了。也就是说,我们的记忆也渐渐模糊了。无论我们讨论多少次,都没法把这些片段按照正确的顺序排列出来。因为不知道故事往哪个方向发展,所以我们给这片混沌的领域起名为'无风带'。"

"呃……这到底是怎么回事啊?"

"你说的那些都是初级中的初级哦。"新城说,"我还以为能通过无风带了呢……"

"让你的希望落空了啊,抱歉。"池内的发言打破了令人尴尬的沉默,"好不容易找到了白石这样的新成员,她一定也有还没想起来的内容。'打捞'顺利的话,说不定能解开'无风带'

的谜团。这也许能成为揭开作者真实身份的线索。"

白石凝视着摊在桌上的纸，再次从头开始梳理起《热带》的故事。

丧失记忆的主人公、南方岛屿上的观测站、名叫佐山尚一的"学团的男人"、魔王控制的海域、地牢里的囚犯、出入图书室的魔王的女儿、与魔王的会面以及流放到北方的岛屿。再往下她的记忆就模糊不清了。

可当她在记忆深处搜寻的时候，一个场景突然浮现出来。白石又将纸上角角落落的笔记都读了个遍，发现哪儿都没有写这个场景。

她毫不犹豫地开口道："这里没有写'沙漠里的宫殿'。"

"'沙漠里的宫殿'？"成员们面面相觑。

"我想不起来情节的发展是什么样的了，但有一个场景是被沙丘包围的宽阔荒地的正中央有一座宫殿，主人公要去那座宫殿里见某个人。"

"我记忆中没有这个场景啊。"中津川先生说，"《热带》写的是南方岛屿上的故事，所以不可能出现沙漠。"

"你是不是和其他小说记混了啊？"新城说道。

"绝对不可能，因为那个场景里有佐山尚一。"白石说，"佐山尚一是《热带》里的人物吧？"

池内慌忙拿出圆珠笔，在"无风带"上写下了"沙漠里的宫殿"后对白石露出了微笑。

"这就是'打捞'。"池内说，"我们就从这里开始吧。"

○

那年,白石在小石川的老家安静地过了新年。

和家人一起去神社参拜的时候,窝在被炉里记笔记的时候,白石都会不由自主地想起那个奇怪的读书会的事。学团啦,"无风带"啦,"打捞"计划啦,曾经和成员们认真地讨论过这些让她觉得有些不好意思。可是那天下午,白石确实乐此不疲地讨论着《热带》。她已经很久没有这种兴奋的感觉了。

下次的例会好像定在一月末开。

分别时池内对她说:"你要是想起什么了也可以写在笔记本上。"

"原来乳齿。"

"欸?"

"原来你记笔记是早有预谋的啊。"

池内脸上露出犯难的表情。

白石笑着摆摆手道:"那就祝你新年快乐啦。"池内也道了声"新年快乐"。

于是,白石也用那本金色的笔记本记录起那些脑袋里突然冒出来的《热带》的片段。

池内的建议是正确的,这些笔记会像引线一样,再牵出新的东西来。把积攒下来的标着编号的片段串联起来,自己曾经读过的《热带》的样子就显现出来了。可白石觉得随着想起来的东西变多,《热带》的谜团就越来越看不清。就像原本光裸的小岛上生长出了茂盛的树木,与此同时,也使得四处都出现了一些颜色浓重的林荫。

刚过完年,池内就来到了模型店。

"恭贺新禧!"

"新年快乐!今年也请多多关照。"

白石把笔记本拿给池内看,他连声赞叹"真不错啊"。

笔记里既有和池内的记忆相吻合的内容,也有合不上的内容。可是白石心中却涌起了期待之情——努力把这些片段组合在一起,说不定就能瓦解那个"无风带"的困局了。

"一月末的例会真令人期待啊。"

听见白石这么说,池内微笑道:"不知道会怎么样啊。我们两个人这样私下讨论,就像是为了抢先似的。也许还会有人私下来找你讨论哦。"

"为什么要特意找我私下讨论呢?"

"学团的人都是被《热带》的谜团所吸引而聚集到一起的。大家约定互相分享可能成为线索的信息,可这并不是强制的,也无法做到强制。我认为中津川先生、千夜小姐、新城他们都有自己独家的'秘密线索'。大家都想把《热带》变成自己的所有物吧。"

"那么池内你也有'秘密线索'吗?"

"是的。"

"能告诉我吗?"

"我有我的原则,所以不能告诉你。抱歉。"

因为这也有可能和别的成员隐瞒的内容是一致的,白石心想。

她有些吃惊。因为她觉得解开《热带》的谜团很有意思，却无法认同成员们想要独占《热带》的想法。

"我不需要什么'秘密线索'。"白石说，"我要以开放的心态去参加。"

几天后，她就迎来了一个意外人物的到访。

那天，白石和平时一样在看店，一个身穿黑色大衣、戴着手套的女性走进了模型店，她身上飘散出怡人的香气。这家店里不太出现这种类型的客人。正当白石觉得这位客人简直像外国老电影里走出来的女演员时，她突然认出那人是千夜小姐。

"白石小姐，日安！"千夜小姐边说边摘下了墨镜。

虽然在咖啡店的时候白石觉得千夜小姐看上去很年轻，可实际上她的年纪似乎比白石的母亲还大。

"你跟池内关系很要好吗？"

"关系很好也谈不上，他是店里的熟客，仅此而已。"

千夜小姐哼了一声，紧紧盯着白石道："看你们讨论得挺起劲的，新城还问我你们俩是不是想抢先呢。"

"您这么说是什么意思？难不成新城在暗中窥视我们吗？"

"谁知道呢，反正与我无关。"

"这未免也太过分了吧。"

"大家都是心怀鬼胎的人，池内也不例外。虽然看上去挺绅士的，可他也拼命想解开《热带》的谜团呢。你不要以为我们会团结一致，学团可不是什么关系融洽的俱乐部。"说着，千夜小姐探出了身子，"所以，我们俩结成共同战线吧。下次休息欢迎你来我家，我想和你好好聊聊。"

"可是……"

"你下次休息是什么时候?"

"呃……那个……是下周一。"

"那我们就下周一见吧。我要睡到中午,所以上午没法跟你见面。下午两点,我们在丸之内线的茗荷谷站见。你到了之后就给我打电话。"

千夜小姐流利地说完后,把写有家里座机号码的名片放在了吧台上。接着,她对呆若木鸡的白石说了句"再会",就又戴上眼镜,优雅地摆摆手走出了模型店。白石觉得自己像是被外星人找碴儿似的安排了一通,只好一脸茫然地目送千夜小姐离开。

"和池内料想的一样啊。"她呆呆地喃喃自语,又低头盯着吧台上的名片。

可是千夜小姐离开后,白石却越想越生气。她的态度实在是太强人所难了。

周五池内来店里的时候,白石的心情很不好。可池内看起来却对千夜小姐邀请白石前去一事兴趣盎然。

"果然不出我所料。事情越来越有趣了啊。"

"可她也太无礼了吧。"

"她就是个自说自话的人。"

"话虽如此……"

"你会觉得不舒服也可以理解,但千夜小姐不是什么坏人。之前她从来没有私下联络过学团的成员呢。她邀请你一定别有用意,所以你一定要接受邀请。"

"她是个什么样的人啊?"

"据千夜小姐自己说,她学生时代生活在京都,后来就往返于东京和海外。她是我公司生意上的熟客,我们也是因此才认识的。她丈夫海野经营着一家建筑事务所。"

"我还是不太想赴约……"

"说不定你已经掌握了'秘密线索'哦。"

"我说过我不需要什么'秘密线索'。"

池内思忖片刻后,拿出名片放到吧台上。

"你们见面当天,我会在附近等你。如果有什么问题的话,你就联系我。"

"可是你那天不是要上班吗?"

"老实说,我对千夜小姐究竟掌握了什么样的'秘密线索'充满了兴趣。你能帮我去打探一下吗?"

白石忽然来了兴趣。

"让我去当密探对吧?"

"没错,就是这么回事儿。"

○

接下来那个周一的下午,白石出发去了茗荷谷。

从丸之内线的车站出来就是两侧高楼林立的春日大道,路上车流如织,行人行色匆匆。虽说从小石川的老家过来并不是很远,可白石还是第一次来这一带。澄澈的碧空一望无垠,天气暖洋洋的,难以想象前两天才刚下过雪。

千夜小姐让白石下午两点到茗荷谷站后给她打电话。白石拿出叔叔送给她的铁道手表，指针指向一点四十五分。她打算到两点整再打电话。白石伸了伸懒腰，把衣服上的褶皱捋平，又检查了一下鞋子上有没有污渍。她已经很久没有去别人家拜访了，况且千夜小姐又是个身份不明的人物。白石觉得越来越紧张，就像要去参加面试一样。

我根本不是这么单纯的人啊，白石心想，竟然轻信了池内的花言巧语。算了算了。

她站在车站出口等着，眼睛瞟向手表的表盘。两点整的时候，她给千夜小姐打了电话。

千夜小姐接起电话的口气就像恭候已久似的。

"白石小姐就像时刻表那么准时啊。"

"我现在在茗荷谷站。"

"我讨厌提前到的人，也讨厌迟到的人。你做得很好。"

"谢谢。那么接下来怎么办？"

"你沿着车站前的马路一直往东走，途中能看见一条绿树成荫的大坡道，名叫'播磨坂'。你到了那儿以后再打电话给我。"

千夜小姐一口气说完之后就"啪"地挂断了电话。

白石照着千夜小姐的指示往前走。她突然想起池内来。他现在在哪儿？真的埋伏在周围吗？要不给他打个电话吧。白石正这么想着，却突然停住了脚步。

眼前就是风景如画的宽阔的播磨坂。车道中间是已经落叶的樱花树带和铺设整齐的步行道。拄拐杖的老人坐在长椅上晒着太阳，两位推着婴儿车的母亲正站在一起说话。悠闲的工作日午后，周围充满了令人昏昏欲睡的宁静感。

白石站在坡道上，俯瞰着下方拨通了电话。

"我到播磨坂了。"

"好。你接着走，下了坡之后左边有栋公寓楼。那栋楼的一楼有家咖啡店，所以一眼就能认出来。你到了公寓楼大堂再打电话给我。"

"你告诉我房间号吧，一直打电话太麻烦了。"

"我不喜欢突然有人来访。"

白石呆呆地走下坡道，找到了那栋公寓楼。一楼的咖啡店像在巴黎街角常见到的那种店。整栋楼沿着播磨坂呈阶梯状延伸出去，蛋壳色的外墙让人感受到岁月的分量。建筑物的各个地方都带有优雅的弧度，正面排列整齐的阳台上，曲线复杂的铁栅栏就像绘画艺术品一般。

"不愧是千夜小姐居住的地方啊。"

白石走进凉飕飕的大堂，第三次拨通了电话。

"我现在在大堂。"

"欢迎。请坐电梯上十楼，我家在1015室。你自己推门进来就行，进门径直往里走。"

白石觉得很麻烦。难道千夜小姐每次邀人上门拜访都有一串这么复杂的手续吗？简直像个仪式。白石若有所思地坐电梯到了十楼，却发现走廊的装饰丝毫不雅致。光溜溜的绿地板和粗糙的白墙壁都让她想起小学的校舍。走廊两侧排列着很多扇看上去十分厚重的灰色房门。

白石推开1015室的房门。

"我是白石,打扰了……"

室内从玄关开始就铺着地板,地面上一尘不染,两侧的门都紧闭着。白石照着千夜小姐说的"径直往里走去",走到尽头是一个房间。

宽敞的房间里铺满了木地板,最里侧是一整面墙大小的玻璃窗。宽阔的阳台上种着植物,还能看见蔚蓝的天空。阳光照进房间,只见里面摆满了形形色色的沙发和椅子,就像是房间里撒满了各种各样的果实。这些沙发和椅子中既有像以前的侦探事务所里放的布满灰尘的那种,也有像未来的太空空间站里才会放的那种。它们完全凌乱地朝着不同的方向摆放,看上去既不像是为了让人坐在这儿眺望窗外的风景,也不像是为了让人看电视用的。这房间里除了沙发和椅子外,就什么家具都没有了。

"我在哪儿见过这个场景吧。"

这个画面和《热带》开头的部分很相似。漂流到南方岛屿的主人公,被一个名叫佐山尚一的男人带到了密林深处的一栋奇特建筑物里。佐山尚一称那栋建筑物为"观测站",是派遣他前来的神秘组织"学团"建造的。那个观测站的大厅里应该也和眼前的房间一样,摆放着许多一人座的沙发和椅子。

白石在沙发和椅子间慢悠悠地踱步。为什么要放这么多沙发和椅子呢?难道有很多客人会来这里吗?如果所有人都是按照"那个顺序"前来拜访的话,千夜小姐会忙不过来的吧。

她边想边走到窗边,只见阳台上摆着一张小圆桌。这个画面就像那些关于"玛丽·西莱斯特号"的海洋奇异故事里描述的那样[1]——桌上放着一个装着热气腾腾的咖啡的白色杯子和一本不知在哪儿见过的书。那是《热带》。

白石茫然地站在原地。

"欢迎你，白石小姐。谢谢你专程前来。"

白石回过头，只见千夜小姐正坐在深红色的大沙发上。因为被靠背挡住了，所以进屋的时候白石没有看见她。千夜小姐穿着色调柔和的睡衣，脸上还带着困意。她手上拿着一本厚厚的精装书。

"我等你的时候在读《一千零一夜》。"千夜小姐说，"你请随便坐。"

"这里为什么有这么多椅子？"

"因为每个人都应该有属于他的座位。"千夜小姐微笑着说，"这是《热带》里的台词。"

白石犹豫地在身边的一把椅子上坐下。她也不知道自己为什么选了那把椅子。那是一张小圆凳，凳面上铺着亮橙色的布。白石无论如何也无法放松心情瘫坐在看起来很高级的沙发上。

"你选的椅子很适合你呢。"千夜小姐高兴地说，"对了，你读过《一千零一夜》吗？"

"没有，我还没读过。"

---

[1] 1872年11月初，木船"玛丽·西莱斯特号"（Mary Celeste）从纽约出发，途中却失踪了一个月，直到另一艘船发现它，但船上空无一人。此外，船体也没有任何损坏，甚至每样东西都原封不动，很多专家对此进行了分析，排除了海盗袭击和遭遇风暴等解释。直到今天，"玛丽·西莱斯特号"究竟遭遇了什么仍然是航海史上最著名的谜案。

"你应该读一读。"千夜小姐翻着搁在膝上的书继续说道,"我小时候在京都生活,那时经常偷偷溜进父亲的书房。书房的窗正对着吉田山[1]的森林,就像一间林中小屋。每到春天,书房就会浸染上淡绿色。书房的书架上放着一本《一千零一夜》。父亲是不允许我读的,可这样一来小孩子只会更想读啊。父亲不在家的时候,我就会偷偷溜进书房,心惊胆战地读《一千零一夜》。里面有不可思议的故事、恐怖的故事、情色的故事,等等。虽然已经过去几十年了,但我现在还能想起跪在书房潮湿的波斯地毯上的感觉。我总是边读边做好随时逃出书房的准备,心里明明想着别读了别读了,可读着读着有趣的故事却接连不断,一个故事里又套着另一个故事。有时候我回过神来,一时竟不知道自己身在何处。"

白石若有所思地听她说着。

"那时候我还以为莎赫札德是个真实存在的人物,收录在这本书里的所有故事都是她创作出来的呢。"

为什么话题转移到《一千零一夜》上了呢?白石很纳闷。她前来拜访是为了和千夜小姐聊《热带》的事啊。阳台的桌子上就放着《热带》,可千夜小姐对此却只字不提。

"我的名字就取自《一千零一夜》。父亲大学毕业后就被征召到中国东北,在那里迎来了战败。有个人在那座城市里的一间公寓房里经营旧书店,父亲就是在那家店里发现了《一千零一夜》。战败后,妻儿都死了,父亲也不知道何时才能回日本,

---

1 位于京都神乐冈町的孤立山峰,也称神乐冈。

于是没日没夜地读起了《一千零一夜》。那段经历一定很难忘吧。"

白石犹豫着开口说道："我们差不多该切入正题了吧？"

"哎呀，这也是正题啊。"

"是吗……"

"这个世界上的所有东西都和《热带》有关。"千夜小姐的脸上浮现出神秘的微笑。

○

千夜小姐走到阳台上，把《热带》拿了进来。透过玻璃窗照射进来的阳光笼罩着千夜小姐，她翻开了书页。

"莫谈与你无关之事，以免听到逆耳之言。"

白石记得这是《热带》开头的内容。

"我醒来的时候，周围已是日暮时分。侧耳倾听，还能听见波涛拍岸的声音。可是我无法立刻弄清自己所处的境况。我以为自己是在做梦，所以就一直躺着，听着波浪的声音在耳边回荡。

"我已经不知道时间过了多久。可就在某个瞬间，我突然觉得脸颊上沙子的触感、因浸泡在水中而冻僵的身体的疼痛、迎面吹来的海风的气味，这些竟然出乎意料地真实。就像按下相机快门的瞬间那样，世界仿佛此刻才开始存在。"

读到这儿，千夜小姐合上了书。

"你也来读读看吗？"

白石犹豫地伸出了手。可是接过书的瞬间，她却感觉到了一丝违和。

这个封面她确实见过。上面有红色和蓝色的几何图案，以及生硬的"佐山尚一"和"热带"的文字。这根本称不上是装帧。不过虽然这已经是三十年前的书了，但却新得像从印刷厂里刚印出来的一样。白石心中已有不好的预感。她翻着书页，却发现全是白页。

"这本书是假的啊。这么耍我也太过分了。"

千夜小姐却高兴地笑了。

"对不起。不过到处都找不到这本书，我自然会想自己做一本了。只要在白纸上写下只属于我自己的《热带》就行了。中津川先生说不定正在想一些更疯狂的事呢。不过我刚刚背诵的部分已经和原书的内容很接近了。学团成员们对于这一段的记忆也都是一致的。"千夜小姐指着书说道，"这个送给你了。"

"谢谢……"

"说不定哪天能派上用场呢。"说完，千夜小姐的表情突然严肃起来，"我可不是为了耍你才找你来的。我希望你能帮助我进行'个人打捞'。"

"为什么是我？"

"前几天，你说了'沙漠里的宫殿'对吧？"

"嗯。"

"其实我也记得那个场景。"

可是前几天聚会的时候，千夜小姐明明一脸不知情的样子啊。

"为什么没有当场说出来呢？"

"因为这不仅是我的隐藏线索，也会成为你的隐藏线索啊。

其他人大概还不知道,'沙漠里的宫殿'是很重要的场景,因为这个场景在'无风带'的另一侧。你明白这意味着什么吗?"

"也就是说这就穿越'无风带'了?"

"不试的话是不会知道结果的。结合我和你的记忆,重现一下那个场景吧。这就是我找你来的目的。"

白石正打算从包里拿出笔记本,却被千夜小姐按住了手。

"来,闭上眼睛,在心中描绘。"

心中徐徐展开的是想象的世界,是《热带》的世界。

白石站在空旷的荒野中。巨大的沙丘像是要把荒野包围起来,天空呈现出刺眼的湛蓝色。站在她身旁的千夜小姐补充了一句"感觉像是降落到了别的星球上"。白石隐约记得读到过这样的句子。两人一边收集记忆的碎片,一边开始在脑海里描绘神秘的荒野。经过千夜小姐的提示,白石觉得脑海中描绘的场景都变得立体了起来,许许多多东西在脑内惊现。

"这是货真价实的'打捞'啊。"白石喃喃自语。

"就像是我们创造出来的一样对吧?"

两人在脑海里描绘宫殿的样子。她们看见了白色的大门、庭院对面的波斯风格的圆屋顶和尖塔。白石甚至觉得会有拥有魔法的飞毯飞出来。

"你瞧,《一千零一夜》出现了。"千夜小姐说,"一切事物都和《热带》有关。"

"我也多少知道一点。阿拉丁啦,阿里巴巴啦,辛巴达啦。"

"这些原本都不是《一千零一夜》里的故事。你去问问中津川先生,他对这些很熟悉。"

"我不太擅长跟他打交道。"

"有你擅长打交道的人吗?"

白石穿过白色的大门,走进宫殿的庭院。这里以前一定有喷泉,果树也生长得很茂密,水渠里还有清水流过。可是现在沙漠掩埋了一切,这里漂浮着被人忘却的遗迹的气息。会有人住在这样的宫殿里吗?

但是千夜小姐说主人公应该是来这里见人的。他是来求救的吧?住在宫殿里的人掌握了穿越"无风带"的关键信息。

白石从宫殿的入口向里张望。

"请问有人吗?"

宫殿内又暗又阴冷。

白石皱起眉头试图唤醒记忆。她想记起关于宫殿的前后情节。主人公从哪里来?他要去哪里?白石回过头,发现荒野在被沙子掩埋了的庭院和白色大门之外无限扩展开来,远处高耸的沙丘上空涌起了积雨云。

她心想,莫非这里是个岛屿?

仔细观察积雨云就会觉得它像个蠢蠢欲动的生物,最后它变成了乌云。云层的缝隙间透出闪电的光亮。暴风雨要来临了。

千夜小姐让白石不要去想暴风雨,因为每次都是暴风雨阻止了她往前探寻。

"住在这个宫殿里的人是谁?拜托你一定要想起来啊。"

可是乌云扩散开来,遮蔽了天空,豆大的雨点砸在宫殿的屋顶上。暴风雨的画面肆意膨胀,意图将白石的想象世界完全倾覆。不能想暴风雨,这我也知道啊。白石将视线从迫近的暴风雨上挪开,望向宫殿内——客厅深处、昏暗的走廊深处、所有事物的深处。

突然,白石想起了一个名字——满月的女巫。

她口中念叨着睁开了眼睛。

"住在那座宫殿里的是满月的女巫。"

白石和千夜小姐都感觉像从想象的国度里一下子抽离出来,回到了现实中。

可任凭白石怎么叫,千夜小姐还是一脸茫然。她的眼睛远眺着阳台外的澄澈碧空,像看见了什么奇异的东西似的。

"满月的女巫。"千夜小姐微笑着说,"谢谢。今天就到这里吧。"

"啊?这就结束了吗?"白石有些不解,"我们还什么都没弄明白呢。"

她确实想起了满月的女巫,可是这在《热带》这部小说中到底有什么意义,那座宫殿又是什么,这些她都还没想起来。可无论白石如何请求,千夜小姐都只是微笑着不肯说更多。

"不好意思,我不能告诉你。"千夜小姐很是过意不去,"请你转告学团的各位,从今天开始,我退出学团。不过,你总有一天会发现真相的。大家读的《热带》都是假的。"

"假的……"

"只有我的《热带》才是货真价实的。"

几分钟后,白石茫然地离开了公寓。

午后柔和的阳光洒在宽阔的播磨坂上。白石觉得自从走进那个房间以后,时间就像静止了一样。可有些东西又分明发生了变化。

深深的落寞感笼罩住了她,仿佛一个故事完结了。

○

白石和池内在茗荷谷站碰头。

"你真的在这儿埋伏啊。"

"这是我答应你的。"池内说,"你们聊得如何?"

"一塌糊涂,我完全没搞清楚状况。"

两人走进附近的咖啡店,白石把那本假的《热带》放在桌上,池内发出了"啊"的一声惊呼。他呆坐在位子上,一动不动地盯着那本《热带》。因为自己当时也受骗了,所以看见池内直率地流露出惊讶的表情,白石心中既有些高兴,又有些难过。

"这本书是假的。"白石随手翻开一页白页给池内看,"我也被千夜小姐骗了。"

接着,她就讲起了和千夜小姐见面的情形。包括到达播磨坂的公寓楼之前打电话的经过,凌乱地摆着椅子和沙发的不可思议的房间,放在阳台上的假的《热带》,千夜小姐儿时的回忆,关于"沙漠里的宫殿"的"打捞"以及"满月的女巫"。明明是刚刚才发生的事情,可白石却觉得毫无真实感,说起来的时候就像在讲一个发生在很久之前的故事。她说话的时候,池内都在表情认真地记着笔记。

"我没想到事情会发展成这样。"他一脸困惑地说道。

白石突然惊觉自己正乐在其中。在此之前,她一直觉得自己被学团排挤在外，可现在却不是这样了。因为她亲自拜访了千夜小姐，才使得事情有了这些惊人的发展。学团的人也无法忽视这些全新的情节发展吧。想到这里，白石心中也有些许"计谋"得逞的窃喜。

她发现池内正惊讶地看着她，连忙说："对不起。我有些兴奋。"

"确实很有趣。目之所及全是谜团啊。"池内拿起那本假的《热带》思忖着说道，"我不明白的是千夜小姐最后说的话。"

大家读的《热带》都是假的。只有我的《热带》才是货真价实的。

"可能只是打个比方吧。"白石说，"这本书到底是一本什么样的小说，归根到底还是取决于读者的解读吧。千夜小姐一定是觉得只有她真正读懂了《热带》。"

"但也有其他可能。"

"其他可能？"

"只有千夜小姐读的《热带》是真的，其他人读的都是假的。你不觉得这个假设很有意思吗？"

池内打开笔记本，在空白页上画了一条线。接着他又画了五条支线，每条支线的末端分别写着"千夜""白石""中津川""新城""池内"的名字。白石渐渐明白了池内的意思。也就是说学团成员读的《热带》是异本[1]，每本的情节发展都不同。

"啊，你这个想法太有趣了。"

1　与定本相对，指书籍的不同版本。

"是吧？"

"不过听上去十分荒诞无稽。"

"但是这样一来，'无风带'的谜团就解开了。如果我们每个人读的都是不同的《热带》的话，那么记住的片段都不相同也是理所当然的吧。要把这些片段拼凑在一起，重现故事的情节是不可能的。因为我们读的本来就是不同的故事。"

"但是《热带》不是手抄本，它是出版物对吧？"

"可就连中津川先生也弄不到实体的书籍啊。它肯定是非常特殊的出版物，几乎没有在市面上流通。也就是说，这一切可能都是作者佐山尚一设置的。每本都不尽相同，每本都是世界上独一无二的《热带》。"

"可他为什么要特意这么做呢？"

池内也被问得答不上话来了。

"要是真有这样的书我倒觉得很有意思，可《热带》是八十年代出版的哟。当年要做到这些可比现在还要费钱费时。作者要准备不同的底稿，每本书都要分别印刷，佐山尚一为什么要这么做呢？"

"你这么一说，确实没什么实际意义……"

"那倒不是，这事儿确实很有趣。有趣是有趣，可是……"

池内的想法的确很有意思。可就连白石都不太能接受这种说法，更别指望中津川先生和新城能听得进去了。

"这个周末的聚会要怎么办？"

"我们得告诉其他人千夜小姐退团的事。"

"不知道中津川先生他们会怎么说。"

"他们也可以保持沉默。"

"我还是坚持不保留'秘密线索'。"

池内微笑着说了一句"是嘛"。

○

周末,学团在玛丽咖啡聚会。

那天从早上开始就飘着雪,地下商业街的咖啡店里却没有发生任何改变。

时隔一个月再与中津川先生和新城围坐在桌边,白石不禁觉得有些怪异。为什么这些人对这件事左思右想,如此死抠呢?《热带》确实是本很有意思的书,可它也不过就是一本小说而已啊。从他们给这个组织起名叫"学团"的那一刻开始,这就已经不是一个简单的读书会了。

池内突然插话道:"有件事我必须告诉大家。"

千夜小姐退团的消息对学团的成员来说犹如晴天霹雳。白石把在播磨坂的公寓里发生的事告诉了他们,中津川先生和新城脸上的表情十分严峻。

"在那之后,我又给千夜小姐打了很多次电话。"池内说,"可都没能联系上她。"

"看样子千夜小姐是打算自己抢头功了呢。"

"抢头功?"

"肯定是这样。她想把《热带》弄到手。"

哪有这么简单啊,白石心想。从那天的谈话给白石留下的印象来说,千夜小姐追求的不是这些。可是如果有人问她"那么千夜小姐的目的是什么呢",她也答不上来。真是让人焦虑不已。

白石正在苦思冥想,中津川先生看着她问道:"你还有什么要说的对吧?"

"啊?还有什么啊?"

"我们像这样聚在一起调查《热带》已经有一年多了。这期间大家几乎是在原地兜圈子,并没有找到什么重要的线索。可是,你加入以后进展一下子就加快了。"

"你是想说我还隐瞒了什么对吗?"

"难道没有吗?"

白石环视了一下学团成员。

"大家能冷静一下吗?《热带》只不过是一本小说。既然发现了一本这么有趣的书,就该好好享受解谜的过程。我已经把我知道的都说出来了。如果你们还有所怀疑,那我就不再来参加聚会了。"

接着池内也表示了对白石的赞同。

"我们确实对《热带》太着迷了,简直着迷过了头。"

"你说得没错,我羞愧难当。"中津川先生咳嗽了一声,"我为自己说的那些失礼的话向你道歉。"

白石松了一口气说道:"我们来想想千夜小姐说的话吧。"

中津川先生展开了"打捞"工作的一览表。

如果相信千夜小姐所说的,那么沙漠里的宫殿就位于穿过"无风带"后的地方。池内在故事后半部分的空白处写下了"沙漠里的宫殿",然后又画了个箭头指向"满月的女巫"。可是没有一个成员对这个名字有印象。

中津川先生思考了一会儿说道:"这和'魔王'不是同一个人吗?"

"我觉得不是。"

"魔法师和女巫,他们之间有什么关系呢?"

魔王是《热带》里登场的魔法师。他通过"创造的魔法"创造出了许多岛屿,并支配着主人公漂流到的那片海域。故事的开头就暗示了魔王的存在,主人公早晚会和这个魔王展开对决,他算是主人公最大的敌人。

"我比较在意的是千夜小姐最后说的话。"

大家读的《热带》都是假的。只有我的《热带》才是货真价实的。

池内缓缓地说出了自己前几天的假设——大家读的佐山尚一的《热带》,每本的内容都不相同。

没想到中津川先生对此很感兴趣。

"这个假设很有意思。虽然不太现实,但我很喜欢。"

"这样一来'无风带'的谜团就解开了。"

"没错,'无风带'。这确实很奇特。"

中津川先生的手指在摊在桌面上的一览表上游走。故事开头部分的主线用一根黑色的实线表示,到了中段就分成了几条不太有根据的虚线,因为无法确定哪条才是正确的故事走向。然而虚线也没能延续到最后,再往前就是只有零散片段的"无风带"。这就像沙漠里的一条大河不停地分流,总让人觉得水流不知何时就要干涸枯竭。

"究竟为什么没有人读完了这本书呢?"

"前几天中津川先生偶然提到过对吧?"

"只能这么想了,我们大家都读完了《热带》,并非只读了一部分。可是书却消失不见了。书这东西是个物体,就实实在在地摆在那儿。根本不可能制作出'读到一半就消失不见的书'这种物体,又不是变魔术。"说到这里,中津川先生突然停了下来。

"怎么了?"

"没什么,我只是想起了《一千零一夜》。"中津川先生接着说道,"里面有个《国王与医师的故事》。从前有个得了重病的国王,名叫尤南。所有医师用尽了各种方法都治不好国王的病。正当他们都束手无策时,出现了一位叫鲁扬的医师。他精通希腊、罗马、阿拉伯和叙利亚的学问,治愈了国王的疾病。国王跪谢鲁扬医师,给了他一大笔谢金,还让他成为宫廷里的御医。自然有人对此感到不满,比如国王身边的一位近臣。"

"肯定会发生这种事的。"

"于是这位大臣就向国王进谗言,鼓吹一些莫须有的事情,终于让国王相信了鲁扬医师想要谋反。国王逮捕了鲁扬,命令刽子手砍了他的头。鲁扬医师希望国王能聆听他最后一个心愿——他想将自己的其中一本藏书献给国王。那本书阐释了世间万物的奥秘,是这世上独一无二的珍本。"

白石和池内对视了一眼。

"听上去有点像《热带》啊。"

"确实很像。"中津川先生高兴地说,"比如那本书的第三页第三行写道,鲁扬在被砍头前滔滔不绝地高谈阔论,无论什么问题他都答得上来。国王觉得很有意思,就让鲁扬回到家中,过几日献上书籍后再砍他的头。鲁扬告诉国王,在自己被砍头前,国王不可以阅读这本书。可国王却丝毫没有听进去,立刻就读了起来。但是不知道为什么书的内页都粘在了一起,国王就用手指沾了口水翻动书页。可是无论翻多少页,上面都是空白的。这究竟是怎么回事?国王不停地翻动书页,结果他激烈地痉挛起来,最后死去了。"

"原来如此。"池内念叨道,"那本书上涂了毒药吧。"

"是医师的计谋吗?"

"没错。这招不错吧。"

"难道中津川先生你也和医师一样在《热带》上涂了毒?不过我看书的时候可不会用舌头去舔手指。"

"我对书也很爱护,下毒不过是随口说说罢了。"

这时新城举手说道:"听你说了这些,我倒有个想法。"

"什么想法啊,大侦探。"

"我觉得书上涂的也不一定是毒药这种实物。虽说我的专业是语言学,可比起语言本身,我对研究语言对人产生的影响更感兴趣。之前我也调查了很多关于催眠和自我暗示的资料,然后我就产生了一个想法——会不会是《热带》里注入了所谓的'语言毒剂'?"

"语言毒剂是什么?"白石不解地歪着脑袋。

"如果对一本书着了迷,不管是小说、宗教书籍或是思想类的书籍,我们阅读的时候都能从书里的文字中感受到某种'暗示'。书籍只是由语言构成的建筑物,它是非现实的,可是我们的世界观却会因为那些暗示而发生变化。如果作者故意设置了会引发一些极其特殊的暗示的文章,从而实现对读者的控制的话……"

"少年侦探提出了了不得的假设呢。"

"我知道这个假设有些荒诞无稽。"新城不服气地说,"可是池内的'异本说'、中津川先生的'毒药说'也是半斤八两嘛。"

"没错没错,这点我承认。"

"我们在读《热带》的时候,被佐山尚一设置的暗示蛊惑了。我们还没读完,《热带》就消失了,是因为我们遵从暗示,自己把书销毁了。然后我们忘记了自己的所作所为。这一切都是暗示作用的结果。"

"那'无风带'又该怎么解释呢?"

面对池内的提问,新城对答如流:"如果《热带》的目的就是暗示的话,故事本身也就不重要了啊。开头部分只是为了吸引我们读下去才写得那么有趣,不过是为了诱捕猎物的陷阱罢了。注入'语言毒剂'是在开头部分之后的地方。只要吸引读者读到那里,故事的脉络就不是必需的了。故事过半后,我们的记忆都出现了差异。我们之所以找不到一气呵成的故事主线,是因为根本就不存在主线。'无风带'只是'语言毒剂'的遮掩罢了。"

新城的"语言毒剂"说也是个很有意思的假设。可是,白石还是不明白,为什么佐山尚一要写一本这样的书呢?

这时，新城坐进沙发自言自语般说道："仔细想想觉得很奇怪，就像白石所说，《热带》只不过是一本小说。那么我们为什么会对它如此着迷呢？简直像中了咒语一样不是吗？"

新城似乎被不安的情绪笼罩住了。

○

白石走出都营三田线的地铁站，阴郁的天空飘起了雪花。

她从白山路走进横町，在"蒟蒻阎魔"[1]处右拐进入商店街。靠近善光寺坂[2]时，街道上已经非常静谧了。白石觉得脑袋像被丝绵裹住了一样晕乎乎的，脸颊也有些火烧般的感觉。她呼了一口气，抬头望向坡道。只见长长的坡道中央，一位女性正站在善光寺大门前。

她撑着伞，穿着黑色大衣，就像电影女演员一样。

"咦，那是千夜小姐吧。"

可白石很快否定了自己的这个念头。

白石第二次参加学团的聚会时，大家各自发表了一些关于《热带》的荒诞无稽的假设，然后就结束了。不过也不是毫无成果。她明显感觉到学团的所有成员都被《热带》迷住了。

"简直像中了咒语一样不是吗？"白石想起新城的话。

她觉得自己也中了那个魔咒。明明义正词严地说"这不过是

---

[1] 京都源觉寺的阎魔塑像。
[2] 京都的一个坡道，因善光寺位于坡道上而得名。

一本小说",可自己心里却认为并不是这样。

白石现在被两个故事吸引住了。一个是名叫《热带》的故事,另一个是围绕《热带》展开的故事。小说里和小说外的两个故事之间又存在着一些不可思议的联系。白石情不自禁地想着这些,直到在善光寺门前停下了脚步。

"刚才那个女人去哪儿了?"

穿黑色大衣的女人已经不见踪影。白石不经意间回过头,却在下着雪的坡道上看见了那个女人。她用和刚才一样的姿势伫立着。她是什么时候从自己身边走过的呢?伞遮住了她的脸,白石无法看清,却直觉那就是千夜小姐。突然一阵凉意爬上白石的后脊。

"这绝不可能。"白石浑身颤抖,急急忙忙往家里走去。

回到家后,母亲一脸诧异地问道:"你的脸色怎么这么难看?"

"我好像看见幽灵了。"

"在哪儿?"

"就在那边的坡道上。"

"哦,正好是逢魔时[1]啊。"

在温暖的家中听着母亲悠闲自在的声音,不知为何白石竟然觉得毛骨悚然。吃过晚饭后,这种凉意依然没有消散。母亲问她是不是感冒了,量过体温后,发现白石确实发烧了。难道这宛如

---

1 黄昏(17点至19点)和黎明(3点至5点)在日本阴阳道中被称为鬼神最容易出没的时候,也是人与鬼怪可以同时出现的时刻。

发烧的感觉真的只是因为感冒吗?

白石浑身无力,打算喝完葛根汤[1]后就早点睡觉。

回到房间盖上被子后,白石想起了千夜小姐送给她的那本假的《热带》。她本打算拿给学团成员看,可总是没有找到合适的时机。算了吧,白石心想,反正也是假的。

她让自己冷静一点。只和学团成员探讨《热带》是不行的,于是她给学生时代的朋友打了电话。

"嘿,好久没联系了。怎么了?"

白石一听这声音就感觉恢复了精神。

"不好意思,你还在工作吗?"

"没关系,反正我一直在工作。"

这位朋友应该是在神保町的某家出版社工作,说不定她听说过关于《热带》的传闻。白石在电话里简单说明了一下《热带》的事情,可她的朋友好像从来没有听说过这本不可思议的小说。

"是嘛,那太遗憾了……"

"不过听起来挺有意思的,我来调查一下。"朋友说道,"下次我们约个时间吃饭。"

接下来的一周,白石都在家卧床休息。去诊所检查后确认了白石得的不是流感,可她却一直高烧不退,连上厕所的力气都没有。自己已经很久没感冒了,感冒的症状有这么严重吗?白石心想。她甚至没法打起精神看自己喜欢的漫画。

---

[1] 中医方剂名,有治疗外感风寒的功效。

发烧的三天里，白石常常梦见《热带》。

每次都是断断续续的片段，现实和非现实的场景交融在了一起——既有小说里出现的南方岛屿，又有在玛丽咖啡的聚会，还有播磨坂公寓楼里的房间。高烧让白石整个人晕乎乎的，明明在拉上了窗帘的房间里卧床养病，可她却不知道自己身在何处。梦里还出现了沙漠里的宫殿。她孤身一人迷失在被沙子掩埋的无人宫殿里，虽然是梦境，但这段记忆却像真实发生过似的充满了现实感。

母亲端来杂烩粥，轻柔地问道："工作太累了吧？"

"我也没有拼命工作。"

"但是病倒了就是因为身体太疲劳了啊。"母亲和蔼地说，"爸爸给你买了草莓。"

"只要我一感冒，爸爸就会买草莓。"

"因为吃了草莓会更有精神啊。"

到了星期三早上，烧终于退了。白石觉得自己像在热水里洗了个澡似的，浑身清爽。她摇摇晃晃地走到一楼，发现走廊外狭小的院子已经被白雪覆盖了。电视新闻里也报道了大雪造成东京交通瘫痪的事。

"不知道你爸去上班的路上要不要紧。"母亲喃喃自语道。

白石吃过早饭又回到了自己的房间。明天应该能去上班了吧。

话说回来，那天没能去上班真是太遗憾了。白石脑海中清晰地浮现出手拿黑色笔记本来店里的池内的形象。她原本以为他俩下次见面大概会是在周五，可没想到晌午刚过，池内就打来了电话。

"你身体怎么样了?"

"谢谢关心,烧已经退了。我明天就去上班了。"

"那太好了,我也放心了。"

池内在电话那头沉默了一会儿,白石好像听见了地下街里嘈杂的声音。

"池内……你怎么了?"

"星期五晚上我要去京都。"池内说,"那天中午我去不了模型店了,傍晚一起吃个饭吧?去京都之前,有些关于《热带》的事情我必须告诉你。"

白石不由自主地压低了声音问道:"是有什么新发现吗?"

"没错,所以我才要去京都。"

○

周五傍晚,白石提早结束了工作。

她从有乐町高架下穿行而过,朝东京交通会馆走去。她激动得心潮澎湃,连自己都有些诧异。和池内约好的碰头地点是十五楼的"东京会馆银座空中酒廊"。

"我们在有乐町的高空中相见吧。"白石重复着池内的话。

现在是傍晚时分,客人还不多。铺着纯白桌布的桌子分散地沿酒廊弯曲的轮廓排列着,透过玻璃外墙能看见东京站的圆顶和夕阳下熠熠生辉的丸之内高楼街。有时脚下会传来震动的感觉,酒廊随之开始缓慢转动,白石觉得就像豪华邮轮一样。

池内看见白石后站了起来。

"还特地让你到这里来,真不好意思。"

"别客气,我已经完全恢复了。"这时白石注意到了池内的旅行包,"等会儿你就直接出发了啊。"

"嗯。"池内点好套餐后,打开了常用的笔记本,里面夹了一张明信片,"你看,这是前天寄到我这儿的。"

白石接过明信片仔细端详。这是一张寻常的观光地明信片,上面印着京都南禅寺三门[1]的照片,并没有什么特别的地方。明信片背面的收件地址是池内公司的地址,信息栏里写着简短的几行字——其实只有一句话——只有我的《热带》才是货真价实的。

"没有写寄信人的名字啊。"

"写这张明信片的是千夜小姐。"

这么看来,千夜小姐退出学团后已经去京都了吧。京都是她的故乡,她回去也没什么好奇怪的。可令人不解的是她为什么要特地给池内寄这张明信片呢?

只有我是正确的,你们所有人都错了。

可是从旅途中寄来这样一句宣言有什么意义呢?是为了嘲笑学团的人吗?不过千夜小姐不像是那种会故意这么做的人啊。

白石觉得这张明信片另有深意。"千夜小姐是叫你去京

---

[1] 南禅寺为日本京都的名刹之一。"三门"表示佛法修行大彻大悟的三座门:"空门""无相门""无作门"。南禅寺的三门高22米,为日本三大门之一。

都吧。"

"我也是这么想的。"

"可是……为什么呢？为什么要叫你去呢？"

"大概是因为京都有关于《热带》的秘密。"池内微笑着说，"我也有'秘密线索'。"

"你一直没告诉我呢。"

"因为我向千夜小姐保证了不说的。可是她退团了，你又主张不保留'秘密线索'，要是我再不说的话那也太卑鄙了。"

"那倒不至于。"

"《热带》的作者佐山尚一曾经住在京都。那时，他还是个学生。可是1982年2月他突然销声匿迹了。"

"你怎么会知道这些？"

"千夜小姐曾经见过佐山尚一。"池内说，"这就是我的'秘密线索'。"

白石叹了口气，把视线投向窗外。丸之内的高楼大厦在夕阳下熠熠生辉，楼宇的间隙处隐约可见皇居的森林。夕阳西下时的地平线宛如燃烧般明亮，身在酒廊里看见这幅景象，不知为何让白石产生了这是海景的错觉。

"这些是从千夜小姐那里听说的。"

"那已经是三十年前的事了。当时千夜小姐还是大学生，住在位于吉田山高处的父母家里。房子是钢筋混凝土结构的，据说从她自己房间的窗户还能看见大文字山[1]。她父亲是毕业于帝国大学的化学家,战时曾被征召去过中国东北。也是在那儿,她父亲的第一任妻子和两人所生的孩子死了。战败一年后,千夜小姐的父亲回到日本,和学生时代的友人合作开了一家生产化学涂料的公司。他再婚后生了个女儿,也就是千夜小姐。"

"千夜小姐也跟我讲过关于她父亲的事情。"白石接过话,"小时候她经常偷偷溜进书房对吧?"

"为了看《一千零一夜》吧?"

"没错没错。"

"她和佐山尚一的相遇也和她父亲有关。"

"她父亲的书房正对着吉田山,里面有个大书架是专门找木匠定做的。在这个书架上,千夜小姐不仅找到了《一千零一夜》,还遇见了许多其他书籍。

"那个书房就像'房间中的房间',是个非常奇妙的角落。顺着梯子能爬上一个一楼和二楼之间的夹层,这个狭小的空间里有一扇像《爱丽丝梦游仙境》里写的小门。听她父亲说那个小房间里有一些珍本、个人笔记和日记之类的东西。而让千夜小姐和佐山尚一相遇的那本手抄本也藏在那扇小门后的房间里。

"千夜小姐大二的那个暑假,有个父亲的学生来家里拜访。那个男生身材纤细瘦弱,留着凌乱的胡子。

"'我叫佐山尚一,是西田老师介绍我来的。'

---

[1] 位于京都如意岳的西面,以五山送火中会在这座山上点燃"大"字篝火而闻名。

"千夜小姐把咖啡端进书房时看见了桌上放着的那本手抄本。那是她父亲去埃及旅游的时候买的《一千零一夜》手抄本的一部分。来拜访的是学习阿拉伯语的文学部研究生,她父亲大概是想请他来读一下那本手抄本。里面其实没有记载什么稀奇的内容,但是她父亲很喜欢那个学生,所以从那以后他就时不时夹着常用的笔记本到她父亲的书房来拜访。因此,千夜小姐和佐山也就熟络起来了。"

"但是你之前说他消失了……"

"没错。"池内翻开笔记读了起来,"就在千夜小姐和佐山认识半年以后,也就是1982年的2月。在去吉田神社的节分祭[1]的晚上,千夜小姐在人群中和佐山走散了。从此以后,佐山就销声匿迹,再也没有出现在她的面前。"

"那年冬天,佐山偶然向千夜小姐透露了自己打算写小说的事。小说是关于魔法的,讲述了发生在南方岛屿上的不可思议的冒险故事。"

"南方岛屿上的冒险故事?"

"可能就是《热带》。"

根据千夜小姐对池内所说,她发现佐山尚一所写的《热带》,是在两年前给丈夫的事务所做大扫除的时候。书夹杂在打

---

1 日语里"节分"是"分开两个季节"的意思,即二十四节气里的立春、立夏、立秋、立冬的前一天。日本人每年过的节分祭主要是指立春的前一天,一般是在2月3日或4日。人们会在节分祭时撒福豆驱鬼,祈祷在新的一年中幸福平安、无病消灾。

算丢弃的资料里,被千夜小姐找到了。不可思议的是,她丈夫却说不记得自己买过这本书,事务所里的其他人也对这本书没有任何印象。佐山已经失踪了三十多年了,可是千夜小姐看见作者名和书名的那个瞬间就直觉地认定那是他的作品。她读了书以后更是加深了这种确信。

"可是千夜小姐也没能读到最后。"

池内正说着话,酒廊开始缓慢地转动起来,东京的天空也从黄昏的色彩变成了夜晚的色调。

视野里的有乐町站前面人来人往。眼前高耸的大楼一整面都是玻璃幕墙,能看见楼里在每层同样的角落放置了自动贩卖机。白石饶有兴趣地观察着这宛如蚁穴截面的画面。某一层有个披着毛衣的女性坐在长椅上,看上去是个牙科医生;另一层有个穿西装的男性正拿着手机在热情地打电话;还有一层里一个看起来像是大学生的年轻人正在对着玻璃整理发型。这幅景象就像好几个故事的片段自然地呈现在眼前。不知道从对面的大楼看过来,我们是不是也像身处故事之中呢?

"听说佐山尚一也是个很喜欢用笔记本的人。"池内合上笔记本,把手放到本子上,"和千夜小姐一起去散步的时候,在出租屋里聊天的时候,他的手里都拿着笔记本。关于这一点,我倒是和他很有共鸣呢。"

"他会不会是在笔记本上写《热带》啊?"

"事到如今也不得而知了。"池内说,"千夜小姐只告诉了我这些。关于佐山尚一的失踪她也是含糊其词。我不知道他们俩之间是不是发生了什么事,比如他们可能曾经是恋人。不过这也只是我的猜想，因为我总觉得事情没那么简单。"

白石双手托腮陷入了沉思。

为什么佐山尚一失踪了？《热带》这本书的存在说明他没有死。可是如果他还活着，为什么不跟千夜小姐联系呢？而且除了《热带》这一部作品外，这三十年间他再也没有写过其他作品了。不，事实上就连《热带》这本书是否存在都不能确定，因为我们之中并没有一个人拥有实体书。

作者消失了，书也消失了，只留下了一个无底洞。

去京都就能解开这些谜团吧。

她不由自主地低声说道："京都，真好啊。"

"不如你跟我一起去吧？"

"不了，虽然挺想去的，可我实在去不了。"

池内微笑道："这些都是多亏了你。"

"啊，是吗？"

"是你创造了这个契机。"

四周已经完全暗了下来，群青色的天花板上星星点点的灯饰开始闪烁，身着连衣裙的女性弹奏着钢琴。越来越像豪华邮轮了，白石心想，我们正乘坐着一艘巨大的邮轮驶向夜晚的大海。

"等你回来给我讲讲这次冒险之旅的细节。"

"那是自然，你就等着我的好消息吧。"池内表情严肃地点了点头。

白石听着钢琴演奏，窗外是银座的街景。她原本在欣赏眼前的夜景，却忽然被对面的大楼所吸引。饭店一条街上的灯火令人怀念，让白石想起了回忆里的场景。她久久地凝视着那些灯火，沉醉其中。那画面就像浮浮沉沉的晦暗海面上正在举行一场夜晚的祭典。

○

白石双手托腮支在模型店的柜台上。

池内挑开了《热带》的谜团后就踏上了去京都的旅程，可惜自己只能无所事事地在这儿等他。

我就不能试着提出一些独特的假设吗？白石翻开笔记本，回顾了一下目前为止已有的结论。

千夜小姐说过，沙漠里的宫殿在"无风带"的另一侧。她凭什么能够如此断言呢？千夜小姐一定有一些秘密没有告诉学团里的任何人。她心里早就有了一幅差不多快拼完的拼图，只差最后一块碎片了。而自己就在那个时候出现了，"满月的女巫"这句话让千夜小姐完成了拼图。

满月的女巫究竟是谁？

叔叔瞥了一眼笔记本问道："出什么事了吗？"

白石抬起头看见叔叔正用食指轻轻地敲着眉间。

"你这副表情会把客人吓跑的。放松点，放松点。"

白石放松了一下脸部肌肉，还是生硬地挤出了一个笑容。

"叔叔，你听说过满月的女巫吗？"

"满月的女巫是什么啊？"

"我不知道才来问你的嘛。"

"不是辉夜姬[1]吗?"

"辉夜姬不是女巫吧。"

"跟女巫差不多啊,本质都不太好。"

白石没有认真读过《竹取物语》,只知道大概的故事内容。她还知道紫式部曾说过《竹取物语》是"所有故事的起源"。仔细想想,《竹取物语》也是一个很奇妙的故事。辉夜姬是谁?她为什么会到人间来?又为什么离开了?这些白石都不明白,整个故事充满了谜团。

"叔叔讨厌辉夜姬吗?"

"我可喜欢了。"

"可你说她本质不好啊。"

"我就是喜欢那种难以亲近的人啊。"

白石觉得叔叔这个人也实在有些古怪。

周日午后,白石在玛丽咖啡吃午饭,突然接到了电话。是池内打来的。不知道他是不是有什么新发现了。

"怎么了?"

"不好意思,你这么忙还给你打电话。"

"我不忙啊,现在正好是午休时间。"

池内应该也能听见这家咖啡店里的声音吧——人们说话的声音、餐具碰撞的声音,还有古典乐曲的声音。白石安静地听着,可是电话那头却沉默了,只能些微听见一些广播的声音。池内可

---

[1] 日本最古老的物语文学作品《竹取物语》中的主角。辉夜姬原本是月宫中的天女,因不明原因被贬入凡尘,后被一对伐竹的老夫妇收养。

能在出租车上。

"你现在在哪儿?"池内的声音带着些许紧张。

"我在玛丽咖啡,正在吃吐司套餐。"白石说,"怎么了?"

"没什么,不过我在京都看见了一个跟你很像的人。"

"我本人一直待在有乐町啊。"白石笑说,"你看见的可能是我的生灵[1]吧。因为我之前也想去京都,所以那股执念化成了生灵。"

"这么看来,是我弄错了。"

"应该是的。"

"啊,真是对不起。"

说完这句后池内便不再说话了。白石觉得他有些奇怪。

"池内……是不是发生了什么?"

"劳你挂心了。"池内说,"诸多事情千头万绪,我也没有整理好。等回东京了,我有一大堆事情想找你商量。"

"那我拭目以待。"

"请静待我的好消息。"

白石觉得这不太像池内的风格,这通电话让人摸不着头脑。

她双手托腮陷入了沉思。只有我的《热带》才是货真价实的——千夜小姐自信满满的声音仿佛在她耳边回响。

白石脑海里浮现出千夜小姐乘着船在海上乘风破浪的飒爽英姿,她炯炯有神的眼眸望着地平线的彼方。这幅画面真是

---

[1] 日本指缠住别人作祟的活人的灵魂。

太美了。

 池内去京都就是为了追逐千夜小姐的脚步吧。

○

 第二天也就是周一的下午,白石去了神保町。
 温和的阳光照耀着靖国大道,路上的行人也都悠然自得。
 一家家沿街的旧书店门前摆着几个装满了书的推车。书店入口处的两侧都堆满了旧书,有些店铺的书堆眼看着都快倒了。与其说这些是店铺,不如说是由古书搭建成的洞窟。白石停下脚步朝店头的橱窗里张望,国木田独步全集和尾崎红叶全集像壮丽的高塔一样耸立着。[1]
 神保町里到底封印了多少个"世界"呢?
 白石还是个小学生的时候,经常觉得翻开书页阅读时,世界仿佛就在书里。读完合上书页后,那个世界就消失不见,无处可寻了,剩下的只有一沓印刷着文字的纸张。虽说这是再寻常不过的事实,可白石偶尔会觉得此事神秘不已。
 比如走进神保町的某家书店,随手拿起一本书翻开的瞬间,一段特别的时间就开始流逝。此前空无一物的空间里被语言填满,出现了土地和茂盛的草木,人们开始在此生活,这里出现了一个世界。再拿起另一本书,就出现了另一个世界。于是,世界

---

[1] 国木田独步和尾崎红叶都为日本著名的小说家、诗人。

就像深不可测的密林一般不断增殖。

"怎么晕头转向的呢。"

白石打了个哈欠。一直以来只要一讨论"宇宙""大佛""万里长城"这些伟大的事物,她就会犯困。

白石边打着哈欠边慢悠悠地走着。她按照约好的时间来到"午餐会"时,朋友已经坐在桌边审阅一沓校样,一看就是个编辑。

朋友学生时代开始在神保町的一家小出版社帮忙,毕业后就到那里上班了。

"哈啰!"

"哈啰!"

两人打了招呼。

似乎是白石感冒那会儿入睡前给朋友打的那个电话,勾起了她对《热带》的兴趣。她想问一些细节,就约白石出来吃饭。

白石边吃午饭,边把年末开始发生的事情讲了一遍——和池内的相遇、"打捞"作业、造访播磨坂公寓、千夜小姐退团、学团讨论的各种假设、从京都寄来的明信片以及池内的旅程。白石再次意识到原来发生了这么多事情。

"有趣,太有趣了。"朋友说,"像推理小说一样。"

"所以我现在还在等着池内的调查结果。"

"他一定会在京都找到什么线索的。"

"真是这样就太好了。"

周末过后,白石依然没有收到池内的联络。既然都约好了,那么他一回到东京应该就会联系自己的。所以他可能还在京都吧。

朋友对此事感到惊讶不已。"学团的人已经调查《热带》一年多了吧。这一年多来什么大事也没发生，可是年底你一加入学团，进展就变得顺畅了起来。你可能意外地成了关键人物哦。"

这么说起来，中津川先生好像也说过这话。

白石连连摆手否认。"那么关于《热带》有什么新情报吗？"

"嗯……可能没什么特别有用的。"

朋友托认识的编辑打听了一下，但是没有人听说过叫佐山尚一的小说家，也不知道《热带》这部作品。但是她跟一家旧书店的老板打听的时候，对方却回答说听说过，因为大概一年前有人来店里问过有没有这本书。朋友又问店主为什么记得这件事，店主说是因为来打听的是一个叫中津川的难缠的收藏家，那段时间这件事还成了旧书店街的一个热门话题。

"不过到最后也没能找到这本书。"

"那个收藏家可能就是我认识的那位中津川先生。"白石沮丧地说，"那个人确实挺执着的。"

"中津川先生是那个学团的人吗？"

"没错。"

"啊，原来是这么回事儿啊。"

听朋友的描述，中津川先生几乎不和别人来往。他好像在神保町的某个地方开了个事务所，但谁也不清楚他的来历。坊间流传"他在妻子出事故死后领了一笔保险金""他是司马辽太郎[1]的亲戚""他是海苔批发店的继承人",等等,可都是些没有根据的流言蜚语。

总之,朋友听到的都是些关于中津川先生的传闻,但是和《热带》相关的消息却一个都没有。这本书成了世界第一大旧书店街上的热门话题已经很不寻常了,更令人匪夷所思的是,竟然没有一个人知道这本书的真实面貌。

"关于这本书的真实面貌,白珠你是怎么想的?"

白石全名叫白石珠子,朋友心血来潮时就会叫她"白珠"。

白石耸耸肩。

"我也不知道啊。"

"把解谜的任务完全丢给池内了?"

"我倒是想起来一件事情……"

就是整件事和《一千零一夜》的关联。

她去播磨坂公寓那天,千夜小姐坐在沙发上读《一千零一夜》。千夜小姐和佐山尚一相遇的契机也是因为她父亲书房里收藏的《一千零一夜》的手抄本。中津川先生号称是《一千零一夜》的收藏家,白石和《热带》的邂逅也是在那家名叫"暴夜书房"的奇异书店。

"我觉得《热带》和《一千零一夜》有某种联系。"

前几天白石读了一点《一千零一夜》。她买的是岩波文库版,好像是一个叫约瑟夫-夏尔·马尔德吕斯的人将阿拉伯语版《一千零一夜》译成了法语,岩波文库版是从这个法语版本翻译

---

1 日本历史小说家,代表作有《功名十字路口》《新史太阁记》《坂上之云》等。

过来的日语版。国王非常残忍，接连杀掉了许多女人，而莎赫札德却十分聪慧勇敢，充满魅力。白石读完了《舍赫亚尔国王和弟弟的故事》，接下来的《商人和魔鬼的故事》她只读了一半。可是她没有发现这两个故事和《热带》之间有什么关联。

"是不是我有什么地方看漏了啊。"

"也可能正相反啊。是《热带》里出现了《一千零一夜》。"

"啊，也有这种可能哦。"

"你没有印象了吗？"

白石歪着头沉吟："倒是出现了和《一千零一夜》里类似的宫殿。"

"也是，没有现成的书就没办法确认了。"朋友沉默了一阵又说道，"我也想起了一件事儿。"

"什么事？"

朋友表情严肃地问白石："你读过《热带》对吧？"

"读过啊。"

"你读的……真的是《热带》吗？"

再次被问到这个问题，白石不安了起来。她是很久以前读的，现在手上也没有现成的书。可是有一群和自己一样读过《热带》的人。即使书找不到了，学团成员的"记忆"却留存了下来。

"如果不是遇到了池内，你根本想不起关于《热带》的事情不是吗？"

"确实如此。"

"遇见了学团的人之后，你才能自信满满地说自己读过《热带》。因为手上没有现成的书,只能依靠他人的记忆,其他的学团成员也都是如此吧。你们可能是互相在给其他人暗示。"

"欸?等等,你说得好吓人啊。"

"我的意思是,其实根本就没有《热带》这本书,它只存在于学团成员的愿望中。你们每个人都深信自己读过的那本书其实本来就是其他的书。试图把每个人读过的不同的几本书拼凑成《热带》,内容上会出现分歧也是理所当然的吧。你们为了混淆这一点,就把这些矛盾的地方称为'无风带'。"

白石说了一句"怎么可能"后,就再也说不出话来。

两人沉默地对视了一会儿后,朋友微笑道:"我只是提出一个假设罢了……你觉得怎么样?"

〇

在骏河台下十字路口和朋友分别后,白石漫无目的地在路上走着。

午后的后街静悄悄的,几乎不见人影,空气也如春日般暖洋洋的。路边有美术类书籍和唱片的专卖店,有玻璃橱窗里堆满了纸板箱的神秘事务所,还有挂着"有房出租"的红字招牌的老旧民宅。

白石在一家不大的中华料理店处拐弯,沿着明治大学方向走去,忽然就来到了一块空地。可能是为了重建楼房把原来的建筑物拆了吧,围墙将空地四周都围起来了。隔壁楼的墙面露了出来,窗户上映照着蓝天,白云在空中飘过。白石觉得自己像是在窥伺这个世界的另一面。

她停下脚步,反思起朋友的话来——其实根本就没有《热带》这本书。

我们并没有读过《热带》,而是想创造《热带》。这个假设和新城的"语言毒剂说"一样荒诞,可它的荒唐却又充满了魅力,让人无法割舍。从某种意义上来说,这个假设说不定是真实的。丢失的五本《热带》、阻挡"打捞"的"无风带"、住在"沙漠里的宫殿"里的"满月的女巫"、千夜小姐的留言、佐山尚一的行踪、和《一千零一夜》的关联以及几个错综复杂的假说……尽管学团想要解开《热带》之谜,但那个谜团却像棉花糖一样膨胀起来。

自己只能静等池内回来,这让白石焦虑万分。

我还是想去一趟京都啊。白石思忖片刻后,拨通了池内的电话。

她屏息聆听着电话里"嘟——嘟——"的拨出音,这个电话的那头联结着京都。

白石心潮澎湃,她等着池内接通电话,心里却渐渐生出不祥的预感。结果等了很久池内也没有接电话。

"池内,池内,你出什么事了?"白石喃喃自语。

这时,只听背后传来呼喊声:"白石。"

白石慌忙挂断电话回过头去,只见新城正靠着空地的围栏站着。他身材瘦削,满脸憔悴,唯有双目炯炯有神。他显然有些不对劲。

"新城,你是不是哪儿不舒服啊?"

"我刚刚在大街上看见你,就追着过来了。"新城仿佛深思熟虑后说道,"我……看见幻象了。"

"啊?"

"那个幻象非常真实。"新城淡然地继续说道,"晚上睡不着,我就在街上散步。那个幻象就像在追着我跑,在家庭餐馆后面的停车场、儿童公园里的沙坑、空无一人的商店街等地,还有,空中悬挂着第二个月亮。为什么会看见这些景象呢?我一直在思考这个问题,终于有了答案。之前我不是说过'语言毒剂'吗?我觉得就是'语言毒剂'创造出了这些幻象,幻象啊。"

"等等,新城。"白石说,"我完全没听懂你在说什么。"

太阳被云层遮蔽,后街被包裹进阴影中,就像被水淹没了一般。新城支起身子,不再倚靠围栏。他慢慢走近白石,像揭晓真凶似的说道:"你就是满月的女巫吧?"

白石惊讶万分。

"千夜小姐看穿了这一点,所以她成功解开了咒语。你也是《热带》创造出来的幻象。你根本就不是真实存在的对吧?"

白石觉得周围的空间似乎都被扭曲了。

"你在说什么啊,这怎么可能呢。"

"来吧,替我解开咒语吧。谜团已经够多的了。"

渐渐靠近的新城眼神有些异样。

他刚刚说了些什么乱七八糟的,我是不是真实存在的难道我自己不知道吗?新城到底陷入了什么异想天开的假设?可是无论白石如何让他正视现实,他都听不进去。

好女不吃眼前亏，白石转身就逃。她暗自庆幸自己穿了双轻便的鞋子。

○

可是，白石犯了两个错误。

第一，她高估了新城的体力。新城看了太多侦探小说，本已体力不支，再加上连日来没有睡好觉，要追上飞奔着逃跑的白石根本就是不可能的。他只追出几米就耗尽了体力，在一家老旧的游戏中心门口弯着腰大口喘气。

第二，白石忘记了自己是个路盲。为了甩掉新城，她在神保町的后街兜兜转转，这会儿已经不知道自己要往哪个方向跑了。他应该不会追到这儿来吧。白石正这么想着，就看见了新城羸弱的背影。就像在沙漠里遇难的商队一样，白石在神保町一角兜着小圈子，却恰好绕回了待在原地没动的新城身边。

"哇！完了！要被发现了。"她赶紧飞奔进了游戏中心。

白石的面前是一条狭窄的通道，左手边排列着旧式的游戏机，上面放着装满了烟头的烟灰缸和空咖啡罐。通道走到底有一段短楼梯，楼梯尽头的空间光线昏暗，只见游戏机的光亮忽明忽暗地闪烁着。

"糟糕，他可能发现我了。"

白石上了二楼，发现这里是个奇异的空间。白墙上还粘着瓦片，看上去像是将上了年头的饭店或是居酒屋强行改造成了游戏中心。隔层和楼层之间由小巧的楼梯连接起来，仿佛构成了一个立体的迷宫。一楼和二楼之间的隔层上摆满了麻将桌，桌子底下的洗牌盘闪着诡异的光，香烟的烟雾擦着低矮的天花板飘浮在空中。一个穿西装的男人正叼着烟，表情阴郁地面对着游戏机。

白石从隔层的角落透过栏杆张望游戏中心的入口处。新城果然走了进来，游戏机发出的光将他的脸映照得越发苍白。

"哇，简直像个杀人狂魔。"白石缩了缩身体，屏住了呼吸。

这时突然有人抓住了她的手腕，白石几乎不由自主地跳了起来。

"中津川先生！"

"好了好了，你冷静一点。"

头戴贝雷帽的老人表情严肃地蹲在她旁边，手里抱着一个装书的袋子。对了，中津川先生的事务所应该就在神保町。

"有谁在追你吧？"

"您怎么知道？"

"你慌慌张张地跑进来之后，新城也进来了。他最近有点奇怪，经常缠着我说些莫名其妙的话，我也很困扰。"

"他到底怎么了啊？"

"被发现就麻烦了。你跟我来。"

中津川先生猫着腰穿梭在游戏机的阴影里，巧妙地避开了来到隔层的新城的视线。新城环视了一圈隔层后就返回了楼梯处，在旧式游戏机前的椅子上坐下了。他是打算在那里坐等白石现身。

"他坐在那儿，我们没法出去啊。"

可是中津川先生却十分冷静。

"小姐,神保町就如同我的后花园啊。"

他往游戏中心深处走去。只见通道口写着"工作人员以外请勿入内"。他们穿过一扇小门就来到了这栋建筑的背面。赫然出现在眼前的是一面冷冰冰的水泥墙。

正当白石舒了一口气的时候,中津川先生却小声叫道:"啊,不好,被新城发现了。糟糕。"

"啊?啊?啊?"

"赶紧爬楼梯,快点!"

白石似乎是被中津川先生推着爬上了楼梯,可面前又出现了一扇门。

"我们从这儿进去穿过这栋楼吧。"中津川先生说道。

可是门内昏暗得什么都看不见,还飘散出一股浓浓的气味——绘画工具、灰尘、霉菌、旧书、咖啡、烟斗的气味。

"等等,中津川先生,我什么都看不见……"

"快点快点,新城要追上来了。在这儿被他发现可就麻烦了。"

"您快别吓我了。"

两人用手摸索着缓慢前行时,听见了什么巨大的东西从架子上掉落的声音。

"喂,你小心一点!这里很窄。"中津川先生推了推白石的背,激动地说。

"我们能穿过去的吧?"

"不能。"

"不能?"白石吃了一惊,顿在了原地。

"小姐,这里是传说中的死胡同哦。"

这时,白石背后幽幽地传来门锁被拧动的声音。

"我可拿着刀,你别做无谓的抵抗了。我把灯打开,你坐到里面的沙发上去。我会请你喝高级的咖啡。"

〇

白石在黑暗中摸索到了沙发后坐了下来。

眼睛已经适应了黑暗,她看见面前摆着一张大书桌。房间里并没有黑到伸手不见五指的程度,有微弱的光线照在对面的墙上,原来是巨大的书架挡在了窗前。

中津川先生打开了桌边的台灯。

"其实我没有刀,不过现在就算我这么说你也不会相信了吧。你要是想逃跑的话,我可能会变身杀人狂魔。"

整个房间像细长的走廊,十分奇特。两侧靠墙摆着书架,上面塞满了各种各样的书和文件。地板上的纸板箱里扔着一些旧画具和旧电脑,空隙处还塞着一些书架上放不下的书籍。看起来这里就是中津川先生的事务所了。书架上摆放的书籍都是他的收藏品吧。

中津川先生边泡咖啡边说:"我不当美术老师以后,就在家里开办了自己的美术教室。那时我老婆气得要命,可能是把之前积攒下来的怒气一股脑都发泄了出来。她说要把我所有的收藏品都处理掉,所以我才慌慌张张租了这间屋子,把收藏品都转移过来了。当时的情形简直就像在夜里逃难似的。不过现在想想真是太好了。我老婆和儿子都不知道这个房子,也没人会打电话来,我还能在熟悉的旧书店街上逛逛。有这么一个秘密小屋的感觉真是太棒了。"

"是嘛……"白石生硬地说。

"我一直想跟小姐你好好聊一聊,可不是什么怪老头迷恋少女之类的龌龊想法。虽说你确实是个充满魅力的人,不过我想聊的是《热带》的事情。"

"只要我说了就能平安地回去吗?"

"那就要看你接下来的表现了。"中津川先生把煮好的咖啡倒进杯子里放到桌上,"新城也很困扰吧。那个年轻人以为自己解开了《热带》的谜团呢。他不明白,这又是《热带》滋生出的一个魔境。他不屈不挠的侦探精神反而帮了倒忙,再这么下去只会在迷宫里越陷越深。"

白石假装喝了一口咖啡。她心想,新城到底是怎么了?中津川先生又是怎么了?新城认定了我就是满月的女巫,中津川先生估计也被什么幻想给迷惑住了吧。我一定要想个办法从这个房间脱身……这时,她突然想起来包里带了那本假的《热带》。

白石盯着中津川先生说:"我们做个交易吧。"

"什么交易?"

"其实,我手上有一本《热带》。"

她从包里拿出那本假的《热带》。中津川先生脸上的笑容渐渐消失了。他目瞪口呆地盯着眼前的书。

"你在哪儿找到的?"

"在哪儿找到的重要吗？重要的是现在我手上有一本《热带》。如果能平安离开，我就把这本书送给你。"

"原来如此，这就是你说的交易？"中津川先生讽刺地冷笑道，"不过这位小姐，我对赝品可没兴趣哦。"

"这不是赝品。"

"不，就是赝品。因为真的书已经在我手上了。"

中津川先生慢悠悠地喝着咖啡。

这位老人家是在故弄玄虚，还是他真的已经拿到《热带》了？

"小姐，关键就在于'无风带'哦。"

中津川先生打开了桌上的"打捞"表。灯光照着"无风带"，那里混乱地写着一些笔记片段。

"我们从这块空白处开始就无法把握故事的主线了。这究竟是为什么呢？学团费尽了心力，就为找出唯一合理的故事以及让前后的故事情节能够对上。可是，存在这样一个唯一的故事，这种假设本身就是错的。有这种想法的人根本无法接近这本恐怖的书籍的本质。你想想千夜小姐的留言。"

"只有我的《热带》才是货真价实的。"白石喃喃自语。

中津川先生点了点头。

"你明白了吗？"

"完全不明白。"

"也就是说，《热带》在我们每个人面前都会展现出不同的样貌。每一本都是货真价实的，但同时每一本也都是异本。"

"这不可能。"

"所以才说《热带》是一本充满了魔法的书啊。"

中津川先生转身拉了拉从墙上垂下来的绳子。已经脏得乌黑的换气扇转了起来，发出巨人咳嗽般的声响。中津川先生拿起桌上的烟斗点燃，从烟丝处升腾而起的浓烟就像扭曲的活物似的，被换气扇吸了进去。白石拿出手帕擦了擦汗。这里怎么这么闷热啊。

"我们各自与《热带》邂逅，"中津川先生说道，"然后翻动书页，进入书中的故事。不久后，这个故事的发展开始走向不同的方向，就像沙漠中的河流出现了分支。那么，这些支流最终会通向哪里呢？用魔法的思维来思考自然就能得出答案。为什么我们不知道《热带》的结局？为什么《热带》会凭空消失？"

中津川先生是有什么话要说吧，白石皱着眉思索着。突然她脑中灵光一闪，冒出了一个假设。不过这个假设实在太过荒诞无稽。

"你说的这些事情是不可能的。"她嘟囔道。

"可是小姐，这就是事实啊。"

中津川先生兴奋地说边说边解开了领带。白石看见汗水从他涨红的脸上淌下来，滴在了桌上。

"我们为什么没能读到《热带》的结尾，那是因为结尾是故事和现实世界的分界线，而《热带》没有这条分界线啊。你明白这意味着什么吗？也就是说我们到现在都没有读完《热带》。那天，你翻开书开始阅读的那个故事，它和这个屋子是相通的。明白了吗？我们现在也在持续阅读这个故事，我们正在翻阅属于《热带》这个世界的一页。"

白石热得有些发晕。

"暖气开得太强了,中津川先生。"

"暖气之类的事情就滚蛋吧!"中津川先生探出身子说道,"刚才我说过,真的《热带》已经在我手上了。《热带》是这个世界上不可多得的奇书中的奇书,严格意义上来说是如同魔法一般的书籍。毕竟它就是我们所生存的这个世界本身啊。我们并没有丢失《热带》,而是与《热带》同在。"

中津川先生唾沫横飞的热情演说像云雾一样在白石耳边消散。

忽然她闻到一股被雨水打湿的植物散发出的潮湿气味,脑海中浮现出独自一人在荒岛求生的鲁滨逊·克鲁索。当时在安静的模型店里读完《鲁滨逊漂流记》的时候,白石也觉得书页中飘散出了这股潮湿的气味。

她揉了揉眼睛,环视了一下昏暗的房间。

周围的一切仿佛都被热气包裹着,显得十分朦胧。中津川先生大汗淋漓,像是被从水里捞起来的一样,他还在忘我地说着话。白石觉得他背后的书架上好像有什么动静。堆积如山的百科事典的间隙里缓慢地长出了绿叶。她抬起头发现天花板上不知何时竟然长出了藤蔓,有好几根已经垂了下来。房间里充斥着树叶摩擦的声音,热带植物吞噬了这个房间。

"如果我们都身处《热带》之中的话,"白石小声说道,"那接下来会发生什么呢?"

"我也不知道啊。人生不就是这样的嘛。"

"但是《热带》是个故事对吧?"

"不对哦,小姐。"中津川先生用柔和的语调说道,"还没完结的故事只能被称为人生。"

这是白石记忆中中津川先生说的最后一句话。

回过神来时,她已经漫无目的地走在神保町的后街上了。白石完全不知道自己是怎么从那个房间里出来的。她汗涔涔的身体打着寒战。

夹杂在杂居大楼间的小巷像迷宫一样延伸着,夕阳朦胧的光线笼罩着街道。白石觉得两侧建筑物的窗户上似乎有什么东西在移动。她停下脚步抬头一看,只见脏兮兮的玻璃窗内侧绿植茂盛。它们正试图破窗而出,生长到外面来。

白石拔腿就跑了起来。

○

第二天是周二,午休的时候白石去了池内的公司。

那个家具店的展示厅就在她上班的那栋楼的五层,可却有着和她每天要待上大半时间的地下街截然不同的氛围。展示厅宽敞的空间里零散地摆放着漂亮的椅子和沙发,比起家具,它们倒更像是艺术品。

白石向店员打听池内,对方脸上露出了惊讶的表情。

"请稍等片刻。"

过了一会儿来了一位像是店长的女性,她说池内不在店里。白石觉得对方可能是想打探自己的意图,就简单地说了一下自己和池内的关系。

"一直联系不上他,我正发愁呢。"店长点点头,请她去里面的办公室,"您知道他去京都了吗?"

"嗯,他告诉我了。"

"今天他本该来上班的,但是却没有出现。我打电话去酒店问了一下,可酒店的人说他前天就退房了。池内从来不会无故缺勤,就连迟到都没有过。我们都很担心他是不是在旅途中遇到了什么麻烦,正在商量是不是要联系他的家人,接下来应该怎么办。"

"是吗……"

"您有什么线索吗?"

"没有,我一点头绪也没有。"

白石和店长道别后就离开了展示厅。在去往地下街的电梯里,她陷入了沉思。

池内失踪是她早就预想到的情况。自己没有什么大惊小怪的反应,那个店长反而会感到很奇怪吧。可是自己又能跟她说什么呢?

池内为了解开《热带》的谜团而去了京都,但是其实我们所有人都身处《热带》之中,所以池内的失踪是这部名为《热带》的小说的后续情节——这个世界上没有人会接受这种说法。

白石想起了昨天发生的事。在神保町后街追赶她的新城、着了魔似的说着话的中津川先生、突然生长出来的热带植物——这些原本像是幻想故事中出现的场景,却被自己亲身经历了一遍。仿佛是现实世界裂开了一个大口子,《热带》从这个口子里涌了进来。池内是不是也在京都遇上了同样的事情呢?

"我到底应该怎么办才好呢?"

白石回到地下街的模型店,叔叔看见她吃了一惊。她眉头深锁,脸上还是一副牙关紧咬的表情。

"你怎么了啊?"

"没什么。"

"不可能吧。"

"让我一个人待会儿,我也有自己的烦恼啊。"

白石双肘支在柜台上,用手揉了揉眼睛。怎么才能从这个莫名其妙的迷宫里逃脱出去呢?她闭上双眼,眼前的黑暗深处是一片热气氤氲的密林。她全神贯注地倾听着那可怕的嘈杂声,完全没有注意到叔叔在叫她。直到有人拍了拍她的肩膀,她才回过神来。

"你振作一点啊!"叔叔担心地说。

"对不起。"

"你不在的时候来了封信。"

叔叔递给她一个厚厚的茶色信封。白石迷迷糊糊地接了过来,歪着脑袋有些不解。寄给她的快递应该都是送到小石川的家里啊。

"京都的熟人寄的?"

无意中听到叔叔的声音,白石看了看邮戳。这信确实是从京都寄来的。白石打开信封,里面是那本她见过的黑色笔记本。

"咦?"叔叔偷瞄着白石手上的东西说道,"这不是池内君的笔记本吗?"

白石慌忙翻起了笔记本。

"白石珠子小姐,"纸面上密密麻麻地写满了池内工整的字迹,"你过得还好吗?我是池内。"

"你是为了探寻《热带》的学团迎来的最后一位伙伴,我深信和你的相遇会为事情带来新的发展。这个观点是正确的。如果没能和你相遇,那么这本笔记本上所记载的事情也不会发生。"

这些文字就像是池内在亲口说话一样。白石读了几页后,这种感觉越发强烈。

为什么她加入学团后,就发生了许许多多的事情呢?白石自己也很想知道答案。

我们大家都身处《热带》之中。也许这不是中津川先生的臆想。

白石合上笔记本站起来。

"叔叔。"

"怎么了?"

"我现在要去京都。"

叔叔一脸惊讶地看着她,继而又将目光转向了她手中的池内的笔记本。叔叔理解得似乎有些偏差,可他好像一颗心落了地。

"你要追着池内过去吗?"

"没错,我要去追寻他的足迹。"

"了解。"叔叔说道,"自己小心。"

○

白石穿过丸之内的高楼街,朝东京站走去。

三十分钟后,她在商店里买好了三明治,坐上了开往京都的新干线。

　　新干线驶出东京后的一段时间里,白石仍然有一种灵魂出窍的感觉。列车驶过有乐町的时候,她透过车窗看见了自己工作的大楼。白石觉得似乎有另一个自己正在那家地下街的模型店里看店。车窗外向后移动的午后的高楼街和皇居的森林,忽然之间都成了令人怀念的回忆。

　　"大家都在追逐着某个人。"白石忽然冒出了这个念头。

　　千夜小姐追逐着佐山尚一,池内追逐着千夜小姐,而现在自己又追逐着池内。

　　可这是自己第一次如此冲动地踏上一段旅程。行李也只带了一个瘪瘪的手提包,里面装着少量的必需品、《一千零一夜》文库本的第一卷、从千夜小姐那儿得来的赝品《热带》和池内寄来的大开本笔记本。白石打算到了京都找一个住处,再买点必需品。一想到这些,这趟宛如冒险之旅的出行就让她兴奋不已。

　　白石低头看了看放在膝上的池内的笔记本。

　　距离到达京都还有两个多小时,路上就读一读这本笔记吧。池内应该给追逐着他的足迹前去的人——也就是自己——提供了一些线索。

　　她开始读起了笔记。

第三章　满月的女巫

白石珠子小姐：

你过得还好吗？我是池内。

你是为了探寻《热带》的学团迎来的最后一位伙伴，我深信和你的相遇会为事情带来新的发展。这个观点是正确的。如果没能和你相遇，那么这本笔记本上所记载的事情也不会发生。

这本笔记是关于我自己的故事。同时它也是为你而写的故事。

《格林童话》中的汉赛尔和格莱特被遗弃在森林深处，靠着事先做记号留下的白色小石子，他们最终走出了森林。我希望这本笔记也能成为引导你的白色小石子。可是与"汉赛尔与格莱特"的故事不同的是，我的这颗小石子恐怕会将你引入热带森林的更深处吧。

○

我就从到达京都那晚开始讲起吧。

我在京都站换乘地铁来到蹴上。这个地方就在东山旁边，离南禅寺和无邻庵也很近。这里的山丘上建有一座大酒店，听说千夜小姐每次来扫墓都固定住在这家酒店。

我到达宾馆的时候已经是深夜了，宽敞的大厅里人影稀少。在前台办完入住手续后，一个酒店工作人员朝我走来。

"池内先生，海野千夜小姐有留言要我转达给您。"

留言——我听到这话后顿时心潮澎湃。

可是千夜小姐的留言却只是一句平平淡淡的"祝你旅途平安"。我顿时像泄了气的皮球。而且工作人员说，千夜小姐是前天早上退房离开的。

"她是回东京了吗？"

"这我就不知道了。"

"我们不会正好错过了吧？"我说，"是千夜小姐邀请我来京都的。"

"那位客人可能还在京都，她说要去拜访一位旧友。"

那一刻我自然想到了佐山尚一。

"她要去见的是一个叫佐山尚一的人吗？"

"十分抱歉，我不知道具体的名字……"

我向那位工作人员道了谢就回了房间。

透过酒店房间的窗户能看见京都的夜景。右手边是南禅寺的浓郁森林，漆黑的群山和北边的比叡山相连。眺望眼前星星点点的街灯，我觉得这个城市的某处有一条通往《热带》之谜的秘密通道。千夜小姐肯定是先于我们找到了这条通道的入口。

我打开台灯，又端详起了明信片——只有我的《热带》才是货真价实的。

虽然已是深夜十二点，可我却丝毫没有睡意。

我钻进被窝，读起了《鲁滨逊漂流记》。想起你在模型店里读这本书，我也打算时隔良久再重读一遍，就把它带来了。借着床头灯的光亮读起这本书的时候，我不禁想起了儒勒·凡尔纳的《神秘岛》和史蒂文森的《金银岛》。这些书都和我热衷阅读的少年时代紧密相连。那时阅读故事给我带来的幸福感，鲜活得仿佛触手可及。

我感受着茂密森林的气息，终于进入了梦乡。

○

第二天早晨，我在餐厅边喝咖啡边翻着笔记本思索着。如果星期天晚上回东京的话，那我还有整整两天的时间能利用。

来京都前，我把至今为止记录的关于《热带》的数本笔记都重新看了一遍，并把它们整理归纳在了一本新的笔记本里。其中包括"打捞"出来的故事、学团得出的几个假设、千夜小姐和你之间发生的事，等等。

首先，我还是应该沿着千夜小姐的足迹去走一走。

她学生时代生活过的家位于吉田山上，听说从窗口能看见大文字山。佐山尚一也曾经生活在那一带，也就是说《热带》是在那里诞生的。我觉得一定要去那里探访一下。

从酒店坐出租车到吉田山山麓大概十分钟。我在一个大十字路口前下了车,沿着疏水渠前往银阁寺的小路上,游客络绎不绝。而我要去的是和银阁寺方向相反的,位于吉田山东麓的广阔住宅区。那一带几乎不见游客的踪迹。

天阴沉沉的,空中云层密布。我沿着在民宅间穿梭的坡道往前爬行。

爬了一段后我回头看去,只见东山就在这片民宅的另一边。沿着平缓的山脊再往前走,因"五山送火"而鼎鼎有名的大文字山就映入了眼帘。

我想起了学生时代和朋友一起在暑假来观看"五山送火"的盛事。黑黢黢的山坡上升腾而起的送火宛如另一个世界的景象。

"这火是为了送别回到现世的死者的,"朋友说,"所以叫送火。"

"这么说还有迎火咯?"我记得我还这么问过朋友。

终于爬上了山顶,赫然出现在眼前的是吉田山郁郁葱葱的森林。

我拐进沿着森林蜿蜒向前的岔路,接着朝前走去。道路左边是略显浓郁的树林,右边则接连有好几家木造的民宅。

佐山尚一曾经在这里过着怎样的生活呢?

据说他是主修语言学的研究生,去千夜小姐家拜访也是为了去打解读手抄本的零工。我的脑海中不知为何浮现出一个充满寂寞和荫翳的形象。佐山尚一只留下一本名为《热带》的充满了谜团的小说后就销声匿迹了,我关于这个人物的悲剧性的记忆催生了这种形象。

不久后道路右边不再有民宅。放眼鸟瞰，街道的景色一览无余。

这个城市要是被大海淹没的话，吉田山就会像一座岛屿吧。佐山笔下在热带岛屿间的冒险故事也许就始于这样的念头吧。这个城市的每一个角落都隐藏着《热带》诞生的痕迹。也许正是因为这样，千夜小姐才会叫我来京都。

我离开住宅区，往吉田山的森林里走去，心想我就用佐山尚一的"眼睛"来观察一下。

我故意不走林间小道，而是踏着落叶走进了森林深处。四周是冬季凋敝的森林，也许这片森林曾经在佐山的眼中和"热带的森林"重叠在了一起。我想象着只存在于幻想中的奇异国度，一边侧耳倾听树木发出的嘈杂声，脑海中浮现出曾经读过的《热带》中的场景。

走出森林后，我来到了一处儿童公园。豁然出现在头顶的天空阴云密布，零散的游乐设施也显得形单影只。

我漫无目的地绕着公园走了一圈，却发现了一处奇异的事物。

一个像流动拉面摊似的摊位上堆满了杂七杂八的货物，颇有些"移动古董店"的味道。但是我没看见貌似店主的人。我凑近了往顶棚下一看，只见里面有一个小书架。那一瞬间，我想起了你跟我说过的故事。

我把目光转向黄色的幡旗，上面写着"暴夜书房"。

○

白石你就是在这家旧书店买到了《热带》的。

充满了奇思妙想的店名和风格奇特的商品相得益彰，也体现出店主的讲究。可是我没有找到《热带》。

突然，摊位那头似乎有动静。

"有什么感兴趣的东西吗？"店主打着哈欠站了起来。

"是在营业中吗？"

"你祈求，就给你开门。[1]"

店主掸了掸屁股上的沙子又打了个哈欠。

他刚刚是坐在摊位的角落里打瞌睡吧。店主身穿带毛绒领子的深蓝色工服，头戴带有护耳的俄式帽子。他的形象和摊位的氛围融为一体，看起来就像个异域来的商人。因为他留着凌乱的胡子，所以乍一看好像年纪很大，其实也就和我差不多。

"我第一次看见这样的书店。"

"很有趣吧？"

"是挺有意思的……"

"你是想问为什么开在这种荒山野岭里对吧？"店主说，"几天前我还在下鸭神社一带摆摊呢。我要保持神出鬼没的风格。"

---

1 语出《圣经·路加福音》11：9-10。耶稣说："我又告诉你们，你们祈求，就给你们；寻找，就寻见；叩门，就给你们开门。因为，凡祈求的，就得着；寻找的，就寻见；叩门的，就给他开门。"

"可是这种地方没有顾客吧?"

"你不就是顾客嘛。"

我被他说得哑口无言。

"那么,你要买什么书啊?"

"我在找一本叫《热带》的书……"

"《热带》?"店主歪着头在书架上找了找,"没有这么一本书啊。"

"我有个认识的人就是在你这家店里买的《热带》。"

我翻着笔记本,把白石你跟我说的事情告诉了店主。你应该是在去比叡山的索道乘车点和《热带》不期而遇的吧。

"我确实在那一带出过摊。"店主说,"可我实在是对这本书没有印象啊。"

"是嘛……"

"看起来你是铁了心想找这本书啊。"

"嗯,算是吧。"我含糊其词。

店主捋捋胡子盯着我看。我要是就这么走了的话,他一定会很沮丧的,所以我打算随便买本书。正当我重新在书架上挑选的时候,店主却请我帮他一个忙。

"你帮我看会儿店吧。我有事要出去办一下,可为此特地关门又太麻烦了。"

"不不不,我不能答应你。"

"没问题,没问题的。"

店主根本没在意我说的话,就从摊位的另一边离开了。他的脸被凌乱的胡子覆盖着,皮肤是冬日里不常见的久经日晒后的颜色，盯着我看的双眼目光矍铄。总觉得他给人的印象就像是个冒险家。

"你帮我看店的话，我就告诉你一件有趣的事情。"

"有趣的事情？"

"就是关于你在找的那本书的事情。"

"您是不是知道些什么？"

我再追问的时候，店主只是眨了眨眼睛。

"等我回来再告诉你。那就麻烦你看店啦。"说完他就慢悠悠地朝公园方向走去。

我呆呆地目送他的背影远去。

○

我实在是被迫接下了这个诡异的任务。

我犹豫着要不要丢下店主的这些商品，就这么不辞而别，可又放不下他离开前说的那些吊胃口的话。

天开始飘雪，我躲进了棚底下。从棚顶垂挂下来的一幅小画被我的头撞得摇晃个不停。画里是一只身形如巨石般大小的张牙舞爪的老虎，好像是江户时代肉笔画[1]的复刻品。

阴沉沉的天空笼罩下的公园里还是空无一人。

摊位几乎被书籍和杂七杂八的商品掩埋了，角落里摆着一个

---

1 肉笔浮世绘为江户时代浮世绘的一种类型，与版画不同，肉笔画是指画师用画笔直接在绢、纸等各种材质的材料上描绘的浮世绘。

挂着钥匙的柜子，还有一台像是收银机的东西。我把笔记本摊在那个狭小的收银台上，边往冻僵的手上哈气，边记录下昨晚发生的事情。

我写了一会儿，抬头发现有一对看起来像是大学生的戴着围巾的男女正好奇地盯着摊位。他们脸上的表情就像在深山老林里遇上了马戏团似的。我努力用和蔼可亲的语气说了声"欢迎光临"。

女孩子一脸疑惑地问道："这是……店铺吗？"

"是旧书店。请随便看。"

他们像被饵料引诱过来的猫似的靠近了摊位，一边盯着书架一边交头接耳的样子让人看了忍俊不禁。

"啊，这本书我知道。"

"讲了什么来着？"

"哎呀，就是变成老虎的那个。"

两人边聊边拿起了一本中岛敦的短篇集文库本。我猜他们说的是《山月记》吧。故事讲的是一个立志当诗人的年轻人李徵在经历了一系列的挫折后变成老虎的故事。我记得我学生时代也读过。

男大学生把两百日元放在收银台上说道："您这家店可真是奇妙。"

"这不是我的店。"

"欸？"

"我只是受人之托帮忙看店。"

大学生们一脸不解地走了。

森林里还下着雪,周围安静得像时间静止了一般。

我感受到一种被遗弃的不安,脑海里浮现出一个故事。那是一个被诅咒的旧书店的故事。主人公受店主之托帮忙看店。可是他怎么等店主都没回来。终于,主人公意识到自己再也无法离开这个旧书店了。于是他下定了决心,只要没有找到下一个牺牲者,他就要永永远远守着这家店。想到这里,我不禁苦笑。不知不觉间我也像白石说的那样,"想象神经"变得过分敏感了。

我打起精神又打量起摊位里的书架来。突然,有本书映入了我的眼帘——是《一千零一夜》。

我们确实也聊起过《一千零一夜》吧。据说千夜小姐的父亲叫佐山尚一来家里,也是为了解读《一千零一夜》的手抄本。我读完了《舍赫亚尔国王与弟弟的故事》《商人与魔鬼的故事》及《渔夫与魔鬼的故事》后就没再读下去了。

当时我就心想,这不正好嘛,于是拿起陈旧的文库本读了起来。

《一千零一夜》的故事构造十分奇特。莎赫札德讲述的故事里包含着其他故事,有时这个故事里的登场人物又会讲另一个故事。比如在《渔夫与魔鬼的故事》里,差点被从铜瓶里冒出来的魔鬼杀害的渔夫讲了《鲁扬医师的故事》(学团聚会的时候中津川先生曾经引用过这个故事,你应该还记得吧)。故事里有个大臣挑唆尤南国王杀了鲁扬医师,国王就给这个大臣讲了《辛巴德国王与猎鹰》的故事,大臣又讲了一个《王子和食人鬼》的故事。当然,所有这些故事都是包含在莎赫札德所讲的故事里的。

我看起了《脚夫与姑娘的故事》。

这个故事讲的是，从前巴格达有个单身汉脚夫。有一天，他正倚靠着箩筐发呆，一个戴面纱的姑娘对他说道："拿起你的箩筐跟我走吧。"

姑娘掀起脸上的面纱，她的美貌令人惊叹。脚夫立刻站起来，十分兴奋地按这位姑娘所说跟着她走了。姑娘在市场里逛了一圈，买了一大堆美食，接二连三地把它们装进了脚夫背上的箩筐里。箩筐越来越重，脚夫有些后悔。"早知道我就牵头驴或者马来了。"

终于买完所有东西后，姑娘带着脚夫来到了一座装着黑檀木大门的气派的房子前。在房子里等着的另两个姑娘似乎是她的妹妹。

脚夫被带进了面朝庭院的客厅，他和三个姑娘共进美食，还开了些低俗的玩笑，度过了一段愉快的时光。夜幕降临，脚夫提出要留宿一晚，三个姑娘提出了条件——他必须服从她们的命令，无论他看见什么，都不许向她们发问。脚夫答应了，姑娘们又指着门上的金色大字让他读一遍。只见门上写着：

> 莫谈与你无关之事，
> 以免听到逆耳之言。

读到这儿的时候我不禁吃了一惊。

白石你一定也记得很清楚对吧。这就是《热带》开头写的那句话。

○

这个发现出乎我的意料。

据我所知,从来没有人指出过这处关联。佐山尚一肯定是引用了《一千零一夜》中的这句话。

我接着往下读《脚夫与姑娘的故事》。

脚夫留宿在这不同寻常的三姐妹家里。那晚,还来了三个独眼的托钵僧和装扮成商人在夜晚的街上游荡的教王哈里发哈伦·拉希德[1]。他们也想在此留宿一晚。作为条件,三姐妹也让他们看了门上的文字。

可是这些客人都对三姐妹奇异的举动充满了好奇,最终开口问了她们问题。三姐妹顿时怒不可遏,召唤了七个持剑的人把客人们绑了起来。就在客人们以为自己即将被杀时,独眼的托钵僧们接二连三地讲起了故事。希望和相爱的妹妹一起在地宫生活却未能得偿所愿的王子、被魔法变成了猴子的航海男、公主和魔鬼之间展开的魔法之战、能让往船只沉入海底的"磁石山"、被缝进羊皮后又被巨大的罗克鸟抓走的男人、住着四十个少女的黄铜宫殿……他们讲了这些故事,得到了三姐妹的原谅,好不容易捡回了一条命。

通过讲故事救了自己一命——这让人想起了会讲故事的莎赫札德。她也是通过讲故事多次逃脱了被舍赫亚尔国王砍头的命运。

---

1 哈里发(Khalif)是伊斯兰教国家对政治宗教领袖的尊称。

这故事真是令人匪夷所思。可是除了刻在门上的那句话以外,我并没有读到什么和《热带》有关联的地方。

背后的森林忽地唰唰作响。我脑海里出现了巨大的老虎形象。这念头可能是由《山月记》联想而来的吧,连我自己都觉得很傻。从林间现身的是店主。

"您怎么从那儿出来啊?"

"我绕了个近路呀。"店主边说边递给我一罐热咖啡,"哎呀呀,让你久等了,辛苦辛苦!"

接过咖啡罐那一刻,我才意识到自己的身体已经冻僵了。集中精神读书的时候,我暂时忘记了自己身体的存在。喝着温热甜美的咖啡,我终于觉得自己从《一千零一夜》的世界里走出来了。

我把刚才卖书的两百日元交给店主,店主一脸震惊。

"你还真卖出去书了啊。"

这个流动旧书摊确实没什么赚头。店主抬头望着天空中飘落的雪花,口中念叨着"这买卖就跟做慈善似的啊"。店主另有主业,却没具体说是什么工作。

他的目光落在收银台上的《一千零一夜》上。

"你在读这个?"

"不好意思,我读得爱不释手,就一直没放回去……"

"没事没事,这书很有意思吧?"

"是啊。"

"仔细想想这个故事形式真是厉害。按照莎赫札德所说,任何故事都能成为《一千零一夜》的一部分。它能吸收这个世界上所有的故事，完全不受'一千个夜晚'的限制，两千个、三千个夜晚都行……"

"不好意思，您走之前说……"

"嗯？"

"关于我在找的那本书，您是不是知道些什么？"

"啊，那本书啊。"店主给烟斗点上火，张嘴吐了一口烟，"大概三天前吧，有个女人从森林里走出来，是位戴墨镜、看起来挺精明的太太。她也说一个熟人是在我店里买的《热带》，跟你打听的是一码事儿。巧合得有些不可思议吧？"

"你们都聊了些什么？"

"也没说什么重要的。比如她以前住在这一带，和这本书的作者认识之类的。"

"我正在找那位女士。"

店主一脸惊讶地盯着我。

"我还以为你是来找书的呢。"

"说来话长啊。"

店主沉思了一会儿，终于开口说道："她说她要去旧货店，就是一乘寺那儿的一家叫'芳莲堂'的店，我也在那儿买过好几次东西。你要不去那里打听一下吧。"

店主在我的笔记本上画了一张简单的地图。

"您可帮了大忙了。"

"希望你能见到她。"

我道了谢正要离开，店主把《一千零一夜》递给了我。我打算付钱，却被他拒绝了。

"跟你聊天挺开心的。"店主笑说,"后会有期。"

○

我再次走进森林,在树木间穿行。吉田山北面的下坡路上铺满了落叶。

不一会儿,我便来到了今出川路。不知不觉间雪已经小了很多,眼前的马路上车来车往。我突然有了回到现实中的感觉。可我一翻开笔记本,上面又确实画着一张去芳莲堂的地图。

我坐上一辆出租车,向北转弯上了白川路。

在一乘寺附近下车后,我在最近的店里吃了午饭。时间早就过了正午。

等着上菜的时候,我打开笔记本记下了刚才在暴夜书房发生的事和关于《一千零一夜》的文章。就这样老老实实地动手记录的话,说不定就会有意想不到的发现。可是,为什么佐山尚一要特地在《热带》的开头引用《一千零一夜》里的句子呢?

莫谈与你无关之事——这处引用的背后一定别有深意。

我走出餐厅,穿过白川路来到了东市区。

这里位于宫本武藏和吉冈一门决斗的一乘寺下松附近,离石川丈山的诗仙堂也不远。多亏有了暴夜书房店主画的地图,我完全没有迷路就找到了芳莲堂。芳莲堂的玻璃窗外摆着几个小架子,上面陈列着旧陶器和装着木雕的布袋。一对老夫妇正站在店门前。我推开玻璃门走进店里。

"欢迎光临。"收银台边坐着一位女性,她温柔的声音犹如在我耳畔细语。和我对视了一眼后,她微笑着说了声"您请随便看"。这是一位有着莹润美目的女性。

芳莲堂约十叠大小,店内局促地摆放着旧物件。其中有旧货店常见的展示用的树根、刀柄护手、陈列着货币的盒子和日式衣柜,也有信乐烧[1]的狸猫、木雕的七福神[2]、望远镜、实验器具和鸟类标本,还有小幅的绒毯和波斯风格的器皿等。收银台里面挂着褪了色的窗帘,能看见帘子另一侧的小客厅和通往二楼的楼梯。

"您这店可真棒啊。"

"谢谢。"

"我有个熟人好像经常来呢。"我说,"听说之前好像是开在北白川那里的?"

"我父亲经营的时候开在那儿,那时候我还是个孩子呢。"老板娘淡然地说道,"父亲过世以后就搬到了这儿,已经快三十年了。"

"以后会一直开在这儿吗?"

"嗯,母亲去世以后,这家店就由我继承了。"

老板娘的样子十分奇特,看上去很年轻,其实年纪比我还大,让人联想到了隐藏在森林深处的美丽池水。正当我打算再问她点事情时,刚才在门口看见的那对老夫妇走了进来。我怕打

---

1 位于滋贺县甲贺市信乐町的日本六大古窑之一信乐窑烧制的陶器。
2 日本神话中掌管人间福德的七位神。一般指大黑天、惠比寿、毗沙门天、弁才天、福禄寿、寿老人和布袋和尚。

扰老板娘做生意，就打算先在店里转转，等这对老夫妇离开了再问。

完美的店铺一定是在店内构建了一个封闭的世界。虽然店内商品看上去像是杂乱无章地摆放着，但是每个商品都蕴藏着一个小故事。这些故事交织在一起，产生了不可思议的和谐感。芳莲堂就是这么一家店。

我联想到以前在欧洲贵族间十分流行的珍品陈列室。那些收藏珍奇工艺品和天然珍宝的房间被称为"珍奇屋"[1]。我曾听千夜小姐说过，佐山尚一经常来旧货店。这家店里也许也留下了《热带》诞生的痕迹。

我在店里转悠时发现了角落里的一个小柜子，上面大大小小的达摩[2]吸引了我的目光。它们好像颇有些年头了，像被狂风暴雨席卷过似的褪了色。柜子上还放着许多其他东西，有葡萄粒大小的贝壳、貌似是右手腕部分的石像残块、水果牛奶的小瓶子……

其中还混杂着几个陈旧的小木箱。箱子小得单手就能拿起来，盖子上还有一个提手。箱子正面装了个金属零件，方便把贴纸插进去。这就是那种收纳"信息卡"用的便携式卡盒吧。学生时代我去一所专业图书馆查学位论文的资料时，曾经在装满了卡

1　十五到十八世纪，欧洲收藏家用于陈列自己收藏的稀奇物件和珍贵文物的屋子，是博物馆的前身。
2　模仿佛教禅宗开祖达摩的坐禅姿势的摆饰、玩具。大多是红色造型，眼睛的部分保留空白。一般习惯是先行祈愿，在愿望达成后再画上眼睛。

片的架子上翻找。当时还没有电子目录,必须要亲自到现场检索那些信息卡。

我打开了那个卡盒。乍一看里面好像空荡荡的,只有几张旧得已经变了色的卡片。

最靠前的那一张上写着一首奇妙的诗。

"你用夜翼把清晨渲染在夜幕里。"

你却答道:

"没有,我只把一轮明月包裹着黑暗。"[1]

这时身后传来一个声音。

"对不起,那是非卖品。"

我回过头去,只见老板娘微笑着坐在收银台边。那对老夫妇不知何时已经买完东西走了。

我合上了卡盒的盖子。

"这是个卡盒吧,真令人怀念。"我说,"现在已经没什么人用了吧。"

"那些是我父亲的遗物。"老板娘说,"也不知道父亲为什么把这些东西当宝贝,到现在我都不明白。"

"您就原封不动地替他保存下来了。"

"我觉得父亲仿佛就在那儿。"

---

[1] 本书中引用自《一千零一夜》的诗歌翻译,一部分参考了曹乃云《一千零一夜诗歌全集》的译文。

说完她看着我,莹润的双眼柔情似水,也充满了不安。我脑海中又出现了隐藏在森林深处的池水的样子。和她说话的时候,就像往池水里一颗接一颗地投小石子。

老板娘站起来往小茶壶里冲入热水。

"您是来旅游的吗?"

"嗯,朋友邀请我来的。"我有所保留地说道。总觉得我要是再追问下去,她可能就会闭口不言了。"告诉我这家店的也是这位朋友。虽然她现在生活在东京,可以前她家就在吉田山。"

"是谁啊?"

"我朋友叫千夜,您认识她吗?"

老板娘的表情变柔和了。她从小茶壶里倒茶给我喝,一边说道:"我认识千夜小姐。"

"啊,是嘛。"

"我小时候就认识她了,前几天我们还见了一面。"

我简单说明了一下自己和千夜小姐的关系,包括她是我公司的熟客,我们一起参加了关于《热带》这本奇书的读书会。

"《热带》。"老板娘小声念叨了一句,"我听千夜小姐提过一次。"

"那本书非常有意思。"

"我也想读一读,因为是那位佐山先生写的啊。"

我注视着店主问道:"您知道佐山尚一?"

"嗯,那是很久以前的事情了。"

我请店主给我讲讲当时的事情,起先她一脸为难,最后终于点了点头。

"请稍等。"

她把暖炉的火调小,请我在圆凳上坐下。

○

事情发生在这家店还在北白川的时候。

那时,有位绅士偶尔会来芳莲堂。他有一头漂亮的银发和一双狭长的眼睛,看起来就像个洋人。小时候不知道为什么我有点怕这个人,背地里偷偷叫他"魔王大人"。魔王大人住在吉田山上的房子里,因此我甚至对吉田山都心生恐惧。

那位绅士叫永濑荣造,也就是千夜小姐的父亲。

自从千夜小姐的父亲带她来过芳莲堂后,她就经常来这儿玩。千夜小姐非常疼我,常常和我一起玩,还带我去冈崎的动物园和新京极的电影院。可是电影院里暗得吓人,我立刻就逃出来了。那时我是个认生且胆小的孩子,客人和我搭话,我也会马上躲到父亲背后。除了千夜小姐以外,认真和我说话的大人也只有佐山先生了。

我还清楚地记得第一次和佐山先生见面的那天。

那个时候,我经常拿着店里的旧物件一个人玩耍。可是父亲不让我碰贵重的东西,我主要就是玩父亲的个人收藏品,就是您刚才看见的那些放在旧柜子上的东西。我特别喜欢那些达摩的小收藏品,乐此不疲地摆弄它们排演一些故事。有一天我正跟往常一样在玩耍,千夜小姐和佐山先生一起来了店里。千夜小姐我是熟悉的，可佐山先生却是第一次见。见我僵在原地，佐山先生拿起一个达摩，口中念念有词："吾辈是达摩。"他一本正经的说辞和奇怪的动作就像要给达摩注入生命似的。我忘记了自己和他并不熟悉，完全被他吸引住了。

现在想想，佐山先生是一个能充分了解孩子的梦想和内心不安的人。其他人会在自己成为大人以后忘记这些，而佐山先生却难以忘怀。

说起佐山先生，有一个游戏让我非常难忘。

"选三样东西，什么都行。"

听见佐山先生这么说，千夜小姐和我就会各自从店里的旧物件里选三样。无论我们选什么都可以，比如鲍鱼壳、望远镜、日式抽屉，或者镇纸、水烟管、信乐烧的狸猫。接着佐山先生就会即兴给这三样东西各编一个故事。我们都会在这个故事里登场，这让我很高兴。千夜小姐很喜欢这个游戏，虽然她多次向佐山先生发起挑战，可是佐山先生从来没有陷入过困境。

对于年幼的我来说，那就像魔法一样。后来我听千夜小姐说佐山先生好像正在写一本叫《热带》的小说，首先出现在我脑海里的就是那个游戏。

那时我还很小，完全不知道佐山先生是个什么样的人。不知道他从哪儿冒出来，讲完一些不可思议的故事后就回去了——他在我心中就是这么一个神秘的人。他是学阿拉伯语的学生之类的信息，都是我之后才从千夜小姐的口中听说的。佐山先生是在一个冬天消失不见的，等我知道这件事情的时候已经是来年春天了。

佐山先生为什么一直不来呢？我突然发现了这件事。

正巧千夜小姐来店里玩。我一边和她玩着达摩，一边小心翼翼地向她打听佐山先生的消息。结果她冷淡地说："他撇下我走了。"

那么佐山先生再也不会来店里"让达摩说话"了吧。一想到这儿，我就觉得眼前摆着的达摩冷淡而沉默。佐山先生经常出入芳莲堂的日子大概持续了不到半年，这对小孩子来说已经算是很长的时间了吧。他的失踪确实让我觉得寂寞不少。

可说实话，我也安心了许多。

我很喜欢千夜小姐和佐山先生。他们两人中我更喜欢千夜小姐，她也希望我对她与对待别人不同。可是只要佐山先生还在，我就无法做到这一点。总之，因为个人的这些任性的理由，我也对佐山先生有所疏远。话虽如此，可我要赶紧补充说明一下，促使我想要疏远佐山先生的理由不只是嫉妒心而已。

开头我提到了千夜小姐的父亲永濑荣造，就是那个我称之为"魔王"的可怕的人物。佐山先生和魔王只有一次在店里碰到过，他俩表情严肃地在小声议论着什么。

我至今都不知道他们到底在聊什么，可是当时店内飘浮着一种莫名的紧张感。佐山先生看上去和平时的他不太一样，仿佛是为了响应魔王的号召而让自己藏匿在水下的"暗影"浮出了水面。从那以后，我内心深处总是有些害怕佐山先生。

当时我觉得自己的心情很难言表，但现在好像能明白当时的感受了。直觉告诉我，佐山先生在隐瞒一些事情。他对我们如此温柔的背后，是不是藏着什么阴暗面呢？

○

　　芳莲堂的老板娘给我讲了上面这个故事。讲了这一大段话后，她端起茶壶给我倒茶。
　　"佐山先生的秘密……"我说，"和他消失了有关吧？"
　　"我不知道……"
　　"您和千夜小姐没有聊过这些吗？"
　　"没有。千夜小姐结婚后搬到了东京，之后每隔一两年才回来一次。我们聊过好几次佐山先生的事，可那都是很久以前的事了，事到如今对解开谜团也不会有什么帮助的。"
　　"千夜小姐的父亲荣造先生已经去世了吧？"
　　"嗯，很久以前就去世了。"
　　千夜小姐的父亲永濑荣造引起了我的兴趣。佐山尚一是荣造先生雇佣的学生，他们之间有什么联系呢？佐山尚一隐瞒的是什么？他为什么消失不见了呢？这些谜团和《热带》有关系吗？我把这些疑问都写在了笔记本上，但也没有发现它们之间的关联。
　　"千夜小姐上次顺路来这里是什么时候？"
　　"应该是三天前吧。"
　　"是千夜小姐邀请我来京都的。原以为我们能见上面，没想到她已经退房了。我完全联系不上她，真让人头疼啊。"
　　"是嘛……"芳莲堂老板娘皱起了眉，"其实几天前我见到她的时候，发生了一件奇怪的事情。"
　　"什么事？"
　　"那天，千夜小姐从后门逃跑了。"

"逃跑?为什么?"

"不知道,她的朋友也吓了一跳。"

"也就是说……千夜小姐不是一个人来的?"

和她一起来的是一位40岁左右的男性,老板娘也没有见过。

那个男人和千夜小姐在店里逛了一阵,之后男人的电话响了,他就独自去了店外。这时,千夜小姐就在老板娘耳边悄声问:"我从后门出去行吗?"

"她是在害怕什么吗?"

"不,完全没有。反倒是很高兴的样子。"

接着,千夜小姐就从芳莲堂的后门出去了。男人打完电话回来以后一脸茫然。千夜小姐的举动是什么意思呢?我怎么想都想不明白。那个男人的身份我也一无所知。

挂钟突然响了,现在是下午四点。我站起来递上自己的名片。

"真的很感谢您跟我说了这么多。如果千夜小姐再来这里的话,麻烦您打这个电话告诉我。我会在京都待到明天晚上。"

"我知道了。"

"还有最后一件事情想拜托您。"我说,"能让我从后门出去吗?"

我想尽量沿着千夜小姐的足迹走一遍。

老板娘说了一句"您请便"。

我脱了鞋走进收银台后面的小茶室,推开位于厨房旁边的门,门外是被灰色的水泥墙围起来的略显昏暗的后院。我边穿鞋子边环视四周,发现了一处异样的地方。现在才二月,院子一角的向日葵已经盛开了。在这个大雪纷飞、阴云密布的时节，这一幕就像魔法的火焰被冻结住了一般。

"为什么这个季节向日葵开了呢？"

"千夜小姐看了一眼后，这些花就开了。"

围起后院的水泥墙上开了一扇小铁门。门小得好像必须猫着腰才能过去，让人想起了《爱丽丝梦游仙境》。原以为穿过这扇门就像来到了外面的世界，可穿过去后却发现眼前只有夹在水泥墙和篱笆之间的小路，丝毫没有什么新奇之处。

我正打算走，老板娘喊了一声"等等"，用那双莹润的眼睛注视着我。因为老板娘猫着腰站在小门里，后院里的向日葵看上去似乎都变小了。

"千夜小姐从这扇门出去的时候，确实说了一些不可思议的话。"

"不可思议的话？"

"类似于遇见了女巫之类的……"

"难道她说的是'满月的女巫'？"

听我这么追问，老板娘很吃惊。

"没错，她就是这么说的。"

我要去满月的女巫那里——千夜小姐念叨着这句话。

○

我绕过一乘寺的住宅区，回到下松。

千夜小姐离开芳莲堂后就不知去向了。我没办法事无巨细地一一去打听，只得先回了市区。

我打算去看看千夜小姐和佐山尚一曾经去过的繁华街道，然后在那儿吃个晚饭再回蹴上的酒店。总而言之，要思考的谜团堆积如山。

我从一乘寺站坐叡山电车去了出町柳站。

我总觉得会在这里听见满月的女巫这个名字绝非偶然。白石你一定记得吧，你去播磨坂的公寓楼，和千夜小姐一起进行打捞。位于无风带另一侧的沙漠里的宫殿，还有满月的女巫这个名字。这些就是千夜小姐来京都的原因。

我要去满月的女巫那里——这句话里一定隐藏着什么意图。

我在出町柳站换乘京阪电车到祇园四条站。由于是冬天，天色已经暗了，鸭川沿岸华灯初上。我穿过四条大桥朝西走去，来到寺町路和新京极。

这些繁华的街道跟千夜小姐和佐山尚一在京都生活的时候相比，应该已经发生了翻天覆地的变化。但是灯火辉煌的锦天满宫和寿喜烧的老店铺从那时起就没有什么变化了吧。关闭的寺门、佛具店、烟草店、宛如昏暗隧道一般的小路……走了一阵后，我在馄饨店吃了晚饭，然后穿过河原町大街朝先斗町走去。我打算在这一带稍微散会儿步就回蹴上的酒店去。

周六晚上的先斗町就像过节一样热闹。

我沿着狭窄的石子路往北走，右手边建筑物楼梯口的小招牌映入了我的眼帘。招牌上写着"夜翼"。我抬头看看二楼，宛如盛满了威士忌般的琥珀色灯光从玻璃窗里流泻而出。

我的目光重新落回到招牌上，仿佛有什么东西把我吸引住了。

夜翼——我好像在哪儿读到过这个美丽的词语。

这种情况下,我在从记忆中搜索出这个词语前是无法思考其他事情的。我也觉得自己有些偏执,可没有办法。首先在我脑海中浮现出来的是小说家罗伯特·西尔弗伯格的作品《夜翼》。我是在很久以前读的这本书,而"夜翼"这个词的音韵给我留下的印象却十分鲜活。我回想了一下昨天读的书——是在酒店房间里读的《鲁滨逊漂流记》里,还是在暴夜书房读的《一千零一夜》里出现的呢?可无论我怎么想,都没有读到过"夜翼"这个词语的印象。可是昨天我只看过这两本书啊,其他的什么都没读。

想到这里,我的脑海里突然出现了下面这段话:

"你用夜翼把清晨渲染在夜幕里。"

你却答道:

"没有,我只把一轮明月包裹着黑暗。"

原来如此。我顿时感到一种难以名状的畅快感。

这首诗是写在我于芳莲堂角落发现的旧木头盒子里的卡片上的,而"夜翼"就是这首诗里的词语。

○

那家叫"夜翼"的酒吧是一间船舱似的小店。

我坐在吧台喝着威士忌侧耳倾听。先斗町石子路上热闹的声音仿佛海浪在涌动,我觉得自己就像飘浮在先斗町的上空。时间还早,酒吧里的客人除了我以外就只有一位年轻女性。面朝鸭川的圆窗前就只有一个沙发卡座,那位女客人正眺望着窗外,喝着红色的鸡尾酒。

店主身后是排列整齐的酒瓶,他语调平稳地说:"您好像很疲惫啊。"

"我从早到晚跑了一天了。"

"是工作上的事吗?"

"不,只是出于我的兴趣爱好。"我说,"我在追寻一位从前的小说家的足迹,可惜谜团却越来越多。我觉得自己好像变成了推理小说里的主人公。"

"听上去很有趣啊。"

"确实挺有意思的。"

"我也很喜欢推理小说,真是太棒了。"

店主好像喜欢埃勒里·奎因和范达因那种古典推理小说。聊了一会儿推理小说后,我问了店主关于店名的事。

"这名字真好听。"

"不错吧,不过不是我起的。"店主笑着说,"是我自己出来开店的时候,上一家工作过的店里的客人起的。他好像什么都是从《一千零一夜》里找出来的。不巧我没读过,因为我只读推理小说。"

"《一千零一夜》?"

"你知道这本书?就是《天方夜谭》。"

"是这本吗?"我把从暴夜书房拿来的文库本放在吧台上。

店主惊呼一声"哎呀",眼睛瞪得老大。可能是因为没有人会带着这本书到处走吧。这时,坐在窗边的女子也看了过来。

"《一千零一夜》?"她颇有兴味地小声说道。

"牧小姐。"店主举起我的文库本,叫了一声,"您可真是稀客啊。"

"我还是第一次看见有人带着这本书呢。"女子微笑道,"外公知道了一定很高兴。"

她告诉我,给这个酒吧起名的就是她外公。"夜翼"是她外公从马尔德吕斯版本的《一千零一夜》里找出来的,出处是赞美莎赫札德的妹妹杜娅札德美貌的场面。

"那首诗是这样的。"牧小姐用优美的声调抑扬顿挫地朗诵了起来:

> 寒冬的夜晚升起了盛夏的月亮,
> 什么都没有你的到来美丽。
> 呵,姑娘!
> 一头乌黑的秀发垂挂脚边,
> 缠绕在额前的黑发散开两边,我对你说:
> "你用夜翼把清晨渲染在夜幕里。"
> 你却答道:
> "没有,我只把一轮明月包裹着黑暗。"

我惊叹于牧小姐完美的朗诵,不过让我吃惊的当然不止这一点。她朗诵的诗歌的后半段,正是我在芳莲堂找到的卡片上写的语句。

我和店主拍手称赞,牧小姐优雅地表示了谢意。

她注视着我说道:"为什么你随身带着这本书呢?"

"这只是碰巧。"我把在吉田山上遇见那家奇异书店的事情告诉了她,"我帮忙看店的时候,随手拿了一本《一千零一夜》。很久以前我就想把这本书好好读一遍……"

"那可真是太巧了。"

"其实巧的不止这一件事。之后我去了一家叫芳莲堂的旧货店,在那儿我看见了一些旧卡片。"

"卡片?"

"你知道?就是那种很早以前图书馆书目用的纸卡片。卡片装在一个这么大的木箱里,其中一张卡片上就写着你刚刚朗诵的诗句。其实我会来这家店,也是因为卡片上写的'夜翼'给我留下了深刻的印象。"

"真有意思。"牧小姐说,"不如到我这儿坐下来说吧。"

我站起来,走到她对面的沙发上坐下。透过月亮般的圆窗向外望,鸭川对岸的灯光忽明忽灭。

"只要这个位子空着,我来店里时就会坐在这儿。"牧小姐说。

我和她这么对坐着,这个酒吧就像驶向夜晚大海的客船上的一间客房。

"您刚才的朗诵实在是太精彩了。"

"谢谢。"

"您对《一千零一夜》也相当了解啊。"

"不知道从什么时候起我就知道了这些,可能是受了外公的熏陶吧。"

"您说这家店的名字是您外公起的吧?"

"我外公已经去世了,不过我会读《一千零一夜》也是因为他。说起来这也是个离奇的故事。"

"听起来挺有意思的。"

"确实如此。"

牧小姐又点了一杯鸡尾酒,接着讲了起来。

○

我在四条乌丸旁边的一间画廊工作。

之所以会选择这份工作,也是受了外公的影响。他是位画家,所以我经常去画室玩。

外公不是人们印象中那种"自命清高的艺术家",而是一个非常悠闲的仙人般的人。他在画室工作的时候,孙辈们在周围瞎打转也不要紧,他还会说"这种打扰的程度刚刚好"。外公也有过血气方刚的时候,可打我记事起,他就已经是"仙人"了。

从叡山电车市原站走一段就到外公的画室了。

从路旁的咖啡店拐进石子路,再往里就是画室。这里原来是个小工厂,是外公自己改装的。母亲带我去玩的时候,外公总是站在那条石子路上,悠闲地抽着烟等着我们,他一定等急了吧。小时候还是母亲带着我去,上了中学就变成我自己一个人去了。

因为原来是厂房,所以画室特别宽敞。外公把所有东西都堆在那里，比如自己的作品、画具、许多资料，还有以前的记录。外公还对"发明"非常感兴趣，因此画室里还有一些用于发明活动的道具。不过这里面没有一件东西是对发明有帮助的。总之，那个画室就像一个巨大的儿童房。外公允许我摸所有东西，画室是我最喜欢去的地方。但是那里夏热冬冷，不过外公身体硬朗，经常在画室里精神地来回踱步，这可能就是他保持健康的秘诀吧。在我高中毕业前，外公几乎天天去画室。

不过，有一件事是外公明令禁止的。

画室的后面有一间小平房，外公禁止任何人出入那里。外公说"那里面住着魔鬼"。就算我是个小孩子也觉得那是不可能的，但心里还是觉得害怕。画室后面的杂木林生长茂盛，雨天或是黄昏的时候让人有些毛骨悚然。大概是在高中的时候，我背着外公偷偷往屋子里窥视过。可是房门上着锁，旁边的窗户外装了铁栅栏。窗户用的是厚实的磨砂玻璃，根本看不清里面有什么。我只好放弃，问了母亲后，她说那是一个图书室。可是就连母亲也没有进过那个小屋，她说"那是为了尊重父亲的隐私"。

后来，我暂时把那个小屋抛在了脑后。

小时候我常坐在外公身边画画，可是渐渐却失去了画画的兴趣，觉得和外公聊天、给外公帮忙才更快乐。我经常和画廊的工作人员交流，渐渐地就对画廊的工作产生了兴趣。我大学毕业的时候，身体一向硬朗的外公却生病了，去画室的次数也变少了。我开始在四条的画廊工作后不久，外公就去世了。虽然很伤心，不过我早有心理准备。

接下来，市原的画室如何处置就成了问题。

祖父把这样那样的东西都堆在画室里。他不喜欢处理自己的东西,所以把东西都乱七八糟地混在一起。虽然父母和哥哥也帮了不少忙,可最终还是觉得让我来负责是最佳选择。幸好我工作的"柳画廊"的老板也受过祖父的照应,所以他给了我一些建议。

于是,我在工作间隙前往市原的画室,不辞辛劳地整理外公的遗物。那年的夏天十分炎热。我边擦汗边收拾画室的时候,发现了一张自己小时候画的画。外公竟然连这么微不足道的东西都收藏着,想到这里我不禁要落下泪来。

这时,我开始思索一件棘手的事情——画室后面的那间平房。

外公说"那里面住着魔鬼"。一想到这个我就觉得心里不痛快,越是拖延心情就越沉重。于是某个休息日的下午,我终于下定决心来到了画室后面。我还记得从杂木林里传来的聒噪的蝉鸣声。这里已经很久没有人除草,不知不觉间茂密的青草已经长得及膝高了。草丛中升腾而起的青草气味让人宛如置身热带。

可是,我一看见那间平房就有些腿脚发软,身体真的是完全挪动不了。

我凝视着那间平房,茫然地听着阵雨声般的蝉鸣。

仔细一看,那间平房确实很诡异。正面的墙上正中偏右的位置开了一扇褪了色的绿门,可是宽度却很窄,只有正常门的三分之二左右。门的左边只有一扇装了严实铁栅栏的窗户,除此之外,真的别无他物。这座建筑就像孩子的画一样朴素,但也透着一股骇人的感觉。该怎么说才好呢,它就像一座噩梦中的建筑,似乎根本就不是真实存在于那个位置上的。那天,我最终还是放弃了,没有进平房而是回了家。

"总觉得那间平房有点吓人。"

听我这么说,父母陷入了沉思。哥哥觉得那是因为小时候祖父威胁我们,不让我们进去。

"既然如此,那就由我去开门吧。"

"我也去。"父亲也说。

第二周的周日,我们一起去了市原。

走到画室后面就看见了那间平房,父亲双手叉腰站在原地,颇为理解地"啊"了一声。"这么看确实挺诡异的。"

"是吧?"我说,"不会真的有魔鬼住在里面吧?"

哥哥小声地笑了,可我还是有种紧张的感觉。

我们三个突然陷入了沉默,就像有魔鬼从我们中间穿行而过似的。杂木林里传来的蝉鸣声听上去越发聒噪。忽然,我觉得有人在盯着我。回头一看,阳光曝晒下的石子路上却一个人影也没有,可我又确实觉得有人在盯着我。这种不可名状的感觉让我十分不安。小飞虫在我耳边嗡嗡作响,汗珠从我的脸颊上缓缓淌下。我转过身去看着父亲的背影。

"那么,我们就来打开这扇'不能开启'的大门吧。"父亲像是要给我们鼓劲似的说道,"芝麻开门!"

接着我们就推开绿色的门,走进了平房。

结果就是,根本就没有什么魔鬼或是其他东西住在里面。虽然从外观上很难联想到,但这里面的的确确就是一间舒适的"图书室"。地板上铺着波斯地毯,还摆放着极其舒适的沙发、古董桌和台灯。三面墙都是书架,天花板的一角装了空调,哥哥一按开关就吹出了凉风。没想到外公竟然隐藏了这么一个地方。

"这就是你们外公的秘密基地吧?"父亲感佩道,"真了不起啊。"

其实我是很失望的。书架上只是摆满了多种多样的书籍,这里没有任何让人感到害怕的地方。结果这一切都成了我的独角戏。造成这个局面都是因为小时候外公跟我说"这里面住着魔鬼",我甚至有些恨他。

让我特别在意的是,这里的《一千零一夜》收藏得很全。

您应该知道吧,《一千零一夜》有从阿拉伯语原版翻译过来的,也有从伯顿的英文版本翻译过来的,还有从马尔德吕斯版本、加朗版本这些法语版翻译过来的。翻译成日语的《一千零一夜》也有很多版本。那间图书室的书架上有好几个版本的《一千零一夜》,光是这本书就占了不少地方。我心想,外公真的是格外喜爱《一千零一夜》吧。

最后,父亲叹了口气说道:"这里的东西要怎么办呢?不能随便处置啊。"

"我想再整理整理,能再等等吗?"

"叫旧书店来整理一下也行吧?"哥哥说,"到时候直接就能处理掉了,那样更轻松吧?"

"旧书店的话随时都可以联系啊。这些都是外公好不容易收藏的书,所以我想自己整理。这里没有魔鬼,没事的。"

"你想这么做的话就随你吧。"哥哥也没有强烈地反对。

除了这几个版本的《一千零一夜》之外,书架上的其他书杂乱无章。既有看起来很破旧的老书,也有最近的新书,有日本人写的书,也有外国的引进书,有精装书也有文库本,完全看不出有什么规律。可是外公不让任何人进来,所以这里的藏书一定有什么重要的意义。

之后半个月我忙得不可开交,把身体累垮了。再去市原画室的时候已经是九月了。那天,画廊的柳老板也跟我一起去了。祖父生前很关照他,我也找他商量了很多清理遗物的事情。我和他聊起祖父的图书室后,他提出想一起来看看。

一走进图书室,柳老板就小声惊呼道:"原来如此,真厉害啊!"

"我还没搞清楚都是些什么书。"

"有不少《一千零一夜》啊。"柳老板立马就发现了,"说起来,老师确实很喜欢这本书。"

"我完全不知道。"

"老师可能说不出口吧。"

"为什么?"

"书里有一些情色的内容。"柳老板苦笑道,"这不太好跟外孙女说吧。"

"啊,原来如此。"

"这让我想起了我父亲留下来的书架。"柳老板眯起眼睛道,"我把书架上的书拿下来读的时候,发现父亲在许多地方画了线。我一直在想父亲为什么要在这些地方画线呢?有些画线的地方我没看出来有什么重要的。可能这就是我和父亲的不同之处吧。"

"您读书的时候也会在书上画线吗?"

"我几乎没这么干过,我父亲喜欢引用别人的对话或是演讲内容,所以平时阅读的时候他就会做标记。不过在父亲的藏书里找到他曾经引用过的话,总觉得有些毛骨悚然。我找到了好几本这样的书,这让我不禁怀疑父亲对我说的所有话是不是都是从那个书架上的书里引用来的。这么一想,我觉得眼前的书架就是父亲的化身。已经去世的父亲仿佛还在那里,对着我说话。这种感觉既熟悉又恐怖。"

"我外公说不定也在书上做了什么注释。"

"有可能。我们来检查一下吧。"

于是,我们翻起了书架上的书。

我随手拿的是池泽夏树的《马西亚斯基的下台》。快速翻阅时,我突然大吃一惊。"在《一千零一夜》中早有提到"这句文字下面画着一条黑线。我看了看身边的柳老板,他也正吃惊地盯着一本翻开的书看。柳老板手中的是吉田健一的《书架记》。我瞥了一眼,那本书的目录里写着的"马尔德吕斯译《一千零一夜》"的地方也画了线。接着我又拿出了谷崎润一郎的《食蓼之虫》,小说里提到《一千零一夜》的内容也被画了出来——是"爸爸,大人读的《一千零一夜》和小孩读的完全不一样吗"之类的句子。

我看了看柳老板,只见他缓慢地点了点头。

"所有东西都和《一千零一夜》有关。"

"之前我根本没发现。"

"这也很难发现吧。画线的都是一些零碎的记述,不是有意识地去找的话是发现不了的。不过这样一来就说得通了。史蒂文森的《新天方夜谭》和稻垣足穗的《一千零一秒物语》都是以《一千零一夜》为基础创作出来的作品。"

我们检查了其他的书后,更加肯定了这个结论。

"这些都是和《一千零一夜》相关的书啊。"

这些仅仅是外公的兴趣爱好而已吗?

可是看了这间图书室里浩瀚的藏书后,除了兴趣爱好以外,我还感受到了外公的执着。我似乎见到了外公不为人知的另一面。尽管我得到了一个问题的答案,可这个答案又把我引向了另一个更难解开的谜团。

没过多久我们就回去了。

走去车站的路上,柳老板喃喃道:"那可真是一座奇特的建筑。"

"您也这么想?"

"那扇门和窗也挺奇怪的。还有啊,我跟你在那间屋子里的时候,总觉得有人在盯着我们。到底是怎么回事呢?"柳老板说着频频歪头。

○

"后来呢?"我探出身子问道。

牧小姐微微一笑道:"故事到这里就结束了。很不可思议吧?"

牧小姐讲这个长篇故事期间,酒吧"夜翼"里的客人渐渐多了起来。现在周围已经充斥着温和的谈话声和玻璃杯碰撞的声音。

"后来那间图书室怎么样了?"

"到现在都还是维持着原样。为了解开外公留下的谜团,我在那里反复读了几遍《一千零一夜》。我记住了很多故事,假如有国王要砍我的头,我也能像莎赫札德那样靠讲故事存活下去。"

"您外公留下的谜团破解了吗?"

"完全没有……"牧小姐微笑着说道,"要说谜团的话,《一千零一夜》本身就是个谜吧。比如你读的是马尔德吕斯版本的《一千零一夜》,底本是马尔德吕斯从阿拉伯语翻译过来的法语版。可是马尔德吕斯翻译得很随意,有些部分的内容不知道他是以哪个手抄本作为底本的。也就是说这个版本不过是马尔德吕斯创造出来的《一千零一夜》。"

"这我倒是听说过。"

"所以我认为这不能全怪马尔德吕斯。安东尼·加朗是欧洲第一个翻译《一千零一夜》的人,他把毫无关联的手抄本里出现的故事和从别人那里听来的故事都收录进来了。这可能也和书名有关吧。'一千零一'原本只是用来形容数量很多,可不知从什么时候开始出现了一种幻想——有人认为这个世界上存在着收录了一千零一个夜晚所讲的故事的完整版《一千零一夜》。这样的书恐怕是不存在的。可是为了让这种幻想成真,许多人用各种手法对故事进行了补充。有些人不惜作假,创造出一些假的手抄本,还有人大胆地进行了演绎过度的翻译。"牧小姐看着我继续说道,"不过你觉得这仅仅是书名引起的吗?"

"什么意思?"

"你不觉得好像冥冥之中有种魔力在驱使着这些人吗?这简直就像莎赫札德为了活命而不断寻求故事,而与之相关的人都被她的魔法操纵着。也许我外公也被这种魔法操纵了。且不说手抄本的可信度和翻译的准确性,这是我个人的想法——有多少个被莎赫札德的魔法操纵的人,就有多少个版本的《一千零一夜》存在。"

我津津有味地听完了牧小姐的话,心里想的自然是关于《热带》的事情。

白石你还记得我以前说过的一个假设吗?就是学团成员读的《热带》是异本,每本的情节发展都不同。牧小姐的"《一千零一夜》论"正好让我想起了这个假设。有多少个被佐山尚一操纵的人,就有多少个版本的《热带》存在。

见我陷入了沉思,牧小姐叹了口气。

"抱歉,我说了一些奇怪的事情。"

"不,我很感兴趣。这给了我很大的启发。"

"那么,您是为什么来京都的呢?"牧小姐说,"您来京都的理由应该很有意思。"

要说我来京都的理由,就不得不提《热带》。我先预告了"说来话长",牧小姐则说"正合我意"。于是,我就像是要回敬她的故事似的,讲了我自己和《热带》的故事。牧小姐表情认真,听得非常投入。当再次讲起这个故事的时候,我发现其怪异程度和牧小姐的故事也算旗鼓相当。听完我的故事后,牧小姐说了一句"真是个充满谜团的故事"后,便陷入了沉思。

过了一会儿,她又说:"你不会感到不安吗?"

"不安?"

"作者佐山尚一消失了,那位千夜小姐也消失了。同样的事情也许会发生在你身上。你没有想过吗?"

"等等,千夜小姐没有消失啊。"

"她可能早就不在这个世界上了吧。"

"不可能。"我小声说道,"不会发生这种事的。"

我看了看时钟,已经晚上十一点多了。

我透过舷窗般的窗户向外眺望。大概是喝了威士忌的缘故吧,我有种乘在船上的摇晃感。再不回酒店的话,就要耽误明天的事情了。我向牧小姐道谢后站起身来,她也向我致谢。

在此之后,发生了一件不可思议的事情。

我结完账出了店门往先斗町走去,牧小姐却追了上来。

"请去京都市美术馆看看。"她说,"不知道会不会对您有所帮助。"

"美术馆?那里有什么?"

"您还是自己去看看吧。"

她说完这些就转身回"夜翼"酒吧去了。

人来人往的先斗町上不知何时已经没有什么人影了。我走在宛如波涛退去后的石子路上,不久就到了三条小桥的桥畔。我叫了出租车回蹴上的酒店。窝在后排的座位里,这漫长的一天里积攒下来的疲惫感向我袭来。我看着车窗外流动的车灯,手机突然响了起来,显示的是个陌生的号码。

我接起电话,那头是个男人的声音。"请问是池内先生吗?"

"请问您是……"

"不好意思,这么晚打扰你。我叫今西。"

"今西?"

"我在芳莲堂看见了你的名片,所以打电话给你。"对方说道,"听说你在找千夜小姐。"

我瞬间明白了对方是谁。

"您是千夜小姐的朋友吧?"

"对,老朋友了。"

"您知道她去哪儿了吗?"

"我想跟你聊聊这件事。明天能见个面吗?"对方说道,"今出川路有家叫'进进堂'的咖啡店。我们下午一点在那儿见面可以吗?"

听我满心疑惑地应承了,对方冷不丁问道:"你看过《热带》吧?"

"嗯,看过……"我惊讶地说,"您也看过?"

"不,很遗憾,我没看过。"然后对方立马挂断了电话。

我放下手机,再次望向车窗外。

出租车正远离繁华的街道,行驶在通往蹴上的宽阔坡道上。静谧的夜晚,街道就像沉入了昏暗的海底。我强忍着困意朝车子行驶的方向看去,高处灯火辉煌的酒店终于出现在视野里。它宛如一艘乘风破浪地朝着未被发现的新大陆航行的巨大客船。

○

翌日早晨，京都的街道覆盖了一层薄薄的白雪。

我拉开房间的窗帘眺望窗外，南禅寺的森林银装素裹，就像崩落的巨浪被冻住了一般。天空中笼罩着一层浅灰色的云，冰凉的白光和寂静充斥着这个世界。

在餐厅吃完早饭后，我回到房间翻开了笔记本。

"芳莲堂""珍奇屋""达摩和卡盒""夜翼""永濑荣造=魔王""三题落语[1]""佐山尚一的阴暗面""千夜小姐撇下同伴从后门逃走""怒放的向日葵""这里也没有满月的女巫"……我昨晚太累了，所以没有记笔记，只是在睡前写下了这些短语。只要记住关键词，之后再现记忆就很容易了。我一边回顾这些短语，一边尽可能准确地把昨天发生的事写在笔记本上。

写着写着，一种奇妙的心绪油然而生。

本来我应该是来调查《热带》的。不管是追查千夜小姐的行踪也好，重走佐山尚一的足迹也好，都是为了解开《热带》这本小说的谜团。

但是仔细追溯一下昨天发生的事情，我就发现另一个故事浮出了水面。没错，就是《一千零一夜》的故事。

在暴夜书房看的《一千零一夜》

---

[1] 落语是日本的一种传统曲艺形式。三题落语是落语的一种形式，由现场观众给出适当的词语或题目，演员从中选出三个运用到即兴表演中。

在芳莲堂的卡盒里读到的《一千零一夜》里的诗
从这首诗里得名的先斗町的酒吧"夜翼"
在那家酒吧里讲述《一千零一夜》故事的名为真纪的女性
她外公留下来的《一千零一夜》相关的书籍收藏

先斗町酒吧里牧小姐讲的故事给我留下了深刻的印象。我觉得那既是一个关于《一千零一夜》的故事，也像是穿插在《热带》里的一个故事。

令我最在意的还有昨晚分别时牧小姐说的话。

我查了一下，京都市美术馆在平安神宫旁边，好像离这家酒店也不远。我和今西先生约的是下午一点，所以有足够的时间可以去美术馆看看。我把旅行袋寄回东京，然后就退了房走出酒店。

雪花从灰色的天空中飘落下来。我沿琵琶湖疏水渠走着，脸颊都冻僵了。

我真的能解开《热带》的谜团吗？被这种不安包围的只有我一个人吗？

我不禁开始思考，如果白石你也在这里的话，你会怎么想。是你给我们带来了全新的发展。即便我在原地徘徊不前，你也有可能打破壁垒。

不久后，我终于看见了平安神宫的大鸟居[1]。

1　鸟居是类似牌坊的日本神社附属建筑，代表神域的入口，用于区分神栖息的神域和人类居住的世俗界。

走过横跨琵琶湖疏水道上的桥后,鸟居的右手边就是京都市美术馆。美术馆建于昭和八年(1933年),中西合璧的主馆看上去就像巨大的城墙。我走近正面的大玄关,茶色的墙面宛如垂下来的幕帘。这里好像正在举行现居京都的作家的联合展览会。我买了票走进馆内。

为什么牧小姐要叫我来这座美术馆呢?

我专注地欣赏着每一件作品,其中有工艺品、铜版画,还有日本画。最后,我走进了展示西洋画的大房间,最里面的墙壁上挂着的一幅画引起了我的注意。我横穿过空荡荡的展厅,就像被吸过去似的朝那幅画走去。

读到简介的那一瞬间,我浑身战栗。

只见上面写着:

满月的女巫 牧信夫 一九八四

〇

画中一位身穿蓝色服装的女性站在荒芜的土地上。她背对着我,凝视着荒野远处连绵不绝的沙丘。从群青色的天空来看,不知道画的是日落后还是日出前的景象。画面左边远景里的荒野上画着一座孤零零的白色城堡——沙漠里的宫殿。

那千真万确就是千夜小姐和白石你在"打捞"时浮现出来的景象,是存在于"无风带"另一侧的那座宫殿。《满月的女巫》这个名字就已经说明这幅奇妙的画作和《热带》之间的关系。

牧信夫这个名字立即让我想起了在"夜翼"酒吧遇见的牧小姐。她说过她外公是位画家。也就是说，画这幅画的就是牧小姐的外公，那位留下了充满谜团的图书室的人。他一定是从佐山尚一的《热带》里获得了灵感后，创作出了这幅画作。

我闭上眼睛，回想起白石你对我说过的话。

去播磨坂的公寓楼拜访千夜小姐的那天下午，你闭上眼睛想象"热带"世界，那个世界就立体地呈现在脑海里——耸立在沙丘环绕的荒野中的白色大门、埋藏在沙漠底下的遗迹般的庭院、有着波斯风格圆顶的宫殿……此时，我也能清晰地在脑海中描绘出那个情景。

突然吹来一阵带着沙子气息的风。

我惊讶地睁开眼睛，发现自己身处一个有些昏暗的空间里。这个地方和美术馆的展厅完全不同。眼睛渐渐地习惯了周围的光线后，我才看清这里是一个像教堂一样屋顶高耸的大厅。四周被静谧包裹着，石头地面上满是沙子。我回头看向大厅的出口，外面是被沙子掩埋的庭院和白色的大门。远处是宛如山脉般连绵不绝的沙丘，碧空中翻涌的云层直冲天际。

我惊呆了。我正身处画中描绘的沙漠的宫殿里。

这时，大厅里的暗处传来响动声。我转过头去，却什么也没看见。可是侧耳倾听，又确实听见有踩踏沙子的声音。

我一动不动地呆立在原地。有个看不见身影的东西在一步步向我靠近。

我深呼吸了一口问道："你是满月的女巫吗？"

话音刚落，脚步声立刻就停止了。

接着，空旷的空间里传来了声音："是……池内？"

我的惊讶之情难以言表。那是白石你的声音。

"白石？你在哪儿？"

"我也看不见你啊。"

"等一下，你为什么会来这儿啊？"

"当然是追着池内你到这儿的啊！"

我试图伸手抓住说话的人，却抓了个空。

为什么我会在沙漠的宫殿里？为什么白石也在这儿？为什么我们互相看不见对方？弄不明白的事情太多了。不过令我感到不可思议的是，你的声音里丝毫没有流露出不安，反而透着高兴。

"我就觉得我们能相遇，哪怕只是听见声音。"

"到底发生了什么……"

"这些说来话长，但是现在没时间了。暴风雨要来了。"接着你又着急地说道，"池内你来了京都之后，我和中津川先生见面聊了一次。他发现了《热带》的真实形态。他说《热带》本质上是一本魔法书，我们还没有读完，我们都身处《热带》之中。"

"身处《热带》之中？"

"所有的事物都和《热带》有关，这个世界上的一切都是伏笔。"

饱含湿气的风吹进了大厅。我回头一看，沙丘上方广阔的碧空中覆盖着一层乌云。风起云涌之迅速就像纪录片在快进。闪电像巨龙般在乌云中穿行，雷鸣声也开始轰然作响。

"我想起了《热带》里魔王的台词。"白石你像要和雷鸣抗争一样朗诵了起来：

> 这片海域曾经由满月的女巫支配，她教会了我魔法。要不是这样，我早就丧命了。漂流到这个岛上的时候，我也和你同样无力。那里是一个一眼望去尽是旷野的世界。可你好好想想，一无所有就等于应有尽有。魔法就从这里开始。

一阵巨大的雷声掩盖了白石你的声音。
"白石！"
"池内，去追千夜小姐。"你说，"我会去追你的。"
话音就这么戛然而止了。
我回过神来的时候，正站在展厅里。眼前是牧信夫的作品，一切如旧。白石的声音、沙子的气息、暴风雨的声音都消失了，周围的寂静仿佛变成了一种坚硬的物质。我小声地惊呼了一声，环视了一下四周。
"没事吧？"管理员站起来向我走来。
令我惊讶的是，从我进这个展厅到现在已经过去三十分钟了。这三十分钟里，我一直呆立在这幅画前吗？如果是的话，也难怪管理人员如此惊讶了。我怎么可能跟别人说我做了这么个白日梦呢？于是我低下头，逃出了展厅，想必那样子看起来很可疑吧。
我走出美术馆，抬头看着雪花从灰色的天空中纷纷扬扬地落下。

○

我坐上出租车去往进进堂。途中我给你打了电话。你还记得周日刚过晌午的时候,我给你打了个电话吗?

你的声音丝毫没有什么异样。"池内,你怎么了?"

"不好意思,你这么忙还给你打电话。"

"我不忙啊,现在正好是午休时间。"

电话那头传来的是咖啡店里的声响。人们说话的声音、餐具碰撞的声音,还有古典乐曲的声音。这些熟悉的场景浮现在我眼前。

"你现在在哪儿?"

"我在玛丽咖啡,正在吃吐司套餐。"你说,"怎么了?"

我要是把刚才那些不可思议的经历跟你说了,想必你也不会相信的。连我自己都难以置信。

"没什么,不过我在京都看见了一个跟你很像的人。"

"我本人一直待在有乐町啊。"你笑着说,"你看见的可能是我的生灵吧。因为我之前也想去京都,所以那股执念化成了生灵。"

当然是追着池内你到这儿的啊——在那座宫殿的大厅里白石你的"声音"曾说过这句话。可毫无疑问的是你本人正在东京。你也没有特意说谎的理由。

"这么看来,是我弄错了。"

"应该是的。"

"啊,真是对不起。"

我说完这句便不再说话。短暂的沉默似乎让你感到不安。

"池内……是不是发生了什么?"

"劳你挂心了。"我说,"诸多事情千头万绪,我也没有整理好。等回东京了,我有一大堆事情想找你商量。"

"那我拭目以待。"

"请静待我的好消息。"

说完我就挂断了电话。出租车沿着东大路街一路向北驶去。

我刚才在美术馆里的经历到底是怎么回事?

沙漠里的宫殿也好,大暴风雨也好,这些都重现了白石你在"打捞"中见到的场景。即使是你的"声音"说的那些话,也可能只是我自己暗中臆想出来的了。难道是由于发现了牧信夫的《满月的女巫》,我兴奋得臆想出了那样一个白日梦?可是这个假设是毫无说服力的,这一点我自己最清楚。我切实感受到了宫殿的大厅里飘浮着的沙子的气息、预示着暴风雨即将到来的带着湿气的风,以及你充满生气的声音。

不一会儿,右手边就出现了大学。

出租车在百万遍十字路口右拐后,停在了一家古朴的咖啡店前。这家店有一扇面朝今出川路的大窗,一块小广告牌上写着"进进堂"。我在那儿下了车,走进咖啡店坐在了窗边的位子上。淡淡的光线从窗外投射进来,越往里面的中庭方向走,店内的光线就越暗。摆放在店内的橡木长桌仿佛被咖啡的香气浸染过。

我点了一杯咖啡,打开了笔记本。

我要去满月的女巫那里——千夜小姐在芳莲堂留下了这么一

句话。

她说的可能不是一个人,而是那幅作品。如果是这样的话,那就说明千夜小姐已经注意到了画家牧信夫的存在。那位画家去世后留下了一间充满谜团的图书室。牧小姐在酒吧"夜翼"里讲的故事让我至今难忘。不过如此一来,所有的事物就都串联到一起了。

这个世界上的所有事物都和《热带》有关。我们都身处《热带》之中。

我回过神来的时候,大窗外的雪已经下得纷纷扬扬了。

我记了一会儿笔记后抬起头来,只见一位穿着灰色大衣的男性掸着身上的雪走了进来。他花白的头发是精心打理过的,雅致的眼镜泛着白光。他环视了一圈店内后,毫不犹豫地走近我说道:"你是池内先生吧?"

我站了起来。

"您是今西先生吧?"

"没错,抱歉叫你出来。"今西先生沉稳地说道,接着脱掉外套坐到了我对面的位子上。

"我一眼就认出来了。"点完咖啡后,他微笑着说道,"你和千夜小姐描述的一模一样。"

"您知道我?"

"她说你可能会追过来的。"今西先生说,"但我没想到你来得这么快。"

○

今西先生简单地介绍了一下自己。

他从出生就住在京都市,长期在本地的企业工作,现在在一个退休的朋友开的公司里帮忙。他和千夜小姐是学生时代的朋友,毕业之后也一直保持着联系。

今西先生扶着额头说道:"那么,该从哪里说起呢?"

"您知道千夜小姐的行踪吗?"

"很遗憾,我不知道。"他摇摇头,"所以我在芳莲堂听说了你的事情,就联系你了。在那家店里发生的事情,老板娘都告诉你了吧?千夜小姐的行为真是令人费解啊。"

"在那之后,千夜小姐联系过您吗?"

"没有,我也问过她东京的家人,可她好像还没回去。"说到这儿,今西先生叹了口气,"四天前,她突然联系我说要来京都。现在不是扫墓的时节,我们也有好几年没有见面了,所以当时我吃了一惊。"今西先生把手放在泛着光泽的黑色桌面上。"我和她是在这家店里见的面。"

"在这儿?"

"我按约好的时间来的时候,千夜小姐已经提前在座位上等我了。"

两人聊了一会儿各自的近况后,千夜小姐就说起了《热带》的事情。她说了南方岛屿上不可思议的冒险故事、在有乐町开展的读书会,还有写小说的那个"佐山尚一"。

今西先生喝了一口咖啡说道:"尽是一些令我难以置信的事

情。那个佐山竟然在写书,这已经够让我吃惊的了。再加上那是一本读到一半就会消失的书,简直就是有魔法啊。老实说,我当时只能认为千夜小姐是在臆想。"

"但是《热带》这本书确实是存在的。"

"所以昨晚我给你打电话的时候,首先就问了《热带》的事情。由此我也知道了这不是她一个人的臆想。"

我对今西先生冷静的语调颇有好感。"您认识佐山尚一吧?"

"当然……他是我的好友。"今西先生说着环视了一下店内,"我和佐山相遇也是在这家进进堂。学生时代,我参加了在这里举行的读书会,是一个叫'沉默读书会'的奇特聚会。"

据今西先生说,那就是一个大家各自带着存有谜团的书前来讨论的交流会。至于为何说这些书中有谜团,就全凭参加者来解释了。但是,参加者不能说出这些是什么样的谜团。这个读书会是一个文学部的研究生组织起来的,虽然成员常有更替,但每个月都有五六个学生会聚一次。

"我就是在那个读书会上见到了佐山尚一。佐山也是文学部的研究生,是主办者带他来的。我们俩第一次见面就十分投缘,之后就经常见面聊天。佐山是一个拥有奇特魅力的男人。大学毕业后,他去了文学部读硕士,研究古代阿拉伯语,也是因此和千夜小姐认识的……之后的事情你都听说了吧?"

我点点头。

"千夜小姐说是她父亲雇佐山尚一来读手抄本的。"

"荣造先生啊,他也是位独特的人物。"

"您知道佐山打工的事情？"

"这只是佐山打的其中一份工，除此之外还有很多。而我呢，老家在北白川，过着无忧无虑的生活。当时，我的长兄已经独立出去了，家里就有了多余的房间。我当时还邀请他，如果不介意租单间的话，可以免费借住我家的房间。佐山不知从哪儿借了一辆轻型卡车来搬家。事后我才知道他没有驾照，着实吓了一跳。他还轻飘飘地说什么'我在乡下练过车了'之类的话。虽然外表看不出来，但佐山也有这种乱来的时候啊。"今西先生喝着咖啡，脸上满是怀念。"佐山在我家只租了半年左右的单间，可我却觉得像是过了很久。现在回想起学生时代，最先想到的也还是那个时候的事情，就像发生在昨天一样。"

"佐山先生是个什么样的人呢？"

"要说是个什么样的人嘛……"今西先生茫然地望着天空说道，"除了研究相关的书，佐山他不会把其他书留在身边，很快就会把它们卖掉。所以他经常到我的房间来借书架上的书。我从小就喜欢看书，所以积攒了很多书，从儿童文学到社会学的书籍应有尽有，还有很多小说。我读不了现代文学，书也都是些牧歌一样的闲书。像《鲁滨逊漂流记》《海底两万里》《金银岛》之类的……不过佐山倒是很喜欢这些，还经常夸奖我的书架，开玩笑地叫我'图书馆长'。我们曾经通宵讨论读过的书，也曾两个人边抽烟边听磁带。那段时光真是很奇妙啊。那样的日子再也不会有了吧。"

今西先生忽然陷入了沉默，凝视着窗外的雪。

○

"明天就是节分,天自然很冷。"今西先生小声说,"千夜小姐为什么要躲起来呢?真讨厌啊。佐山也是在节分祭那晚消失不见的。"

"说不定有什么关联。"

听我这么说,今西先生一脸"不会吧"的表情。"佐山失踪已经是几十年前的事情了啊。"

"佐山先生究竟为什么会消失呢?"

"我也不知道。"

"好像有什么秘密。"

"谁都有秘密,尤其是像佐山这样的人。"今西先生说,"无论关系多么亲密,他都有绝对不让别人进入的领域。他既没有找我倾诉过烦恼,也没有发过牢骚。佐山就是一个自己思考、自己做决定的男人。在他失去踪影以后,我和千夜小姐还聊了好几次,可我们都不明白其中的理由。我觉得佐山对千夜小姐和对我,都没有敞开心扉,因为他薄情嘛。可实际上他却是个温柔的男人。"

"佐山先生之前就在写小说吗?"

"小说嘛……"今西先生眯起了眼睛,"佐山走路的时候总是带着笔记本。他失踪了以后,在房间里的遗留物品中找到了许多他常用的笔记本。有的是读过的书的摘抄,有的是在简单的日记里夹杂着写的一些奇妙的文章。不过都不完整,尽是一些刚开始写一个场面又立刻放弃了的文章。我完全不明白他为什么要写这些东西。你肯定认为那些就是《热带》的原型吧？"

"您记得那些内容吗？"

"开什么玩笑。"今西先生苦笑道，"这都是三十多年前的事了。"

"那些笔记本后来如何了？"

"应该是送回佐山的老家了，之后的事情我就不知道了。"接着今西先生叹了口气，直直地盯着我，"不过我还是觉得挺不可思议的。你追着千夜小姐特地来到京都，还对几十年前就失踪了的人感兴趣。你这都是为了那本叫《热带》的小说吧。我总是在想，你何至于为此做这么多呢？"

"对《热带》这本小说知道得越多，就会觉得充满谜团的世界越广阔。该怎么说才好呢……我认为像这样调查《热带》的行为，也是《热带》的延续。"

"听起来你完全被迷住了啊。"

"您会这么想也不无道理。"

"《热带》到底是什么？我从千夜小姐那里听了个大概，你能把你和《热带》的渊源也告诉我吗？"

于是，我讲起了自己和《热带》的邂逅。

我尽量简洁地陈述事实，比如学团讨论的那些荒唐无稽的假设就省略了。当然，刚才在美术馆做的奇异的白日梦也省略了。可是该说的东西还是很多，讲完这些费了很长时间。

其间今西先生一直沉默地听着，只有一瞬间他看上去好像有些动摇，就是我说到满月的女巫这个词的时候。不过他很快就掩饰过去了，之后表情就再也没有出现过变化。

我讲完后,他闭上眼睛喃喃自语道:"原来如此啊。"

"您怎么想?"

"我觉得相当有趣。不过你的想象力也太充沛了,尤其是来到京都以后发生的那些事情,着实有些过头了。无论是在酒吧遇到的女子,还是美术馆展出的画,也不能断定他们就跟《热带》有关。"

"是吗……"

"你好好想想。你所到之处,恰好都出现了线索。这进展是不是太顺利了?客观地来说,你不是'发现'了线索,而是'创造'了它们。"

"可是我只是陈述了事实啊。"

"我并不是觉得你在说谎。你确实在酒吧遇见了一位奇特的女性,美术馆里也确实展出了那幅画。可是把这些事实和《热带》这本小说联系起来的,不过是你自己罢了。如果没有遇见那些事实,你也会恰好发现另外一些事实来代替它们的。因为这个世界上有无穷无尽的事实,你想选多少就选多少,你明白吗?你本打算调查《热带》的谜团,可结果你把散乱的事实联系在一起,又创造出了新的谜团。这样下去的话,只要没能从这些臆想中脱离出来,你就永远也解不开谜团。"

"你是说这一切都是我的臆想?"

不可能,我心中暗道。

今西安抚我道:"原本人就是透过名为'解释'的镜片在看世界。出于某些原因,镜片歪了或是被划伤的时候,就会出现一个奇怪的世界。别人可能就会觉得那是阴谋论,或者是病态的臆想。不管怎么说，对于正在观察这个世界的人来说，那就是货真价实的现实。你正在透过名为'热带'的歪曲镜片看世界。恐怕千夜小姐也是如此。"

我想起了在美术馆经历的白日梦。难道那正是我被困于臆想之中的证明吗？我也不认为那是实实在在发生的事情。话虽如此，可也不能就像今西先生那样断言这一切都是幻想的产物。

我正想得云里雾里的时候，脑子里突然灵光一闪——刚才今西先生曾有过片刻的动摇。

"满月的女巫。"

我念叨出这句话时，今西先生挑了挑眉毛。

"什么？"

"您对这个词有什么印象吗？"

"为什么这么问？"

我心想，今西先生果然有所隐瞒。

"您能回答我的问题吗？"

"可是……那些事情挺无聊的，并没有什么特别的意义。"

"请您跟我说说吧。"

"我说了也只会让你更加混乱罢了。因为你又会把那些事实和《热带》联系起来。首先，我想起来的事情和佐山尚一没有任何关系。"

我沉默地看着今西先生。

他叹了口气，又点了一杯咖啡。

"真拿你没办法，我不说你是不会罢休的了。"

于是，今西先生给我讲了下面这个故事。

○

这大概是发生在佐山尚一失踪前一个礼拜的事情。

再说一遍,我那天经历的事情和佐山尚一没有关系,和《热带》这本小说也没有关系。那是千夜小姐和我,还有她父亲永濑荣造之间发生的事情。这一点我要先说明白。

一月末的某天,我一个人去了千夜小姐家。

我和千夜小姐是前年晚秋时节认识的。她来找佐山的时候,佐山把我叫到房间里,介绍说这位是我打工的人家的小姐。千夜小姐好像从佐山那里听说了我的事情,连"图书馆馆长"的外号都知道。

自那以后,我又和佐山一起见了千夜小姐几次,我们渐渐地熟络了。过完年,她邀请我们参加传说中的"沉默读书会"。沉默读书会就是先前提到过的那个,参加的人必须带着自己挑选的书前去。那天我去找千夜小姐,是想跟她商量一下带什么样的书去比较好。

千夜小姐家在吉田山东面的高地。那是一座水泥建造的时髦建筑,与其说是住宅,感觉倒更像是研究所,应该是按照荣造先生的喜好建造的吧。现在的房子是改建过的,已经看不出当初的样子了。可在当时,那种建筑是很少见的。

我去了她家,她父母不在,只有千夜小姐一个人在家。这反而使我很紧张。

我和千夜小姐在房间里聊了一个小时左右。她事先准备了几本书,我也从自己的书架上拿了几本书过来。千夜小姐说我不愧是图书馆长。她的房间在二楼东侧，透过窗户可以鸟瞰神乐冈的街道，对面就是大文字山。我们还说到八月大家一起相约在那里看送火。不用我说你也知道，这自然没有实现。因为下一周的节分祭上，佐山就消失了。

这时，千夜小姐说："我们溜进父亲的书房去看看吧？"

据说书房里也有各式各样的藏书。

我曾见过她父亲永濑荣造先生一次。

那年正月，佐山没有回老家，而是在我家里过年，所以我们俩一开年就去千夜小姐家拜访了。她父母备酒招待了我们。荣造先生一头耀眼的银发，眼睛十分漂亮。他周身散发出来的气质，不像企业家倒像是个学者，甚至是艺术家。我还从佐山那里听说了荣造先生是个很爱读书的人。

"我们进去真的好吗？"

"没事的，我经常溜进去。"说着千夜小姐站了起来。

我有些踌躇，可最后还是没能抵住好奇心的诱惑。

荣造先生的书房在二楼西侧，房间里昏暗得就像被淹没在水底下似的。我进门后朝右看去，三面的墙壁都被书架挡住了。书架的角落里好像还有陈旧的外文书，书籍的装帧黑黢黢的，几乎融在了昏暗之中。

西面的窗外是吉田山葱郁的森林。

书房一推门进来就是接待客人的地方，地上铺着豪华的波斯地毯，屋内摆放着真皮沙发和玻璃桌子。玻璃橱上陈列着古色古香的雕像和器皿。

书架上不光有和荣造先生工作相关的化学书籍，还有很多文学、历史和哲学书籍。我们围绕着这些书说了一会儿话后，千夜小姐拿起了一本《一千零一夜》的翻译版。她说自己小时候就溜进书房读过这本书。当然这个书名我是听说过的，却从没想过要读一下。

千夜小姐打算就带这本书去读书会。她说《一千零一夜》成书的故事就充满了谜团。

"父亲应该有《一千零一夜》的手抄本。"

"就是佐山翻译的那本吗？"

"可能就在那个小房间里吧。"千夜小姐说着用手指了指书房的另一侧。

我一进来就注意到了，书房的南面有个奇特的夹层楼梯通往一个小房间。房间大概只有两叠大小，似乎是通过小梯子出入，底下的空间成了储物间。

据说这是房子建好后，荣造先生请木匠再建造的"房间中的房间"。梯子尽头有一扇绿色小门，宛如小人国的入口。千夜小姐沉思了一会儿，突然在书房里来回踱步。接着她站在梯子下方，抬头看着那扇小门。

我凑近她说："我觉得你还是别上去了。"

"我就上去看一眼。"说着千夜小姐就爬上了梯子。

我心情无法平静，在下面望着她。

确实我也有罪恶感，可那时心中更多的是一种难以言说的感觉。再看那间"房间中的房间"，总觉得有种奇妙的感觉。那宛如悬浮在空中的构造也好，异样的绿色小门也好，都和这个书房的氛围不相称，给人一种"那房间本不应该在那儿"的感觉。

千夜小姐打开门,里面是漆黑的深渊。

我觉得有点吓人,可千夜小姐走进小屋按下了开关,灯立刻就亮了。她从梯子上方探出脸来朝我招手。这时再胆怯就显得太傻了,于是我也爬上了梯子。

我朝里头看去,只见身材小巧的千夜小姐正坐在地上,就像住在那个小房间里的精灵。里面的空间已经容不下我了,于是我就站在梯子当中,只把上半身探进了房间里。几个架子、陈旧的笔记本和书籍、旧物件随意地堆积在一起。

"这是不是《一千零一夜》的手抄本啊?"

千夜小姐给我看一本用白纸包起来的书。她把包装纸展开后,里面出现了装饰着几何图形的封面。这书已经有些年头了,千夜小姐稍微用力了些,书页就散开了。翻开变了色的旧书页,红色的大框线内密密麻麻地写着阿拉伯文字。

"佐山能读懂这些啊。"我呆呆地说道。

"很难以置信吧。"千夜小姐再次用纸把手抄本包好,放回了书架上。

这个小房间也太奇妙了。荣造先生为什么要建这个房间呢?想到这个问题,我又把目光移向了和《一千零一夜》放在同一个书架上的物件。

那是一个可以单手拿起来的木制小卡盒。

现代已经很少有人用这个了,你们这样的年轻人可能连见都没见过。在固定尺寸的纸卡上记下笔记后,投到专用的箱子里。因为可以自由排列和分类,所以有着笔记本没有的便利性。那时候,我就用那个整理读过的书籍的备忘录,所以我就关注到那个卡盒了。不过，可以肯定的是，我完全没那个胆量偷看荣造先生的笔记。

可等回过神来的时候，我的手已经伸了出去。

事后我曾好几次回想起那个瞬间，我无论如何也不明白自己为什么会做那样的事，就像是被魔鬼蛊惑了一样。指尖触碰到卡盒盖子的瞬间，我没来由地觉得心中害怕。正当我浑身僵直的时候，千夜小姐凑过来抓住了我的手腕。她既没有推我，也没有拉我，只是把手搭在上面。我真切地感受到了千夜小姐的体温和呼吸。

"能打开吗？"

"可以，可以，打开吧。"千夜小姐着急地说。

这时，传来书房门打开的声音。我回过头，看见荣造先生微笑地站在书房里。

千夜小姐和我就像恶作剧被学校老师抓包的小学生似的，慌慌张张地从梯子上爬了下来。荣造先生大摇大摆地穿过书房，并爬上梯子环视了一圈小房间内的情况，接着关上了灯和门。其间，千夜小姐和我一直呆立在真皮沙发旁一动不动，简直无地自容。

荣造先生从梯子上下来，像看见什么奇怪的东西似的盯着我们，还叫我们坐到沙发上。我为擅自进入书房道了歉。

"是我的错。"千夜小姐略带歉意地嘟囔道。

可是荣造先生却没有说任何责备我们的话，而是问："有没有找到什么有趣的东西啊？"

我脑海中浮现出的就是那个卡盒。千夜小姐似乎也是这么想的。

她探出身子问父亲道:"爸爸,那个卡盒是什么?"

"你们打开看了吗?"

"没有。"

"那就好。那件东西对你们没有任何用处。"

"可是那里面到底装了什么啊?"

荣造先生忽然眯起眼睛,陷入了沉默。他的目光像是穿过了坐在他面前的我们的身体,凝视着遥远的地平线的彼方。荣造先生那时的样子给我留下了深刻的印象,就仿佛出现了什么只有他能看见的东西。我感觉这种紧迫的氛围充斥着整个书房。书架好像快要崩坏,即将出现广阔的地平线。

过了一会儿,荣造先生终于回过神来说道:"我给你们讲个故事。"

"故事?"

"是我以前在中国东北的时候听说的。"

千夜小姐点点头。

"那是将近四十年前的事了。"

接着荣造先生掐灭了烟头,讲起了故事。

○

当时的奉天[1]的北面有个叫文官屯的街道。

1　此处指今沈阳市。

对于一个人来说，十几岁到二十几岁这段时光的分量之重，是之后全部的人生加起来都比不上的。我即将从帝国大学毕业的时候快满二十五岁了，正好和现在的你们年纪差不多。

当时，我在文官屯的陆军兵工厂工作。

提前三个月从帝大毕业后，我被征召加入了工兵大队。在工兵学校和兵器学校学习一年后，我被送往了中国东北，军衔是中尉。兵工厂就是制造武器弹药的地方，而我的工作就是管理和指导民间工厂。

我和妻子一起生活在砖造的军官宿舍里，昭和十九年（1944年）我们的儿子出生了。

从管理科的窗户往外看，正门前的白褐色大街两侧，灰色的工厂和军官宿舍尽收眼底。街道的西边有一条从奉天通往新京[1]的铁路线延展向远方，远处是一片高粱田和松林交错散布的原野。太阳燃烧出火红的颜色，沉入了地平线下。此前，我从未见过这样的景象。没有比这大地和天空的景色更能让我生出异乡人之感的了。

我为什么会在这里？偶尔我会产生这样的念头。

我是个军人，所以总觉得战争到来的时刻自己将去赴死。因此，我是没有未来的，拥有的只是一天又一天眼下的时日。

战况日益恶化。昭和十九年年末到昭和二十年[2]春天，美军的轰炸机编队飞行至此轰炸。我在上官和奉天市内的办事处时也

1　"九一八"事变后，长春更名为"新京"，成为伪满洲国"首都"。
2　指1944年至1945年。

遭遇过轰炸。奉天的兵工厂被彻底摧毁了。看到重达一吨多的器械被炸飞到屋顶上时,我觉得在这场战争前方等待着我们的结局已经清晰可见了。接着,我于昭和二十年(1945年)被派到了北方的新京。因为年幼的儿子患肠炎住了院,所以我和妻子只能在令人扫兴的病房里道别。

没有机会再见了吧。对此我们心中都已有了觉悟。

我转移至新京后不久,就慌慌张张地被派去坐上了一辆列车。

摇晃的列车行驶了几天后,到达了一个叫通化的城市。我们接到了拟定制造炸弹计划的命令后,淡然地持续着无用的资源调查。其间苏联的军用飞机每天都会飞过来探查动静,不知道他们何时会发动攻击置我们于死地。渐渐我的内心也就麻痹了,对死亡的恐惧日益淡薄。

有一天,我突然得知日本战败了。

我和几名同伴一起归队,乘坐的货运列车在中国东北的原野上疾驰着朝奉天而去。广袤的高粱地里零星点缀着中国人的村落,泥水一般的河川、沉入地平线下的太阳、如暗云般席卷过傍晚天空的鸟群纷纷映入我的眼帘。抱着必死觉悟的内心,如今变得干净澄澈。我决心无论如何也要活着回到妻子身边去。

列车在原野上行驶了数日,终于到达了奉天。

过去满是人力车和汽车、热闹异常的站前广场,现在就像被海啸席卷过一般寂静。来来往往的人们似乎都屏住了呼吸。午后阳光普照的广场一角,有一个头上流着血的半裸男子正朝远处走去,不知道他是中国人还是日本人。人群发出异样的骚动,只听远处传来了枪声。

我和几名同伴一起朝北边走去。我们走到了文官屯，却发现烈日下日占的街区到处可见暴动的迹象。

我们绕开大街走进后街，围墙内的住宅都大门紧闭，还有用圆木搭建成要塞的地方。很少有人从我们身边经过。居民大概都尽量不外出，躲在家里不敢出声吧。我抬头望向傍晚后街上的围墙和瓦片屋顶，心想这里真的是中国东北吗？会不会是我们不当心穿越了时空，不知何时已经回到了日本本土？

接着我们大概又走了十分钟吧，突然听见背后传来尖锐的叫声。我们一回头，看见一个穿着灰色衣服的苏联士兵正朝我们走来。在那以后发生的事情我就不清楚了。后街上民房的树篱和围墙错综复杂，我四处逃窜，不知不觉和同伴走散了。

也就是在那个时候，我遇见了那个神奇的男人。

我听见岔路上传来一个声音。"快到这儿来，到这儿来。"

我朝那个方向看去，只见一个身穿灰色工装的男人探出了脑袋。我一时分不清他是日本人还是中国人。可那名男子热心地招着手对我说"快"。我一走到那儿，男子就穿过了刚刚所在的那家民宅，轻而易举地翻过了挡在前面的砖墙。我也爬上了砖墙。跳下去的地方是堆满了器材的草地，对面好像是几座铺有铁皮屋顶的工厂建筑。男子"嘿嘿"地笑了。

这就是我和长谷川健一的相遇。

我说我打算去文官屯，长谷川想了想说："我也去那儿。我正打算离开这里。"

我们出了城来到奉天的郊外，继续往铺满了田野、松林和山丘的旷野前行。

苏联军队似乎还没有到达那里，我们尽量避开能从铁路上看见的行进路线。落日给眼前的旷野染上了一层金色。

长谷川在田野里边走边开朗地说起话来。

他原先是中国东北铁路的职员，因为不愿意去内陆地区就辞了职。在他去奉天投靠经营榻榻米店的亲戚时，日本战败了。他想找的榻榻米店早已不见踪影，而且因为暴动，已经无法上街了。长谷川窝在廉价旅店的一间客房里过了几天后，出门查看街上的情况时遇见了我。他看上去一副饱经风霜的样子，我还以为他年纪很大了，结果一问才知道他比我还年轻。他中学毕业后就来了中国东北，此后辗转各地，度过了将近十年的时光。长谷川停下话头，用奇异的目光遥望着地平线，神情既空虚又恍惚。

太阳的光亮消失后，原野陷入了黑暗。

过了一会儿，我听见长谷川边走边吟起了诗：

  珍藏你的秘密，别向任何人吐露，
  泄露给别人的秘密顷刻便失去了它的芬芳。
  倘若你自己的心中难以珍藏秘密，
  那么他人心中又怎会珍藏？

我边仔细听着长谷川的声音边爬上山丘，山丘另一侧的草地上出现了奇异的景象——草地上方的天空中悬挂着一轮静止的明月。月亮犹如灯笼般从内里发出光辉，月表的环形山和沙漠清晰可见。周围的青草都沐浴在月光下，散发出莹润的光辉。

茫然的长谷川喃喃道："你能看见那个吧？"

"'那个'是什么?"

"满月的女巫啊。"

"你认识她?"

"她一直追着我跑。"长谷川说,"好了,马上就到了。我们快走吧。"

于是我们下了山丘,绕开那轮月亮,继续向前急行。

昏暗的天色中,我们俩沉默地前行。我一次也没有回头,可那轮月亮发出的奇异光辉却让我印象深刻。满月的女巫是什么?我想应该不是这个世界上的事物。难道我已经死了吗?我在奉天的镇子上被苏联士兵射杀,现在不过是我的魂魄在中国东北的大地上徘徊。我觉得脚下晃晃悠悠的,甚至觉得身边的长谷川也不是活人。可是没过多久,我就看见前方出现了灯光。

那是文官屯的灯火。

○

说到这儿,今西先生停了下来。

故事以三十六年前的京都做引子,继而跳跃到中国东北,却在这里戛然而止。我顿生一种被放逐到虚空中的感觉。

天色已近傍晚,咖啡店内像树林深处一般光线渐暗。

"之后如何了?"

听见我这么问,今西先生也不回答。

他双手托腮支在泛着黑光的桌上,陷入了沉思。看起来他在讲述这个漫长的故事时,触及了一些他自己都没想到的东西。今西先生已经不似讲故事前那样冷静,脸上浮现出了困惑和不安的神色。

他用手扶着额头说道:"为什么我要讲这样的故事呢?"

"今西先生?"

"我从来没有跟任何人讲过这些,不管是偷溜进书房的事,还是荣造先生在中国东北的经历。我之前甚至都没有想起过这些事。那天讲完中国东北的往事后,荣造先生说了这么一句——那个卡盒里住着女巫。"今西先生喝了一口冷掉的咖啡,点点头道,"之前我一直不相信你说的那些话,觉得千夜小姐和你都被幻想迷住了。可是和你交谈期间,我渐渐明白了,所有的事情都以一种不可思议的形式联系在一起了。"

"荣造先生的话、佐山先生的失踪,还有《热带》都……"

"没错。"今西先生突然站了起来。"我们离开这儿吧。"

"去哪儿?"

"有事情需要思考的时候,还是走走路比较好。"

接着他就说要去看看吉田神社的节分祭。

我们走出进进堂,过了今出川路后又穿过了大学校园。

天空中还残留着光亮,可破旧的校舍间却被暮色笼罩着。天气越来越冷了,高耸入云的钟楼周围雪花飞舞。正门外沿街摆满了路边摊,人流如织。

我们朝吉田神社走去。

"那天晚上,我们来参加这个祭典了。"今西先生开口说道,"千夜小姐、我和佐山,我们三个一起来的。我们先在千夜小姐家里集合,然后从吉野山上下来。我到她家的时候,佐山已经到了,正和千夜小姐愉快地说着话。"

"有什么和平常不一样的地方吗?"

今西先生摇了摇头说没有。

"我们聊了一会儿就离开了千夜小姐家,从西边下了吉田山,也就是和我们现在所在的方位正好相反。当时我们三个是从神社的背后进入祭典会场的。森林中的暮色和路边摊的灯火连成一片。那天也下雪了。"

穿过红色的鸟居后是松树夹道的石子路。参道[1]两侧则摆满了摊位,有卖面具的、射箭的,也有卖烤丸子、鸡蛋煎饼、蜂窝糖蛋糕和小烤蛋糕的。狭窄的参道上挤满了人,这让我联想到战后的黑市。昏暗的帐篷顶上挂着一只灯泡,底下摆着一张红色的板凳,老板就坐在板凳上,和家人一起吃大阪烧。

"佐山就是在这附近消失的。"今西先生停下了脚步,回头看着鸟居说道,"参拜完深山里的大元宫,离开主殿下山的时候,他还跟我们在一起。可是从这条表参道往鸟居走的时候,却不见佐山的踪影了。我们就在鸟居底下等他。因为我们约好如果走散了,就在走散的地方原地等待……"

可是佐山尚一就这样再也没有出现。

"我和千夜小姐的关系也变了。"走在通向本宫的坡道上,今西先生说,"她好像对我有所怀疑,怀疑我是不是隐瞒了佐山失踪的原因。现在想想,她可能是觉得被佐山背叛了吧,有气没处撒,就只能责备我了。可是我却觉得是她对我有所隐瞒。这话

---

1 参道,亦称主参道或表参道,指日本神社中用于行人参拜观光的道路。

我也当面对她说过。"

"你们都很不好过吧。"

"后来过了很多年,我和千夜小姐才又能平心静气地交谈。那个时候,一切都已经不一样了。不变的就只有关于佐山的记忆啊。"

我们参拜完本宫后,爬坡去往大元宫。云层密布的天空渐渐阴暗下来,终于下起了雪。

我们现在正反方向地走在那天晚上今西先生他们走过的这条路上。摊位上的招呼声、灯泡的光亮、铁板上升腾而起的烟、响彻冬日森林的喧嚣声……我觉得自己仿佛进入了祭典的最深处追溯时间。

"之后你打算去干什么?"今西先生吐出一口白气问道,"得回东京了吧?"

我剩下的时间确实不多了。可是,关于《热带》和佐山尚一的谜团越积越多,已经快要超出我的承受范围了。和《一千零一夜》的关联、画着满月的女巫的画作、荣造先生的卡盒、佐山尚一的失踪……

"为什么千夜小姐要叫我来京都呢?"我喃喃地说,"这一点我始终不明白。"

"她给你寄了明信片吧?"

我从笔记本里取出明信片,上面写着:

只有我的《热带》才是货真价实的。

可今西先生却觉得这句话有些古怪。

"我和千夜小姐在进进堂见面的时候,她好像预见到了你会追来京都。作为同样读过《热带》的人,她应该对你有什么特别的期待吧。如此看来,这句话颇具挑衅意味。而且千夜小姐特地把你叫到京都来,自己却藏踪匿迹,这也很奇怪吧。"

"所以我百思不得其解。千夜小姐难道原本就是这么打算的吗?"

我们终于到了大元宫,参拜的人排起了长队。

再往前就是这次冬日祭典的尽头了。至此连绵不断的摊位中断了,通往住宅区的昏暗道路仿佛张开了大口。我们穿行于祭典中的这段时间里,傍晚的天色已经变成了浓重的夜色。夜色下只有冰冷的祭典活动的队尾。

这时,我看见了一个奇特的摊位。

它离其他摊位稍有些距离,古朴的西洋电灯照得七福神和招财猫的摆件熠熠生辉。乍一看不知道这是个卖什么的摊位,仔细一看才发现固定安装好的书架上排列着书。略微有些脏污的旗帜旁站着一个颇有些异国风情的男子。

"暴夜书房竟然开在这种地方?"

"那是什么?"

"一个旧书摊。店名写作'暴夜书房',可是读作'阿拉伯书房'。"

我走近摊位,只见店主一脸茫然地朝我看来。就像是记起了我似的,他"哎呀"了一声,露出了笑容。今西先生稀罕地看了一眼书架,小声说道:"流动旧书摊我倒是第一次见到。"摊位有些冷清，但店主十分开朗，灯光照在他光彩熠熠的脸上，流露出少年人一般的神情。

"你要找的人找到了吗？"

"还没有。"

"那可真是遗憾啊。"

他就像和老友久别重逢一样。可是我想了想，在吉田山中偶遇那家不可思议的旧书店就像是昨天的事情。

我拿出《一千零一夜》给店主看。"这本书我正在读呢。"

"那可真是太好了。不过要读到'大团圆'可不是件容易的事。"店主说，"毕竟有一千个夜晚嘛。"

"也真亏莎赫札德能接连不断地讲那么多故事啊。"

"确实是个了不起的人物。"

今西先生从书架上拿出一本文库本，是G.K·切斯特顿的《布朗神父的天真》。

店主目光炯炯地对今西先生说："这书很有趣哦。"

我记得很久以前我也读过布朗神父的短篇集。那本书的开头有一篇叫《蓝色十字架》的小说。

小说讲述了布朗神父和一个恶人同行，在所到之处引起了一系列奇怪纠纷的故事。神父之所以做这些事情，是为了给追捕恶人的法国刑警留下"追踪线索"。

追踪线索——我陷入了沉思。

千夜小姐的明信片、芳莲堂里发生的怪事、"要去满月的女巫那里"这样的话……这些都是她留下来的追踪线索。千夜小姐想把我引导到什么地方去。如果是这样的话，那么她肯定不希望我就这样困死在迷宫里。我一定错过了什么重要的线索。

芳莲堂昏暗的店内场景出现在我的脑海里——放置前任店主收藏品的架子、落满灰尘的达摩、石像的碎块、小小的贝壳、装水果牛奶的小瓶子，还有陈旧的卡盒。

"今西先生，"我说，"我昨天去芳莲堂的时候，发现了一个小卡盒。我看了一下，里面还装着几张旧卡片。"

"你说卡盒？"

"我可能错过了什么重要的线索。我一定要去确认一下那个卡盒里的东西。"我深深地对今西先生鞠了一躬，"谢谢您跟我讲这些宝贵的故事。"

我和今西先生道别后，穿过祭典会场，走进了一条通往住宅区的幽暗道路。脚下很快就变成了下坡路，道路就像阴暗冰冷的隧道一般，两边房屋外的电灯散发着光亮。

等到终于远离了祭典的喧嚣时，我听见背后传来了脚步声。回头一看，只见今西先生气喘吁吁地追了上来。

"我和你一起去。"他说。

○

我们在今出川路坐上出租车，往一乘寺下松方向驶去。

到达芳莲堂的时候，天已经完全黑了，住宅街区内十分静谧。光线透过芳莲堂的玻璃门流泻出来，照在店头摆放的素烧壶和木雕上。可是玻璃门上着锁，也不见店主的身影。

"可能是有什么事去附近了吧。"

"我们等一会儿吧。"

今西先生似乎冷得直打哆嗦。我让他在原地等着,自己去夜晚的住宅区里转悠。

寂静的街角处摆放着的自动贩卖机发出明亮的光,雪花在四散的光线中飘舞。我买了两瓶热茶回到芳莲堂,正在看《布朗神父的天真》的今西先生抬起头对我说了声谢谢。我们就边喝热茶暖暖身子,边等着芳莲堂店主回来。

"如果佐山尚一还活着的话,他为什么不跟我们联系呢?"今西先生小声说道,"我们已经等了很久了啊。"

"他留下的就只有《热带》。"

"我也开始想读了呢。那一定是他梦想的结晶。"今西先生喝着茶说道,"他身上带着点浪漫主义气息。说得极端一点,他认为'真实的世界唯有闭上眼睛才能看见'。那是只存在于他心中的奇异世界。可我不喜欢这种神秘的想法,年轻的时候尤其不喜欢。无论用怎样的语言来修饰,那也不过是在信奉一些空虚的东西罢了。而且放眼这个世界,想用那种语言填补空穴的人比比皆是。像佐山这样拥有半吊子的梦想,无异于给入室抢劫的强盗打开了大门。"

今西先生抬头看看雪花,呼了一口气。

"关于这些问题,我和佐山讨论了很多次。他应该有一些无论如何都无法让步的底线吧。现在想想,当时我应该更认真地听一听。如果《热带》这部作品是佐山梦想的结晶,那么也许他觉得给我看了也毫无意义吧。但是,他这样实在是心胸狭窄。"今西先生说,"太遗憾了。"

这时，只听见脚步声由远及近，来人在黑暗中停下了脚步。我们刚听到一声透着凉意的"哎呀"，芳莲堂的店主已经闪身"滑"进了从玻璃门中流泻而出的灯光中。

她歪着头微笑道："你们见到千夜小姐了吗？"

"关于这件事，我们想请您帮忙。"

我和今西先生站起身来。

"我们一直在等您回来。"

"抱歉，让你们久等了。"店主边开门边说道，"本来我打算只去一下邮局，不过之后又想散步了……我马上开暖炉。"

我们跟着走进了芳莲堂。

我问起了店主摆在那个架子上的卡盒的事情。可是她对这个卡盒的由来也是一无所知，一直以为这是前任店主的私人收藏。

"那可能是永濑荣造先生的东西。"

听我这么一说，她从架子上取下卡盒放到了收银台上。

"我记得这里面装了笔记之类的东西……"

从外观来看，这就是个旧木箱而已，丝毫没有给人里面藏着魔鬼之类的不祥之感。打开盖子后，最上面的果然是昨天我读的那首叫《夜翼》的诗。此外，还有十几枚卡片。我把它们都取出来一看，卡片已经旧得变成了淡茶色，青黑色的墨水写下的文字有些渗开了，有些被擦掉了。

我一枚一枚地读起了卡片。读着读着，一种从未有过的恐惧感袭遍了全身。我觉得自己的脸都紧张得僵了。

"有什么问题吗？"芳莲堂的店主担心地问道。

我从圆凳上站起来，把这些卡片在收银台上一一排开。店主和今西先生吃惊地盯着我做这些动作。我就这样沉默地继续把这些卡片调整为正确的顺序。

下面是这些卡片上记载的内容:

到达高地上的酒店
先行者的留言
鲁滨逊·克鲁索 漂流者的故事

吉田山上
旧书摊和店主
被迫看店
《一千零一夜》脚夫和……

莫谈与你无关之事
"你用夜翼把清晨渲染在夜幕里。"
你却答道:
"没有,我只把一轮明月包裹着黑暗。"

珍奇屋
错过了应该看的东西
旧货店店主的故事 三题落语 魔王
被抛下的男人
穿过小门

先斗町的酒吧
一千零一夜女子 朗诵
一千零一夜女子讲的故事
住着魔鬼的图书室
被抛下的男人打来的电话

美术馆
女巫的宫殿
和不可见的追踪者的对话
追踪者变成了被追踪的人

咖啡店
和被抛下的男人的对话
谜一样的创造
房间中的房间

满洲
战败
从奉天到文官屯 同行的男子
珍藏你的秘密
原野上空的月亮

夜晚的祭典
他为何消失了

再访旧书摊

发现了遗漏的东西

再度来到奇妙的房间

梦的结晶

隐藏的手札

无法归去的地方

市原站

再遇一千零一夜女子

最后的对话

关闭图书室的门

可喜可贺大团圆

以上就是卡片上写的内容。

盒子里的卡片总共有十一张，上面记载了我前天抵达京都后，到现在再次来到芳莲堂之间的全过程。令我吃惊的是关于美术馆里发生的事情的记述。其他事情先撇开不说，但是和白石交谈的这个白日梦应该只有我自己知道才对。

"这些卡片是什么时候开始放在这儿的？"

听我这么问，店主一脸困惑地说："突然问我的话，我也想不起来，只记得很久以前开始就放在这儿了……至于上面到底写了些什么，我也完全不记得了。"

我们看着排列开的卡片陷入了沉默。

"你是说所有的事情都被预言了？"今西先生不知所措地说，"不可能。这种事情在现实中不可能发生。"

可是，如果我们所在的地方根本就不是现实呢？

我们身处《热带》之中——直到此时，我才理解了千夜小姐寄来的明信片上所写的话的真实含义。

很久以前开始读《热带》这部小说的我们，不知不觉开始在这个名为"热带"的世界中生存。我们各自把自己当作这个故事的主人公，期待着"大团圆"结局。

所以，只有我的《热带》是货真价实的。

〇

我把这些卡片上的内容记在了笔记本上。

芳莲堂的店主和今西先生在一旁静静地等着。店内开着暖炉，十分暖和，就像一个与世隔绝的舒适的隐居地。抄写完所有的卡片后，我又把最后一张卡片读了一遍。

> 市原站
> 再遇一千零一夜女子
> 最后的对话
> 关闭图书室的门
> 可喜可贺大团圆

"一千零一夜女子"指的是在夜翼酒吧给我讲了那个不可思

议的故事的牧小姐吧。她祖父的画室确实就在市原,还有一个收藏了《一千零一夜》相关书籍的图书室。

"你要去那里吗?"今西先生问我。

我点了点头。"嗯,既然都已经来了。"

"千夜小姐会在那儿吗……"

"只是为了确认这一点,我也不得不去。"

"那么我也跟你一起去。可以吧?"

我把收银台上的卡片收拾好,并向店主道了谢。她把卡盒放回了架子上,目送我们走出了店门。

"希望你们能见到千夜小姐。"

我们走在昏暗的住宅区里,回头只见店主抱着店头摆着的木雕布袋,站在玻璃门透出的光线中。随着我们越走越远,那家小旧货店和抱着木雕的店长也渐渐地失去了真实感。

我们在修学院站坐上叡山电车,车上比想象中要空得多。想想周日的这个时间会去鞍马的也只有本地人了吧。车朝北驶去,渐渐远离了市区,车窗外的夜色也逐渐浓重。漆黑的山脚下星星点点的房屋外灯、从民房的窗户里透出的温暖光芒、道口闪烁的红色警报灯……车窗外流逝的那些灯光与映照在车窗上的坐在座位上的自己的身影重叠在一起。

今西先生不安地盯着车窗说道:"如果这一切都是你安排的会怎么样呢?那些卡片可能是你预先写好,放进芳莲堂的卡盒里的。连千夜小姐失踪也许也是你在幕后牵线。"

"你会怀疑我也很正常。"

"你不否认吗?"

"当然,我并没有在背后搞什么鬼。不过今西先生你冷静的意见也给了我很大的帮助,让我停止了把所有事都跟现实联系起来。"

"你这是在吹捧我哦。"

"是吗?"

"如果你是想欺骗我的话,那我很早就已经中了你的计了。要不然,我也不可能去市原。"

如果所有的事情都是早有预谋的话,那么设计了这一切的人是谁呢?我心想。

是邀请我来京都的千夜小姐吗?可是她也在继续追踪佐山尚一留下的名为《热带》的谜团。那么这一切都是佐山尚一设计好的?可回想一下芳莲堂店主和今西先生的话,佐山尚一的背后还隐藏着千夜小姐的父亲荣造先生的身影。荣造先生的背后藏着巨大的谜团。那可能就是我们所说的满月的女巫。

不管怎么说,"回东京"这个选项已经从我的脑子里消失了。我想知道这一连串的谜团的走向。这是我现在唯一思考的事情。

过了一会儿,电车经过了二轩茶屋站。

"下一站就是市原了啊。"今西先生神情紧张地站了起来。

越来越接近市原站的时候,我把目光投向窗外,心里突然一惊。我看见无人值守的小站的月台上站着一个女人。孤零零地摆放在那儿的自动贩卖机发出的光亮清晰地映照出了她的身影。伫立在月台上的无疑是我在酒吧"夜翼"遇见的牧小姐。

电车停下后,我们下了车。

积了薄薄的雪花的月台上飘浮着一层白色。牧小姐站在月台的一头,撑着伞凝视着我们。电车开走后,周围被宛如黑夜最深处的寂静包裹住了。我们仿佛来到很远的地方旅行。

"牧小姐,你还记得我吗?我是池内。"我打招呼道,"我们昨晚见过面。"

"当然记得。"牧小姐抖落了伞上的雪。

我向牧小姐介绍了今西先生,他俩互相问候了一下,彼此都用一种估价的眼光打量着对方。仔细想想,要不是被我卷了进来,这两个人是绝对不会见面的。他们互相有所防备也是自然的吧。

"没想到会在这个地方见到你。"牧小姐说,"刚才我还待在外公的画室里,现在正打算回家。真是太巧了啊。"

"不,我想这不是巧合。"

"啊,是啊。也许吧。"牧小姐没有坚持,只是微笑道,"你们是来调查外公的画室的吧?"

"没错。"

"我一猜就是。"

"你知道我们要来?"今西先生吃惊地问道。

"当然,我没想到会在这里遇上你们。"牧小姐说,"但我知道你们迟早会来的。"

我想起了牧小姐在"夜翼"酒吧说过的话——作者佐山尚一消失了,那位千夜小姐也消失了。同样的事情也许会发生在你身上。你没有考虑过吗?

"千夜小姐来过画室对吧?"

听我这么问,牧小姐点了点头。

"她在图书室里……消失了。"

○

我们沿着一段短楼梯走下了月台。

下了楼梯后是一条狭窄的道路,两边是接连不断的民宅和停车场。虽说是车站周边,可也没看见什么像样的店铺,只有一家卷帘门紧闭的商店门前摆着一台闪着光亮的自动贩卖机。山间的小镇十分静谧,越过低矮的民房能看见远处黑压压的山影。我们走在积了薄雪的夜路上,前往画家牧信夫的画室。

牧小姐边走边跟我们说:"千夜小姐是四天前来画室的。"

那天傍晚,有一位优雅的妇人来到了柳画廊。

她说自己名叫海野千夜,在京都市美术馆看到了《满月的女巫》这幅画。她得知画家牧信夫的遗作由柳画廊管理,所以就前来打听情况。在她和画廊主人柳先生交谈的过程中,我得知这位妇人见过牧信夫。她的父亲,永濑荣造先生好几次邀请画家牧信夫去过他们家。

"那个时候,千夜小姐好像也见到了我外公。"牧小姐说,"不过,那也是三十多年前的事情了。"

"今西先生,你知道这些吗?"我问道。

今西先生摇摇头。

"我不知道,从来没有听说过。"

"他们聊着聊着,话题转移到了外公去世以后的事情。柳老板就说起了那间画室。千夜小姐相当感兴趣。她思忖片刻后,问能不能现在就过去看看。事出突然,我吓了一大跳。本想说今天没时间,可柳老板答应了,我只好早早下班,带千夜小姐去了画室。我是希望能从她那里听到一些关于外公的事情。"

我们来到大路上,沿着快结起冰层的车行道走着。偶尔驶过的汽车的大灯照亮了路面上的积雪。穿过有一家便利店的大十字路口,前面就是一条窄道,两侧都是民宅。走进静谧的住宅区的深处,黑压压的山影从三面压迫过来。

"千夜小姐说了一些很不可思议的事情。"

"你知道《热带》这本小说吗?"千夜小姐在去画室的出租车上问牧小姐,"这是一个叫佐山尚一的人写的小说。你外公没有跟你说起过吗?"

"不好意思,我没有印象……"

"那可真是太遗憾了。那是本很奇妙的小说哦。牧老师的《满月的女巫》也是受了那本小说的启发画出来的。"

听到这句话,牧小姐大吃一惊。《满月的女巫》是她在整理外公的遗物时发现的作品。创作当时的资料已经找不到了,根据这幅画描绘的题材和图书室里的遗物来看,牧小姐单纯地认为这幅画的灵感来自《一千零一夜》。

"您是怎么注意到的呢?"

"因为那幅画上画的宫殿在《热带》里出现过。"

"那我也要读一读。"

"去你外公的图书室里找找吧。"

"可是图书室里会有这本书吗?我大致找了一遍,书架上全是和《一千零一夜》相关的书。"

"是嘛,那里兴许会有。"千夜小姐微笑着说,"因为《热带》是《一千零一夜》的异本啊。"

边走边听牧小姐讲故事,我们不知不觉走入了被黑压压的群山包围的住宅区深处。从最深的夜色中浮上来的白色的积雪道路仿佛要通向世界的尽头。此时,电车的声音由远及近,划破了充斥着整个黑暗山谷的寂静。我向右边看去,叡山电车正驶过连绵的民宅尽头处的空地,铁轨另一边的杉树林被照亮了片刻。可是随着列车声远去,周围陷入了更深的黑暗和寂静中。

因为《热带》是《一千零一夜》的异本。

"千夜小姐是这么说的对吧?"我确认道。

牧小姐点点头。

"没错。"

"这是什么意思啊?"今西先生歪着脑袋,"《热带》不是佐山写的书吗?"

"我也不清楚,这是什么意思呢……"

不久后,牧小姐在左手边一座昏暗的民宅前停下了脚步。这里好像是一家废弃的咖啡店,店头摆放的广告牌上盖着蓝色的防水布。牧小姐从这里往左拐,走进了咖啡店和隔壁住宅围墙间的一条石子路。一座像是工厂的灰色平房建筑立马映入了眼帘,这是牧画家的画室。

牧小姐打开门,点亮了电灯。

"穿着鞋进来吧。"

室内的空气中还飘浮着绘画工具的气味,不过画室已经被大致整理过了。除了零散地摆放着的工作桌和画夹外，室内什么家具也没有，纸板箱和画框靠墙堆积着。我无从知晓画家在这里创作时的样子。今西先生和我用电暖炉烘着手，牧小姐则从墙边的纸板箱里拿出了手电筒。

"走吧，祖父的图书室在后面。"

画室的后面浸润在黑暗之中。牧小姐就像在抚摸怪物的身体一般，拿手电筒照着那间图书室。

涂着绿漆的窄门、装着铁格子的昏暗窗户，还有土黄色的墙壁——这房子确实就像孩子画的画一样构造简单。背后逼人的黑暗森林令人感到毛骨悚然。可是不仅如此，我还感受到了一种宛如置身世界尽头一般，禁止我再往前走一步的不可名状的威慑力。

今西先生小声说："这感觉真让人不舒服。"

"我们先进去看看吧。"我说，"牧小姐，麻烦你了。"

她走近房门，打开了门锁。

〇

牧小姐按了一下开关，点亮了天花板上的电灯。

屋内的感觉和外观完全不同，看起来是间舒适的房子。地板上铺着波斯地毯，房间里有一把茶色的单人沙发和一张小圆桌，窗边摆放着一张书桌和一台古色古香的唱片机。我想起了儒勒·凡尔纳在《海底两万里》中描写的鹦鹉螺号上的图书室。

今西先生不禁啧啧称奇。

三面墙都是书架，就如牧小姐昨夜所说的那样，上面有许多《一千零一夜》的译本。此外，还有小栗虫太郎的《黑死馆杀人事件》、扬·波托茨基的《萨拉戈萨手稿》等许多书籍。如果这些书里都有关于《一千零一夜》的记载的话，那牧老师的执着确实令人惊叹。

"千夜小姐当时盯着这个书架双眼放光。"

果然不出我所料——千夜小姐心满意足地说道。

"这个图书室里的书是我父亲书房里的。牧老师大概是从我父亲那里得来的吧。"

永濑荣造先生的藏书？当然，牧小姐也是第一次听说这件事。

"这件事我一直耿耿于怀。我去海外旅行的时候，父亲把他的藏书转手给了别人，也没有对我说明其中的原委，就这么去世了……没想到我能像今天这样再次见到这些书。真是令人怀念啊。"

"听见您这么说，我祖父也会很高兴的。"

"谢谢你，牧小姐。"

牧小姐说之后她为了准备茶水，回了一趟画室。也许是因为这里地处山麓，周围都已沉浸在蓝色的暮光之中。

等牧小姐准备好茶水从画室里出来的时候，暮色已经越发浓重。从图书室的窗户里透出来的光孤零零地浮在傍晚的暮色中。牧小姐沿着石子路走近图书室时，窗内的灯忽然像呼吸一样闪烁了起来，接着那光亮如同被吹熄了的烛火一般消失了。

牧小姐吓得停住了脚步。装着铁栏杆的窗内一片漆黑。千夜小姐为什么要关灯呢？可能是停电了吧。牧小姐慌忙跑过去打开了图书室的门。可是，门却从里面被反锁了。

"从口袋里掏出钥匙的瞬间，我闻到了海风的气味。我打了个激灵，赶紧按下了开关，电灯就亮了，没有任何故障。可是千夜小姐却不见了。"

今西先生怀疑道："你是说她在上了锁的房间里消失了？"

"当然这在现实中是不可能发生的。我也满心疑惑，可到处都找遍了，也没发现千夜小姐的身影。"

"可能她悄悄回去了。"

"画室的洗手池前有个窗，能看见通往图书室的石子路。如果千夜小姐从那里经过，我应该会注意到的。要是她进了后面的森林那我可能注意不到，可是她没道理会去那儿吧？况且门是从里面反锁的，钥匙也只有一把，在我手上。"

今西先生无措地看着我。"池内，你怎么看？"

令我在意的是牧小姐说的关于打开门的那瞬间的情形。那时，室内飘浮着的"海风一样的气味"是怎么回事呢？牧小姐离开图书室的这段时间里，千夜小姐是不是在这里经历了什么呢？

"这间图书室里住着魔鬼。"我喃喃自语。

今西呆呆地说："魔鬼把千夜小姐吃了也是有可能的吧？"

"我们都不知道魔鬼究竟是什么。"牧小姐在沙发上坐下，用手支着脸颊。"结果，那天我只能就这么回去了。我找不到千夜小姐，也没有在图书室里发现任何痕迹。第二天到了画廊，我把事情的经过告诉了柳老板。他也十分不解。然后，昨天晚上……"

"遇见了我对吧。"

"从池内先生你口中听到关于千夜小姐的事情时，我着实吃了一惊。而且你还跟我说了《热带》这本书的事情对吧？我还记得千夜小姐在出租车上跟我说的话。我觉得这不单单是个巧合而已。"

我们分头毫无遗漏地对图书室进行了检查。三人移开桌子和沙发，把地毯卷起来，还从书架上把书都取下来。可是哪里都没有类似暗门的东西。窗户上装了铁栏杆，所以也无法从这里钻出去。我们又来到图书室外面，用手电筒照着外墙绕房子走了一圈，可也没有任何发现。这个图书室可以说是一个完全封闭的"箱子"。

夜色已深，四周被黑暗包裹住了。

我把笔记本里记的卡片上的内容又读了一遍。最后一张卡片上写着如下内容：

　　市原站
　　再遇一千零一夜女子
　　最后的对话
　　关闭图书室的门
　　可喜可贺大团圆

"关闭图书室的门……"
"是指什么？"
"能让我一个人在这里待一会儿吗？"

我要照卡片上写的那样关上图书室的门,让自己和前几天的千夜小姐身处同样的境况之中。听了我的提议,牧小姐和今西先生不安地对视了一眼。

"我不太赞成。"今西先生说。

"是怕魔鬼出现,把我吃了吗?"我开玩笑道。

今西先生苦笑着说:"那是不可能发生的。不过……"

"千夜小姐留下了很多线索,把我引到这个图书室来。她这么做肯定是有用意的。我一定要找出她的用意。"

牧小姐和今西先生终于同意了。他们俩从图书室出去,走到了漆黑的室外。

关门之前,牧小姐问我:"接下来会发生什么?"

"我不知道……"

"其实你知道的,对吗?"牧小姐说,"要是我也读了《热带》的话就能明白了吧?"

我想总有一天,她也会在某个地方和《热带》相遇的。今西先生也定会如此。翻开《热带》后,我不知道前方会有一个什么样的世界在等待着他们。恐怕那是只属于他们的《热带》。

"你的《热带》是只属于你的。"

我对牧小姐说完这句话后,就关上了图书室的门。

○

图书室安静得就像森林深处的野营地。

天黑之后,埋藏在书架上的书看上去越发透出一股魅惑之感。

书架上有好几本《一千零一夜》以及许多由此诞生的书。我坐在椅子上看着书架，觉得有几万个挤作一团的故事正回头看着我。

就着书桌上台灯的光亮，我打开了笔记本，重读了一下卡片上记载的内容，上面记录了我在京都经历的所有事情。最后那张卡片的最后一行写着"大团圆"，之后就再也没有任何内容了。

大团圆指的是剧作、电影、小说等的结束，尤指那些"一切都可喜可贺"的圆满结局。可是，这个图书室简直就像是世界的尽头。无边的静寂仿佛时间停止了一般，完全没有能带来"大团圆"的氛围。

千夜小姐来到了这里——我站起来，在图书室里转悠。我遗漏了些什么——可遗漏的是什么呢？

书架上收集了数量惊人的和《一千零一夜》有关的书籍。

仔细想想，这趟关于《热带》的冒险背后，也隐约可见《一千零一夜》的身影。佐山尚一和千夜小姐是因为《一千零一夜》的手抄本而相识。牧画家继承了永濑荣造先生的藏书，用和《一千零一夜》相关的书籍填满了这间图书室。我和牧小姐相遇的契机是那首名为《夜翼》的诗。而这首诗原本也是从《一千零一夜》中引用出来的。

因为《热带》是《一千零一夜》的异本——千夜小姐曾经这样对牧小姐说过。

那时，我的脑海里浮现出一个很直接的问题：《一千零一夜》的结局是什么样的？

我走近书架，取下装在黑盒里的书。

这是岩波书店出版的马尔德吕斯版本《一千零一夜》的第

十三卷。这套书于一九八三年初版,是马尔德吕斯将阿拉伯语版《一千零一夜》译成法语后,再由别人从这个法语版本翻译而来的日语版。

我把书放在书桌上翻开,扉页上写着的"大团圆"映入了我的眼帘。

那一章讲了下面这个故事。

莎赫札德为了从舍赫亚尔国王手中救下百姓,接连在每个夜晚都给国王讲故事,不知不觉已经到了第一千零一个夜晚。这时,莎赫札德的妹妹杜娅札德带来了姐姐在这一千零一个夜晚里和舍赫亚尔国王所生的孩子。不知何时爱上了莎赫札德的国王在那个晚上决定迎娶她做王后。被国王叫来的弟弟沙赫扎曼王被这件事所打动,于是他说想娶妹妹杜娅札德为妻。

在那场豪华辉煌的婚礼上,用来赞美新娘美貌的诗,就是牧小姐在先斗町的酒吧里朗诵的那首。

  寒冬的夜晚升起了盛夏的月亮,
  什么都没有你的到来美丽。
  呵,姑娘!
  一头乌黑的秀发垂挂脚边,
  缠绕在额前的黑发散开两边,我对你说:
  "你用夜翼把清晨渲染在夜幕里。"
  你却答道:
  "没有,我只把一轮明月包裹着黑暗。"

之后，舍赫亚尔国王召来了优秀的记录员和有名的史书编写者，命令他们把自己和莎赫札德的故事都记录下来。

下面是摘抄出来的一小节内容。

　　于是，他们开始工作，将这三十卷毫无遗漏地用金字书写记录了下来。他们将这惊异奇特的一系列故事称为"一千零一夜之书"。

　　接着他们遵从舍赫亚尔国王的命令，忠实地抄写了此书的手抄本，将其散布到领土全境的各个角落，用于教育子孙后代。

　　而原始版本则由宰相保管，收藏在王室的黄金书库里。

　　此后，舍赫亚尔国王和那位幸运的莎赫札德王后，沙赫扎曼王和那位美丽的杜娅札德王妃，以及莎赫札德所生的三个王子，直至拆散朋友者、破坏宫殿者、建造坟墓者、冷酷者、不可逃避者到来前，都一年赛过一年，一日胜似一日，昼夜更替地过着欢乐、幸福、喜悦的生活。

　　正如前面记录的那样，在这个世界上的奇闻轶事中包含了充满教训、不可思议、惊异、惊叹和美的名为一千零一夜的灿烂故事。

读到这一小节的时候，我察觉到一丝违和。

这一段讲的是《一千零一夜》由来的故事。据记载，用金字书写的原始版本收藏在王室的书库里,手抄本散布到了全国各地。虽然故事已经写完了,但是大团圆的生活仍在继续。莎赫札德等主角幸福地生活着,直至"不可避免者"即死神来临。

那么,收藏在王室书库里的故事是什么呢?

这样看来,简直就像《一千零一夜》里还存在着一部《一千零一夜》。内在的那部《一千零一夜》中也存在着另一部《一千零一夜》,这一部中还存在着另一部。我脑海中浮想联翩,好似窥视着无底洞一般眩晕。

这时,室内的灯突然开始闪烁。我吓得身体僵直。除了书桌上的台灯外,屋内其余的灯都灭了。

我坐在椅子上环视图书室。可除了灭灯之外,屋内没有任何变化。我的目光又回到书桌上。

台灯的灯光照在桌上的笔记本上,就像聚光灯一样。这两日里,这本笔记本始终伴随我左右。那上面记载着和《热带》有关的一切事情——学团的成员、"打捞"出来的片段、至今为止想过的假设以及一切在京都的所见所闻。

这些当中会有线索吗?

我缓慢地翻着桌上的笔记本,把至今为止记录的所有内容重新看了一遍。终于翻完了最后一页笔记,后面是什么内容都没有记的白页。那一瞬间,我有一种自己站在无人岛的海滩上,眼前是无垠大海的错觉。

"闭上眼睛,在心中描绘。"我听见了千夜小姐的说话声。

脑海中展开的是想象的世界、《热带》的世界。

在想象的世界中,我站在黎明前的沙滩上。太阳好像正在地平线下等待,大海的彼方开始微微发白。美丽的天空像天象仪的圆顶,从乳白色渐变到深蓝色,仍然是夜空的那一部分中还闪烁着星光。弯曲的沙滩上没有人影,连绵不断的波浪像奶油一样起了泡。我望向与大海相反的方向,黑压压的森林沿着沙滩边缘向前延展,风一吹,就像巨大的野兽正蠢蠢欲动。

我看见了一个被冲上沙滩的青年的身影。

他大概二十五岁,穿着沾满泥泞的T恤和裤子,身上别无一物。他的脸颊贴在冰冷的沙滩上,像个不高兴的婴儿一般皱着眉头。他不知道自己是谁,不知道从哪儿来,也不知道要到哪儿去。过了一会儿,他醒过来了,开始在沙滩上行走。《热带》的大门打开了。

"你也想试试自己创造出场景吧。"

我睁开眼睛,坐在椅子上凝视着桌上的笔记本。

呈现在我眼前的是一页白纸。那里是一个一眼望去尽是旷野的世界。可正因为什么都没有,才什么都有可能。如果魔法是从这里开始的……

我深呼吸一口,提笔记下了以下内容——

> 莫谈与你无关之事,
> 以免听到逆耳之言。

这时,我仿佛听见耳边传来大门打开的隆隆巨响声。

第四章　不可视群岛

莫谈与你无关之事，
以免听到逆耳之言。

○

当我恢复意识时，周围笼罩在一片黑暗中，侧耳能听到海浪的声音。可我还是无法立刻弄清自己所处的境况。我以为自己是在做梦，所以就一直躺着，听着波浪的声音在耳边回荡。

我已经不知道时间过了多久。可就在某个瞬间，我突然觉得脸颊上沙子的触感、因浸泡在水中而冻僵的身体的疼痛、迎面吹来的海风的气味，这些竟然出乎意料地真实。就像按下相机快门的瞬间——世界仿佛此刻才开始存在。我动了动像铁皮般僵硬的身体，终于站了起来。

我被冲上了一个不知道在哪儿的沙滩。

现在似乎是黎明前夕。太阳好像正在地平线下等待，大海的彼方开始微微发白。美丽的天空像天象仪的圆顶，从乳白色渐变到深蓝色,仍然是夜空的那一部分中还闪烁着星光。弯曲的沙滩上没有人影,连绵不断的波浪像奶油一样起了泡。我望向与大海相反的方向,黑压压的森林沿着沙滩边缘向前延展,风一吹,就像巨大的野兽正蠢蠢欲动。

我打了个寒战,站起身来,掸去粘在脸上的沙子。

发生了什么?这里是什么地方?

我首先想到的是这些,可什么都想不起来。我甚至连自己是谁都不知道。

我想通过翻找衣服找到点线索,可除了身上穿着的皮夹克和裤子之外,我身无一物,口袋里连钱包都没有。我盯着周围的沙滩,上面只散布着无数的贝壳和小石子,没有什么能成为线索的,而且也没有任何垃圾能证明有人在这里生活。

这片沙滩可真美呀。

我弯腰拾起一个海螺。它只有葡萄干大小,呈现出清澈的桃色,看着就像是远离地球的天体上的建筑物。像这样由大自然孕育出来的美丽事物,在这片海滩上比比皆是。这让我感到不可思议,而这种感觉似曾相识,它仿佛牵连着什么。也许在某段被遗忘的过去里,我也曾抱有和现在同样的情感吧。

放眼望去,泛着银色光辉的大海上一座岛屿也看不见。

正当我失望的时候,海面上出现了不可思议的东西——一辆无声滑行过来的两节编组小火车。它离海滩至多不过两百米的距离,车窗里的灯光倒映在黎明前的海岸上,清晰可见。这情景让人非常怀念,我总觉得在哪儿见过,却又想不起来了。银色的海面上反射出人工的光亮,那辆小电车和沙滩平行地行驶着。

我愣了一下，接着就飞也似的跑了起来。火车上的人可能会注意到我。

"喂——等一等！等一等！"

我拼命地跑，可是双脚被沙子绊住，无法随心所欲地前行，感觉像在梦里挣扎一般。而电车也在这段时间里飞快地从我身边驶离了。过了一会儿，我气喘吁吁地停了下来。这时，电车突然消失了踪影，就像被大海吞噬了一样。

任凭我如何张望，海面上也只能看见银色的波浪在翻滚。

○

我看着左手边的大海，漫步在沙滩上。

那辆电车到底是什么？我看得那么真切，它应该不是幻象。可是电车消失之后，我的自信心也开始动摇了——难道我是在做梦？

可是这也说不通啊。双脚陷入沙子中的触感、反复拍打海岸的波浪声、拂过脸颊的海风，这一切都让我感到无比真实。海风吹过我湿透的身体，我冷得牙齿打战，一边继续往前走去。

不久后，太阳从地平线上升起，就像巨人哈气吹跑了夜晚似的，天忽然亮了。大海反射着阳光，金光闪闪，令人睁不开眼睛。之前只不过是黑压压的一团的森林，在朝阳的照耀下也清晰可见。那明显是一片热带的森林。从沙滩尽头突起的小山丘连绵不绝，森林里传出奇怪的鸟鸣声。

可是，这里究竟是什么地方？

放眼所见唯有弯曲延展的白色沙滩。左手边到地平线之间只有茫茫大海，右手边则是看不清内部情况的热带森林。

虽然沙滩上什么都没有，可我也没有勇气离开海岸，走进森林。太阳升起后，异常茂密的树木深处依然十分幽暗，不知道里面潜伏着什么猛兽。突然，我的脑海中浮现出了"鲁滨逊"的名字。我连自己的名字都不知道，居然还想起了鲁滨逊·克鲁索的名字。

没过多久，我就被一大片岩石挡住了去路。

发黑的岩石上布满了风干的海藻和贝壳。我费力地爬上岩石，站在顶上安心地长舒了一口气。眼前是一片美丽的海湾，其上有一座向大海蜿蜒伸展的码头，旁边有一间绿色三角屋顶的小屋。既然有这间房子，那就说明海边肯定有人居住。

这片海湾简直就像一处隐居地。一小片沙滩将岩石群、森林和澄澈的大海围了起来。一条小河从森林中流淌而出，在沙滩上分成两股流入大海。

我爬下岩石，穿过沙滩，走近码头旁的小屋。

这间木造的小屋连油漆都剥落了，可因为这是人类的手建造出来的屋子，所以我倍感安心。房子里杂乱地堆放着钓鱼竿、船桨和救生圈等东西。我走进小屋一看，面朝大海的玻璃窗前有一张小木桌，上面摆着旧笔记本、工具和双筒望远镜。

我擦了擦汗，透过略有些脏的窗户朝外望去。

映入眼帘的是蓝绿色的大海和蜿蜒的长码头。外面竟然一艘船也没有，这让我觉得有些奇怪。可能这间小屋的主人乘船出海了吧。

我把脸凑近玻璃窗,凝望着海面。

那是什么?

我带着双筒望远镜走出了小屋。走到码头的尽头,我拿起望远镜眺望海面。

远处有一座小岛。

那座小岛十分奇异,小得像是要被海浪吞噬,岛上几乎全是沙滩,还长着几棵椰子树。可是最奇特的要数椰子树的树荫下居然放着一台红色的可乐自动贩卖机。这里怎么会有这个?而且似乎有个男人倚坐在自动贩卖机旁边。我正惊讶地通过望远镜观察着,只见那名男子朝我这个方向看来,接着他慌张地站了起来。

我放下望远镜,挥手大叫道:"喂——我在这里!喂——"

我再次举起望远镜,只见那名男子朝我大幅度地挥挥双手后,开始推起之前拉上了沙滩的船。他好像是要回到我这里来。我面朝大海,垂着双腿坐在码头上。鱼儿在清澈见底的海水中游来游去,海底还有摇曳的海藻。

"太棒了,得救了。"我放下了心,等着那男子过来。

这就是我和"学团的男人"佐山尚一的相遇。

○

男子从摇晃的船上一下子飞跃到了码头上。

他身穿皱巴巴的红色T恤和中裤,戴着漆黑的太阳镜,饱经日晒的脸上长着邋遢的胡子,给人的感觉既像小学生又像中年男子。

他把船的缆绳绑在码头上，问我道："你，从哪儿来的？"

"我……"我无言以对，不知道该说什么好。

对方用异样的眼神看着我。

"不能说吗？"

"我也不是很清楚。"

"是嘛。那名字呢？"

我摇了摇头，心中十分委顿。

男子将叉腰的双手环抱到胸前，双眼透过太阳镜盯着我。他红色的T恤下面是一副精壮的身板，从短袖里露出来的手臂十分粗壮，晒黑的脸上散发着鞣革般的光泽。

过了一会儿，男子不甘愿地摘下了太阳镜。

"你连自己的名字都不知道？"男子微微咂嘴，轻轻地戳了戳我的肩膀，"这可有点麻烦啊！"

他露出了亲切的笑容，双眼闪烁着光彩，好像突然变得年轻了。可能是因为太阳镜和晒黑了的缘故才让他有些显老吧，实际上他可能连三十岁都不到。不过他说话的语调倒十分开朗。

"你什么都不记得了吗？"

"我醒来的时候就倒在那边的沙滩上。"我指了指岩石群的方向，"在那之前的事情我就完全想不起来了。"

"昨晚有场暴风雨。"

"我是遇难了吗？"

"可是我没看见船啊。"

我们沉默了片刻。波涛拍打码头，发出巨大的声响。

"也不知道是怎么回事。"男子说，"今天早上我出海看了一下,结果发现那里出现了一座有自动贩卖机的岛屿。我去那里调查,然后你又出现了。本来十分孤独的岛屿生活,突然出现了变化。不过这些安排都别有深意呢。"

我战战兢兢地问:"这里是岛屿吗?"

"啊,你连这个都不知道?这里是岛屿哟。等回到'观测站'以后我再跟你详细说明。顺便说一下,我叫佐山尚一,请多关照。我救了你,作为回报,你就给我当工作助理吧。"

"助理?"

"这样的话,你可不能是个无名氏啊。叫你什么好呢?对了,尼摩。叫你尼摩怎么样?很酷吧。意思是'谁也不是'[1],很般配呢。你知道儒勒·凡尔纳的《海底两万里》吧。那么,尼摩君,我们走吧!"

佐山尚一迅速向码头走去。我也慌忙追了上去。

"去哪儿啊?"

"'观测站'啊。就在那座山上,看见了吗?"佐山尚一指着海湾后面的森林说道。

森林的另一侧有一座小山,近山顶处清晰可见一座灰色的建筑。那到底是用来"观测"什么的呢?我正觉得奇怪,佐山突然回过头来,在我胸口重重捶了一拳。

"尼摩,你该不会是魔王派来的刺客吧?"

海风吹动着他蓬松的鬈发。

---

[1] 日语中"尼摩(ニモ)"和"谁也不是(何物でもない)"部分发音相似。

"魔王？刺客？"

我有些目瞪口呆。

佐山松了一口气似的笑了。

"不是的，对吧？你要是刺客的话，也太蠢笨了。"

佐山沿着流入海湾的小河，走进了茂密的热带雨林。

一条像是野兽出没的山野小道曲折地向前延展，好像一旦偏离道路，就会迷路。佐山尚一挥动从腰间取下的弯刀，灵活地边走边割长出来的草。他好像就是这样维持着这条每天都要往返的小道。如果不这么做的话，小道很快就会被密林吞噬。我完全搞不清楚状况，只好跟着他走。如果这里是无人岛的话，那我能依靠的也只有他了。

中途，佐山停下来在小河边洗脸、喝水。

"你从什么时候开始就在这座岛上了？"我问他。

佐山嚼着草说道："过了多久了啊，我已经记不清了。一个人在这样的岛上生活，什么事情都会变得模糊不清。这一带没有雨季，甚至都没什么季节的变化。每一天都跟金太郎糖[1]一样。过完今天，'明天'就真的会来吗？今天之后来的说不定是'昨天'啊。我曾经有过这种想法呢。"

过了一会儿，小河不见了，森林也变得更加阴暗。枝叶繁茂的大树遮天蔽日，阳光无法直射进来。四周像蒸桑拿般闷热，我

1　以日本传说中的主人公金太郎的面部为素材做成的长条状的糖果，因为不管在哪里切断，都会露出同样的金太郎的面孔，所以在这里是用来形容岛上生活每天都是千篇一律的。

大汗淋漓，经过日晒的皮肤刺痛不已。我们沉默地走着，到处都能听见鸟鸣声，就像连绵不断的密林在不停歌唱。

"这里没有什么危险的猛兽吗？"

"白天没关系。"

"晚上呢？"

"晚上我就劝你不要来散步了。"佐山尚一只说了这么一句。

○

从海湾到山顶的观测站大概有三十分钟的路程。

"哎呀呀，终于到了。"佐山高兴地说道。

这里是一片伐去森林后开辟的人工草坪，佐山尚一所说的"观测站"就在里面。那是一座很气派的建筑，感觉像是把水泥箱子错落有致地堆积了起来，它的最上层比密林的树梢还高，横向长方形的玻璃窗透出白色的光亮。从观测站眺望的话，这座岛屿和大海应该能一览无余吧。亏得有人在这种密林深处建造了这样的设施。状似帕特农神庙的柱子似的东西将草地围住了。

那座建筑物的入口处是一扇双开门的大自动门，门上镶嵌着金属板，上面刻着这样的句子：

莫谈与你无关之事，
以免听到逆耳之言。

"这话真是让人摸不着头脑。"

"挺发人深省的吧。这些话在观测站造好的时候就有了。"

"这里是谁造的?"

"别着急,之后我会告诉你的。"佐山说,"好了,别客气,快进来吧。"

建筑物里面竟然开着空调,意外地凉爽。

一进门,左边就是一个类似机场候机室的宽敞大堂。面对着正门前草坪的是一面玻璃墙。阳光照耀的大堂里摆着许多形色各异的沙发和椅子,就像是房间里撒满了各种各样的果实。其中既有像以前的侦探事务所里放的布满灰尘的东西,也有像未来的太空空间站里才会放的东西。这些东西完全是凌乱地朝着不同的方向摆放着。

"这里为什么有这么多椅子?"

"因为每个人都应该有属于他的座位。"

佐山穿过大堂,走上楼梯。和一楼一样,二楼也是一间宽敞的房间。不过和大堂不同,这里杂乱无章。地板上铺着大块波斯地毯,上面摊放着文件、笔记本和堆积如山的书籍,连落脚的地方都没有。通信器材和纸板箱的空当处还摆了一张简易床。墙上贴着一张海域图,上面都是用红笔做的笔记。

这里好像是佐山尚一的卧室。

"里面有厕所和浴室,你随意呀。"佐山说,"尼摩你的房间是楼上的瞭望室。虽然只有一张简易床,不过在这种岛上你就别挑剔啦。"

"谢谢。"

"那么,我让你看看这个岛的全貌吧。"

说着,佐山带我来到了三楼的瞭望室。

这里不愧是瞭望室,观景视野相当不错。厚重的玻璃窗外,地平线画出一条巨大的弧线。映入眼帘的是刚才和佐山相见的海湾和码头,那片海域里漂浮着一座有自动贩卖机的小岛。除此之外,目光所及处只有浓密的树林、没有一座岛屿的海面和蔚蓝的天空。

"这岛很小吧。要是绕着小岛的最外沿走,两个小时就能绕完一圈。勘察海岸线也是我的工作哦。"

这里好像真的是远海上的一座孤岛。我陷入了一片茫然。

"只能看见广阔无垠的大海在你眼前展开对吧?"佐山突然说,"可是这里是群岛。"

"可是我没看见其他岛屿啊。"

"因为它们是魔法群岛,你早晚会明白的。"

接着,我们下楼回到了佐山的房间。

从房间里杂乱的状况来看,佐山肯定已经在这座岛上生活很长时间了。他到底是个什么样的人?可是,这个问题也可以问在我自己身上。我连自己的身份都完全搞不清楚,没有资格对他说三道四。

佐山冲咖啡的时候,我在盥洗室绞了毛巾擦了一把汗,然后眺望着窗外。不一会儿,咖啡冲好了,房间里弥漫着好闻的香味。佐山收拾出波斯地毯的一角供我们坐下。

我们喝起了像暗夜一样浓黑的咖啡。

"好喝吗?"

"喝了能让人平静下来。"

"至少我们知道了你是从一个有咖啡的国家来的。"佐山脸上浮现出孩子般的笑容,"我相信你是个值得信赖的人,所以带你来了观测站。我并不知道你是什么来历,但是同意你在这里住下来。"

"谢谢。"

"我在这个岛上住了很久。气候、植被、动物……我对这个岛上的一切都了如指掌。说起来,我算是这座岛屿的统治者。只要尼摩你对我有礼貌,我也会待你如宾客。不过你要是忘恩负义,我也会以牙还牙。这一点你要牢牢记住。"

我老老实实地点了点头,佐山表示很满意。

"你一定很关心自己现在在什么地方吧?我没法告诉你确切的位置,不过这座岛大概位于北纬二十八度。虽然不在热带,可是由于洋流的影响,这里的气候几乎和热带无异,气温常年在十五摄氏度以上。我之前也说了,这里没有明确的雨季,偶尔会有猛烈的风暴。昨晚的风暴简直就像世界末日要降临了,实在是很恐怖。"

我在脑海里描绘被暴风雨摧毁的船只的画面,可是内心却毫无波澜。

"我想不起来了。"

"别担心,尼摩。再着急也没有用。"佐山尚一拍拍我的肩,爽朗地笑道,"你先休息一下,然后来给我的工作帮忙吧。我都让你住下了,这点事情你还是要做的吧。这个岛上常年缺人手啊。"

○

那天下午，我漫不经心地开始工作。

大部分的工作都是割草。我和佐山一起绕到观测站背后一看，那里大片的树叶像怪物一样生长得相当繁茂，藤蔓也沿着水泥墙壁往上爬。

"稍微偷个懒就变成这样了。"佐山看着眼前的情景咋舌道，"我一个人干不完，你来了就有人帮忙了。"

我戴着草帽，接过佐山递过来的镰刀一个劲儿地割着草。观测站后面虽然是一片树荫，可还是闷热得仿佛能看见蒸腾的热气。佐山爬上倚靠在墙边的梯子，挥舞着弯刀对付强韧的蔓草。这样心无旁骛地干活，就不会去思考一些多余的事情。割完草后午睡一会儿，下午我们又开始打扫观测站。

等回过神来的时候，炽烈的夕阳已经垂挂到了密林的枝头。

"今天这样就差不多了。"佐山说，"洗个澡，吃晚饭吧。"

晚饭吃得很简单，只有干面包和鱼罐头，还有据说是佐山在这个岛上发现的柑橘，酸得难以下咽。不过威士忌是要多少有多少，佐山就像海盗喝朗姆酒那样豪爽地喝了起来。这些存粮和酒是从哪里调运来的呢？可佐山却只是高兴地一个劲儿地说着"我是个优雅的鲁滨逊吧"。

天黑以后，窗外漆黑一片，什么都看不见了。

"你要在这个观测站生活一段时间了。你也不是囚犯，没有工作的时候，想怎么过都行。在观测站里你也可以随意走动。不过,晚上你可千万不要出去。外面很危险。"

"会有野兽出没吗?"

"差不多吧。"

"我会小心的。"

"反正就算出去了,外面也只有黑压压的森林罢了。"

不久,威士忌带来的醉意舒畅地走遍了全身。下午为了割草和打扫奔波忙碌,身体现在已经疲惫不堪了。

"差不多该睡了。"

说完我就要上楼去瞭望室。佐山叫住我,递给了我一张照片。

"给可怜的尼摩一件能驱散长夜寂寞的东西。"

照片上是一个站在无人海边的二十岁左右的少女。她穿着朴素的衣服,按着被海风吹乱的头发,注视着地平线。不知道是早晨还是傍晚的金色阳光照在她身上。拍这张照片的人,那个瞬间一定也被她的神圣打动了吧。一直盯着照片看的话,有一种少女会回过头来对着我笑的感觉。

过了一会儿,我回过神来,发现佐山正看着我。

"你对这个女孩有印象吗?"

我摇了摇头。事实上我确实没有什么记忆。

"那你看得倒是挺认真的啊。迷上她了?"

"怎么可能。"

"别想瞒我,你的心思我一清二楚。"

我想把照片还给佐山,可他却说不用了。

"美丽少女的照片能让你的内心获得宁静。在这样的孤岛上要保持精神正常,这些'护身符'会有用处。没什么不好意思的。就连我刚被派遣到这座岛上来的时候,也抱着这个女孩的照片睡过觉呢。"

结果,佐山硬把这张照片塞给了我。

"晚安,尼摩。"

"晚安,佐山先生。"

我走上楼,来到瞭望室。

走到玻璃窗前,拉起百叶窗,夜景在我眼前展开。密林中的树冠沐浴在月光下,泛出金属般的光泽。黑暗海面的远处和满天的星辰融为了一体。凝视着眼前的景色,我产生了一种仿佛这个观测站是在宇宙中漂流的错觉。脚下既不是陆地也不是海洋,除了漆黑的虚空之外,我什么也感觉不到。

窗边有一张小书桌,上面放着一盏台灯。

打开台灯,黑暗的窗户上映出了我的脸——二十五岁左右的年轻男子,穿着很脏的T恤,一脸邋遢的胡子。这个人真的是我吗?我觉得他是个完全不认识的陌生人。

你究竟是谁?

我盯着眼前这个人看了很久。

○

就这样,我开始了在这个岛上的生活。

要干的活堆积如山。割草是每天的必修课,此外,还要维修观测站的设备、整理物资。心无旁骛地干活的话,一天的时间很快就过去了。没过几天,我就完全习惯了这种生活。

每天让我格外期待的是环岛观察。

早上,天气还很冷,我们已经做好准备,从观测站出发了。在森林里走着走着,太阳就升起来了。这座岛屿就像从水底浮上来似的,完全苏醒了。这种感觉无论体验多少次我都不会感到厌倦。色彩斑斓的鸟儿在枝头鸣叫,一大群蝴蝶从热带树木之间穿过,果树丛散发出香甜的气味。

佐山悠然自得地绕着岛屿走了一圈,给我展示了很多东西。只要是这座岛上的东西,就没有他不知道的。

"这座岛虽然小,但内在还是挺丰富的吧?"

佐山总是很开朗亲切,可他身上也充满了谜团。

比如我们俩在海边散步的时候,佐山会突然停下来,像被冻住了一样凝望大海的彼方。他的目光就像一个被抛弃在一个陌生地方的孩子一样。这种时候,无论怎么叫他都没用。稍微发一会儿呆后,他又会像什么都没发生过一样继续往前走。我想他可能是一个人在这里孤独地生活了太久,才会变成这样吧。在这么一个宛如世界尽头的地方独自生活,保持精神正常是很不容易的。

可是,弄不明白的事情太多了。

这个"观测站"是出于什么用途建造的呢?为什么佐山尚一会在这种地方生活呢?

其中一个线索是挂在佐山房间里的"海域图"。我来到观测站的第一天起就很在意这幅图,图中被方格线划分成好多个区域的海域上散布着许多小岛,还有用红笔标注的数值和像暗号一样的词句。我反复看了几遍这张海域图,才发现了写着"观测站"的小岛。

我想起了前几天在瞭望室里佐山说的话——这里是群岛。

这一点很奇怪。照这张海域图来看,应该能看见这座岛屿周围的其他岛屿。可是从瞭望室往外看,却看不到任何岛屿的踪影。

某天早上,我喝着咖啡看着海域图,佐山尚一走了过来。

"尼摩,你怎么看?"

"这是这座岛周围的海域吗?"

佐山点点头。

"这些被称为'不可视群岛'。"佐山指着海域图上的群岛说,"这些岛屿介于存在和不存在之间。不过,现在这个时间点能称得上切实存在的就只有观测站所在岛屿,也就是我们生活的这座岛屿。周围的群岛并非始终存在,它们时而存在,时而消失。所以准确来说,'不可视群岛'这个名字也是错误的。这些岛屿并不是看不见,只是对于那些看不见群岛的观测者来说,它们真的就是不存在的。可是看得见的时候,它们又是存在的,人甚至还可以登岛。不只如此,这个海域还会发生其他不可思议的事情,比如……"

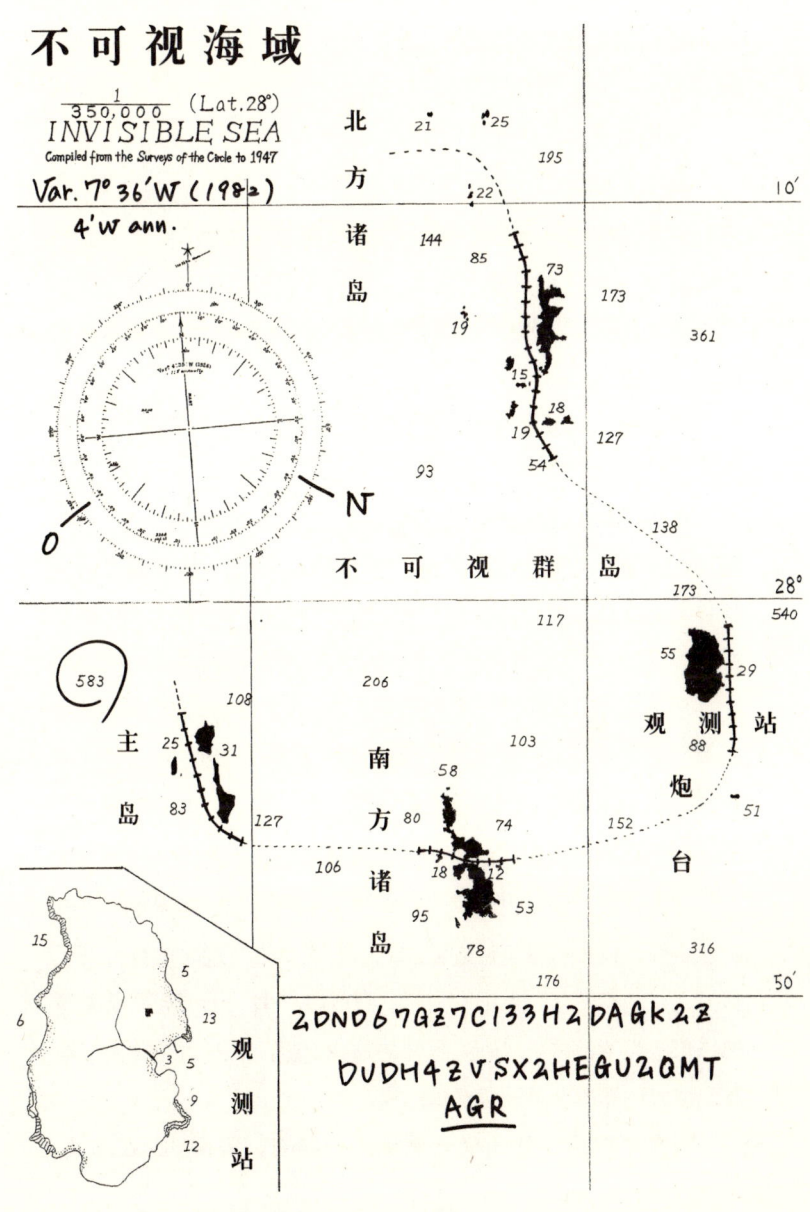

佐山用食指指着海域图，只见岛屿间镶嵌着类似电车轨道的东西。

"你知道这是什么吗？"

我摇了摇头："不知道。"

"是在海上行驶的火车。我见过好几次。"

这时，我情不自禁地叫出了声，脑海中浮现出行驶在黎明的海面上的火车。我清晰地想起了反射在海面上的车窗里透出的灯光。

"是嘛，尼摩你也看见了？"佐山满意地说，"果然不出我所料。"

那天，佐山说的话只有这些而已。不过，通过这些能稍微猜出一些建造这个观测站的目的，以及他为什么会在这里的原因。这片海域里存在着一些秘密，佐山接到的任务似乎就是去探究这些秘密。

〇

到了晚上，我和佐山边喝酒边闲聊。

实际上我们聊的也都是一些无关紧要的话题，毕竟我不知道自己是谁，佐山也没有说过他的来历。两个没有过去也没有未来的男人，能聊的东西也很有限吧，只能是一些关于那天岛上见闻的想象之类的话题。可令人意外的是我们之间的对话竟然也不是很无趣，还算得上是一段欢乐时光。

喝醉了以后，佐山尚一想玩一个游戏，好像叫"三题落语"。我列举出三个毫不相干的题目，佐山即兴用技巧创作出一个故事。尽管我想方设法让他挫败，绞尽脑汁给他出一些绝对联系不到一块儿去的题目，可是他却一次也没有失败过。这个游戏玩着玩着，天就亮了。我这才上楼回瞭望室睡觉。

现在想来，佐山尚一也许就是每天这样过着日子，并且试图看清我这个人的"真面目"。不过，他却从来没有打探过我的过去。不仅不打探，他还跟我说，让我"无论想起什么都憋在心里"。

"随随便便就把回忆说出来是不行的。"佐山说，"起码也要选一下倾听对象嘛。"

"反正我也没人可说啊。"

"你早晚会明白的。"说着，佐山脸上浮现出谜一般的微笑。

与此同时，我也没有打探关于佐山工作的事情。如果有什么是我需要知道的，佐山会告诉我的吧。不知道从什么时候开始，我只能遵从佐山说的话了。如果佐山是鲁滨逊·克鲁索的话，那我就是"星期五"[1]。不，我比星期五更加弱小。佐山尚一对我的恩情不是一饭一宿这么简单，我要尽全力协助他的工作——我心里是这么想的。

就这样两个星期过去了。

那天晚上，佐山喝着酒说道："尼摩，明天我们终于要出去探险啦。"

"去哪儿？"

1　《鲁滨逊漂流记》中鲁滨逊的仆人。

"我打算再去调查一下那座有自动贩卖机的岛屿。"

是那座在码头上眺望海面时看见的小岛吧。我想起了和佐山尚一相遇的那个早上。这两个星期,佐山和我一直在这个岛上走来走去,却一次也没有登上过那个奇特的岛屿。佐山也是第一次提起那座岛。

"那座岛是怎么回事啊?"

"就是不知道才要去调查嘛。"佐山说,"去了就能喝冰可乐哦。"

"我当然会跟你一起去。"

我点点头打算上楼,佐山却叫住了我。回头一看,只见他盘腿坐在地毯上张开双臂。

"你来了真是帮了大忙。那天看见你的身影,你根本无法想象我有多高兴啊。"

"干吗说得这么情真意切。"我笑道,"你醉了吗?"

"我心情很激动。"

"晚安。"

"晚安,尼摩。做个好梦。"

我上楼回到瞭望室,躺倒在简易床上。

"我有多高兴啊!"佐山的话在我耳边回荡。他是什么意思呢?当然,我漂流至此,一定程度上确实治愈了佐山尚一的孤独吧。可是从他的语气听来,我总感觉这句话背后还有更复杂的意思。令我特别在意的是那座有自动贩卖机的岛屿。初次和佐山相遇的时候,他正在那座奇特的岛上调查。他说那座岛出现的同时,我也出现了。莫非这跟佐山所说的"不可视群岛"有关?

一想到这些，我就怎么都睡不着。

我拿起放在枕边的照片。这两周以来，我每晚都会看一下这张照片。诚如佐山所言，这张照片就像"护身符"一样让人安心。照片里的小女孩太奇妙了。她外表看似冷漠，可又透着温柔，还有些让人怀念的感觉。看着她脸庞的轮廓，想象着她的动作，不知为何心中十分满足。难道我爱上这个照片里的女孩了，还是她的容貌触动了我失去的记忆？

不一会儿，我便有些迷迷糊糊。接着，就做了一个令人担忧的梦。

梦里，我在一家光线昏暗的咖啡店里。一张桌板厚实还泛着黑色光泽的长桌边坐着一个学生样貌的年轻人和一位白发的男性，他们悠然自得地喝着咖啡。我坐在面朝大街的位子上，沐浴在透过大玻璃窗洒进来的淡淡阳光里，耳边充斥着人们的说话声、勺子搅动咖啡的声音、面朝大街的厚重大门打开的声音。

坐在我对面的就是照片里的那个女孩。

我不记得我们说了些什么。光是她亲热地和我交谈就让我说不出的高兴。她偶尔会停下话头，望向窗外。宛如水族馆的水槽一般的大窗外飞舞着轻柔的白色雪花。过了一会儿，她把手上捏着的东西摆在我俩之间的橡木桌面上。那是一个葡萄干大小的贝壳，呈清澈的桃色，看上去就像是远离地球的天体上的建筑物。

她用纤细的手指触摸着贝壳说道："莫谈与你无关之事，以免听到逆耳之言。"她的声音就如歌声一样动听。

那一瞬间，我突然睁开了眼睛。那家昏暗的咖啡店里的喧器、咖啡的香气、透过窗户照进来的白光，这一切都在一瞬间消失了。

我凝视着天花板，回味着刚才的那个梦。

那个梦十分真实，就像现实的记忆一样。我拿起枕边的照片，在黑暗中凝视着那个女孩。思念之情令我感到十分揪心。难道我见过这个女孩？

突然，我听见观测站外传来一声野兽的咆哮。

我从简易床上坐起来，透过百叶窗的缝隙往外看。岛上一片漆黑，离天亮好像还有一段时间。这时，我又听见了一声咆哮。自从我在这个岛上生活以来，就经常能在睡梦中听见这样的咆哮声。通常我会等猛兽离去后再接着睡，可那天晚上我却从瞭望室溜了出去。我想看看那到底是什么样的野兽。

我下楼看见佐山房间里的灯亮着，可房间里不见人影，他也不在厕所和浴室里。

我心里觉得奇怪，于是下楼来到了一楼的大厅。

空荡荡的大厅浸染在青白色的月光里，弥漫出一种神殿大堂般的气氛。大厅里摆放着的几张沙发和椅子在亚麻毡铺成的地板上投下影子。窗外黑幽幽的森林、草地和玻璃窗上映出的我的身影重叠在一起。

可是，到处都没有佐山尚一的身影。

这时，森林里又传来了一阵咆哮声。

我坐到一张沙发上，凝视着月光下的草地。

过了一会儿，黑幽幽的森林边缘处出现了一个蠕动着的巨大影子。这景象宛如密林的暗部被注入了生命，正蠢动欲出，想在月光底下徘徊。它周身散发着王者般的威严,缓慢地在草地上行走,沐浴在月光中的身体散发出青白色的磷光——那是一头巨大的老虎。

老虎慢悠悠地行至观测站前,低头张开血盆大口,在我的眼前来回踱步。我们之间仅仅相隔一层窗户,随着它慢慢靠近,我能感觉到它温热的野性气息。

我就像被冻僵了似的,坐在沙发上一动不动,事实上是无法动弹。我被这头老虎的美魅惑住了。

过了一会儿,它就在玻璃窗外躺了下来,像雕像一样浑身一动不动,凝视着我像是要倾诉些什么。我总觉得它的那双眼睛充满了寂寞,似乎想说,为什么我会在这里?

那一刻,我终于恍然大悟。

这头老虎是佐山尚一。

○

第二天早上,我在瞭望室的简易床上醒来。拉起百叶窗,只见东方渐白。

我下楼看见佐山尚一正在房间一角的厨房里准备早餐。他洗完澡后裸着上身,脖子上挂着一条薄毛巾。佐山一边往平底锅里放入厚实的培根一边说了声"哟,尼摩"。这时油从平底锅里溅了出来,他又叫了一声"烫",并啪嗒啪嗒地拍打着长满胸毛的胸口。

"做饭的时候应该穿件衣服啊。"我说。

"不穿衣服做饭才更有劲儿。"佐山说,"内在的野性会觉醒。"

煎培根的香气和咖啡的香味混合在一起。佐山做饭的时候,我擦好桌子,准备好餐具。

"昨天半夜里,你看见老虎了吧?"佐山尚一吃着培根煎蛋,突然说道,"那老虎是我。"

我呆呆地望着佐山,原本还怀疑昨晚是自己做了个梦呢。

"你吓了一跳吧?"

"确实吓得不轻。"

"我知道你一定会按我说的去做的。我变身成老虎的时候,理性也会随之动摇。尼摩你要是出来的话,我也会毫不客气地大快朵颐哦。"

"你不是在开玩笑吧?"

"不相信就算了。"

"你是……天生就这样吗?"

"喂,哪有人是天生就会变身成老虎的。这都是因为在这个岛上住了太久的缘故。有时候我的记忆会中断,渐渐地我就搞清楚状况了,还能断断续续地想起一些变成老虎的片段。"

"到底为什么会变成这样呢?"

"这里是奇异的海域哟,尼摩。不过变成老虎的感觉倒不像想象中那么坏,四脚着地在岛上奔跑的时候,我的心中毫无畏惧,感觉就像要和世界融为一体了。而且变身成老虎以后,身体状况也非常好。"

"你只有晚上才会变成老虎吧?"

"可能吧……不过你还是当心点。"

"我会注意的。"我小声说道。

吃过早餐,佐山尚一喝着咖啡叫了我一声。

"这两周以来,你作为我的助手干得很出色。你凭借自己的努力证明了你是一个值得信赖的人。所以,我觉得是时候告诉你这个观测站存在的原因了。也就是说,之后我们要出发开始新的冒险了,我非常希望你能理解这次冒险的意义。"

我听他语气这么认真,不禁直起了腰背,正襟危坐。"我明白了,你说吧。"

佐山点点头,从桌边走开,站到了海域图前。"我是被'学团'派遣到这儿来的。"

"'学团'?"

"是很久以前对这片海域进行调查的组织。学团建造了这座观测站,又花了很长的年月制作出了这张海域图。不过在学团创立之前,人们老早就知道了这片海域里发生的不可思议的现象。"

这要追溯到大航海时代之前。

当时,这片海域发生的一些充满谜团的事情已经在船员之间流传开来了。据说在《一千零一夜》里也有一个基于这个传说创作出来的故事。大多数船员都会选择避开这片海域,绕道前行。因此,这里成了海盗们的藏身之所。不过就算是他们这样粗暴的人,也不愿意长期在这里逗留。因为有一些关于这片海域的恐怖传闻,比如登陆的岛屿一夜之间沉没了,比如有人看见了在海上巡游的怪物,等等。据《一千零一夜》记载,有一位操纵着月亮运行的强大魔神对这片海域施了魔法。

当然这种关于大海的传说世界各地到处都有，在过去也不是什么稀奇的东西。不过随着时代的变迁，科学知识的普及，这些传说逐渐消失了。现在已经没有人会把这片海域的谜团当真了。

"可是他们都错了。"佐山尚一轻叩着海域图说，"前几天，我跟你说了'不可视群岛'对吧。大家已经无视了这些，以为这是船员的幻觉，是空穴来风的传言。为了解开这些谜团而努力的就只有学团。我在这个观测站努力至今也是为了这个目标。"

这个人是在骗我吗——我脑中有一瞬间浮现出这个疑问，因为这个故事实在太壮丽了。可是欺骗我这样的人也不会有任何好处吧，而且如果是玩笑，那这玩笑也开得太大了。这座巨大的观测站、埋藏着的无尽的物质资源、佐山房间里堆积如山的资料、画得如此精细的海域图……

我喝了一口冷咖啡说道："学团的目的是解开这些谜团对吗？"

"没错。"

"可是，要在这样的无人岛上建造设施也太不容易了，要耗费大量的资金和劳动力。这笔投资能得到相应的回报吗？"

"你分析得很对，尼摩。"佐山尚一满意地点点头说道，"学团确实想要解开这片海域的谜团，不过这背后还隐藏着真实的目的。我们的目的是为了获得使这片海域里发生的不可思议现象成为可能的技术，也就是'创造的魔法'。"

佐山把手伸向身旁堆积如山的资料，取来放在最上面的一个纸质文件夹，里面装着用回形针汇总到一起的几份资料。他从中取出一张照片给我看。

"你见过这个人吗？"

照片上是一个双手托腮支在木桌上望着远方的男子。他留着一头秀美的银色长发，年纪约莫五十几岁。虽然他外貌严厉得像威严的国王，可透着凉意的细长双眼却让人联想到妖艳的美女。

"我没有印象。这是谁？"

"魔王。"

我想起了在码头初遇佐山时他说的话——你该不会是魔王派来的刺客吧？

"他是什么人？"

"这个人才是不可视群岛的'支配者'。不，准确地说应该叫'创造者'比较好。这片海域里的所有岛屿都是这个男人创造出来的。"佐山指着照片说，"你好好看看放在这儿的东西。"

我凑近照片仔细一看。佐山手指的是放在桌上的一个小木盒。魔王左手托腮，右手摸着那个木盒。这好像是用来整理藏书票或是笔记的卡盒。我一边这么想着，一边又奇怪自己为什么会知道这种东西。

"这是魔王的卡盒。这个小木箱正是魔王操纵'创造的魔法'的源泉，也就是类似'魔杖'的东西。为了揭开这个秘密，至今为止学团送了不少密探到魔王的身边。可是这些人都失去了音讯。我的前任者也只拍到了这张照片，再潜回不可视群岛后就音信全无了。"

"你不觉得很恐怖吗？"

"我当然害怕了。"佐山还要再喝一杯咖啡。他边把咖啡杯递给我边说:"这座观测站所在岛屿位于世界的尽头。这片海洋运行的原理和我们的世界不同。在这个世界里,从无到有的创造是可能的,也就是说这里是'开创天地的原点'。只有魔王知道'创造的魔法'的秘密。为了得到这个谜底,就算赌上性命也是值得的,对吧?"

佐山又递过来第二张照片,是那个女孩的照片。

"这个人是魔王的女儿哦。

"如果说魔王有弱点的话,那就只可能是这个女儿了。"说着,佐山探出身体。

"我期待尼摩你的表现哦。"

"我……能帮上忙吗?"

"我长期在这座无人岛上独自生活,曾经多次想要潜入不可视群岛,却始终找不到入口。走投无路之际,我仔细读了前任者们留下的记录,开始探究'创造的魔法'。我度过了无数个难以入眠的夜晚。一到晚上,森林和大海都会变得漆黑一片,只能看见好像要掉落下来的星空。我觉得自己就像是被放逐到宇宙空间中,继而被遗弃的人造卫星一样。我为什么会在这里?我为什么无法上岸?接着,两周前的那场大风暴就降临了。那场风暴之强是我至今为止都没有经历过的,就像世界末日一样。"

佐山那双闪烁着期待光芒的眼睛盯着我。

"那天晚上,在工作室里聆听着狂风暴雨的声音时,我恍然大悟。世界的尽头也是世界的起点。等到这场风暴过去,这座岛上肯定又会迎来全新的故事。我的预感灵验了。天亮后,海上不是出现了那座奇妙的小岛嘛。我赶紧坐船上岛。那座岛果然是被'创造'出来的。我正在思考这预示着什么……"

"我就漂流到这儿了对吧?"

"一切就是从这里开始的,我是这么认为的。"佐山尚一说着拍了拍我的肩。

○

吃过早餐,收拾完后,我们从观测站出发了。

外面密林的热气扑面而来,观测站前的草坪就像被浸在热水里一样。

"去了那座岛上就能喝冰可乐哦,货真价实的冰镇可乐哦,可美味啦,机械文明造就的甘甜美味!"

"那个喝了真的不要紧吗?"

"谁也阻止不了我喝冰可乐!"佐山尚一挥舞着惯用的弯刀,走进了密林。

到达海湾的时候,我们再次因为眼前的美景发出了感叹。

穿过昏暗的密林后,映入眼帘的一切都是另一番天地。左边是高低起伏的黑色岩石群,右边是被绿色覆盖的海角岩石,小小的海湾洋溢着神秘、宁静的氛围。我们走在码头上,脚下的波涛相互拍打着发出"啪啪"的响声。

佐山站在码头的尽头,用从小房子里拿来的望远镜观察海面。

"不错不错,确实有岛。"佐山说,"我太想喝可乐啦!"

我们在码头下了船。我解开系在码头上的缆绳，佐山用粗壮的手臂划动船桨，小船向着海面上的岛屿前进。

"Row, row, row your boat.[1]"佐山尚一欢快地唱着歌划着桨。

我坐在船尾，一边保持着平衡一边转身看去。美丽的沙滩离我们越来越远。才划出海面一小段距离，我就已经明白了自己漂流到的这个岛屿真的很小。地平线一望无际，只有观测站所在岛屿像是从天而降似的漂浮在海面上。那片昏暗闷热的密林现在从海上看去居然也是一片美丽的森林。

"你看上去很不安啊，尼摩。"

"因为这是我第一次坐船出海。"

"可能你只是忘了，说不定以前你还是个经验丰富的老船员呢。"

"我看上去像吗？"

佐山停下了划桨的动作，上下打量着我。"不不不，看起来不像。"

"我想也是。"

"哎呀，别担心，反正这儿也不是什么能用寻常逻辑解释的海域。"

"求你了，可别在这儿变身成老虎啊。"

"我要是变身了，你别犹豫，马上跳到海里去。"

所幸佐山没有变身成老虎，小船也没有被打翻沉没，我们终

---

1 歌词出自外国民谣《Row, row, row your boat》。

于登上了海面上的那个小岛。我把小船拉上沙滩后,开始环视这座岛屿。与其说这里是岛,不如说是一片杂草丛生的浅滩。葫芦形的岛屿被沙滩包围,中间凹进去的部分有一片草地,上面稀稀拉拉地生长着椰子树。海风吹得椰树叶摇动起来,发出"沙沙"的响声。往这座岛屿和观测站所在岛屿相反的那个方向望去,直至地平线的海面上什么也没有。

"那个就是奇特的自动贩卖机。"佐山指着椰子树下的树荫处说道。

那个自动贩卖机锃亮发光,就像刚从工厂里发货出来的玩具。透过椰树叶的缝隙洒落下来的阳光给机器染上了一层淡绿色。

"这像是在做梦一样。"

"这是在我的梦里,还是你的梦里?"

佐山往自动贩卖机里投入零钱,按下了按钮。他取出沾着水珠的可乐罐,毫不犹豫地"咕嘟咕嘟"喝了下去。佐山"啊"地叹了一口气,泪眼婆娑地抬头望着椰子树的树梢。

"好喝得我快流泪了。你也买一罐喝吧。"

佐山递给我一些零钱,我也买了一罐,犹豫地喝了一口。可乐冰爽的口感像被施了魔法,还飘散出无法言说的香气。我喉咙深处残留着强烈的甘甜味和气泡破裂般的刺激感,确实好喝得令人想流泪。我俩坐在倒下的椰子树上,眺望着地平线,沉默地喝着可乐。真是一段欢乐时光啊。

"我真的是人类吗?"

"你怎么突然这么问啊,尼摩?"

"我听了你说的话，觉得越来越不安。我想不起来自己是谁，可能是遇难以后忘记了。不过事实上也有可能并非如此。如果我不是想不起来了，而是原本就没有过去呢？"

"你是想说你是魔王用魔法创造出来的吗？"

"如果是这样的话……那我就不是人类了吧。"

"嗯，也不能说没有这种可能性。不过同样地，你也有可能是个人类啊。至少在和你一起生活的我看来，你完全是个人类。"

"谢谢。"

我凝视着空无一物的海面。海面闪着刺眼的光亮，不知道将会延展到哪里。目之所及，什么也没有。在这片海域里还能看见别的岛屿吗？

"什么也看不见啊。"

"看不见岛屿的理由很简单。"佐山哼了一声，"因为它们还不存在。"

"如果它们不存在的话，我们也没法登岛吧。"

"魔王用魔法创造出了这些岛屿，我们不知道那种魔法的奥秘。有好几位前任者登上了岛屿，不过根据我的调查，并没有什么确切的登岛方法。"佐山喝光可乐后，叹了一口气，"尼摩你才是登岛的'关键'，我可是一直期待着呢。"

"抱歉，让你失望了。"

"是我想得太随便了。"

我们沉默地凝望着海面。如果这座岛屿是魔王创造出来的话……

"这座岛是魔王设下的'陷阱'……"

"这也并非不可能。"

"这到底是个什么样的陷阱啊?"

"假如我们来这座岛的时候,观测站所在的岛屿沉没了……"

我回头一看,观测站所在岛屿还好好地在那儿。

"或者是这些可乐里有毒。"

佐山尚一盯着可乐罐陷入了沉默。

忽然,他的眼神变得异常空洞。从树叶间漏出的阳光在他的脸上投下光斑,而他的脸上逐渐失去了血色。那一瞬间,我感到毛骨悚然。我问佐山怎么了,可他却没有回答。我把手搭在他肩上摇晃,他突然粗暴地拍掉了我的手。

佐山倒在沙地上,四脚着地,嘴里发出了可怕的呻吟:"尼摩,快跑!"

"怎么了?"

"笨蛋,你想被老虎吃掉吗?!"佐山大口喘着粗气,眼看就要开始变身了。

我像弹起来似的站了起来,慌张地跑到了椰子树的树荫底下,可眼前到地平线之间也只有广阔的海洋而已,并没有什么可以躲避老虎袭击的地方。背后传来了佐山的呻吟声,我没工夫再去管那艘单薄的小船,只想着游泳逃跑,于是就一头扎进了海里。

"对不起啊,尼摩,我跟你开玩笑呢,开玩笑的!"我听见身后传来慌张的声音。

我理应对这种恶作剧感到生气吧？可我却忘记了生气，只是陷入了茫然。因为我完全被眼前奇妙的现象吸引住了——无论怎么往海里钻，我的身体都不会沉下去。因为水下隐藏着一条大约可供一个人行走的路。

我将信将疑地走了一段，那条隐藏的路渐渐变高，几乎要和海面齐平了。从沙滩上看过来，我就像是在水面上行走的魔法师吧。我稍微往前走了一会儿，回过头看见佐山惊讶地呆立在沙滩上。

"佐山，你到这儿来！"

我招了招手，他也跳进了海里，犹犹豫豫地走了起来。

"水下有路哦。"

"尼摩，你看那个……"佐山指着前方的海面说道。

只见他手指的方向有一个像被悬崖包围着的茶筒般的岛屿。岛上树木葱郁，还有一座红砖外墙的建筑。刚刚还空无一物的海面上忽然出现了一座神秘的岛屿，而海面下的道路似乎是直通到那座岛上的。

"尼摩，终于能登岛啦！这都是你的功劳啊。"佐山高兴得手舞足蹈，"所以嘛，我就说你才是'关键'啊。"

○

我和佐山尚一缓慢地在海上行走。

我发现的这条水下道路很窄，而且因为在水面下，所以更不好走。我俩就像马戏团里走钢丝的人一样，张开双臂保持着平衡，小心翼翼地往前走去。离那座突然出现的小岛还剩两百米左右了。

随着距离越来越近，岛上的细节也看得越来越清楚。

"岛上最高处有座建筑对吧？那是座炮台。"佐山尚一跟在我后面说道。

我仰望着垂直耸立的悬崖。从郁郁葱葱的树木间隙中隐约可见爬山虎缠绕的砖墙。这座建筑物着实有些年头了。

"这座炮台原是为了和海盗作战用的，现在是用来防备我们学团的。据说我的前任者们被打击得很惨。只要去观测站所在岛屿的沙滩上挖一下，就能挖出很多战争年代飞过来的炮弹。"

"现在要是有人从那儿向我们开炮的话就完了。"

"那肯定啊，炮台就是为了袭击才建的嘛。"

"照目前的状况来看，最先被攻击的应该是我。"

"别担心，反正死的时候有我做伴。"

从那座炮台上往下看，在海面上蹒跚走着的我们俩应该一览无余吧。仿佛现在就有子弹擦过了脸颊似的，我有些百爪挠心的感觉。可就算我们现在往回撤，情况也还是一样危险。我拼命压抑着内心的恐惧往前走去。

终于来到悬崖下的时候，我不禁叹了一口气。水下的道路到这里就结束了，耸立在眼前的是坚硬的悬崖。我们所在的位置离悬崖顶上的炮台有将近十五米的距离，可既没有看见台阶也没有看见梯子。要爬上炮台看来没那么容易。

佐山吹了一声口哨。"尼摩，你会游泳吧？"

"我也不知道啊。"

"就算脑袋不记得了,身体也会记得的。你一定会游泳的,因为那天晚上你是在暴风雨中漂流到这儿来的。"

"原来如此……听着倒很合理。"

"我们绕着这座岛的外沿看看吧,也许能找到可以登岛的地方。"

佐山尚一慢慢地脱起了裤子,又用裤子把鞋子包住,再系在身上打了个结。他这是为了方便游泳。我也有样学样地做起了准备。于是我们用手扶着悬崖钻进了海水里,沿着岛屿的外沿顺时针游了起来。

可不管我们游多久,岛屿的外沿依然只有陡峭的悬崖。一波又一波的海浪接连不断地拍打着我们,一不小心就会被撞到坚硬的岩壁上。脚下又是深不见底的大海,所以我们只好紧紧抓住岩石以防被冲走。

"完全看不到有其他岛屿啊。"

"现阶段存在的就只有这座炮台所在的岛屿。"佐山说,"不想办法登岛的话,就没有后话了。"

"可无论到哪儿都是悬崖啊。"

"别丧气啊,尼摩。凡事向前看……"突然,佐山停下了话头,莫名其妙地打了个大大的喷嚏。

我立刻说了声"安静点"。

"抱歉。"

我们紧紧抓着悬崖,屏住了呼吸。

过了一会儿,我抬头看去,发现有白色的东西在空中飘动。佐山眯起眼睛"咦"了一声。耸立的悬崖中间有一个类似小窗的开口,从那里伸出来的体毛浓密的手腕正挥舞着白布。

"这是什么意思啊?"

"说不定是陷阱。"

"要不我们先登上去看看?"

佐山尚一朝着白布所在的方向攀登了起来。

我佩服地抬头向他望去,却见他脚底一打滑,小声呻吟着摔了下来。我赶紧藏了起来,以防有危险。他掉落进海水里,溅起一串飞沫。

"你没事吧?"

"这算什么。我已经掌握了窍门。"

佐山开始再次攀登,这次他踏踏实实地爬了上去。

终于,佐山的手够到了那扇小窗。他压低声音叫了一声"喂",那块白布应声缩进了窗内。我担心会不会马上响起枪声,接着佐山就摔落下来。不过这些都没有发生。佐山像是在跟窗内的人说着什么。过了一会儿,他把右手伸进了小窗里,然后就以这个危险的姿势向下望过来,并朝我眨了眨眼睛。没过多久,他就从小窗里拉出一条破烂的绳子,忙不迭地把它缠绕在自己身上。他一定是跟窗内的那个人进行了什么交易吧。

佐山又开始继续攀登悬崖,距离登顶就差一小段了。

他爬上崖顶,举手示意我稍等片刻后,就不见了踪影。不一会儿,我看见崖顶有绳子放下。佐山是想让我爬上去吧。我拉了拉绳子,果然那头有人也拉了拉以示回应。

我抓住绳子开始攀登。

随着我越爬越高,海浪的声音也逐渐远去,取而代之的是越来越强的风声。往下张望就会害怕、泄气,所以我只能一个劲地往上爬。万里无云的天空,湛蓝得刺眼。我感觉自己像是要掉落到天空里去了。

终于,我爬到了崖壁上的小窗那里。这扇小窗像是人工徒手挖掘的,外面还安装了铁栅栏。窗内昏暗得什么也看不清,只能听见呼呼作响的风声。我正悬挂在绳子上喘息,只听铁栅栏里传来了人的说话声。

"你,从哪儿来的?"那声音非常嘶哑。

我回答说是从观测站所在岛屿来的。

"名字?"

"别人叫我尼摩。"

"尼摩啊……是个好名字。"对方在黑暗中发出"咔嚓咔嚓"的声响。

我看见一个宛如野人的身影,头发和胡子很长,似乎久未修剪。

"你是谁?"

"我是被关在这座炮台里的囚犯。"

"囚犯?"

"这不重要。你赶紧把我放出去吧。"

我虽然心中好奇这人究竟是谁,但却没工夫在这儿磨蹭。

我又抓着绳子开始往上爬。所幸已经爬到了这个海浪拍不到的地方,也就不用担心踩在打湿的岩石或是海藻上而脚底打滑了。我死死地抓紧绳子,慢慢往上挪动越来越沉重的身体。好不容易爬到了崖顶,我的手腕已经开始发麻了。我躺倒在草地上气喘吁吁，地面真切的触感和青草的气味着实令我怀念。

眼前是郁郁葱葱的树木，我抓着爬上来的绳子就系在其中的一棵树上。周围没有人影，强风吹得树叶沙沙作响。我朝树丛深处看去，只见阳光从树叶缝隙中漏出，在红砖矮墙上投下一个个光斑。我弯下腰穿过树丛，背靠在冰冷的红砖墙上侧耳倾听。

佐山去哪儿了？

老旧的砖墙比我的身高稍高一些，我小心翼翼地沿着砖墙朝前走去。这堵墙似乎是为了将这座岛的外沿都包围起来而建的。砖块的裂缝中长出了杂草，墙面上到处都被爬山虎和苔藓覆盖着，就像被人抛弃的遗迹一般，透过周围的树丛能看见热带的海洋。

不久，我发现了一条砖瓦建造的隧道。我悄悄地穿了过去，面前的石子小路左右分岔，通向两边。从树叶间漏下来的阳光静静地摇曳着，我觉得自己仿佛置身于深水沟底。左边还有一条隧道，其尽头似乎有个小型营房。我没勇气朝那个方向去，就转而向右边走去。道路左侧排列着砖瓦外墙的小屋，右侧是刚才那堵砖墙的延续。沿着石子路渐渐上坡，不一会儿就来到了一块被砖墙包围的圆形洼地旁。我往洼地里一看，不禁毛骨悚然。

那里放着两门漆黑的大炮。炮口正对方向的树木已经被砍伐掉了，对面是观测站所在岛屿。大炮的炮口正对着那座岛屿。

能操纵"创造的魔法"的魔王和想要窃取魔法原理的学团之间的战争似乎由来已久。尽管我对这些历史一无所知，但佐山尚一却说我是这其中的关键因素。实际上也确实是我发现了隐藏在海面之下的道路,并引导学团成员佐山尚一来到了这座设置有炮台的岛上。不知不觉间,我似乎已经被卷入了魔王和学团的战争之中。

我真的能相信佐山吗?我心中不禁产生了这样的怀疑。

○

大炮周围也没有佐山尚一的身影。这么看来,他应该是去了刚才那个隧道另一侧的营房了。

我沿着石子路往回走,一路上丝毫没有感觉到有人的踪迹。这个岛可能是个无人岛吧,我思索着通过隧道窥视,这时周围传来了尖锐的枪声。周围的空气似乎一瞬间发生了异变。

我不由得跳了起来,躲在隧道入口的旁边,心中警铃大作。过了一会儿,我听到营房的大门打开了,好像有什么人朝我这边走来。

我赶紧环视了一下四周,映入眼帘的是一直通到砖墙上方的快要坍塌的楼梯。我拼命跑上去,躲进茂盛的草丛里,屏住呼吸往下面的道路上张望,只见走出来一个男性——佐山尚一。

我起身小声地叫了一声"佐山"。佐山像吓了一跳似的,举起手枪转过身来。

"我是尼摩!"

我举起双手,佐山这才放下了手。

"哎呀,吓死我了。"

"不好意思。"

"你在这儿干什么?"

听他这轻巧的语气,我不禁有些生气。"还不是因为你不知道跑哪儿去了。"

"啊,不好意思。比我想的多费了点工夫。"佐山把枪放回腰间的枪托里,微笑着说道,"你下来吧,开工了。"

"没关系吗?"

"放心吧,尼摩。我们已经占领这个炮台了。"

我从矮墙上下来后,佐山自豪地拍拍腰间的手枪,问我"不错吧"。他露出了笑容,就像在森林里的秘密基地玩耍的少年。可是看见那把手枪后,我心中却涌起了和刚刚看到那两门大炮时一样的不安之情——我是不是利用了佐山尚一,犯下了一些了不得的错误?

"刚才发出枪声的就是这把枪吗?"

"你搞错了,刚才是敌人在开枪打我。"

"还好你没事。"

"我朝他的下巴上狠狠打了一拳,趁他晕过去的时候把他绑起来了。"

看样子佐山并没有注意到我心中越来越浓的疑虑。他对占领了炮台一事感到十分满意。"走吧,这边。"

于是,我们穿过了通往营房的隧道。

隧道那头是树木环绕的广场,草坪也修剪得非常整洁。营房是砖瓦结构的圆筒形建筑,像极了一座建造到一半就被抛弃的小塔。因为二楼大半部分的钢筋都裸露在外,只有寒酸的帆布覆盖在上面。

"二楼是缆车的乘坐点。"佐山说。确实有几根很粗的铁索越过树梢往前延展。设置在铁骨顶端的风速计发出"嘎啦嘎啦"的声音,黄色的风幡醒目地飘扬在青空中。

"那个缆车还能开吗?"

"肯定能开。没有其他能去别的岛屿的方法了。"说着,佐山打开了营房的大门。

营房被中间的墙壁分成了两个半圆形的房间。我们进入的是左半边。这里好像是看守人的房间,我看着左边弯曲的墙壁不禁惊呆了。那里排列着塞得满满当当的书架,就算看守人生活寂寞,可也不需要这么豪华的书架吧。右手的石灰墙边摆放着桌椅、简易床、唱片机等。我总觉得这里不像炮台,倒像是小说家或是学者的工作室。

房间里摆放的椅子上,坐着一个穿白T恤的男人。他低着头,双手被反绑着。

"你醒了吧?"

听见佐山叫他,那个男人抬起头来。从门旁边的小窗射进来的淡淡阳光照在他脸上。这是个和我年龄相仿的年轻男子。他的头发稍显凌乱,可是容貌沉稳高雅。

"能把眼镜捡起来给我吗?"

"啊,不好意思。"佐山从地板上捡起眼镜给被绑住的男人戴上,"这样如何?"

"这样就能看清楚你的脸了。"男人微笑道,镜片后面透出锐利的目光。

佐山又搬过来一把椅子,在男子对面坐下。两人沉默地对视着,就像西部片里的某个场景。看着他俩的侧脸,我觉得这两个人应该不是第一次见面。

过了一会儿,佐山叹了口气说:"我回来了哟,今西。"

"你是想让我说些欢迎你的话吗?"被称为今西的男子说道,"你可真是个不长记性的人啊。"

"一着不慎满盘皆输啊,图书馆长大人。"佐山笑道,"这个炮台现在是我们的了。你再好好考虑一下吧,到底要站在哪一边。'图书馆长'叫着好听,其实也就是被流放到这个岛上了吧。即使这样,你还要维护魔王的面子吗?"

男子用冷冷的目光盯着佐山。

"在这片海域里没有人能背叛魔王。"

"你还是怕他啊。"

"也有一部分是因为害怕。"

"因为你向魔王的女儿宣誓效忠了?"

男子不高兴地皱起了眉头。"你和那些前任者一样愚蠢。这是魔王的游戏,你们肯定会败北。"

"正因如此,我才带来了尼摩啊。"

听佐山这么说,那名男子用疑惑的目光看着我。

"你是说这个人能打败魔王?"

"这次我们一定要把'创造的魔法'弄到手。"佐山探出身子说道,"这是终结的开始。图书馆长,你最好有个心理准备。"

我完全不知道他们俩在说什么,但却明白自己似乎被佐山当作"武器"利用了。佐山和这个叫今西的人是熟人,这也让我充满了疑惑。从佐山说"我回来了"来判断,他不是第一次登上这座岛屿。这和佐山告诉我的情况不同。

过了一会儿,佐山站起来在室内走来走去,像是在找什么东西。

图书馆长挺直腰背盯着佐山看了一会儿,突然又转过头来看着我。他用令人意外的平静语调对我说:"你犯了一个巨大的错误。"

我觉得他仿佛看穿了我的内心。

见我沉默,他又心领神会地点点头。"原来你什么都不知道啊。"

"佐山是我的恩人。"

"你被他利用了。你要当心。"

兵营里静悄悄的。风吹得树叶沙沙作响的声音听起来像是远处瀑布的水声。图书馆长用平静的目光注视着我,像是要倾诉什么。

"喂喂,你别再跟尼摩说一些奇怪的话了。"佐山说,"他只是个淳朴的年轻人罢了。"

接着,他摇了摇提在手里的钥匙串说:"这是地牢的钥匙。"我想起了刚才帮助过我的"囚犯"。

佐山把钥匙串扔给了我。"不好意思啊,尼摩。你去趟地下室把人放出来吧。"

"我去能行吗?"

我困惑地盯着钥匙。图书馆长像佛像似的闭上了眼睛。

"那个人是囚犯吧?"

"所以我才让你把他放出来啊。他是我的'前任者'。"

○

我打开墙上的门，进入另一个半圆形的房间。

房间里面有贴着淡蓝色瓷砖的厨房和仓库，还有通往缆车乘坐点的楼梯和通往地下的楼梯。我看了一眼通往地下的阶梯，底下的楼梯平台上方孤零零地挂着一个亮着的灯泡，光线照在阴森森的砖墙上。再往前是什么情形就看不见了。

我慢慢地走下楼梯，只见天花板上横着几根不知道是用来做什么的铁管。周围的空气十分冷冽，就像潜入了地底世界一般。楼梯平台的前方还有一段像坑道一样的楼梯。这氛围实在太过阴森，让人觉得那个被关在前面的犯人像怪物一样。我走下楼梯，来到了一片漆黑的石板走廊。走廊两侧排列着铁栅栏围起来的牢房，从里面的小窗能看见一小块宛如蓝色邮票般的天空。

"你好。"我朝着走廊深处喊了一声，接着听见了一声混着哈欠声的"哟——"。

我走到走廊的尽头，左手边的牢房里有个黑影在蠕动，他刚才好像在打盹。囚犯从床上起来，揉了揉眼睛。从小窗里射进来的淡淡的光线照在他久未修剪的长发和胡子上，完全是一副在无人岛上生活的鲁滨逊·克鲁索的样子。

囚犯目不转睛地盯着我，接着他叹了口气。"我还以为你们把我忘了呢。"

"抱歉，来晚了……"

"不不不，我并不是在抱怨。"囚犯礼貌地低下头，双手合十，"多亏有你来救我，和我至今为止等待的时间相比，这会儿工夫又算得了什么呢。"

"你在这儿待了很久吗？"

"是啊，可这里既没有钟表也没有日历。不过能和人说话的感觉真好啊。因为站在敌对的立场上，所以我和图书馆长也不能推心置腹地说话……总之，我们先从这里出去吧。啊呀呀，我自由了。太好啦！"

囚犯从牢房里出来后舒服地伸了个懒腰。他黑黢黢的脸被铁块一样的头发和胡子覆盖住了，完全看不出"人样"。可是他那双眼睛发出的光彩却意外地让人觉得年轻。囚犯的声音很沙哑，可能是因为太久没跟其他人说话了吧。

"那么，尼摩，你告诉我，"他亲密地拍了拍我的肩膀，"这座炮台已经落入我们学团之手了吗？"

"没错。"

"不错不错，目前为止都很顺利啊。"说着，囚犯精神地在走廊上迈开了步子。

我们走上地牢的楼梯，周围飘浮着浓郁的咖啡香气。佐山正在厨房泡咖啡。他说了句"你们回来啦"，被放出来的囚犯冲他点了点头。看上去他们俩作为学团派来的前任者和后任者，已经完美地统一了彼此的立场。

佐山倒了一杯咖啡递给囚犯。囚犯喝了一口，高兴地说"好喝"。

之后，我们回到了房间里接着喝咖啡。

佐山还给被绑在椅子上的图书馆长喂咖啡喝。图书馆长一副彻底绝望的样子，老实地喝着咖啡。囚犯则悠闲地在椅子上坐下，幸福地小口啜饮着。

过了一会儿，他对图书馆长说道："我们的处境反过来了呢，图书馆长。"

"还没有确定就是你们胜利了。这个炮台被你们占领对魔王来说根本就是不痛不痒的事情。你们别高兴得太早了。"

"的确如你所说。"囚犯窃笑着说道。

我站在窗边喝着温咖啡，渐渐地觉得肚子饿了。包围着军营的树木在午后阳光的照射下熠熠生辉。真是南方岛屿上美好的午后时光啊。我入迷地看着眼前的风景，学团的那两个男人则抱着胳膊窃窃私语，两人脸上的表情都十分严肃。不需要图书馆长提醒，他们自己应该也很清楚魔王的恐怖之处。

"俗话说'欲速则不达'。"囚犯说，"要是赤手空拳潜入敌营，那就正中魔王下怀了。我也正是因此被算计了……"

"那要怎么办？"

"吃午饭，睡午觉。船到桥头自然直。"

这下就连佐山尚一的脸上也露出了迷惑的表情。

囚犯对图书馆长说"我给你点饭吃吧"，图书馆长却说"随你的便"。虽然嘴上说得漫不经心，可却让人感受到了他的一丝动摇。佐山似乎也察觉到了，他瞥了图书馆长一眼，问他发生什么事了。图书馆长只说刚好肚子饿了而已。

我们在兵营的厨房里用锅加热罐装的汤当午饭吃。围坐在桌边期间，几乎没人开口说话。大家各自侧耳倾听着风声，仿佛在等待着什么事情发生。吃完饭后，佐山站在窗边凝视着林立的树木，囚犯则立刻躺下睡起了午觉。与学团的男人们悠然自得的行为相反，被绑在椅子上的图书馆长脸上的焦躁之色越来越浓了。他到底为什么如此焦躁？

我在书架前来回踱步，目光在书脊上游移。

藏书里有不少学问研究型的书和外文书，其中还有一些光看书名就让人油然而生一种怀念之情的作品。比如儒勒·凡尔纳的《神秘岛》、丹尼尔·笛福的《鲁滨逊漂流记》、史蒂文森的《金银岛》，还有莎士比亚的《暴风雨》，以及《一千零一夜》。要是能躺在椰子树的树荫下看书一定会很舒服吧。

不过有一点特别不可思议。我明明连自己的名字都不记得了，为什么还记得这些书里的内容呢？

"谁在读这些书？"

我问图书馆长，他却沉默不语。

佐山替他说道："这些书都是'禁书'。"

我从来没有听说过儒勒·凡尔纳或是史蒂文森的作品被禁啊。

"这些书会引诱这片群岛上的人去大海的另一边。这可不是魔王希望看到的。对吧，图书馆长？"

佐山高兴地拍了拍图书馆长的肩，馆长不甘心地转过脸去。

我正想细问，兵营那里传来了尖锐的铃声。空无一人的二楼铃声长鸣，中途停止了一阵后又响了起来。突然，一直酣睡不醒的囚犯霍地从床上起身。他似乎一直在等待铃声响起。

"好了，诸位，开工了。"囚犯站起来伸了个懒腰，"魔王的女儿来了。"

○

　　学团的男人们小声商议了一会儿,似乎立刻就决定了"作战计划"。

　　他们给图书馆长戴上嘴罩,把他转移到了窗外的光线照不到的房间里侧,这样即使魔王的女儿进来也看不见他。我和佐山也藏身在暗处。囚犯则躲在半开着的通往楼梯的门背后。

　　学团的男人们打算挟持魔王的女儿做人质。

　　我们蹲在暗处,只听见外面传来缆车发出的单调的"咣咣"声。图书馆长平静地凝视着我,似乎想告诉我"现在还来得及"。

　　我移开视线,仰望着占据了一整面墙的数量庞大的禁书。

　　据说魔王的女儿是为了阅读这些禁书才渡海到这里来的。我能生动地想象出她站在书架前选书时的侧脸。这可真是不可思议。我只在佐山给我的一张照片上看见过魔王的女儿,(除了在梦里之外)我一次都没有见过她。可是,我却能清晰地想象出她的样子。

　　时间在令人窒息的沉闷气氛中流逝。

　　突然,索道运转的声音停止了,四周又充斥着包围兵营的树木发出的嘈杂声。停滞的时间好像突然又流动了起来。我看见身旁屏气凝神的佐山尚一从枪套里拔出了手枪。我越发觉得喘不过气来。

二楼传来开门和关门的声音,

还有轻快下楼的"嗒嗒嗒"的脚步声。这脚步声的主人根本没有想象过等待着自己的是什么样的陷阱。女孩穿过房门走了进来,然后直接走到了书架前。她穿着用干燥清爽的布料制成的短袖衣服,胸前抱着几本书,小声地唱着歌,就像原野上的采花少女。

佐山叫了她一声"小姐"。

她停下脚步,大睁着双眼回过头来。

"好久不见了啊。"

"你怎么会在这儿?"

"我们刚刚占领了这座炮台哟。"

她盯着佐山的手枪。

"你真是个不长记性的人啊。"

"很高兴能再见到你。"

"今西先生在哪儿?"

佐山指了指被关押在暗处的图书馆长。她同情地看了图书馆长一眼,又迅速把目光放回佐山身上。

"父亲想必会很生气吧。"

"所以我们用这种方式迎接你的到来呀。只要女儿被囚禁在这里,魔王就不会轻易对我们出手。"

"是嘛。"她微笑着说,"如果有必要的话,他可是个会让女儿乘坐的船都沉没的人。"

"可他也不会见死不救吧。"

"你们的目的是什么呢?"

"你应该知道的吧,就是为了那个'卡盒'。"

她横着眼瞥了一下刚刚穿过的那扇门。门已经被关上了,囚犯站在门前挡着。她又转过头来,只见佐山的手枪泛着亮光,不过却看不出她有丝毫的恐惧。佐山发出"再动我就开枪了"的警告,可是毫无作用。她优哉游哉地往书架走去,把手上抱着的书一本一本放回书架上。

"现在立刻投降的话,我就放你们走。"

"喂喂,小姐。"

"如果没有投降的打算,那我就把你们当海盗处置了。"

"真是岂有此理。"佐山说,"你没有资格说这种话,不正当地占据了这片海域的人可是魔王。"

"你说的话不足以取信。"她拿起一本厚实的《一千零一夜》,"因为你太弱小了,什么也做不成。"

这时,我的思绪已经异常清明。玻璃窗外闪光的树叶、靠在门边捋着胡子的囚犯,乃至图书馆长额头上冒出的汗珠,所有的一切我都看得一清二楚。举着手枪的佐山尚眯起了眼睛,扣在扳机上的手指微微抖动。当我确信了"佐山是来真的"的那一瞬间,我觉得枪口对准的手拿《一千零一夜》的少女的存在是那么耀眼,仿佛要燃烧起来。

我往前一跳,张开双臂想要庇护她。

"佐山,这么做是不对的。"

"喂喂尼摩,我会连你一起打死哦。"

"要不是有我,你能登岛吗?"

佐山咒骂了一句"妈的",把枪口指向天花板。

这时,我背后传来一阵微弱的声音。当我反应过来那是铁器敲击的声音时,一切已经结束了。

背后突然响起巨大的一声"当啷",我感受到一种宛如被殴打般的冲击感,下意识地抱住了头。当我再次睁开眼睛的时候,佐山尚一已经直挺挺地躺在了地上,叫他也没有任何反应。我一回头,发现魔王的女儿正举着手枪瞄准我。厚重的《一千零一夜》掉在了她的脚边,里面好像藏着手枪。她问我"投降吗",我举起双手说"我投降"。

她下一个瞄准的是茫然地站在门前的囚犯。囚犯举起双手假意表示投降后,突然往旁边跳了一步。子弹击碎了小窗的玻璃。虽然魔王的女儿迅速开了第二枪,可囚犯翻出了兵营外,狂奔着逃走了。她追至窗外,却没有开第三枪。

很快她就回到了室内,蹲在我身边。

"他……死了吗?"

她的枪法令人胆寒,子弹在佐山尚一的额头上开了一个黑色的洞。

不过佐山的表情却异常平静。他圆睁着失焦的双眼就像在做梦一样,嘴角还挂着看似幸福的微笑,仿佛完全没有意识到自己已经死了。确实,就连他自己也不曾预想到会迎来如此凄惨的下场吧。好不容易登上了"不可视群岛",他原本还打算接下来大干一场的。

魔王的女儿盯着佐山的脸。

"真是可怜啊,弱小的男人。"她边说边合上了佐山的眼睑。

〇

  我帮图书馆长一起把佐山的遗体抬到了兵营外。
  "就放这儿吧。"图书馆长说。
  这里是广场角落的一块草地。树叶间漏出的阳光洒在包裹着佐山遗体的被单上。我对他已经死了这件事完全没有真实的感受,总觉得他会突然出现在树荫下。可是他手上沾着血,血的触感和气味都是真实的。很快就有苍蝇飞了过来。图书馆长看我呆立在遗体旁,紧紧盯着我的脸问"没事吧"。
  他指了指兵营旁边的水栓说:"你去那儿洗洗血渍吧。"
  "我们就这么把他放在这儿吗?"
  "之后我会好好收拾的,你就别担心了。"
  图书馆长回了一趟兵营,拿来了肥皂和毛巾。我清洗血渍的时候,兵营里响起了音乐声,是魔王的女儿在放唱片吧。
  图书馆长擦拭着眼镜上的水滴说:"你看起来不像是学团的人。"
  "我不是学团的人。"
  "那你是什么人?"
  我答不上来。
  "你叫什么?"
  "尼摩。"
  "这不能算是个名字。"
  图书馆长好像有点不高兴。沉默片刻后,他看着正在擦手的我,蓦地问道:"你是从这片海域之外的地方来的吧?"

"嗯，是从观测站所在岛屿来的。"

"在这之前呢？"

"那就不清楚了，我完全不记得了。"

我照实说了，可图书馆长似乎觉得我在敷衍他。

"从外面来的尽是倒霉蛋啊。"

"接下来我会怎么样呢？"

"那就要由魔王来决定了。"

我们回到兵营，魔王的女儿正坐在椅子上等着我们。她的膝上放着几本新从书架上选的书。

"都处理完了吗？"

"小姐，接下来就交给我吧。"

图书馆长话音刚落，她就站了起来。

"我把这个俘虏带去父亲那儿。那个逃走的囚犯的情况，跟其他岛屿也联络一下。反正他也跑不远。"

"请代我向魔王问好。"

"放心吧，我会跟他说的。"接着她催促我道，"那么，我们出发吧。老老实实地跟我走。"

我们登上通往兵营二楼的楼梯，打开楼梯尽头处的门，只听糊在生锈钢筋上的帆布"哗啦啦"作响。那所谓的缆车也不过就是那种在巨大的铁罐上开了个洞的原始设计，好像只能坐下三个成人。魔王的女儿命令我先坐上去，然后她走到安装在乘车点铁杆上的电话那儿拨了一通电话。之后她轻轻跃进车厢里，铁罐剧烈地摇晃起来，我不由得抓紧了窗框。

不一会儿，响起了一阵铃声，缆车动了起来。

我以为我们会穿过郁郁葱葱的树梢，却发现车厢在闪闪发光的海面上空穿行而过。不一会儿的工夫，炮台所在岛屿已经被远远甩在了身后。前方的海面上耸立着一根根缆车的铁支柱，视野内可见的也只有这些而已。移动的车厢就像收起了羽翼、群聚在铁塔周围的海鸟。

有一瞬间，我看见一个孤零零的小岛浮出了海面，就像从天空中滴落了一滴颜料。起初我还以为是海市蜃楼，可是那座岛屿切切实实就存在于那儿。这座岛出现后，其他的岛屿也陆陆续续出现了，就像飞散的颜料在水中溶化扩散开来一样。岛屿随着我眼睛的移动而诞生，填满了眼前的海洋。如果这些岛屿是可见的，为什么至今为止我都没有看见过它们呢？实在是搞不懂。可这些岛屿是真实存在的。

"真的有岛！"我惊叹道。

"当然有了。这不是理所应当的嘛。"魔王的女儿平静地说道。

缆车的索道穿过的是一个水上都市，其杂乱的景象令我十分困惑。都市中既有古色古香的洋房，也有现代化的楼群，甚至能看见瓦片屋顶的民房、神社佛庙和澡堂的烟囱。这怎么看也不像是一幅热带风情，倒像是把充满了历史感的城市切割成了碎块，撒进了大海里。

这些岛屿可真是太奇妙了。

这时，魔王的女儿突然问道："你叫什么名字？"

"尼摩。"

"真是个奇怪的名字。"

"这不是真名。"

"那告诉我你的真名。"

"我漂流到观测站所在岛屿时已经失去记忆了,连自己的名字都不知道。所以佐山给我起了个名字叫'尼摩'。"

如今想来,我觉得佐山并不是出于单纯的善意而帮助我的。他有他的企图,我很清楚这一点,可我还是很想他,而且也觉得他有些悲哀。如此热切地渴望登上不可视群岛的佐山竟然就这么轻易地死了,代替他在这儿的却是"无名氏"的我,这实在是很讽刺。

"我不知道自己是谁。"

"所以你才这么无精打采的?"魔王的女儿按住随风飘舞的头发笑说,"其实我也和你一样。"

"你们和我不一样。"

"不,所有人都是一样的。自己是否仅仅是魔王做的一个梦,自己是否明天就会消失,大家对此都十分不安。可是,我们又能如何呢?如果这些群岛是因魔法而诞生的梦境,那么在这个梦终结前,我们也只能继续活下去对吗?"

突然,她向我伸出手。"刚才谢谢你,挡在我身前。"

我握住了她的手问道:"你叫什么名字?"

"千夜。一千个夜晚的千夜。"

终于快到索道的终点了。

"那里是父亲生活的岛屿。"

我还以为会是一座要塞一样的岛屿,可从缆车上往下看,这座岛屿上却没有一点森严的氛围。上面只有一座被树木覆盖的小山丘,从那儿延展出一条形似尾巴的狭窄地形,那形状让人联想到浮出海面的鲸鱼。山丘上有一座和炮台所在岛屿上的建筑相似的圆筒形建筑物,那是索道的终点。

千夜小姐下了缆车后,带着我走出了圆筒形建筑。

外面是一个绿荫环绕的广场,我们从这儿出发,穿过森林去往魔王所在的地方。

步行在郁郁葱葱的密林小径上,我渐渐感到呼吸困难。走在身旁的千夜小姐向我传递着一种紧张感,我觉得自己的心情就像要上断头台一样。森林中的树木随风摇曳,树叶间透出的光斑落在她身上,也随风移动。

我们走了一阵后,右拐进了一条小路,接着就是下坡路了。

走出森林后,视野一下子变得开阔了,魔王的宅邸出现在眼前。在缆车上看不到这里是因为这座宅邸建在了岛屿另一侧的坡面上。这是一座两层楼的混凝土建筑,棕榈树的树荫投在前院的草坪上,周围寂静无声。

推开玄关的大门走进屋内的瞬间,佐山尚一带我参观学团观测站的记忆被唤醒了。通风的玄关大厅里空荡荡的天花板、水泥墙面上的无机物,还有冷飕飕的空调,这座宅邸里飘浮着的不真实感和观测站颇为相似。

"父亲在书房。"千夜小姐指了指通往二楼的楼梯,"接下来你一个人上去吧。上了楼梯后左边那个房间就是。"

"谢谢。"

她皱起了眉头。

"行了,你快去吧。我在这儿等你。"

我边上楼边回头看,只见千夜小姐在玄关边的一把小椅子上坐了下来。她膝上放着书本,抬头看我的样子看上去有些孤独。

○

我敲了敲黑色的门,只听里面传来一声"请进"。

宽敞的房间里有一整面是落地玻璃,从那儿往外望,漂浮着岛屿的海面直至地平线都一览无余。这个景观与这片海域的王者十分相称。可是到处都没有魔王的身影。这间书房里铺着巨大的波斯绒毯,却没有摆放一件家具,因此应该没有任何藏身之处才对。刚刚才应门说了"请进"的人,这会儿怎么消失了呢?

我穿过整个房间,走近窗前。斜阳普照下的海面一望无垠。这时,远方的海面上驶来了一辆列车。我漂流到观测站所在岛屿,醒来后在黎明的海面上见到过这列列车在行驶。我入迷地凝视了一会儿。

突然,从背后传来一阵轻柔的话语声:"看来你很喜欢那辆列车啊。"

我猛地回过头,可是房间里一个人也没有。

这时我才注意到,波斯绒毯的中央放着一张小书桌,可刚才明明没有这个的啊。桌上放着葡萄酒酒瓶和两个小玻璃杯,还有一个焦糖色的旧木箱——那是魔王的卡盒,是魔王"创造的魔法"的源泉,也就是佐山尚一口中的"魔杖"。

我小心翼翼地绕着书桌走了一圈,强烈地感觉到有谁正在看着我。不一会儿,我停下了脚步,正要伸手去拿卡盒的时候,身旁的空间里立马传来了一个声音:"那不是你的东西。"

我缩回手说道:"你不打算让我见见你吗?"

"只要你不想看,那么对看得见的东西你也会视而不见。"

我离开书桌,在波斯绒毯上坐下,眼睛注视着眼前的空间。书桌对面的玻璃窗外是大海和天空。

我喃喃自语道:"不想看就会视而不见。"

话音刚落,我就看见了书桌另一侧和我相对而坐的那个人。他穿着黑西装,系着领带,银发细致地梳到了脑后。比起佐山给我看的照片上的样子,眼前的这个人身材更娇小,也更年轻。魔王用纤细白净的手打开了葡萄酒瓶,将酒倒入两个玻璃杯中。他充满了寒意的双眼和千夜小姐一模一样。魔王说了句"酒里没有下毒",然后端起自己的酒杯喝了一口。我们开始斟饮起葡萄酒。

"这里是书房吗?"

"没错。"

"可是这屋里什么也没有啊。"

"一无所有就等于应有尽有。"魔王窃笑道,"魔法就从这里开始。"

"这一切真的都是你创造出来的吗?"

"没错。"

我沉默地注视着魔王。

"你不应该出现在这片海域里。"魔王严肃地说,"你是从外面世界来的异邦人。"

"你知道我是谁吗?"

"当然知道。"

"那……"

"你别想从我这里得知这些。抱歉,让你失望了。我理解你的心情,你一定觉得自己有权知道这些吧?可你是这片海域的'不速之客'。你和学团的暴徒们一样,私自侵犯了我的领土。我很感谢你保护了我的女儿,可说到底那本来就是你自己惹出来的事端。我不能特殊对待你。"

"这我知道。"

"谢谢你的理解。"

"那你要我做什么呢?"

"我想听听关于你自己的事情。"魔王说,"你是怎么来到这儿的?"

我把自己如何来到书房的前因后果讲了一遍:漂流到观测站所在岛屿,和佐山尚一的相遇,在观测站度过的日子,自动贩卖机所在的岛屿,以及登上炮台所在岛屿。现在想想,漂流到这儿仿佛已是很久远的事情了。

魔王温柔地微笑着,静静地聆听。

我十分在意书桌上的卡盒。在我说话期间,魔王打开了那个木箱的盖子,从里面抽出一张卡片看了一眼。他到底在干什么?好像在对比我说的话和卡片上所写的内容是否一致似的。难道就像佐山尚一所说,这个小木箱里隐藏着什么重大秘密吗?

于是,我设下了一个圈套。

"说起来,发生了一件不可思议的事情。某天早上,我和佐山一起在沙滩漫步的时候,发现有人发射了一个奇怪的东西。那东西整体看上去像个巨大的文蛤,不过一看就是人造的。上面有几扇小玻璃窗,窗里有什么东西在蠕动。佐山说'怎么看也就是艘船吧'。于是我们战战兢兢地靠近,透过一扇玻璃窗往里窥视,正好对上了金发年轻女性的眼睛……"

当然了,在那座岛上从未发生过这种事。

魔王从卡片上挪开视线,抬头盯着我。"这可真有意思……"

可从那一刻开始,我就无法再继续胡编乱造了。我觉得嗓子干渴得连声音都发不出来。魔王盯着我的双眼就像窗外广阔的天空和大海一样空虚。我俩沉默了一阵,房间里一片死寂。

"莫谈与你无关之事。"

说着,魔王摩擦起了手掌,波斯地毯开始摇晃,就像波涛在翻滚一样。起初我还以为是眼睛的错觉,可我的身体似乎真的在摇晃。过了一会儿,波涛的声音越发响了。绒毯如波浪般每起伏一次,魔王的身影就离我远去一些。

等我回过神来时,墙壁和天花板都已经消失了,我身处的是一座被极小的沙滩包围的小岛。一些岛屿四散在周围,远远地又把这座小岛包围住了,它们在落日的照射下燃烧着。

"我说了我想听关于你自己的事情。"魔王的声音从天空中飘来,"但是,你却说了与你无关之事。如此行径,我绝不能容忍。打破禁忌的人就必受相应的惩罚。"

我从沙滩上站起来,朝着空中吼叫:"你打算把我丢弃在这座岛上吗?"

"这种做法确实很不人道。"魔王用平静的口吻继续安慰我,"将你丢弃在这种地方,我也十分不忍。可是为了守护这片海域,我不得不这么做。"

魔王的声音渐渐远去。

"这片海域曾经由满月的女巫支配,她教会了我魔法。要不是这样,我早就丧命了。漂流到这座岛上的时候,我也和你同样无力。那里是一个一眼望去尽是旷野的世界。可你好好想想,一无所有就等于应有尽有。魔法就从这里开始。"

至此,魔王的声音彻底消失了。他真的彻底抛弃了我。

周围的海水沐浴在鲜艳的夕阳下,染上了鲜血般的赤红色。

○

这座岛屿让人想起触礁后经历了漫长岁月的潜水艇。

这里除了崎岖的岩石群和几棵椰子树以外,就只有长长的沙滩。环岛步行一周大概只需要五分钟。当然了,岛上除我以外再没有一个人影。大海的远处依稀可见几座岛屿的影子,不过要游泳去那儿可不是件容易的事。

至少今天我觉得是不可能了。经过这漫长的一天,我已经筋疲力尽了。

不过我还是趁着太阳没有完全下山前在岛上走了走,还发现了一些漂流物,比如破破烂烂的帆布碎片、水果牛奶的空瓶,还有一个褪了色的达摩。这和鲁滨逊·克鲁索的财产清单相比显得十分贫瘠,不过我还是因此增添了一些信心。要在这座岛上过一晚的话,帆布就能当睡袋立马派上用场。

太阳沉入了地平线下，漫长的一天终于要结束了。

我坐在椰子树下，凝视着渐渐变淡的夕阳。过了一会儿，深蓝色的天空中就群星闪烁了。此前散发着微弱光芒的海面，现在也换上了一副黢黑的面貌。

远处岛屿上城市的灯火星星点点，散发出愈加魅惑的光芒。

我侧耳倾听着波涛的声音，凝视着远处城市的灯火，胸口像是突然被勒紧一般，涌起了一阵怀念之情。我不禁心想，不知何时，不知在哪个遥远的地方，我也曾像现在这样独自一人眺望着城市的灯火。可是无论如何追溯这种情愫，我都想不起任何线索，只剩这股难以名状的怀念之情萦绕在胸口。

"我是异邦人。我有应该归去的地方。"

这时，黑暗的海面远处驶来了一辆两节车厢编制的列车，车窗里流泻出的灯光洒在黑暗的水面上。我站在浪涛边目送列车离开。这漫长一天的疲惫感压得我不堪重负，连惊叹这幅景象的力气都没有了。

我把帆布裹在身上凝望着天空，觉得自己就像孤身在宇宙中流浪。

○

那晚，我做了一个奇妙的梦，梦里我和千夜小姐一起在逛旧货店。

略微有些昏暗的店里局促地陈列着繁杂的旧货，有七福神、狸猫摆件、濑户烧的器皿、颜色各异的玻璃杯、和式衣柜和书桌。架子上放着许多褪了色的达摩，可能是店主的兴趣爱好吧。收银台上放着黑色电话，店内却不见人影，只有火炉正烧得通红。

千夜小姐手指着玻璃罩中的小东西——一个雕工精巧的柿子里探出了一张龙的脸。

"是吊坠，江户时代的装饰品。"

为什么自己会知道这些呢？正在梦中的我也感到很不可思议。可是在梦中登场的我却丝毫没有感到奇怪，就好像活在梦境中的我和正在做梦的我是两个完全不同的人。

不过，梦境中的我也感受到了自己是个异邦人，另有应该归去的地方。梦境中的我将自己的肩膀靠在千夜小姐的肩膀上，也许是为了消除这种不安吧。

"我父亲很喜欢你。"

"你真这么想？"

"他在女儿面前和在你面前当然不会是一个样子。"

"你父亲不是喜欢我，而是在给我设圈套。"

不过至于那是个什么样的圈套，我却毫无头绪。

我想起了她父亲的面孔。他充满了寒意的双眼和千夜小姐一模一样，眼中泛着扑朔迷离的光。

千夜小姐在我耳边喃喃道："那你带我逃走吧。"

"去哪儿？"

"是啊，去遥远的南方岛屿吧。"

突然，黑色的电话响了起来。我们吃了一惊，停下了话头。

响个不停的电话铃像是一种警告，又像是谁在求救。可旧货店的人却始终不见踪影。账房旁边的墙上贴满了日历和纸片,一顶大草帽挂在钉子上。我无法忍受就这么在店里待着,于是就说"走吧"。我牵着千夜小姐的手,推开冰冷的玻璃门走了出去。只见一个男人站在店门口抽烟。

"哟,两位好啊。"佐山尚一笑着举起了手,"差不多该走了吧。"

我们走在黄昏的住宅区里,纷纷扬扬的雪花从灰色的天空中飘落下来。

佐山尚一把手揣在皮夹克的口袋里,一个人走在前面。他就像时代剧里怀揣着双手、大摇大摆走路的浪人,看着佐山的背影,我高兴地想道。就如同我是个异邦人一样,他在这座城市里也是个异邦人。

千夜小姐碰了碰我的手。

"我的手很温暖吧?"她呼出了一口白气。

○

我醒来的时候,太阳已经当空高挂。

从树荫里起身后,我回味了一下昨晚做的梦。

旧货店里飘浮的特有的气味、冬日玻璃窗的寒意、千夜小姐手掌的温度——这些就像真实的记忆一样。但这是不可能的。梦中的千夜小姐和我相当亲密,可在现实中我们昨天才刚刚相遇。

千夜小姐后来怎么样了呢?

我想起了她坐在魔王宅邸里的玄关椅子上的样子。她一定是对等待着我的命运充满了恐惧，所以在分别的时候，她看上去才会那样不安。也不是千夜小姐乐意让我陷入如此境地的。

我站起来，一颗像苹果的东西滚落到脚下。

那是我昨天在岛上漫步时，在岩石群后面发现的小达摩。达摩已经褪色了，比起这样的孤岛海滨，它似乎更适合出现在旧货店的角落里。达摩一脸严肃的表情，像是对自己的境遇感到不满。

"好了好了，孤独的流浪者，我是你的同伴。"

我捡起我喜爱的达摩，离开了海滩。可无论我往哪儿走，周围都是闪闪发光的大海。

旭日照耀着漂浮在远处海面上的岛群，让人觉得就像在看投射在荧幕上的影像。向着岛影稀疏的方向望去，地平线上耸立着雄伟山脉一般的积雨云，唯有云下的那片海面像夜晚一样昏暗。即便是在魔王统治的海域中，这里也是格外孤僻的一个角落。我想要求救，可没有船只途经此地。我耳中能听见的唯有拍打着沙滩的波浪声，还有吹得椰树叶摇曳起来的风声。

我对搁在手掌上的达摩说："那么，我们该怎么办呢？"

我觉得在很久以前我似乎玩过这样的游戏。

我的朋友"达摩君"漫不经心地说道："那么，我们该怎么办呢？这可是个难题。"

"你的阅历很丰富吧？"

"真让人为难，你太抬举我了。被海浪哗啦啦地摇晃，身上的年轮马上就会出现的。事实上，吾辈并没有那么大的年纪。"

达摩君谦逊不已，他思考了一会儿又说，"不如我们先给这座岛起个名字吧,如何?米粒这么点大的小岛也是岛啊。给它起了名字之后,对它的喜爱之情就会涌现出来。"

我觉得他说得也有些道理。"那……就叫它'鹦鹉螺岛'吧。"

"这名字棒极了,应该是拉丁语吧。"

"接下来呢?"

"我们要去鹦鹉螺岛的角角落落探险。"

我抱着达摩环绕鹦鹉螺岛转了一圈,可并没有找到什么有用的东西。

这已经是我第二次漂流到一个陌生的岛屿上了。比起漂流到观测站所在岛屿的时候,这次的情形更加糟糕。这里没有像佐山那样可以依靠的先来者,别说是观测站了,就连密林和小河都没有。这样下去,连水都喝不上。我已经决心和达摩君一起度过余生,这余生也不会太长了吧。

我攀登上岩石群俯视鹦鹉螺岛。"这里真是荒芜得令人吃惊啊。"

"是啊,什么都没有。"

"这座岛似乎存不存在都无所谓啊。"

"不过倒还算得上优雅。"

"可是,这样下去我就要枯死了。"

"您要是枯死了,我也会枯死的。"达摩君原本就严肃的脸变得越发严肃了,"这下可惨了。"

这时,我的脑海里浮现出和佐山尚一一起潜入炮台所在岛屿时的经验。那时,我跳入海里,发现了隐藏在海面下的道路。

"原来乳齿。"达摩君说,"您的方法值得一试。"

"好嘞,那我们就试试吧。"

我环绕着鹦鹉螺岛边的浅海区走了一圈,却没有发现类似的道路。守株待兔似乎不顶用了。我被太阳炙烤得苦不堪言,喉咙干渴,腹中空空如也,以至于脑袋有些眩晕。仔细一想,自从昨天和佐山在炮台所在岛屿吃过午饭后到现在,我只喝了一杯葡萄酒,此外就再也没有吃过任何东西了。

我火冒三丈,气得直拍海面。"这样不行!"

"您别自暴自弃呀。"

"那你说要怎么办!这里什么都没有啊!"

"一无所有就等于应有尽有。"

突然,我脚下好像踢到了什么东西,不禁发出了一声哀鸣,似乎是埋在沙子底下的岩石。一阵郁闷后我抬起头来,只见达摩君边随着波浪摇晃,边可怜地看着我。

"想必您很痛吧。虽然这是与吾辈无缘的疼痛。"

"这里埋着什么东西啊,混蛋!"

我摸了摸水面下的沙地,却摸到了什么硬邦邦的东西。那东西被磨得很光滑,不像是天然的岩石。

我拨开沙子往下挖,只听达摩君的声音从远处传来:"加油!加油!"

他随着波浪摇晃,已经被冲到了海面上。我急忙抓住达摩君,把他扔回沙滩上,接着继续挖掘的工作。

过了一会儿,沙子底下出现了一根又粗又长的棍状物。我使劲把这个不明物体从沙地里拉出来后拖向沙滩。把它运送到岸边的时候,我看见这东西的前端有着像人类手指一样的东西。

"这是什么啊?"我情不自禁地喃喃自语道。

那是石像的右手。

○

我把这条独臂扔到了椰子树的树荫下。

穿过椰树叶照射在这条独臂上的阳光为其染上了淡淡的绿色。这座石像的工艺十分精巧,断臂的指尖微微弯曲,让人联想到抓住什么东西的瞬间。这条栩栩如生的断臂与其说是用人的手雕刻出来的东西,倒更像是打碎了的被魔法变成石头的人类。它被水浸湿的表面沐浴在阳光下,看上去水灵灵的,健壮的肌肉似乎现在就要动起来。这手臂的粗细程度让我联想到佐山尚一。

"可能正如您所想象的那样。"

"你也这么想?"

"因为这里是魔法的海域啊。"

"也就是说,这是变成了石头的佐山尚一?"

"您注意那条断臂的指尖,是不是弯曲着?在炮台所在岛屿被魔王的女儿射杀的时候,佐山的手上不是握着手枪吗?"

我摸了一下那些手指。"为什么他会变成石像呢?"

"这点吾辈也不明白,是个谜啊!"

把这石像拉上来的工作比想象中要耗体力。时间就这样慢慢过去,我的余生也越来越短了。喉咙的干渴和腹中的饥饿感也与日俱增。我呆呆地望着椰子树的树梢，目光空洞。我以为至少还有椰子，可我昨天就发现了树上根本没有果实。

我叹了口气，凝望着大海远处的岛屿。"我只能在身体动弹不得之前游到那里去了。"

"您能游那么远的距离吗？"

"事实上，我可能连一半都游不到。不知道饥渴而死和溺毙而死，哪个更轻松呢？也许溺死更好一些吧，因为受苦时间短一些。"

"呜呼！我要是再长大一点就好了！"达摩君遗憾地说，"那样的话就有足够的浮力，您就能乘着我渡海了。自身的无力令我心痛不已，我只是个渺小的达摩！"

"有你这个交谈的对象，我心里已经踏实不少啦。"

"老实说，我会说话也是出于您的幻想。"

"你就不要把实话说出来了。"我把达摩君放在膝头，和它说话，"沉到海里还是太寂寞了啊。既然要死，那我想死在自己命名的这座岛上。你的建议是对的，我心中已经涌出对鹦鹉螺岛的喜爱之情了。"

"因为您是尼摩呀。"

"没错，我是尼摩。"

我眺望着广阔的天空和大海思考着。

我苏醒时连自己是谁都不知道，死去时仍然不知道自己是谁，这和我从来都没有存在过并无区别。也许这才是自然本真的状态，也许想要知道自己是谁之类的愿望不过是束缚我的烦恼。但是，不肯放弃的我一直探寻着自己的名字。隐藏在尼摩这个面具背后的真实姓名,是通向我应该归去之处的大门。

"喂,达摩君,你不觉得我们好像在哪儿见过吗?"

"可能曾经在某个遥远的城市里擦肩而过吧。"

"我……看见千夜小姐的时候也有这种感觉。"

"下次见面的时候你就坦诚地跟她说啊。不必因为她是魔王的女儿就有所顾虑。坦诚交流是最重要的。"

"我还能再见到她吗?"

"一定会再见的。"达摩君不知为何说得自信满满。

○

凉爽的风拂过我的脸颊。

"主人,这也许是个好兆头哟。"

"为什么?"

"暴风雨啊,暴风雨正在靠近。"达摩君说,"您不用再担心水了。"

我跳了起来,走出椰子树的树荫来到了沙滩上。

正如达摩君所说,刚才在地平线上看见的云正加速向这里靠近。饱含湿气的冷风拂过,我定睛一看,海面上明亮和黑暗的分界线清晰可辨。远处黑暗海面上的烟雾隐约可见。下雨了,光是想到这一点就令我想大叫出声。

我取来和帆布保存在一起的水果牛奶空瓶回到沙滩上,将它一半埋进容易接收雨水的地面。我想趁雨云经过的时候积点水,这样兴许能延长一点寿命。

"雨真的会下到这儿吗？"

"过而不停即为杀生。"达摩君说，"没有比在大海上下雨更愚蠢的了。这雨应该下在鹦鹉螺岛上。"

黑暗的海面上闪电一闪而过，雷鸣声从大海的远处传来。

我站在沙滩上守望之际，乌云从鹦鹉螺岛的上空飘过。周围变得像傍晚一样暗。突然，大雨像从天空底部脱落下来一般猛烈地下了起来。鹦鹉螺岛周围的浅海区看上去好似一齐沸腾了起来。我张开嘴"咕咚咕咚"大口喝着雨水，干枯的身体被水浸染着。

可是，我没有多余的时间慢慢品味这场恩赐之雨。我几乎无法呼吸，就像身处狂暴的龙卷风之中。

"这下不好了。"

我从沙滩逃到椰子树的树荫底下。在狂风暴雨的蹂躏下，我已经完全搞不清状况了，感觉自己像是在险些遇难的船只的甲板上紧紧抓住桅杆似的。

闪电照亮了周围，隆隆的雷声大作。

"您快离开这儿！"达摩君慌张地叫嚷，"雷要劈下来了！"

我跑到岩石群的阴影处后，响起了似乎要震碎整个世界般的轰鸣声。一瞬间四周一片雪白，刚才我还紧紧抓住的椰子树燃烧了起来。

我背靠在岩石上舒了一口气，刚才真是千钧一发。

鹦鹉螺岛唯一的岩石场被飞溅起的巨大水沫所笼罩。无论怎么做，在这场暴风雨中我都无处藏身。我浑身湿透地蜷缩着身子。从乌黑发光的岩石表面流下的雨水更加猛烈，像瀑布般不断拍打着我的身体。脚下的地面满是泥泞，刚刚汇流沉淀的河水把泥土冲进了海里。这样下去，也许整座鹦鹉螺岛都会融化，最后消失。

"为什么我要经历这种悲惨的遭遇！"

这时，我觉得靴子底下碰到了什么硬物。我看了看脚底，发现被雨水冲刷过的土地下有一块铁板状的东西。那块东西表面刻着类似文字的内容，一看就是人工制作出来的东西。我四肢着地爬着靠过去，擦去了铁板上的泥。那是一个铁制的顶盖，上面有"鹦鹉螺岛机关部"的浮雕刻字。打开盖子后，里面有一个生锈的把手。

"这是什么？"

"您应该知道，把手这种东西就是用来'拉'的吧？"

我拉了一下把手，可是因为生了锈，所以丝毫没有拉动。无论我怎么拉，凭我的力气都完全拉不动这盖子。我抬起头来环视了一圈鹦鹉螺岛，映入眼帘的是烧剩下的椰子树的树根和滚落在地的那条刚才从海里拉上来的石像断臂。

我跑进暴风雨中捡起那条断臂，把石像的手放到把手上一看，正好合适。这手就像是为拉把手而制作出来的。我以一颗小石子为支点，把体重慢慢压在石像上，然后使劲摇动了一下把手。我切实感觉到手下的把手动了。

"地面下好像有什么动起来了。"

地下传来了机械发动起来的巨大声响。一个动作又带动了其他动作，动静越来越大。积在四周地面上的泥水开始震动。我下意识地紧紧抓住岩石群，那些巨大的岩石也因地下传来的巨大力量而不住地震动。

突然,整座鹦鹉螺岛都像被提起来了似的剧烈地摇晃起来,仿佛沉睡的巨鲸突然苏醒了。

"您看,这不是岛屿。"达摩君说,"这是一艘船。"

于是,鹦鹉螺岛开始了航行。

第五章 《热带》的诞生

鹦鹉螺岛顺利地在海上前行。

不一会儿,暴风雨就被远远地甩在了身后,周围阳光普照。

我像站在船桥上的船长一样,在岩石堆上注视着船前进的方向。品尝着装在水果牛奶瓶里的雨水,我感觉被一种奇妙的高昂情绪包裹着,心想我怎么会在这种不知名的海域里丧命呢,无论如何我也要活下去。

"您终于打起精神了啊。"达摩君说,"这精神头真棒。"

可是顶盖上雕刻的"鹦鹉螺岛机关部"这名称令我感到不可思议。"鹦鹉螺岛"是我一念之间想到的名字。难道在我漂流到这座岛上之前,就已经有什么人给这座岛起名叫"鹦鹉螺岛"了吗?

我正思索着,达摩君说道:"正是因为您起的名字是'鹦鹉螺岛',所以这座岛屿才变身成了符合这个名字的岛屿啊。也就是说是您亲手创造了这座岛屿。"

"也就是说一切皆有可能?"

"因为这里是魔法的海域啊。"

"那么就给这座岛起名叫'夹心面包'吧。"我举起双臂呼喊道,"夹心面包啊,掉落吧!"

可是空中并没有掉下魔法夹心面包,而我却更饿了。

"好像并不是一切皆有可能啊。"

○

太阳在高空中火辣辣地照射着,我被雨水打湿的身体也很快就干了。

没过多久,我就看见前方有座小岛越来越近。那座小岛的样子就像是把镇守在乡野小镇的森林搬了过来,它突兀地漂浮在海面上。一艘搁浅的木造帆船吸引了我的注意。它的船头仿佛插进了森林,帆布和绳索从几根快要倒下来的桅杆上垂落下来,船尾部分也快崩塌了。可我仔细一看,发现甲板上晾晒着衣物,对面有一缕烟火升腾而起。那艘废弃的船上似乎有人居住。

我走下岩石堆,拉下了把手,引擎随之熄火。

鹦鹉螺岛再这样随性前行的话,也会在某个未知岛屿的浅滩上搁浅的。航行期间,大面积的沙滩被冲走了,鹦鹉螺岛整个小了一圈。我打算找废船上的居民求救,于是抱起了达摩君和石像的断臂。

"喂喂,你要把这只手也带上吗?"

"这是佐山的断臂啊,我可不能把恩人扔在这儿。"

"原来乳齿。朋友应该带走。"

仅剩的沙滩包围着繁茂生长的森林。我踩着闪闪发光的沙子让船往右边行驶，很快就撞上了那艘巨大的废船。每当海风呼啸而过，倾倒的桅杆就发出令人毛骨悚然的声音。奇怪的是，靠近船底处有一扇像《爱丽丝梦游仙境》里那样的小门，大概是顺便把船腹上的洞当成玄关了吧。

我打开门打了声招呼："不好意思，请问有人吗？"

我侧耳倾听，却没有任何回应。

我战战兢兢地走了进去，到处都是从船板的缝隙间漏下来的阳光形成的细小光柱。这里大概就是船舱吧。地板上满是沙子，天花板也压得很低，发黑的木桶和木箱拥挤地堆积在一起。我发现了台阶，走上去后周围亮了起来，我又往凉爽的海风吹拂而过的走廊走去。船舱内确实有人生活过的痕迹。最后，我发现了厨房，偷吃了里面的罐头食品、硬面包和水。我已经饿得快昏过去了。

吃完东西后，我走出了甲板，上面就像旧建筑的屋顶一样荒凉。平摊着晾在拉好的绳子上的衣物已经有些弄脏了，看来是白洗了。我穿过晾晒的衣物走近船舷，却看见远处的沙滩上有一些奇特的东西——向着大海延伸出去的码头和浮在码头前方的大型养鱼槽。

"那是什么啊？"

我正要探出身子，只听背后传来一声"不许动"。

我吓了一跳，回头发现一个老人正举着弯刀站在那儿，腰上裹着破破烂烂的帆布，白发从褪了色的棒球帽底下垂落。他的上半身就像沉在水里的树根一样苍白，突出的肋骨则像搓衣板似的。老人愤怒的脸色让我意识到自己身处险境，于是把达摩君和石像的断臂放到脚边,举起了双手。

"你到底是什么人?在我的船上干什么?"老人哼哼唧唧地说道。

○

为了消除老人的怒气,我费了很大劲。

毕竟我擅自闯进了他居住的地方,还偷吃了罐头食品、面包和水。这一切都被老人看穿了,他就躲在暗处监视着我闯入船里之后的一举一动。我心想那你当时就应该叫住我啊,可这话也只是火上浇油罢了。我低下头,一个劲儿地乞求他原谅我。

"你叫什么名字?"

"尼摩。"

"尼摩啊。我叫辛巴达。"

"辛巴达?"我不由自主地反问道。

"没错,我就是那个'航海家辛巴达'。"

老人的样貌和"辛巴达"完全不相像。

他蹲下来,把滚落在石像背后的达摩君放在手上,然后毕恭毕敬地拿起来,从各个角度仔细地观察着。达摩君不好意思地低语了一声"干什么"。调查了一阵之后,老人问我能不能把达摩借给他。

"就当作是你胡乱吃了粮食的费用吧。"

我吃了一惊,抢回了达摩君。

"这不行。"

"你说什么?"

"它是我的朋友。"

眼看着老人愤怒得涨红了脸。

"行了,赶紧把东西给我。你要搞、清、楚自己的处境!"

老人神情愤怒地一把抓了过来,从我手上抢走了达摩君。我也不甘示弱。被揉得乱七八糟的达摩君直嚷嚷"有话好好说!有话好好说!"我们就像幼儿园孩子争夺玩具似的。

结果老人终于放弃了,他气喘吁吁地咒骂了一声,然后说道:"要是这样的话,你要用劳动来支付你吃掉食物的费用。"

"你要我干什么?"

"别啰唆了,跟我来。"

老人沿着从舷窗上垂落的绳梯爬了下来。

我们下船来到沙滩上后,他走上了向着海面伸展出去的码头。码头前方漂浮着刚才从甲板上看见的养鱼槽。浅滩被浮台围得就像个大泳池。浮台一角放着一台发动机和红白两色的救生圈,被煤烟熏黑的一升桶里升起了一缕细烟。边上还摆放着几件类似旧货店商品的东西:香炉、狐狸面具、烟具盘[1]、装木雕的布袋和小达摩。

"有吾辈的同类啊。"达摩君高兴地说。

老人指着养鱼槽说:"你下去打捞。"

"打捞……是什么?"

---

1 最初用来放置火柴、烟灰碟、烟口袋等,后来被做成把它们装在一起的用具。

"就是潜水。我以此为生。"老人说,"你去捡些能卖的东西上来。"

打捞原本好像是指从海底把一些旧物捡上来。

摆放在浮台上的旧物件在阳光底下闪闪发光。虽然上面稍微有一些伤痕或者污渍,但基本都完好地按原样保存下来了,完全想不到它们曾经沉没在海里。其中既有陶器的碎片,也有金属制的齿轮,材质和用途各不相同,整体上却不可思议地让人觉得它们之间有某种联系。

我从浮台探出身子张望海面。

"我明白了,欠你的我会还清的。"

"好好加油啊,年轻人。"

"到时候我们就算两清了。"

我脱掉被汗水打湿的衣服,只穿一条内裤。

接着我把老人递过来的篓子系在腰间,戴上潜水镜沉入温暖的海水里,感到一种无法言喻的安宁。我试着在浅水层潜了几次,几乎没有呼吸不畅的感觉。澄澈的蓝光和静寂温柔地包裹着我。

潜入深水中后,我看见了海底白色的沙地,以及不可思议的一幕——沙地上到处散落着打碎了的石像,有的是手部,有的是躯干,还有的是腿部。仿佛它们被丢弃在这儿后又下了一场雪似的,石像的碎块都半埋在沙地里,淡淡的光线穿透海面照在上面。碎块当中还有头部,它的双眼迷蒙得像在做梦,嘴角还挂着微笑。我不可能忘记这张脸。

那是佐山尚一的头颅。佐山的头颅和他在炮台所在岛屿上迎来人生最后瞬间时的样子并无二致。四周被墓地般的寂静包围着。

我像着了魔似的凝视着眼前的情景。

○

打捞这项工作比我想象得要有趣多了。

"你很有前途啊。"

老人越是佩服我,我就越能无数次地潜入海里。

我把小篓子系在腰间,轻快地潜入海底,用手探索着沙地。我沉迷于将一件又一件的旧物件打捞上来,甚至忘记了自己没有在呼吸。

"你能潜这么长时间啊。"老人吃惊地说,"该不会是海豚转世的吧?"

可是这些旧物件是从哪里来的呢?

我在海底用手探索着,白色的沙子随之扬起,沙子深处似乎有取不完的东西。这些东西几乎都没有被破坏,所以应该不是从很远的地方漂流至此的,简直就像是天然地从海底沙地里长出来的。

在我竭尽全力打捞的时候,打碎的佐山尚一石像一直沉在海底。作业间隙我看了看旁边,佐山带着微笑的脸映入了我的眼帘。

我不停地潜水作业,午后的阳光渐渐西斜。

"喂,差不多该上来了。"老人喊道。

我爬上了浮台大口喘气，只见旁边摆满了打捞上来的旧物件。不知不觉间我竟然已经捞上来这么多东西了。老人轻快地吹着口哨，用水桶里的淡水冲洗了一下那些东西后，拿一块破布不停地擦拭。

"收获不小，收获不小啊！"

我坐在浮台上，拿起了其中一件闪闪发光的东西。

我不经意间捡上来的东西，在阳光下一看，才发现是如此美丽的雕刻品。它约莫一颗小石子大小，是一个雕工精巧的柿子，上面挖出的一个小洞里能看见龙的脸。为什么之前没注意到呢？我在鹦鹉螺岛上做的梦里出现过这个东西。

是根雕，江户时代的装饰品。

昏暗的旧货店、冰冷的玻璃门、飘舞的雪花。

我觉得周围的世界正急速远离我。灼烧般的日光、大海远处的岛群、耸立在蓝天中的积雨云，这些看起来都像是仿造品。它们都是用魔法创造出来的，所以再美也不过是赝品。

我正这么想着，老人倒了一杯很咸的茶递给我。

"喝吧。"

接着，他似乎想起了什么似的离开了码头。

等到看不见他的身影了，达摩君说："真想不到您还有这种才能。"

"我们求求那位老爷爷让我们藏身在这座岛上，这也是个办法啊。"

"可是，他是个不祥的人。总有一天，他会缠着您，怎么也甩不掉的。我们不该在此地久留。"

"是嘛。不过他确实是个奇怪的老爷爷。"

我擦干身体,穿上裤子,把根雕装进了口袋。

过了一会儿,老人回来了。我抱着在鹦鹉螺岛上发现的石像断臂,正想着为什么自己会把这东西带过来,老人毫不犹豫地把断臂扔进了海里。海里溅起了巨大的水花,我立刻站了起来。

"你干什么?!"

"这种东西,那片海水底下要多少有多少。"

我思考着要不要跳进海里把断臂捡上来。可是这座浮台下面的海底散落着许多和佐山石像类似的碎块。虽然我对老人的说法心有不甘,但如果那条断臂也能和那些碎块沉到同一个地方的话,佐山尚一也会高兴吧。

不过,老人的那句"要多少有多少"引起了我的注意。

"想想也很可怜对吧?"老人在我旁边坐下,煞白的毛腿荡在海面上,"你知道有种虫子会朝着晚上的火堆飞扑过去吧。一说起学团那些人就让我想到那种愚蠢的虫子。他们被魔王吸引过来,变成了石像沉到海底,像方糖一样全碎了,真是无趣。这些事情从很久以前开始就一直在反复上演,那时候我还像你一样年轻,在这片海域里肆意遨游。"

"听起来像是很久以前的事情了啊。"

"你别拿我当傻子。"老人生气地说,"我可是曾经对魔王拔刀相向过的。"

接着老人就讲起了故事。这故事毫无条理、荒诞无稽,而且十分冗长。巨大的罗克鸟、把人类串起来烧烤后吃掉的巨猿、吞食船只的海怪、缠着流浪者不肯离开的"海的老人"、长翅膀的男人们……经过多次奇怪的冒险后，老人开始率领海盗船团大肆破坏魔王的海域。

"就这样，辛巴达的名字响彻了整个世界。"

虽然现在屈居这么一座小岛之上，但我还没有衰老。总有一天，我会再次起航出海——说到这里，老人双眼空洞地凝视着大海的远方。

"这个老人在做梦。"达摩君低声说，"这一切都是他幻想出来的罢了。"

大概真的如达摩君所说吧。说不定这位老人和我一样，是一个忘记了过去，漂泊在这片群岛上的人。他孤零零地在这样的孤岛上生活，反复给自己讲这些故事，渐渐地可能就分不清现实和故事之间的区别了吧。我突然觉得十分害怕。这样凝望着大海远方的老人的身影，让我这个异邦人想到了自己的未来。

老人突然说："你从哪里来的？"

我不想说自己不记得了，我想说自己有应该归去的地方。

"我……从很远的地方来。"

这话一说出口，我就想起了在鹦鹉螺岛上做的梦——昏暗的旧货店、美丽的女孩、飘舞的雪花、祭典的气氛……当我对老人说起这些的时候，细节部分还历历在目，仿佛记忆都复苏了。那不是梦，那毫无疑问是真实的记忆，是提示我应该归去何处的线索。

我说起这些回忆的时候，老人听得津津有味。

"下雪的城市啊。"他梦呓般自语道，"你要好好珍惜这段回忆。"

○

不知从哪儿传来了引擎的声音。

老人说了声"来了啊"便站了起来。

海面上有一艘船向我们驶近。老人大幅度地挥着手，驾驶着船、身穿开襟衬衫的男人也微微举起了手。他们俩好像认识。

过了一会儿，那个男人就把船停靠在码头边。关了引擎后，他飞身跃上了码头。这时我才注意到，那艘船上还乘坐着一个看上去像是小学生的女孩子，她跟这个男人是父女俩吧。戴着草帽的父亲和女儿"啪嗒啪嗒"地踩着木板走在码头上。

"哎呀，老爷子。"男人说，"货都备齐了吗？"

"今天收获不小，你可不要被吓到哦。"

那男子看见了我，露出了讶异的表情。老人说我是他的助手。不知不觉间我好像确实变成了他的助手。

男人紧紧地盯着我问道："你叫什么名字？"

"尼摩。"

"尼摩啊。这名字可真奇怪啊。"

他用估价似的目光打量我，不过似乎没有想要继续深究，冷淡地对我说了句"请多关照"之后，就巡视了一圈摆在浮台上的旧物件，吹了声口哨。

接着男人和老人就谈起了买卖。

我走得离他们稍远一些，就看见那个女孩子蹲在地上。她把旧物件依次排开，正在一个人玩耍。父亲工作期间，她一定总是这样自己玩耍吧，真是个听话的孩子。小女孩像戴钵公主[1]一样戴着一顶遮住了脸的大草帽。我对她说了声"你好",她怯生生地抬起头来。

达摩君开朗地说:"呀,小姐,你好呀。"

女孩突然停止了动作,吃惊地盯着达摩君说了声"你好"。

"小姐能听见吾辈的声音啊。"

"能听见啊。"

"原来乳齿。"

"'原来乳齿'是什么意思?"

"就是原来如此啦。"

"原来乳齿。"女孩微笑着说,"你是从哪儿来的啊?"

"我是从很远的地方漂流到这儿的,就像椰子那样。"

"你是椰子吗?"

"不不不,吾辈是达摩君。"

"我是……夏芽。"

"请多关照,小夏芽。这是吾辈的朋友尼摩。"

我蹲下来跟她打招呼,只见大草帽下露出一个苍白的小下巴。小夏芽回答我的声音很轻,不过我们之间似乎还算融洽。

"我们店里有很多你的同伴哦。"夏芽对达摩君说,"我爸爸在搜集达摩呢。"

"那太棒了,我们一定要去店里看看。"我问夏芽,"你爸爸开的是什么店?"

"店里有很多旧东西。"

---

[1] 日本神话故事《御伽草子》中的人物。

"旧货店吗?"

"店名叫芳莲堂。"

芳莲堂——听到这个名字的瞬间,我在鹦鹉螺岛上做的关于旧货店的梦又苏醒了。

"谢谢你,夏芽。"我道了谢站起身来。

老人和旧货店店主的谈判似乎挺顺利的。男人直说"你挣了不少啊",老人则满面笑容。看来我从海底打捞上来的东西非常值钱。我把芳莲堂店主选中的东西搬到船上,老人则一边吸着烟斗一边沉迷在算账中。

"我想拜托您一件事儿。"我对芳莲堂店主说,"我能跟你们一起去吗?"

"你?"店主皱起了眉头,"可你是老爷子的助手吧。"

"这是他自己随便决定的。"

"话虽如此……"

"我拿这个抵船费可以吗?"

我把刚才打捞上来的根雕递给他,芳莲堂店主瞪圆了眼。

"这东西可了不得,抵船费绰绰有余。"

我们似乎愉快地达成了协议,可这时老人却横插一脚。

"你们俩偷偷摸摸地说什么呢?"

"我要和这个人一起走。"

"说什么呢?!你要在这座岛上劳动!"

我偷吃了东西的过错用之前打捞上来的旧物件应该就能抵消了。虽然我这样主张了,可老人却依然态度顽固地不肯答允。他认为我吃的罐头食物、面包、水是他自己的财产,想定多高的价都由他说了算。这样一来,什么时候能结束我的劳役就全凭老人说了算了。

"你是想让我成为奴隶吗?"

"我可是你的救命恩人。"老人抓着我的手腕不肯放开。

结果,夏芽跑过来把达摩君还给我,说了声"再见"后就上了船。芳莲堂店主发动了引擎,开着船驶离了码头。老人终于放松了抓着我手的力道,然后讨好地跟我说"你很有才能""总有一天你会独当一面的"之类的话。

达摩君焦急地说:"这样下去您就会被抛下啦。"

夏芽在渐渐驶远的船上寂寞地望着我们,她应该是担心把达摩君丢下了吧。突然她抱住父亲的手臂,热切地说着什么。起初芳莲堂的店主十分困惑,过了一会儿他就关闭了引擎,站起来朝着我们大幅度地挥手。

"过来吧,我们带你走。"

我甩开老人的手,跳进了海里。

等我游到船边,夏芽向我伸出手来。我把达摩君递给她,然后拉着店主的手上了船。背后传来老人愤怒的狂叫声。他边游泳追赶我,边大声喊道:"小偷!那个人是我的财产!"夏芽被他的怒气吓得躲了起来。

"哎呀呀,老爷子,别费劲了。"芳莲堂店主脚踩在船舷上探出身子,"老爷子啊,你知道炮台所在岛屿上发生的骚乱吗?"

"那又如何!"

"地牢里的囚犯逃走了哦。好像是两个学团的人潜入岛上,帮助他逃脱的。其中一个被射杀了,另一个被魔王流放。据我所知,被流放的是一个叫'尼摩'的年轻人。"

老人踩着水瞥了我一眼。

"哼,尽是些不可靠的话。"

"老爷子,你最好不要跟这件事扯上关系。"芳莲堂店主说,"你在魔王那儿吃过苦头了吧?"

"魔王有什么好怕的……"老人逞强地说。

不过,说完这句他就不再说话了。

○

我能离开那座岛屿全靠芳莲堂店主。

老人终于放弃,回了码头。船离岛屿越来越远,坐在码头上的老人身影一下子就变得很小。虽然他是个麻烦的人物,可见到他孤独的身影,我还是觉得有些可怜。

"我和那位老爷子认识很久了。"芳莲堂店主边开船边说,"他好像曾经是个海盗,还大闹过这片海域。说起来也是很久以前的事情了,哪些是真的哪些是假的我也不知道。实在是个奇怪的老爷子。"

"'辛巴达'是他的真名吗?"

"是他当海盗的时候给自己起的名字。谁也不知道他真名叫什么。"

"不管怎么说,谢谢你。"

"要谢你就谢夏芽吧。因为我是不会拒绝我女儿提出的要求的。"

说着，店主看向身旁的夏芽。她把达摩君放在膝头，看上去很是高兴。

热带的太阳西落，大海被染成了金色。船在各式各样的岛屿之间穿行前进。有的岛屿上办公大楼林立，有的岛屿上建有挂着"歌舞练习场"招牌的庸俗建筑，还有的岛屿上孤零零地建了一栋芝士蛋糕似的杂居大楼。靠近一座被葱郁的森林覆盖着的岛屿时，我看见了贯穿森林的参道尽头的朱红色鸟居。

过了一会儿，芳莲堂店主说："你是从这片海域之外的地方来的吧。"

"是的。"

"真是羡慕啊。"

他的话让我有些意外。

"不是所有人都对魔王心存感激。"

也许这就是他帮助我的理由吧。

不久，船就驶近了一座巨大的岛屿。

鳞次栉比的高楼和民宅像是勾勒出了这座密林岛屿的海岸线。沿海建造的港口里，大大小小的船只像玩具一样挤在一起。芳莲堂主人巧妙地穿过摇摇晃晃的混乱船只群，把船停靠在了小码头上。

码头旁边的小屋里走出来一个身穿夏威夷衫的微胖男人。芳莲堂店主算钱的时候，穿夏威夷衫的男人一边用手巾擦汗，一边拿团扇对着脸扇风，忙得不可开交。其间他还跟夏芽搭讪说"小夏芽，欢迎回家"，可夏芽却躲在父亲身后。这让穿夏威夷衫的男人一脸悲伤。

付完钱后,店主说:"接下来的路我们走着去。"

我抱起装着旧物件的纸板箱,跟在店主身后步行起来。离开港口没多久,我们就走进了一条有拱廊的商店街。这条商店街沿着这座岛的外沿弯曲着向前延伸,看不见尽头。

我再次感受到了魔王的魔法有多厉害。

这条巨大的商店街也好,来来往往的行人也好,所有的一切都是魔法的产物。大众食堂、大阪烧店、咖啡店、佛具店、西式日用品店、烟草店、旧书店……商店街上有各式各样的店铺。提着购物篮的主妇也好,结伴走着的高中女生们也好,挂着西式拐杖身穿和服的老人也好,卖力做生意的商人也好,从他们脸上感受到的生活气息令我无法相信这一切都是魔法创造出来的。

我们路过了面朝商店街而建的小神社。人们供奉的白灯笼整齐地排列着,高挂在门口两侧的灯笼上写着"锦天满宫"的字样。

我停下脚步凝视着那些文字。

"怎么了?"夏芽问道。

我曾经来过这里。

心海的水面下像是有一个鲸鱼般的巨大影子在扭动着身躯。可是那个巨大的影子从我的手中溜走,再次潜入了深深的水底。

"没什么。"

我继续往前走去,拐进商店街右侧的胡同,前方就是河道纵横的后街。路边排列着墓地、寺庙和煤烟笼罩下的民宅,二楼窗户的夏帘上映着河面上反射出来的光。海鸟凄凉的鸣叫声响了起来。

我们穿过后街就来到了面朝大海的码头。

向前延伸的桥的尽头漂浮着一间两层楼的商店，看上去就像一艘奇怪的船。玻璃门外挂着一条巨大的苇帘，背阴处放着和式衣柜和大水壶。招牌上写着"芳莲堂"。

走过长桥，店主在店门前卸下货物后擦了擦汗水，然后打开玻璃门，朝里面喊了一声"辛苦了"，又对我说道："你也累了吧，快进来休息。"

芳莲堂就像沉在水里一般，十分凉爽。

我的眼睛渐渐习惯了眼前昏暗的光线后，看见右侧的收银台里站着一位女性。

她双手托腮，手肘支在收银台上，正在做梦似的发着呆。我一看见那张脸就大吃一惊，不过觉得更突然的应该是她吧。视线捕捉到我的瞬间，惊异之色在她那张午睡没醒似的脸上弥漫开来。

为什么这个人给我的感觉是如此熟悉呢？在观测站见到的照片、在炮台所在岛上的相遇，以及现在。每次看到她的身影，我心中的熟悉感都会增强一些。我不禁觉得很久以前，在某个遥远的城市里，我们一定曾经相遇过。

千夜小姐叹息似的说道："你活下来了啊。"

○

　　芳莲堂的店主和千夜小姐不知在小声商议些什么，我远离他们，一个人四下转悠，打量着旧物件。

　　店内昏暗得就像海底。黑黢黢的和式衣柜是岩石群，随地堆放着的濑户烧是贝壳，而垂吊下来的中式灯笼就像热带鱼。如果这些旧物件都是打捞上来的东西，会给人这种印象也是理所当然的吧。可是，这种似曾相识的感觉究竟是怎么回事呢？这间芳莲堂就跟我在鹦鹉螺岛上梦见过的一模一样。

　　夏芽在昏暗的角落里和达摩君说话，他俩似乎很要好。

　　我叫了夏芽一声，她指着眼前的架子露出了微笑。我看了那个架子一眼，不禁十分惊愕。上面密密麻麻地陈列着许多大小各异的达摩。这些与其说是旧物件，倒更让人觉得像是从异次元侵袭而来的生命体。

　　"哇，这可太厉害了。"

　　"这是我父亲收集的。"

　　"我的同胞啊！眼前这幅景象真让人心安。"

　　"这里可能就是你的归处。"

　　"吾辈也是这么想的。"

　　"我一直想让你看看这些。"夏芽高兴地说。

　　不久，芳莲堂店主走了过来，递给夏芽一个装满了大麦茶的杯子。"把这个喝了。"他说。接着他又拉着我的手，让我借一步说话。

　　我再折回柜台时，千夜小姐正一脸严肃地站在收银台里侧。

店主让我在一张圆椅上坐下。这样一来，我正好面对着千夜小姐，有一种要被她讯问的压迫感。

芳莲堂店主往纸板箱里张望，一一检查从自称"辛巴达"的老人那儿买来的旧物件。

"这些都是你打捞上来的吧。"

"嗯，没错。"

"我一看就知道了。那个老爷子捞不出这样的东西。"

我下定决心向千夜小姐问道："你为什么会在这儿？"

"我有时候会来这儿玩，还会帮忙看店。"千夜小姐冷淡地说，"那你又为什么会在这里？你不是被流放了吗？"

我喝着咸味的大麦茶，向她讲述了至今发生的事情的始末。

真是太不可思议了。直到昨天早上，我还在观测站所在岛屿上生活，甚至没有见过这些"不可视群岛"的踪影。可现在我却在芳莲堂的店内，和千夜小姐等人说着我自己的事情。和佐山尚一相遇的那个早晨似乎已经是很久之前的事情了。

我讲完后，千夜小姐的眼中闪烁着生机勃勃的光芒。

"太有趣了……"

应该已经过去很长时间了，可光照的强度却没什么变化，似乎这金色的日暮时分会永远持续下去。包围着静谧旧货店的大海就像巨大的慵懒生物一般，不停地摇晃着。闪闪发光的海面远方是商店街所在的岛屿，在那里生活着的人们的声音完全没有传到这里来。

"不管是鹦鹉螺岛也好，打捞的时候也好，"千夜小姐喃喃自语般说道，"你都使用了'创造的魔法'吧。"

"怎么可能……"我自语道。

"创造的魔法"应该是属于魔王的力量。如果它轻易就能学会的话,那学团的男人们就不需要赌上性命来盗取了。

见我十分困惑,千夜小姐在柜台里站起身来。

"你跟我来。"

说着,她打开后门走了出去。

在芳莲堂店主的催促下,我也跟着她走了出去。

外面只有狭窄的脚手架和一艘小摩托艇。眼前是广阔的金色大海,此处和漂浮在海面远处的岛群之间没有任何岩石群。

"来吧,证明给我看。"

千夜小姐眼中期待的目光背叛了她冷淡的口吻,她的双手犹如祈祷般紧握在一起,似乎是在祈求我使用"创造的魔法"。

我困惑地凝望着眼前的大海。

此时,我想起了魔王的话——一无所有就等于应有尽有。魔法就从这里开始。

我闭上眼睛,试图想起在那个老人身边打捞作业的时候——海底的那种寂静、美丽的沙地,还有拉出旧物件时的感觉。

我在想象中潜入了眼前的海中。不久,我隔着一团团沙子看到了一张泛着黑色光泽的橡木长桌、人们的说话声、咖啡的香气、面朝大街的大窗户。我坐在窗边的位子上,对面坐着千夜小姐。这是我在观测站所在的岛上梦见过的、昏暗的咖啡店的场景。

"就给这座岛起名为'进进堂之岛'。"我闭着眼睛宣布道。

过了一会儿,我听见千夜小姐重重地叹了口气。

我缓缓睁开眼睛,只见刚才还空无一物的海面上,孤零零地漂浮着一个小岛。沙滩给小岛镶了一圈圆边,小岛中央有一片森林,看上去就像在汤匙上放了一颗西兰花。那片小森林里"埋藏"着一栋建筑。

我小声说道:"我做到了。"

芳莲堂店主从后门探出头来。

"这可真让人大吃一惊啊。"

"我们去那座岛上看看吧。"

千夜小姐轻巧地跳上了船。

〇

登上自己创造出来的岛屿是一种很奇妙的体验。

划着小船渡海期间,我还对那座岛是否真的存在感到半信半疑。我们即将登岛的时候,我又觉得这座岛会像海市蜃楼一样消失。不久后传来了船头触抵沙滩后搁浅的实感,我这才不由自主地说了声"是真实的岛屿啊"。

"这是你创造出来的吧?"千夜小姐微笑着说,"那么,我们开始探险吧。那座建筑物是什么啊?"

她就像个少年一般,飒爽地从船上跳了出去。

我追赶着千夜小姐往森林的方向走去,一边抓起一把被炙烤得发烫的沙子。手掌中实实在在的沙子的触感反而让我觉得有些不可靠。

这座岛确实存在于我脚下,可是这种存在感越强烈,"由我创造"的事实就显得越发不可信，我觉得这座岛就是从远古时期的遥远时代以来一直存在于此的。这真的是"创造的魔法"吗？

我们绕着树林往右边走，就来到了那座建筑物的正面。

一楼的外墙贴着棕色的瓷砖，二楼外墙是白色的，屋顶是和风的瓦片屋顶。总觉得这座建筑物看上去像是什么西式糕点。

"进进堂。"千夜小姐推开大门，高兴地说，"这魔法可真棒。这一切都是你创造出来的啊。"

昏暗的店内飘散着咖啡的香气，给人一种异世界之感。眼睛渐渐适应了昏暗的光线，我的眼前浮现出泛着黑色光泽的长方形桌子，以及在那里思绪飞驰的人们的身影。可是店内被异样的静谧氛围笼罩着，别说是人们的说话声了，就连匙子搅拌咖啡的声音都听不到。很快我就发现这些人纹丝不动，他们都是石像。

"这些石像是怎么回事啊？"

"你还无法创造出人类。"千夜小姐安慰我道，"所以他们才会是石像。"

互相交谈着的学生样貌的年轻人也好，独自读书的老人也好，他们看上去都像刚才还在鲜活地活动。桌上放着喝到一半的咖啡，我一摸发现还是温热的。在这间咖啡店里，只有人类是假的。

如果这些石像变成真实的人类动了起来……

想到这里，我不禁背脊发凉。在这片热带的海域里被突然创造出来，他们会是什么感觉呢？如果知道是我创造出了他们，可能他们会质问我为何将他们创造出来吧。那时，我该如何作答？

正在我茫然之际,千夜小姐在床边的位子上落了座。我犹豫了一下,坐到了她的对面。

千夜小姐像是在沉思什么似的沉默了一阵子。她在思考什么呢?她的双眼中闪耀着巨大的希望,偶尔还能从中窥见一丝难掩的不安之色。

从宽阔的窗户透进来的阳光照射在千夜小姐身上,她的脸看上去冰冷清澈,让人有一种穿过冬天的街道般的感觉。过了一会儿,她将在沙滩上拾得的贝壳放在桌上。它只有葡萄干大小,呈清澈的桃色。

"莫谈与你无关之事,"千夜小姐摸着贝壳轻声说道,"以免听到逆耳之言。"

"这话是……"

"这是我父亲经常说的。我偶尔会想起这句话。"

透过巨大的窗户眺望大海的远方,在黄昏明亮天空的映衬下,一座巨大的岛屿清晰可见。 阳光照不到的岛屿一侧已经浸没在紫罗兰色的暮色中。 仔细一看,海边排列着许多类似饮食店的建筑。那里灯火通明,许许多多人好像围坐在面朝大海搭建的似舞台的地方举办宴席。千夜小姐告诉我,那是"纳凉床"[1]。

"简直就像漂浮在夜海里一样啊。"我凝视着千夜小姐的侧脸,"我们以前是不是在哪里见过?"

---

1 又称川床,酷暑时节,人们会在河面搭起2~3米高的露天座席,用来乘凉。

"在炮台所在的岛上。"

"不,我是说更早之前。"

"在哪儿?"

"在遥远的城市里,一座下着雪的城市。"

千夜小姐有些困惑,她微笑着说:"那是在你梦里吧。"

"是吗?"

"我也经常做梦,各种各样的梦。"

太阳沉落到了远山般朦胧的群岛的另一边。

天空中充满了神圣的光芒,让人觉得比白天更耀眼。在鲜艳的晚霞中,对岸的岛屿像影画一样浮现出来。纳凉床如项链般连接在一起,似乎要把黑黢黢的岛屿的影子包围起来。仿佛只在那里存在着一片小小的黑夜,能同时见到白昼的世界和夜晚的世界。

突然,千夜小姐吃惊地说道:"看那儿。"

纳凉床所在的岛屿沉入了海中。

漂浮在海面上、如梦似幻的纳凉床的光亮被黑暗的大海吞噬后,料理亭的窗户里透出的灯光也渐次熄灭了。因宴席而联结到一起的人们是如何迎来他们人生的最后时刻的呢?从我们所在的这座岛上只能看见那里的灯光像蜡烛被吹灭一样渐次消失。几分钟内,岛上的灯光就全数熄灭,只剩下漆黑的密林。这也就是顷刻间的事情。不久后,岛屿开始倾斜,就像巨鲸蜷曲着身体似的一下子沉入了海里。

太阳落山后,海面上的黑暗弥散开来。

"我为什么会在这里?"千夜小姐说,"仅仅只有一次,我试图到这片海域外去看看。我觉得不能再在这片海域里生活下去了。可是我的船因为暴风雨沉没了。"

回过神来的时候,窗外飞舞着白色的东西。

"这是……什么?"

"是雪。"

"这也是你的魔法吗?"

千夜小姐啧啧称奇。

我们都没有说话,只是静静地凝视着窗外飞舞的雪花。

○

那天晚上,我在芳莲堂留宿。

"我不会向父亲告发你的。"千夜小姐说,"明天早上我会再来。"

"你为什么要帮我?"

"我是想要利用你。"

说完,千夜小姐就出了店门,走入了暮色中。

和昨晚在鹦鹉螺岛上裹着帆布入睡相比,在芳莲堂过夜简直就像天堂一般。我对能让我这样一个"被悬赏的人"藏身于此的店主充满了感激。无论是和店主、夏芽一起围坐在二楼榻榻米上的餐桌边,还是帮助他们整理打捞上来的旧物件都让我感到非常高兴。这时,夜幕降临在包围着芳莲堂的海面上,这座建筑宛如荒野上的一座孤房,荒凉之感紧逼而来。也正因如此,店内令人感到更加舒适了。我感到一种无法言喻的安逸,这样下去我都想一直在这里生活了。

夏芽央求我讲了很多故事,都是以达摩君为主人公的天花乱坠的冒险故事。

我从纸板箱里取出旧物件组合在一起,模仿着佐山尚一在观测站里做的事情。当然了,我讲的都是些拉拉杂杂、没有要点的故事,夏芽不停地追问我"接下来呢、接下来呢",这让我觉得很开心。芳莲堂店主一边修缮打捞上来的旧物件,一边笑着佩服我道:"亏你能不停地想出这么些故事来呢。"

过了一会儿,柜台里的时钟指针指向了晚上九点。

"夏芽,你该睡觉了。"店主说。

夏芽抱着达摩君打了个哈欠。

"晚安,小夏芽。"

"晚安,尼摩。明天见。"

店主带着夏芽上了二楼。

我打开玻璃门,走出店外乘凉。夏芽睡下后,店主又走下楼,从店内拿出两把椅子。

我们并排坐在椅子上,喝着冰啤酒。

传入耳中的唯有波涛拍打码头和桥墩的哗啦声。展开在我们眼前的夜幕底部隐约可见桥影,远处的商店街所在的岛屿如幻境一般漂浮着。环绕在岛屿外沿的拱廊发出的光照进了密林里。

"我和千夜小姐一起看见岛屿沉没了。"我注视着远方的岛屿说,"那景象太恐怖了。"

"有岛屿沉下去,也有岛屿浮上来。"

"你不害怕吗？"

听我这么问，芳莲堂店主思考了一阵子说道："这片海域里的森罗万象都是假的。所有的东西都是魔王用'创造的魔法'创造出来的，所以即使哪天我们沉到海里也没什么奇怪的。这样一来，我感受到的恐怖也就变成了假的。不过，无论去哪里我都不会和我女儿分开，所以要沉下去的话我们就一起沉下去。"

"夏芽她知道这些吧。"

"我没跟她说过，不过她差不多应该明白吧。"店主说，"小孩子什么都知道。"

我们沉默了一会儿，静静凝视着海面。

过了一会儿，店主点燃烟说道："你到底是谁？"

"我也想知道。"

"你从这片海域之外的地方来，可你又不是学团的人，因为那些人操作不了'创造的魔法'。他们要是知道了你能使用魔法，想必会很羡慕吧。他们对这种能力垂涎三尺，极尽所能想要得到。因此为了盗取魔王的秘密，他们都急红了眼。"

"你是说那个卡盒吗？"

听我这么一说，店主面露意外之色。

"你知道那个卡盒？"

"我在魔王那儿见过。"

"是嘛。没错，就是那个卡盒。不过要抢夺那个是不可能的。"

"魔王一定防范得很严吧。"

"是吗？你也跟那帮人一样有所误解啊。"店主吐出一口烟,微笑道,"你一定是这么想的吧——那个卡盒就像魔法手杖一样,魔王就是用那个创造出群岛的。因此,只要得到那个卡盒,就能解开'创造的魔法'的秘密。"

我想了一会儿,点点头。佐山尚一确实是这么说的。

"不对吗?"

"那个不是魔法手杖,它不过是这个世界的一个容器罢了。这片海域、群岛、在那里生活的类似我们这样的人类,这所有的一切都是运用魔法在那个盒子里创造出来的。这个世界位于盒子里,盒子本体是位于这个世界之外的。所以那种东西怎么可能偷得到呢?"

"可是我亲眼看见那个盒子了呀。"

"你能看见地平线,它就一定存在吗?"店主愉快地说,"任谁都无法偷走不存在于这个世界上的东西。学团的男人们的梦想从根本上就是不可能实现的。"

这时,我产生了一个疑问。

"如果这片海域存在于魔王的卡盒之中,那它是如何到外面来的呢?"

"外面的事情你应该更清楚吧。"

"可我什么都不记得了。"

"也许你再也不可能走出这片海域了。进入到这片海域的学团的男人们也是一样。我们都被封锁在这里了。"店主站起来,目光投向黑暗的大海远方,"你遇见炮台的守卫了吧?"

"图书馆长吗?"

"那个人曾经受学团的男人们的挑唆,企图走出这片海域。

他大概是厌倦了这个世界里虚假的东西，想要从魔法中解脱出来，获得自由吧。可是他的船在暴风雨中沉没了。所以那个人直到现在都对学团的男人们恨之入骨。"

我想起了佐山尚一在观测站所在岛屿上说的话。

这片海域遵循着和我们的世界不同的原理，这是一个能无中生有的世界，是开天辟地的原点。当说到"为了探究这个答案，值得我献出生命"的时候，佐山的眼中闪动着热情的光芒。至今为止，有很多学团的男人像佐山一样被使命感驱使着潜入了这片海域。可是，他们的梦想却永远也无法实现。如果魔王的卡盒不过是一个容器的话，那里就不存在他们所探求的答案。最终，他们变成石像沉入了海底。

"这片大海本身就像是为了捕捉他们而设置的陷阱。"店主轻声说道，"我是这么认为的。"

"这么做的目的是什么？"

"这我就不知道了。"

过了一会儿，店主熄灭香烟，站了起来。

"差不多该睡觉了吧。"

我们关了店里的灯，走上了二楼。

深邃的走廊左侧拉着隔门，隔门这边是店主和夏芽的房间，里侧的储物间是为我准备的睡房。向店主道了晚安后，我拉开了走廊上的窗帘，眺望芳莲堂后面的广阔大海。

那里漂浮着进进堂所在的岛屿。

我是想要利用你——我的耳边响起了千夜小姐的话音。

她的意图究竟是什么？

我观望了一会儿大海，只见一串灯光从海面上滑过。那是一辆两节编组的列车。漫天星空下，那辆火车模型似的小列车朝着大海的远方驶去。它要驶向何方呢？

我拉上窗帘，走进了储物间。

躺进被窝后，我立马昏昏沉沉地睡了过去。

○

那天夜里，我做了个梦。

梦里我一个人走在热闹的夜间祭典里。那里好像是神社的参道，两旁摊位上的灯光连绵不绝。纷纷扬扬的雪花在灯光的映照下飞舞着。前来观赏夜间祭祀的客人们都穿得十分保暖，他们的头上和肩膀上积满了雪花。

我应该是和千夜小姐他们一起来参加这个寒冬中的夜间祭典的，可为什么却独自一人走着呢？我带着隐约的不安，穿梭在人群中寻找他们的身影。我抬头朝右边看去，只见大学的钟楼耸立在雪花飞舞的夜空下。

不一会儿，我就惊恐地停下了脚步。

摊位的灯光下站立着一个男子。他身高不高，穿着黑色的西装，积在他银发上的雪花看上去就像撒在上面的白砂糖。我立马就认出了他是魔王。虽然心里想着不能靠近他，可我还是像被吸引过去似的迈开了脚步。

魔王像是在等着我来似的，他微笑着指了指卡盒。雪花静静地落在焦糖色的木箱上。

"这个世界的中心隐藏着谜团。"魔王像要解开谜团似的说道,"那就是'魔法的源泉'。"

○

就在这种心惊肉跳的感觉中我醒了过来。

天还没亮,储物间里布满了青白色的光线。

我很清楚自己为什么会惊醒,因为芳莲堂后面传来了异样的声响。那是一大群男人发出的笑声和击打军刀的声音。一开始我以为自己还没睡醒,可过了一会儿传来几声枪响,一下子就驱散了我的睡意。

芳莲堂的店主在门外的走廊上对我说:"你醒了吗?"

我走出房间,只见店主正在透过窗帘的缝隙窥视窗外的情况。后面的海面上似乎漂浮着一艘巨大的船,外面的声响越来越大了。夏芽抱着达摩君,紧紧地揽着父亲的腰。

"是海盗。"店主苦着脸说,"这到底是怎么回事?海盗应该早就灭绝了啊。"

不一会儿,海盗们就跳下船,朝这儿飞奔而来。后门传来敲门的声响。"芳莲堂店主!""快出来!"大肆喊叫的声音不绝于耳。这声音我好像在哪儿听过。没多久就传来了门被踢开的声音,众多海盗像雪崩似的蜂拥进来。屋外立马响起了陶器和玻璃破碎的声音,店主连连咂舌道:"这群蠢货。"

"芳莲堂店主,怎么了你个懒蛋!"

"辛巴达大人驾到!"

这声音大得几乎要震动墙壁。

"你跟夏芽一起待在这儿,别让那帮人发现了啊。"

我点点头,握住了夏芽的手。

店主缓缓走下楼梯,只听他开朗地说道:"一大清早吵嚷什么!"海盗们像一群野兽似的一齐笑了起来,那笑声令人说不出的讨厌,空虚的声音让人觉得这些人仿佛没有灵魂。

海盗们巨大的说话声我在楼上听得一清二楚。那个老人得意地说:"声名远播的辛巴达从今天起就重新当回海盗,开始新的冒险。为了向恩人尼摩表达敬意,特来迎接你到我的海盗船鹦鹉螺号上来。"

"那个老爷子可没安什么好心啊。"达摩君低声说,"您可不要被他的花言巧语骗了。"

"他会老老实实地撤回去吗?"

"这就不知道了。再怎么说他也是海盗啊。"

可是他为什么说我是他的救命恩人呢?我不记得自己救过那位老人的命啊。更让我不解的是,孤苦伶仃地在那座无人岛上生活的老人竟然在一夜之间召集到了海盗同伴,还弄到了一艘豪华的船,而且这艘海盗船的名字还叫"鹦鹉螺号"。究竟发生了什么?

不一会儿海盗们就躁动起来。

芳莲堂店主想要制止他们,可海盗们似乎打算冲上二楼。

"呃……这下可糟了。这里没地方可以藏身。"

我透过窗帘的缝隙窥视大海,只见晨雾笼罩的海面上漂浮着一艘豪华的帆船,视野中的甲板上空无一人。

从这扇窗跳出去也许能跳到对面。

我就暂时藏身在海盗船上,等到那些海盗上船的时候再回到二楼……可是夏芽怎么办呢?虽然他们的目标是我,可是海盗蜂拥而至的时候,我不能丢下这个孩子一个人。

海盗们推开芳莲堂店主,冲上了楼梯。

没办法了。我把手搭在窗户上。

"听好了,夏芽。我要到外面去躲一会儿……"

突然,整座芳莲堂摇晃了起来,从底部传来了震感。海盗们也吃了一惊。房子摇晃得越来越剧烈,这座两层建筑的每一处都发出了"嘎吱嘎吱"的倾轧声。外面传来了通往商店街所在岛屿的桥断裂的声音。

海盗们发出了恐怖的惊叫声。

"岛要沉了!"

"快回船上去!回船上!"

这下周围像捅了马蜂窝似的骚乱起来,海盗们悲鸣着争先恐后地逃回船上。店主听见骚乱的声响就跑上楼来抱起了夏芽。此间,芳莲堂还在剧烈地摇晃。

"商店街所在的岛屿开始下沉了。"店主说,"这里可能也会受到波及。"

透过窗帘的缝隙,我看见停泊在芳莲堂后面的海盗船开始缓慢地滑行。那个老人手中拉着绳子正朝这里看来。他身穿泛着黑色光泽的上衣,头戴一顶华丽的帽子,腰上佩一把西洋式军刀。这一身看上去确实像个声名远播的海盗。面上的表情显得十分精悍,和昨天判若两人。

海盗船渐渐驶远，芳莲堂也逐渐停止了摇晃。

突然，黎明前的海面上响起了炮声，似乎是海盗们为了泄愤朝着天空开炮。这毫无意义的炮声不断从远处传来，使得走廊上的窗户发出了"哗哗"的声响。

芳莲堂店主像是对着女儿说道："他们怕魔王，所以才像那样逞强。"

不过，炮声也渐渐远去，不用担心海盗们会去而复返了。

我走出芳莲堂的正门，眺望着白茫茫的清晨的大海。

海面上漂浮着断裂的桥梁残骸。即使往远处张望，也只能看见空无一物的辽阔大海。那里既没有了水路纵横的后街，也没有了拱廊下的商店街。昨夜还真切地在那里的街道和人都没有了踪迹。我茫然地眺望着这幅情景，脑海中浮现出芳莲堂店主昨晚说的话——这片海域里的森罗万象都是假的。

让夏芽睡下后，店主走下楼来。

"完全沉没了啊。"他眺望着海面说道，接着递给我一杯热茶，"接下来你打算怎么办？"

"原本那里就什么都没有，我也只能这么想了。"

店主点燃了烟。我们俩沉默地凝望着耀眼的海面。

过了一会儿，只见千夜小姐的船驶了过来。

○

千夜小姐和我离开了芳莲堂所在的岛屿。

"我们要去哪儿？"

"美术馆所在的岛屿。"她答道,脸上的表情显示出隐藏在她心中的巨大决心。

随着小船渐渐驶离芳莲堂所在的岛屿,我深深地感受到了一种离开常年住惯了的家的寂寞之情。芳莲堂店主从后门探出身来,朝着船挥手。我也举起手回应他。孤零零地漂浮在海面上的芳莲堂看上去是如此无依无靠,仿佛双眼看丢一次就再也找不到它了。我想到了在二楼睡觉的夏芽和她怀抱的达摩君,心中祈求芳莲堂所在的岛屿千万不要沉没。

千夜小姐指着前方说:"那是你创造的岛屿哦。"

那座岛屿确实就如同昨天我创造出来时那样,原模原样地漂浮在早晨的海面上。

岛上树木枝繁叶茂,还有一座中西合璧的咖啡店。如果那些石像是人类的话,那我岂不是随意创造出他们,又弃他们于不顾吗?这让我产生了深深的罪恶感。我正这样思考着,船绕过了进进堂所在的岛屿,朝着前方的大海继续前进。

放眼望去,只见海面上漂浮着几座小岛。

"你在想什么?"

"身为魔王是一种什么样的心情呢?他创造出了无数岛屿和众多的人,然后又让他们沉没。就算他有什么其他目的,我也觉得难以忍受。"

"没有任何人能明白父亲的心情。"

不久后,船开始靠近一座岛屿。

那是一座连森林都没有、植被稀疏的岛屿,长着一棵椰子树的沙滩的另一边耸立着一座巨大建筑。那好像就是千夜小姐所说的"美术馆"。可她还没有告诉我,为什么我们非要来这座岛屿不可。我们将船停靠在沙滩角落的码头上。熄灭引擎后,周围一片寂静。

"这里一个人也没有啊。"

"大家都害怕,所以不敢来这儿。"

千夜小姐朝长着椰子树的沙滩走去。

这座美术馆可真是雄伟气派。整座建筑的宽度几乎和这座岛的长度一致,让人感受到一种宛如守护着王国的城墙一般的厚重感。这本是一座贴着茶色外砖的西洋建筑,可青绿色的瓦片屋顶却又让它变成了中西合璧的风格。我站在玄关的正前方,三扇巨大的两开门在眼前依次排开,好像巨人格雷姆[1]就要从门内出现似的。门上的黄金装饰仿佛在朝阳下熊熊燃烧。

走进馆内就被一种像要迷失在神殿中的寂静所包围。玄关大厅高耸的天花板融入了黑暗之中,四周微暗得有些寒气沁人。从大理石地砖上积的灰尘就可以看出没什么人来造访美术馆。

为什么千夜小姐要来这种地方呢?

"千夜小姐……"

"安静,别说话。"千夜小姐把手指放在唇上。

只听里面传来了轻微的脚步声。我盯着声音传来的方向,只见一个人影像从黑暗中浮现出来似的出现在我们眼前。

"欢迎光临。"

那是一位优雅的妇人,和千夜小姐有几分相似。

---

1 1936年法国怪兽电影《巨人格雷姆》的主角。

"我们想进'不开放的展厅'。"千夜小姐说。

那位妇人确认似的问道:"你们真的要看那幅画?"

"嗯,没错。"

"好。那请这边走。"

妇人开始沿着刚刚她所站的光线昏暗的楼梯往上走。

"这座美术馆很久以前就已经在这儿了,久到我都已经想不起来了。"妇人边走边说道,"是魔王开始创造这些群岛的时候。从那时候起出现了许多岛屿,也有许多岛屿消失了。可是唯有这座岛一直在这儿,一直守护着那幅画。已经过去很长很长的岁月了啊。"

"请问……"

"什么?"

"有件事我一直觉得很不可思议。"千夜小姐就像在自言自语,"见过那幅画的人就会变成石像对吧?可实际上谁也没见过那幅画,就连守护着这座美术馆的你也没见过。明明没有人见过那幅画,为什么却有人知道见过那幅画会变成石像呢?我从很久以前就一直百思不得其解。如果见过那幅画的人就会变成石像的话,那究竟是谁把那幅画的事情告诉其他人的呢?他明明应该已经变成石像了啊……"

"你思考的问题太复杂了。"

"这很复杂吗?"

"我的职责就是守护'不开放的展厅'。"妇人温柔地说,"仅此而已。"

"我一直思考着这个问题,渐渐得出了一个想法。这个'流言'会不会是用来试探我们的呢？我们本能够见到那幅画，却因为害怕流言而畏缩不前了。也就是说，知晓真相必然是需要勇气的。"

"你是想说你拥有那样的勇气对吧。"

"正是。"

不一会儿，我们就走进了一条隧道般昏暗的长廊。长廊两侧一扇窗户都没有，古旧的木质地板一直延伸到深处，尽头处依稀可见一扇两开门，仿佛里面封印着怪物似的，飘浮着一种不祥的氛围。

"那儿就是'不开放的展厅'。"

妇人说完这句转身欲走。

"等等。"千夜小姐叫住了她，"你不一起进去吗？"

"我可没有小姐您那样的勇气。"

妇人平静地说完就走下楼去了。

目送妇人离开后，千夜小姐将目光转向了幽深的走廊尽头。她的侧脸看起来十分紧张。为何进入"不开放的展厅"如此重要呢？何况据说见了那间房间里的画的人就会变成石像。我的脑海中浮现出在老辛巴达的岛上潜入海底时见到的佐山尚一的身影，以及在进进堂里见到的景象。

千夜小姐凝视着走廊深处说道："我们必须见到那幅画。"

"为什么？"

"因为那是满月的女巫的肖像画。"

千夜小姐抓着我的手腕缓步朝前走去。

"听好了，魔王也不是一开始就拥有如今这样的力量的。

这片海域曾经是由满月的女巫支配的,是她将魔法传授给了我父亲。也有人说是魔王杀害了满月的女巫,抢夺了这片海域。不过我不相信。我认为女巫至今还在这片海域的某处,所以我一直在想如何才能见到她。"

千夜小姐的低语声在幽暗的走廊里回荡。

"这座美术馆从父亲创造这些群岛的时候起就存在了,不过我不相信。而且这里还有一个'不开放的展厅'。虽然据说里面藏有女巫的肖像画,可是由于害怕会变成石像的传闻,没有人接近这里。可是就像我刚才所说的那样,这个传闻会不会只是用来试探我们的呢?"

我终于理解了千夜小姐的想法。

"你是说满月的女巫就在那间屋子里?"

"我是这么认为的。"

她的眼睛里闪烁着兴奋的光芒。

"我希望能用你创造出来的真实世界来替换这个虚假的世界。不是那种短暂存在的东西,而是要变成真正的人类能够生存的世界。可是现在的你无法创造出人类。所以我希望你见到满月的女巫,学会真正的'创造的魔法'。"

将虚假的世界变成真实的世界,这真的可能吗?

我们往前走去,站在巨大的门前。

"可是,万一那个传闻是真的怎么办?"

"那就变成石像……一了百了。"

"等等。"我拦住千夜小姐,"那就让我先去试一下吧。"

"那可不行。"

"为什么?"

"把你带到这里的是我,说有必要见女巫的也是我,要是把你当成试验品的话,那也太卑劣了吧。"

"不,这没什么关系。"

"有关系。"

千夜小姐顽固地不肯退让。

既然如此,我俩决定一起进去看看。

我把手放在门把手上。

"我开门了啊。"

千夜小姐沉默地点了点头。

门一打开,炫目的光线立刻把我们包裹住了。

○

门里面是一间荒凉的巨大展厅。

单侧的墙壁上并列的几扇窗户连窗帘都没有挂,透过这些窗户能看见长着椰子树的沙滩和蓝色的大海。室内的装饰就只有铺在地板上的巨大的波斯地毯,正对着门的墙上则挂着一幅巨大的画。

我俩对视了一会儿。

"我有哪儿变成石像了吗?"千夜小姐低声问道,"我看起来像石头吗?"

"不,完全没有。"

"你看,我就说吧,那个传闻就是骗人的。"千夜小姐长舒一口气道，"不过还是有点失望啊。"

她颇为不服地说着，抬头看了看那幅画。

那幅画就和童话里的插画一样，只是一幅朴素的油画罢了。

与其说这是肖像画，倒不如说更像一幅风景画。稀稀拉拉地长着草的荒地山丘上站着一位身着阿拉伯风格的蓝色服装、佩戴着珠宝饰品的女性。这位就是满月的女巫了吧。可是我们却看不见她的脸，因为她背对着我们。画面上并没有其他人，画布的大部分都被广阔的荒地和沙丘占据了，群青色的天空看上去既像是黎明时分又像是黄昏。只有画面左侧深处的小小的白色宫殿是人工建造的东西。

"这幅画让人联想到《一千零一夜》。"

"那是我名字的由来。"千夜小姐说，"一千个夜晚，写作'千夜'。"

我们对这幅油画进行了一番调查。白色的宫殿、身着蓝色衣装的女巫、广阔的荒地、掩埋了地平线的青白色沙丘，还有群青色的天空——单凭这幅画要猜出满月的女巫的居所是不可能的。远景也描绘着沙丘，可据千夜小姐所说，她从未听说过有这样一座有沙丘的岛屿。

"我放弃了。"千夜小姐倚靠着窗框叹息道。

我却怎么都不愿意放弃，一直站在画前。

和千夜小姐希望的相反，满月的女巫不在这里，而这里有的只是一幅毫无奇特之处的油画，而且画上描绘的还是一座不存在的岛屿。

我再次凝视画中的女性。

这时，我突然想到——这个女巫在看什么？

她视线的尽头处是远处和群青色的天空连成一片的波涛起伏的沙丘。

乍一看，那就是一片相同姿态的沙丘的单调重复，可是每隔几个波峰就会有一个颜色不同的东西混在里面，似乎是想展示出沙漠另一侧枯草色的山丘的样貌。我凑近画面仔细一看，发现那座山的斜坡上用毛发粗细的线写着一个"大"字。

"千夜小姐，你过来看一下。"我指着画布说，"这里好像有个'大'字。"

"'大'字？"

千夜小姐跑了过来，她的眼睛又开始绽放出光彩。

"这是……'五山迎火'啊。"

据千夜小姐说，这片群岛的中心有一片被五座岛屿包围的海域。每座岛屿的中央都有一座山，因此被合称为"五山"。有时，这五座山的斜坡上会有由火焰形成的文字和图形出现，这被称为"迎火"。至于那些火是用何种方法、出于什么原因点燃的却无人知晓。

我在油画的背景里发现的"大"字好像就是迎火之一。也就是说，女巫的宫殿位于能看见迎火的地方。

"女巫在五山所在的海域。"

说完，千夜小姐便对我露出了微笑。

○

我们走出了美术馆。

千夜小姐站在沙滩上眺望大海的远方。她的双眼因希望而熠熠生辉,仿佛她的视线尽头就是女巫的宫殿。

"我们一定能见到女巫。"她开朗地说道,"你的魔法能拯救我们。"

我站到千夜小姐身边眺望海面。

我真的能实现她的愿望吗?

将虚幻的世界改变为真实的世界——每当想到这些,我的脑海里就会浮现出那家咖啡店"进进堂"。那些令人害怕的石像给人的感觉,就像对于"创造的魔法"这种不明究竟的力量的恐惧一般。可是,看着双眼充满希望之光的千夜小姐,我的心中又涌起了新的感情。如果我能战胜那种恐惧的话,就能让千夜小姐他们从魔王的魔法中解脱出来,重获自由。而且我觉得,在拯救他们的同时,也能拯救身为"无名氏"的我自己。

"走吧,千夜小姐。"

接着,我们穿过沙滩朝码头走去。

"五山所在的海域被无风带包围着。"

"无风带?"

"那是一片十分宁静的海域,几乎没有风,也没有新的岛屿被创造出来。时间在那儿就像停止了一样。"

在那片海域中,除了点燃"迎火"的五座岛屿之外,还有一座唯一的岛屿。那座岛被称为"蜡烛岛"。岛如其名,上面矗立着一座蜡烛似的白塔,从塔上的瞭望台往外看,五山所在的海域一览无余。

"如果这片海域里没有其他岛屿的话,那么满月的女巫不是住在点燃迎火的五座岛上,就是住在那座蜡烛岛上了。"

听我这么说,千夜小姐摇了摇头。

"这些岛上都没有那幅画中所绘的沙丘。况且如果有人发现了那样的宫殿的话,肯定早就传开了。满月的女巫所住的岛屿,现在还未出现在我们的视线中。"

"不想看的话就看不见?"

"正是如此。总之不去看看是不会明白的。"

突然,千夜小姐停下了话头,大睁着眼睛盯着海面。

我顺着她的视线看去,只见一个巨大的物体正缓慢地朝着那棵椰子树的反方向滑行而去。那是一艘飘扬着漆黑的海盗旗的帆船。

"是海盗。"

"他们怎么会到这儿来?"

"不知道。"

"快上船!"千夜小姐声音尖锐地说。

我们跑了起来。

突然,炮声隆隆,飞来的炮弹击倒了椰子树。

接着,炮弹接二连三地飞了过来,砸在沙滩上扬起了沙尘。美术馆的屋顶也被炮弹击碎了。开炮的人就像玩耍似的乱轰一气。就在我们差一点就要到船边的时候,炮弹击中了码头。我转头看向海面,只见海盗乘坐的一艘小船正向我们驶近,他们的大炮正对着我们的方向。

"不行了,我们投降吧。"

千夜小姐举起手来挥动着白色的手绢。

炮击声突然停止了,四周一片寂静。

从海盗船上放下的小船停靠在了沙滩边,海盗们接二连三地从船上跳下来。这伙人围住了我和千夜小姐,哈哈大笑了起来。

最后从船上跳下来的两个男人,其中一个是那个自称"辛巴达"的老人,另一个男人则长着乱蓬蓬的胡子。这名男子毫无疑问就是那个从炮台底下的地牢里逃走的囚犯,那个学团的男人。他俨然一副参谋的模样,正与老人格外亲密地交头接耳。

学团的男人朝我举起了右手。

"哟,尼摩,我们又见面了啊。"

"你怎么会在这里?"

"因为我是辛巴达船长忠实的仆人啊。"

"正是如此。"老人捋着长长的胡子说道,"他宣誓效忠于我。我叫他杀人他就杀人,我叫他去死他就去死。"

辛巴达的变化着实让我大吃一惊。他戴着羽毛装饰的宽檐帽,身着蓝色下摆的长上衣,腰上系着粗皮带,腰间还挂着佩刀和手枪。这身装扮令他和手下的海盗们截然不同。辛巴达久经日晒的皮肤散发出鞣革般的光辉,他看着我的眼神十分锐利,身姿也颇有威严感。

"你就像变了个人似的。"

"这才是我真正的样子。"老人高兴地说,"我终于找到你了啊,尼摩,我的恩人。"

○

我们被带上了漂浮在海上的海盗船。

我和千夜小姐被拉开,他们把我丢进了空荡荡的船舱里。

室内的照明唯有从天花板的木板缝隙间漏进来的微弱光线。我在黑暗中环视四周,墙边摆放的木桶背后似乎坐着一个男人。

带我过来的学团的男人朝这个男人说道:"你的同伴来了哟,图书馆长。"

图书馆长抬起头来惊讶地说:"你怎么会在这里?"

"我还想问你呢。"

"炮台被袭击了。"图书馆长愤恨地瞥了学团的男人一眼,"肯定是这个人的阴谋。"

"喂喂,你是想找碴儿吗?"学团的男人大声说,"我只是宣誓效忠于辛巴达。"

"你给那个老爷子洗脑了吧?我知道你的手段。"

"哈哈,说起来,我们也曾一起以世界的尽头为目标啊。"

学团的男人蹲下来凑近图书馆长的脸。他拿出一块布,擦拭着沾在图书馆长脸上的血渍。

"别用这种眼神看我,图书馆长。你的船沉了可不能怪我,是你自己信心不足啊。"他像是在安慰图书馆长,"在这片海域里,怀疑派就会抽到下下签。"

接着,学团的男人就离开了船舱。

图书馆长像怄气似的沉默不语。我和他背靠着相对的两面墙坐着。过了一会儿,外面传来了海盗们奔走的脚步声和愤怒的说话声。看来这艘海盗船是要起航驶离美术馆所在的岛屿了。

"究竟发生了什么事?"图书馆长站了起来,不安地朝天花板张望,"昨天那个老爷子还是个没用的糟老头呢,能吹嘘的也只有他曾经是大闹过这片海域的海盗这一点了,我根本没有把他当成对手。这样的一个人竟然在今天早上率领着海盗船大闹这片海域。"

"不敢相信他还故意袭击了炮台所在岛屿。"

"那帮人烧毁了兵营,夺走了大炮。那座岛已经发挥不了任何作用了,学团的人可以随意进入这片海域。"图书馆长说完,在我面前盘腿坐下,"话说回来,你还真是生命力顽强啊。"

我把至今为止发生的事情告诉了图书馆长——被魔王流放、鹦鹉螺岛的出现、和老辛巴达的相遇、在芳莲堂和千夜小姐再会、咖啡店"进进堂"的出现、黎明的袭击,以及在美术馆所在的岛屿发生的事。听着我的讲述,图书馆长的脸上渐渐浮现出困惑的表情,最终转变成了愤怒之色。

"你是说千夜小姐也被囚禁在这艘船上?"

"对不起,我实在没有办法了。"

"愚蠢!"

图书馆长一脸严肃地陷入了沉默。这沉默笼罩着闷热的船舱,周围只能听见船体摩擦的声音。

不一会儿,图书馆长开口说道:"千夜小姐在做梦啊。"

"做梦?"

"之前我们说起过要前往这片海域的尽头对吧。"

千夜小姐和图书馆长乘船离开了群岛,朝着这片海域北方的边境进发。航行了几天后,他们被卷入了一场骇人的暴风雨中。那场暴风雨相当猛烈,简直就像要将天地倒转过来。图书馆长说自己在那儿见到了世界的尽头。

"这片海域之外什么都没有。那里是宛如宇宙一般广阔的夜色,那片黑暗的深处滋生出了学团的男人这种怪物。我们确实是由魔王的魔法创造出来的,因此无法脱离他的手掌获得自由。可是,也正是魔王的魔法在席卷了这片海域的恐怖黑暗中守护了我们。我接受了这个事实,于是放弃了我的梦想——也许能到这片海域之外去的梦想。"图书馆长哀伤地叹息道,"千夜小姐也目睹了同样的暴风雨。她知道这片海域之外什么也没有,因此她利用了你,是想要重新创造出一片海域吧。可是在我看来,这也不过是另一个梦想罢了。"

"是嘛……"

"你的存在也不过是魔王的其中一个游戏,是为了千夜小姐的梦想而创造出来的幻象。因此,你是不可能和魔王拥有同等的力量的。那不过是个愚蠢的梦。千夜小姐正在反复犯着同样的错误。"

"可是我是从这片海域之外的地方来的,我还记得这些。"

"那些记忆也是魔王创造出来的啊。"图书馆长怜悯地说道,"这片海域之外什么都没有,这就是真相。"

这时,我脑海中的某个情景被唤醒了。

我身处一间凌乱地堆放着书籍的房间里。窗外一片漆黑,图书馆长在我对面盘腿而坐,我俩吐着烟听着磁带。图书馆长拿起一本书开始说话,我则笑着侧耳倾听。那个漫长的夜晚,这样的场景反复上演了数遍。我们是亲密的友人。

"喂,尼摩?"

图书馆长的呼喊声让我回过神来。

"你怎么突然不说话了?"

"我们……曾经是朋友。"我低声说道。

图书馆长露出了讶异的表情。

"我来自一个下雪的城市。那座城市里有千夜小姐,也有你。为什么你们什么都不记得了呢?我们大家曾经都是朋友。"

图书馆长困惑地说:"你在说什么啊?"

○

船舱的门被打开,传来了一声响亮的话音:"欢迎来到鹦鹉螺号。"

走进来的是那位老人。

"我的客人们,在船舱里待得舒服吗?"

图书馆长气势汹汹地站起来,想要逼近老人。老人拔出佩剑刺向图书馆长的胸口。

图书馆长举起双手说道:"让我见见千夜小姐。她没事吧?"

"放心吧,我们会善待她的。"老人满不在乎地说,"与其说这个,不如来聊聊我们的去向。你们也真是好运,正巧赶上我们要去五山所在的海域。"

"为什么要去五山所在的海域?"

我话音刚落,老人就恶狠狠地瞪了我一眼。

"你们想在我眼皮底下耍花招?"

从天花板上漏下来的亮光在他的脸上投下一个光斑。

确实,我和千夜小姐打算去五山所在的海域见满月的女巫。但是这和大闹这片海域的海盗们有什么关系呢?

老人将佩剑别回腰间,装模作样地在船舱里来回踱步。

"那位小姐可真聪明,想要拜见满月的女巫以得到匹敌魔王的力量,然后创造出真实的世界来替代这个虚幻的世界。这想法可真不错啊。那位小姐似乎相信只有你能做成这件事呢。"

"一派胡言!"图书馆长唾弃地说,"'创造的魔法'可不是他这种人能操纵的。"

"你这人可真是无趣啊。给我闭嘴!"老人冷笑着说。

"尼摩啊。"他叫了一声,又看向我,"你知道我为什么给这艘船起名叫'鹦鹉螺号'吗?"

这我怎么会知道。

看我沉默不语,老人说了一句出人意料的话:"这艘船原本是座岛屿。"

这时,我的脑海里浮现出了一座小岛的模样。那座岛上只有沙滩、岩石群和椰子树,我给它起名叫"鹦鹉螺岛"。

"你终于明白了?"老人愉快地笑了,"我创造出了新的岛哦。"

"你……也能操纵'创造的魔法'?"

"你还沉浸在能拯救这个世界的只有自己的幻想里吗?"

海盗船剧烈地摇晃着,房间缓缓地倾斜向一侧。

"我也是从这片海域之外的地方来的异邦人。我在这些群岛间往返，岁月就这么流逝了。不知从何时起，我都忘记了自己应该回哪儿去，甚至连自己忘记了这件事情本身都忘记了。我独自在那座无人岛上生活，每个夜晚都会令我觉得不可思议的就是——为什么我会在这种地方呢？"老人指着我说，"是你拯救了我。"

"我……什么也没干啊。"

"你不是把宝贵的回忆都告诉我了吗？"辛巴达的脸上浮现出了笑容，"关于下雪的城市的回忆。"

看见那个笑容的时候，不知为何我觉得背脊发凉。

"我给你讲个过去的故事吧。"

说着，老人讲起了故事。

○

这片海域是个巨大的监牢。

过去我像你这么年轻的时候，曾经以这片海域的尽头为目标，好几次踏上过冒险之旅。可是前方永远有那场恐怖的暴风雨在等着我。那场暴风雨把我想要走出这片海域的愿望全部击碎了。

我是无法走出这片海域了——这种绝望让我变成了海盗。

那之后的几十年岁月里，曾经有很多海盗起了内讧，人数也削减了。我已经彻底老了，手底下也仅剩一些苟活下来的残兵、眼看就要崩坏的船以及常年掠夺和杀戮的记忆了。

那时，这片群岛里到处都有曾经被我烧毁的城市和杀掉的人。那些都是通过魔王的"创造的魔法"被重新创造出来的岛群和人。他们对我一无所知。对他们而言，海盗不过是逐渐被遗忘的往事罢了。我的"鹦鹉螺号"如幽灵船一般在这些依靠"创造的魔法"保持着原本样貌的岛屿间穿梭。

我曾经相信，只有我们海盗才能摆脱魔王，获得自由。和那些随着群岛一起沉没的人不同，就连魔王也无法对始终乘着船四处穿梭的我们出手。可是，这只不过是监牢中的自由罢了。对魔王来说，海盗之类的存在是毫无意义的吧。在这些用"创造的魔法"重新创造出来的岛屿上，跨越数十年的海盗的历史和我生存的痕迹都已被抹去了。这些对于魔王来说根本不值一提，他只是在等待着我们自取灭亡。

每晚一想到这些，我就十分不甘心。这不就像是自己的人生在魔王的手掌上消融一样吗？我心中有个强烈的愿望，无论如何都想报这一箭之仇。

魔王就住在位于这片群岛南方的岛屿上。那座被密林覆盖的岛屿让人想到矮胖的鲸鱼。"鹦鹉螺号"靠近那座岛屿时就能看见魔王位于高岭上的宅邸。魔王在面朝大海的书房里俯瞰着我们。

我命令手下开炮："朝着魔王开炮！"

可是手下当中却没有一个人想要开战。

"你们都是怎么了！不听我的命令吗？！"

"我们不能那么做，船长。不能那么做。"

手下们认为自己都是由"创造的魔法"创造出来的。如果他们杀了魔王，魔法就会消失，他们自己也会随之消失，手下们对此深信不疑。

我把站在我旁边的手下杀了,以儆效尤。

"不服从我的命令就会被杀。"

可是那帮人仍然一动不动,就像被变成了石像一样。

我气得发疯,拔出佩剑挥舞起来。等我回过神来时,身边的手下都已经倒在地上了。海盗船上静悄悄的,一个活动的人影都没有。我把自己的手下杀得一个不剩。我扔掉了佩剑,仰望着天空。

"啊,这是一场梦!一场愚蠢的梦……"

接着,海盗船开始无声地崩塌。直插青云的桅杆和迎风招展的船帆都变成了白色的沙子,像雪花一般在空中飘舞。令人吃惊的是,倒在我身边的手下们的尸体也变成石像碎裂了。不久后,海面上只剩下了一座仅有白色沙滩和岩石群的小岛,还有几棵椰子树在平稳的风中摇曳。

我茫然地站在椰子树的树荫下。

过了一会儿,我发现沙滩上站着一个男人。他身材不高,身着类似黑色的奢华西装,头戴黑色的帽子,几缕垂落的银发在风中飞扬。我正愣着神,那男人朝我走过来。他美丽的双眼直勾勾地盯着我。我突然害怕起来,觉得这男子就是魔王。

魔王摘下帽子,跟我打了个招呼。

"天气真不错啊,尼摩。"

这是我很久以前就弃用了的名字。

"我不是尼摩。我是航海家辛巴达。"

"你现在叫这个名字了啊。那我叫你辛巴达也行。不过这种假名有什么意义吗?"魔王微笑着问道,"你的真名叫什么?"

"真名……"

活到今天的这段漫长岁月里,我曾几次更改过名字。可是,无论换成什么,我都觉得那不是和我相称的名字。我瞥了魔王一眼,一边回顾着那些假名——辛巴达、尼德·兰、吉姆、约翰·西尔弗以及尼摩[1]。可是再要往前追溯,我就想不起来了。

五山所在的海域有一座名叫"蜡烛岛"的岛屿。

几十年前,曾经有一个年轻人被海浪冲到了那座岛的海岸上。他完全失去了记忆,说不出自己是谁,也不知道自己从哪里来。年轻人给自己起名叫"尼摩",开始在那座岛上生活。那个年轻人就是年轻时候的我。可是,每当我想要回想漂流到蜡烛岛之前的事情时,就像是在窥视漆黑的地狱一般,什么都想不起来。

过了一会儿,魔王平静地说:"看来你什么都不记得了啊。"

"对,我都忘了。那又如何?"

"你曾经想要到这片海域之外的地方去。那时是什么驱使着你呢?我到现在都没有想出答案啊。"

我不知道魔王在说什么。

然后他走出了椰子树的树荫,指着耀眼的大海。

"过去这片海域由满月的女巫支配。她教会了我魔法。要不是这样,我早就丧命了。漂流到这个岛上的时候,我也和你同样无力。那里是一个一眼望去尽是旷野的世界。可你好好想想,一

---

[1] 辛巴达为《一千零一夜》中的人物,尼德·兰和尼摩为《海底两万里》中的人物,吉姆和约翰·西尔弗为《金银岛》中的人物。

无所有就等于应有尽有。魔法就从这里开始。"魔王回过头凝视着我，"你也是能操纵'创造的魔法'的人。"

"我不记得我使用过魔法……"

这时，我的脑海中浮现出刚才崩塌的海盗船——变成了白色沙子的船只和手下。魔王像是看穿了我内心的想法似的点了点头。

"这一切都是你用魔法创造出来的。可事到如今，你已经失去了那样的能力。你忘记了你的归处，甚至忘记了自己已经忘记这件事本身。可你失去的回忆正是魔法的关键所在……"说着，魔王背对着我向前走去。

"等等。"我叫道，"你要把我丢弃在这里吗？"

"你已经一无是处了。"

等我回过神来，魔王早已不见了踪影，沙滩上空无一人。

几天后，我被一艘途经此地的船只所救。之后，我就开始一个人在群岛间穿梭。没有人认出这个糟老头就是"航海家辛巴达"，因为海盗的时代很快就结束了。终于，我到达了北方边境的小岛，住进一艘搁浅船只的残骸里，靠打捞旧物件为生。

每当在夜晚眺望海面时，我似乎就会想起很久以前的事情。漂流到那座蜡烛岛之前，我到底是谁？从哪里来？可是无论我怎样凝视那片黑暗，都没有任何答案浮现出来。

"你忘记了你的归处，甚至忘记了自己已经忘记了这件事本身。"魔王曾经这么说过，"失去的回忆正是魔法的关键所在……"

所以，只要我能想起过去的事情……

你知道我有多不甘心吗！漫长的岁月过去了，好不容易等到了你的到来。你跟我讲了关于下雪的城市的回忆。那时，埋藏在我内心深处的回忆中的城市的样貌渐渐浮现了出来。

那是一座历史悠久的城市。很多人在那里生活，城市里有热闹的商店街和古老的神社庙宇。一到秋天，枫叶染红群山。流经城市东边的河流上架着几座桥梁，我经常在桥上凭栏眺望远处的街灯。我曾经是生活在这座城市里的学生。自此，一些令人怀念的风景都浮现出来了——叫"进进堂"的咖啡店、叫"芳莲堂"的古董店。

真是令人怀念啊，为什么在此之前我都忘记了呢？

〇

"这下你知道我为什么叫你恩人了吧，尼摩。"老人讲完了这个长长的故事后说，"多亏了你，我找回了重要的回忆，从而能够操纵'创造的魔法'了。看看这艘气派的海盗船，看看我的手下们，这些都是我用魔法创造出来的。现在，这艘'鹦鹉螺号'正向着五山所在的海域前进。等找到了满月的女巫，我就能获得更强大的魔法了啊。"

忽然，老人如同狂热分子一样眼中熠熠生辉。

"我漫无目的地在这片海上徘徊了好久，直到现在也没能回到原来的世界。这次我一定要消灭魔王，将这片群岛变成我想要的样子。尼摩啊，到了那时，你也能大展宏图。虽然你笨手笨脚的，可你也能操纵'创造的魔法'啊。"

"要是我说不愿意听从你的命令呢？"

"那我真的会很难过的。"老人讽刺地冷笑道，"要杀掉恩人实在是件令人痛心的事啊。"

说完，他就离开了船舱。

这时，我才感觉到船舱里异样的闷热。图书馆长靠墙坐在地上，不停地擦拭着汗水。

我坐到他身边。

"你怎么看？"

"你真的打算接受那种荒谬的提议吗？"图书馆长说，"那全是那个老头的幻想，愚蠢至极。"

"真的只是他的幻想吗？我确实和那位老人说起过回忆的事，不过只是关于古董店的回忆而已。可他却说自己曾经生活在这片海域之外的某个城市里。这样一来，我跟他就拥有同样的回忆了。两个人拥有同样的回忆，这是不可能的。"

"不，这有可能发生。"图书馆长淡淡地说道。

我惊讶地盯着图书馆长。

"这是什么意思？"

"也就是说你的回忆也不过是幻想罢了。你们两个是为同样的幻想所迷的人，幻想着自己来自这片海域之外的地方，深信自己能操纵'创造的魔法'。"

"可现实是这艘海盗船确实存在。如果那位老人无法使用'创造的魔法'，他又如何能够创造出这艘船呢？"

"这都是魔王干的吧。"

"他的目的何在呢？"

"这你得去问魔王啊。"图书馆长不耐烦地说道。

我们陷入了沉默,静静地听着船只运行发出的零件倾轧声。

我们已经被关在船舱里很久了。这里没有窗户,我们没法看到外面的情况。严重的闷热感让人意识模糊。图书馆长躺倒在墙边,不知不觉我也开始变得迷迷糊糊的。

突然,有人把水泼在了我的脸上。

"喂,尼摩,振作点。给你水。"

在我眼前的是学团的男人。我从他手中接过水壶,"咕咚咕咚"地喝了起来。

这时,学团的男人像剥开果皮似的揭去了覆盖在他脸上的胡子。看见胡子底下那张脸的瞬间,我惊讶得忘记了喝水。

眼前的男人是佐山尚一。

可他应该在炮台所在的岛屿被枪杀了啊。我目睹了他倒在地上的样子,还是我把他的尸体搬到兵营外去的。

我好不容易才开口说道:"我以为你死了。"

"没错,我是死了。"

"可你不是活着吗?"

"现在活着的是我,在那儿死去的也是我。"

我完全搞不明白这是怎么回事。

佐山尚一安慰我道:"你会感到混乱也是正常的,我的意思就是学团的男人们是没有'个人'这个概念的。救了漂流到观测站所在岛屿的你的那个男人、炮台的地牢里的囚犯、他的前任者以及再之前的前任者,我们所有人都是佐山尚一。"

"也就是说你不是人类?"

"在那儿呆立着不动的图书馆长称我们为'怪物'。很抱歉之前没有告诉你真相。不过多亏了你我才能潜伏进这片群岛，才能从炮台的地牢逃出来，还成了海盗辛巴达的左膀右臂。这一切都多亏了你，我很感激你。"

"既然如此，你就救救我吧。"

佐山"嗯"了一声沉吟着摸了摸下巴，露出了颇为抱歉的表情。

"这我做不到。"

"为什么？"

"因为现在我是辛巴达船长忠实的仆人啊。"说着佐山站了起来，亮出了弯刀，"我很喜欢你，尼摩。很遗憾你变成了我们的敌人。不过我们也有自己的见解。起初是你把我们从炼狱中解救出来的，可现在却是辛巴达领导着我们。那个男人说不定能见到满月的女巫，我们可是从很久以前就在等待着这一天的到来啊。"

我注视着佐山尚一说道："你们是什么人？"

"我们是在存在和虚无的缝隙间求生存的人，就像是淡薄的梦一样。"

佐山尚一贴着墙走近图书馆长，轻轻地踢了他的身体一脚。

"喂，图书馆长，快起来。"

图书馆长发出了不舒服的呻吟声。

"干吗？"

"辛巴达大人要见你们，你们俩都到甲板上来。"佐山说，"船马上就要进入五山所在的海域了。"

○

我们上楼来到了甲板上。

高耸的桅杆直插碧空,上面挂着巨大的船帆。虽然几乎没有什么风,但"鹦鹉螺号"还是快速前进着。我们身边就像早上的集市般喧闹。头顶的瞭望台、船尾、甲板周围,到处都有海盗在走来走去,观察着附近的海域。他们是在寻找满月的女巫居住的岛屿吧。

过了一会儿,船头有人喊了起来:"是岛!蜡烛岛!"

船渐渐驶近的是一座有着森林和草原的巨大岛屿。悬崖上有座灰色的建筑,那屋顶上还有一座塔。那座塔就像蜡烛一般雪白光滑,靠近顶端的部分有一个红色的瞭望室。海盗船缓慢地通过了这座岛屿附近的海域。海盗们像是见了什么有趣的东西,指着蜡烛岛嚷嚷着大笑。

突然,船尾方向响起了怒吼声。

"你们在吵嚷些什么!"

我回过头去,看见了那个老人。他身边站着千夜小姐。

"千夜小姐!"图书馆长叫道。

她朝着我们微笑道:"别担心,我没事。"

"我说过会善待她的啊。"老人生气地说道。

看见船长出现在甲板上,海盗们仍然吵嚷不休。

老人抓着千夜小姐的手腕,拖着她穿过了甲板。老人拿枪指着一个海盗的脑袋,毫不犹豫地扣动了扳机。随着枪声响起,那个男人倒了下去。喧哗不堪的甲板上安静了下来。不一会儿,海盗们就把被枪杀的男人抬起来扔进了海里，他们都表情怪异地盯着老人。

"这下好了，总算安静点了。"

老人把目光投向漂浮在海面上的蜡烛岛。

"真没想到我还能再回到这片海域啊。"

接着，船只经过了蜡烛岛，继续向前行驶。

老人带着千夜小姐走近我们。

"和满月的女巫相见的时刻终于要到来了。"他说，"小姐，你的梦想要实现了啊。"

"我可没有拜托你帮我实现梦想。"

"别这么说嘛。我不会害你的。"

周围的海面上没有丝毫风浪，就像一个巨大的湖泊。

我环顾四周，发现平静的海面远处孤零零地漂浮着一个青翠的岛屿。耸立在岛屿中央的山脉的斜坡上有一块三角形的空地，上面写着一个"大"字。朝水平方向看去，其他岛屿就像踏脚石一样一颗颗浮在海面上。点燃迎火的时候，各式各样的文字和图形会在黑暗中被点燃。

"满月的女巫就在这儿。"老人说。

可是哪儿都没有找到一座像是满月的女巫居住的岛屿。如果相信在美术馆看见的那幅画的话，满月的女巫居住的岛屿上应该有建有宫殿的荒野和环绕着它的巨大沙丘。也就是说，那应该是一座十分巨大的岛屿。可是，我凝视着点燃迎火的五座岛屿周围的海域，没有发现一座那么大的岛屿。

"女巫在哪儿呢？"图书馆长说。

"你不想看的话就看不见。"千夜小姐说,"不过她一定在这儿。"

"如果不存在的话,创造出来就好了。"老人说出了令人意想不到的话,"喂,尼摩,你创造一个女巫居住的岛屿给我们看看。"

我吃了一惊。

这个人到底在说些什么啊?用满月的女巫自己的"创造的魔法"来创造出一个传授真正的"创造的魔法"的满月的女巫——这不就像抓住自己的脖颈把自己提起来一样吗?

"这怎么可能!"

于是,老人把目光转向佐山尚一。佐山说了声"遵命,长官",便走近图书馆长。他跪在甲板上,用枪抵着图书馆长的头。

"你要是做不到的话,我就杀了图书馆长。"

甲板上又恢复了平静。

图书馆长像在祈祷般低垂着脑袋,千夜小姐则像被冻在了原地。

"知道了,我试试。"

我朝船头走去。海盗们就像被切割开来一样给我让出路来。

我站在船头,前方是空无一物的广阔大海。我回过头,发现甲板上挤满了许多人的脸。脸色发青的千夜小姐、脸上露出冷酷笑容的老人、跪着的图书馆长、手持手枪的佐山尚一,还有大批瞎起哄的惊讶的海盗们。

我再次把目光投向海面。

可是能创造出岛屿的自信却完全没有涌现出来。我觉得眼前空虚的大海就像要朝我扑过来。我闭上眼睛回想当初创造"进进堂"的时候。我潜入深深的海底，将手探入扬起的沙尘中，可是那里面什么都没有，不可能创造得出来。可我却不得不创造。

不一会儿，我挤出一句话："我将那座岛命名为'满月之岛'。"

这话我自己听起来都觉得假惺惺的。

正如我所想的一样，过了很久，海面上依然没有任何变化。这时，等得不耐烦的海盗们纷纷开始骂我。我在口中不停地重复"满月之岛"的名字，可大海却没有任何回应，只是平静地闪耀着光芒。

"怎么了，尼摩？做不到吗？"老人嘲笑道，"你不是能操纵'创造的魔法'吗？"

"我……做不到，无论如何都做不到。"

海盗们一齐哄笑了起来。

这时，响起了一声枪声。我像被弹到了似的回过头去，只见图书馆长跪在甲板上一脸茫然。是佐山朝着空中放了一枪。

"让这个男人活下去。"老人愉快地说，"因为我要让你认识到自己的错误。"

接着，他推着我站到了船头上。

"要是靠你的话，那就一切都晚了。"

甲板上再次恢复了平静。

老人举起双手，用自信满满的声音说道："我将那座岛命名为'满月之岛'。"

大家都屏息凝神、目不转睛地看着接下来会发生什么。

应着老人的话音,一座巨大的岛屿浮出了水面。没过多久,它就露出了全貌。岛屿外沿是一圈绵延不断的沙滩,远处是平缓隆起的沙丘。沐浴在阳光中、散发出金色光辉的"满月之岛"就像从远古时期开始就存在于此地一样,等待着我们登陆。

"万岁!辛巴达万岁!"

甲板上立刻就喧闹得沸腾起来。

"尼摩啊,你害怕创造出事物。你以为这片海域会回应你的那些人类的语言吗?你没有成为支配者的资格。"老人在我耳边说道,"创造就意味着支配。"

○

老辛巴达下令将船停在海面上。

登上满月之岛的有辛巴达、佐山尚一、我、图书馆长、千夜小姐,还有十五个海盗。我们分乘两艘小船离开了海盗船,可是周围的海面平静得令人毛骨悚然,划到海滩居然没有用太长时间。我一边和海盗们一起划着桨,一边看向和我们并行的另一艘船。和老人一起坐在船头的千夜小姐手中拿着草帽,正凝视着逐渐靠近的沙滩。

坐在我右边的图书馆长握着船桨。

"刚才的事,请你原谅我。"我说,"我实在没有办法。"

"我原本就不信你能操纵魔法。"图书馆长冷淡地说着,用下巴颏指了指旁边的船,"为什么魔王任由辛巴达胡来呢?"

确实如图书馆长所说。辛巴达如此大张旗鼓地大闹了这片海域，魔王不可能没有注意到。更何况，如果那位老人见到了满月的女巫，很可能会成为和魔王平等的存在。

为什么魔王还不出现呢？

"世界上不允许存在两个造物主，这只会招致灾难。"

佐山尚一在船头大叫："所有人，闭上嘴好好划桨！"

图书馆长咋了一下舌。

不久后，我们就登上了满月之岛。

沙滩上荒凉得就连一棵椰子树都没有。无论朝哪个方向看，闪闪发光的沙子都十分刺眼。沙滩就这么堆积成了沙丘，就像用沙子建造的长城一样环绕着岛的外沿。总之映入我们眼帘的就只有沙子。

老人用手挡在额头上仰望沙丘。

"小姐，是这座岛没错吧？"

"满月的女巫的肖像画中画着沙丘，宫殿应该就位于这座岛屿的中央。"

"终于快要见到传说中的女巫了啊。"

老人意气风发地爬起了沙丘。

海盗们用弯刀指着我们说"快爬"。

远看挺平坦的沙丘，爬起来却十分费劲。每踏出一步，我的脚就"扑哧扑哧"地沉下去。沙子被太阳烤得火一样烫，才过了几分钟大家就像蒸了桑拿般汗流浃背。周围的海盗们光是自己要爬上沙丘似乎就已经筋疲力尽了。

我回过头向千夜小姐伸出手去。

"谢谢。"

千夜小姐抓住我的手爬了上来。

"别放弃。"她凑近我低声说,"还没有决出胜负呢。"

"可是我没能创造出这座岛来啊。"

"那样的失败有什么意义吗?"千夜小姐说,"辛巴达的做法错了。"

在最前面攀爬的是佐山尚一。他丝毫不在意沙子的热度,似乎还掌握了爬沙丘的诀窍。我们还在沙丘的中段慢吞吞地攀爬的时候,头顶上已经传来了佐山"是宫殿"的喊声。

我抬起因为热气而有些迷糊的脑袋向山丘的顶部看去。

可是那里却没有佐山尚一的身影。取而代之的是一头巨大的老虎,它身后是地狱景象般的蓝天。老虎的体毛在沙子的反射下闪闪发光,宛如一幅在蓝天画布上画下的美丽画卷。

"快看那儿!"

"什么?"千夜小姐看着我手指的方向,一脸不解地问。

其他人没有注意到佐山的变身,似乎只有我一个人看见了老虎。正当我目瞪口呆时,老虎的身影消失在了蓝天下,取而代之的是佐山尚一叉着腰的身影。他挑衅地看着我。

佐山只在那一瞬间展现出了"夜晚的姿态"。他到底想要干什么?

我终于爬上了沙丘顶端,这座岛屿奇怪的形状一览无余。无论是看左边还是右边,沙丘都像画着大圆弧似的连在一起。沙子的长城将整座岛屿围住,把在眼前铺开的圆形荒野和大海完全隔开来。

老人困惑地说："那是满月的女巫的宫殿吗？"

荒野的中央确实有一座类似宫殿的建筑。穿过白色的石门后是围墙环绕的长方形庭园，再里面有一座圆形屋顶和尖塔并存的建筑物。老人是对宫殿里有大量的人影感到不解吧。人影从宫殿和庭园里溢了出来，他们围聚在围墙边，就像群集在动物尸体上的蚂蚁，甚至还零星散布到了周围的荒野上。

"那些人是怎么回事？好像有几百个啊。"图书馆长伸长脖子说，"他们是在守卫女巫的宫殿吗？"

"可是没看见有士兵啊。"

海盗们担心地注视着船长。

四周万里无云，眼前的荒野上也只有被风吹得飞扬起来的沙尘在动。要不是沙烟的影子在盆地底部滑过，甚至会让你感觉时间仿佛没有在流逝。可即便我们这样耐心地眺望，那些人影仍然一动不动。

过了一会儿，老人就筋疲力尽地说道："走吧，光看着也没用。"

我们走下沙丘后，发现地面变成了像龟甲般开裂的干枯土地。幸亏如此，路变得好走多了。地面上除了极少数贴地生长的植物以外，什么都没有，让人感觉像在干涸的水池底部行走。

"我们就像来到了另一个星球。"千夜小姐抬头看着天空低语道。

万里无云的天空蓝得诡异。我们离女巫的宫殿和包围着宫殿的人影越来越近了。

走在前面的佐山尚一朝着一个人影走近。可即使佐山盯着他看，那个人影也始终只是盯着宫殿的方向一动不动。佐山亲切地拍拍对方的肩膀，又朝着我们挥手。

"辛巴达大人，只是石像而已哦。"

"这些人到底是谁啊？"

"不好意思，是我的前任者们。"

确实如佐山所说，那些都是变成了石像的学团的男人们。有的石像面貌还清晰可辨，有的则经过漫长的岁月，已经风化得破破烂烂。他们不是一齐冲向宫殿，而是一个接一个地变成了石像吧。可是这些石像的表情都十分平静。

"大家都想见满月的女巫。"佐山搭着一座石像的肩膀说，"比如说这家伙吧，他曾经和你一样变成了海盗，和魔王开战。这里还有许许多多其他人。有成了林中贤者的弟子的人，有被小岛上的老婆婆收留后成了商人的人，还有成了渔民后被鲸鱼吞没，接着在鱼腹中生活了好几年的人。大家各自经历了冒险，结果都漂流到了这座岛上。"

佐山颇为怀念地绕着石像看了一圈。

"可是这些人欠缺了最重要的东西。"

"缺了什么？"

"就是你啊，辛巴达大人。"佐山笑道，"所以我才需要你啊。"

被石像包围的我们陷入了一阵沉默。

突然，一阵强风吹来，我不由得闭上了眼睛。身边涌起了无数铃铛鸣响般的声音，这是在裹挟着沙尘的风中风化的几百座石像发出的鸣响，就像石像在唱歌一样。

○

我们穿过白色的石门走进庭园。

这里早已看不出曾经美丽的影子。纵横交错的水路、中央的大喷泉、石造的四方屋檐,这些都一直被埋在沙子里。唯有伫立在各处的石像在被沙子覆盖的地面上投下了长长的影子。

"看上去不像是有人住在这里啊。"千夜小姐皱着眉说道。

登上正面宽阔的石阶,前方宫殿的入口像洞穴一样张着黑洞洞的嘴。佐山尚一在前面引导着,老辛巴达和我们踏入了这座宫殿。可是宫殿的大厅里空荡荡的,铺在石地上的绒毯上也满是沙尘。无论我们怎么叫,都没有人出来迎接。

"我们可是特地前来拜访的啊。"老人很生气,"去把满月的女巫找出来。"

可无论我们在走廊和大厅里如何张望,都看不见一个人影,只有学团的男人们的石像要多少有多少。他们在这座宫殿里,像家用器具似的矗立在客厅的角落里、楼梯下以及被廊柱包围的中庭里。

持续地进行无用的探索后,失望的情绪也在海盗中间扩散开来。响彻天花板的笑声不知何时也已经变成了担心的低语声。

图书馆长发泄似的说:"根本就没有什么满月的女巫。"

老人回头瞥了图书馆长一眼。

"你说什么?再说一遍试试!"

"满月的女巫早就不在这儿了,可能很久之前就已经离开这片海域了,也可能在争斗中输给魔王后被杀了,还可能根本就没有这号人存在过。到头来,我们什么都没弄明白。只有魔王知道真相。"

"可是这座岛就在这里,它是我创造出来的啊。"

"找到了这么一座空无一人的宫殿有什么用?你创造出这么一座岛来,不如顺便创造一个满月的女巫多好。能操纵'创造的魔法'的话,应该什么愿望都能实现吧。还是说并非如此呢?"

老人气得脸色铁青。

这时,佐山尚一插话道:"看啊,你们感觉不到吗?"

"什么?"

"风在吹,是大海的气味。"佐山竖起手指神秘地说道。

我们跟着他穿过走廊,来到一个像宴会厅似的大堂。墙壁和天花板上装饰着几何图形,从敞开着的窗户往外看去是荒野尽头连绵不绝的沙丘。这里肯定曾经举办过盛大的宴会。盛着水果、肉和糖果的大盘子,装着饮料的瓶子,焚烧香木的气味,琵琶和银笛的音调……我会想起这些东西也是因为联想到了《一千零一夜》吧。

不一会儿,佐山尚一的说话声让我回过神来。

"是这里哦。"

他的脚下有一个正方形的洞。

突然出现的漆黑洞穴看上去就像是这个世界缺了一块似的。可我凑近一看,却看见了通往地下的楼梯。

佐山尚一对老辛巴达低声说道:"这好像是条隐蔽的道路。"

"你觉得女巫在前面吗?"

"当然。"

"你为什么如此确信？"

"因为这是你心中所求啊，辛巴达大人。"佐山尚一恭敬地说，"因为这是你的魔法。"

老人的脸上浮出了笑容。

"那就走吧，学团的男人。"

那条楼梯很长，像要直通到地底似的。

楼梯口的光线一开始还能照到脚下，可马上就什么都看不见了。如果不是佐山在前面的话，大家早就丢掉性命了吧。我手扶着右侧冰冷的石壁，小心翼翼地走着。在这令人窒息的黑暗中，我完全感觉不到自己究竟前进了多少。

走在后面的图书馆长说了句"我不擅长在黑暗里活动"。

而走在我前面的千夜小姐则说："快看，入口处只有那么小。"

我回头看去，只见散发出淡淡光芒的楼梯口飘浮在黑暗的远处。我凝视着那束孤零零的光芒，再转头看去，前方却只有无边无际的黑暗。

我有些不安，试着叫了一声："千夜小姐，你在那儿吗？"

"我……在这儿。"

"什么都看不见啊。"

"我也是，什么都看不见。"

沿着楼梯逐级而下，周围的空气变得越来越冷。前方的黑暗中流动着宛如严冬般寒冷的空气。我摸着石壁的手也被冻僵了，简直不敢相信我们刚刚还身处热带的阳光底下。

○

楼梯前方隐约可见微弱的光线。

就这样，我们来到了一个巨大的井底。

尽管能看见头顶上被切割成圆形的天空，可阳光依然无法照到地底，周围像海底一样昏暗。老辛巴达和佐山尚一站在沙地的中央抬头望向天空。其他海盗们则不知所措地呆立着，他们有的用手抓取沙子，有的因为寒冷而身体打战。

老人焦虑地问佐山尚一："满月的女巫在哪里？"

"奇怪，我们可能走错路了。"

佐山尚一说完后就呆立在原地。

我环视昏暗的四周，只见到处都是散落的石像碎块。学团的男人们曾经深入过这样的地方啊。这么说来，佐山尚一也应该来过这儿。这样一想我有些惊讶。学团的男人们都是佐山尚一，所以他们不可能会"走错路"啊。也就是说，他明明知晓了一切，却把我们带到了这儿来。

他究竟有什么企图？我在昏暗中注视着佐山。

千夜小姐穿过沙地，往对面的墙壁靠近过去。她一摸到那面墙壁，就吓得缩了缩身子。

"怎么了？"

"尼摩，你看这个。"

起先除了凹凸不平的灰色墙壁外，我什么也没看见。可眼睛虚焦地盯了一会儿后，我突然看见佐山尚一的脸从墙壁上浮现出来。那一瞬间，眼前的景象就像错觉画一样发生了天翻地覆的变化。包围着我们的弯曲墙壁是由无数被敲碎的石像构成的。这景象宛如被掩埋在墙壁中的众多男人在拼命挣扎。

迟来一步的图书馆长也惊讶得说不出话来。

"这是怎么回事？"

"是满月的女巫干的吗？"

"可是这数量多得也太不正常了吧，兴许哪里有些不对劲。"

图书馆长摸着墙壁陷入了沉思。他突然抬起头来，四处察看起这个昏暗的地下空间来。

"我们来到了满月之岛的地下深处。"他说，"现在我们看到的就是这座岛屿的地基。"

突然，他又转身朝佐山尚一的方向走去。千夜小姐和我都疑惑地追了上去。

老辛巴达正在沙地中央诘问佐山："你为什么把我们带到这种地方来？"

可是佐山并没有回答。老人揪住佐山的衣领，可突然他却又像碰到了什么脏东西似的，被向后弹飞了出去。

"你到底……"

佐山尚一伫立在沙地中一动不动。他保持着一只脚向前迈出的姿势，右手不自然地抬了起来。我跑过去把手搭在那条手臂上，可手臂却冰冷得像被冻僵了似的——佐山的手臂已经变成了石头。

佐山尚一露出了一个生硬的笑容。

"哟，尼摩，这是暂时的分别。"

他脖子上的肌肉就像干涸的沙地被水浸染了一样，开始变灰。我无能为力，只能眼睁睁地看着他石化。

图书馆长抓住佐山问道："这座岛屿是由学团的男人们构成的吗？"

"只有这座岛屿不是。"

"你说什么？"

"这片群岛里的一切，森林也好，野兽也好、人类也好，"佐山尚一逐字逐句地说，"一切都是由我们的尸骸构成的。"

他的脖子以下已经完全变成了石像，面部也开始石化。不过他看上去好像没什么痛苦。佐山目光平静，脸上浮现出微笑。他嚅动着逐渐被冻住的双唇，试图说些什么。

我把耳朵凑到他的嘴边。

"尼摩，你听得见吗？"

"听得见。"

"哪里都没有满月的女巫。"

"哪里都没有？这是怎么回事？"

"莫谈与你无关之事……"

话音至此戛然而止，佐山尚一再也不动了。

我把手放到他的脸上，上面还残留着微弱的余温，仿佛很久以前他就伫立在这片地底空间里一样。佐山那双灰色的眼睛凝视着被埋在墙壁里的前任者们，他也迎来了和那些前任者们相同的命运。

"这家伙死了吗？"老辛巴达说，"他悄悄说了些什么？"

我转过头去对老人说道："哪里都没有满月的女巫。"

"胡说……"老人咬牙切齿地说，"不可能。你休想骗我。"

可是显然他已经失去了自信。即便他想要相信眼前发生的事,膨胀开来的怀疑也将这种信念完全击碎了。至今为止他对佐山尚一这个同伴都十分依赖,可是佐山现在却变成了石像。

他推开我们走近石像。

"满月的女巫在哪里?"他摇晃着石像问道,"求你了,赐予我力量吧!"

这时,大地发出了惊人的巨响,整座岛屿都剧烈地摇晃了起来。

我一屁股坐到了沙地上,感觉到地面正在倾斜。整片沙地就像研钵一样凹陷下去,周围的沙子开始"唰唰"地往下流。我看见立在沙地中央的佐山的石像缓缓地被沙子吞噬了。等我回过神来,老辛巴达和海盗们似乎正互相推搡着冲向通往地面的楼梯。

我听见图书馆长说:"快从这里出去!"

我沿着沙地往上爬,其间也有好几次大震动让整个地下空间都为之摇晃,每次还伴随着什么东西爆炸的声音。那是埋没了石像的墙壁龟裂的声音。不久后,剥落的石块开始掉落,飞扬起来的粉尘让周围变得更加昏暗。我突然感觉到一阵脑袋被击打的疼痛,跪了下来,似乎是掉下来的石块砸中了我。那一瞬间,我的眼前一片空白。

千夜小姐抓住我的手大叫:"快走!"

多亏有她,我才勉强得以沿着沙地往上爬。

状若研钵的沙地底部喷出海水,形成了巨大的青白色水柱。瞬间增高的水位使得泥水卷起了漩涡,看上去像是将掉落下来的石块煮沸了似的。轰鸣声越来越响。

哪里都没有满月的女巫。

我们奔上楼梯,朝着地面跑去。

○

就在我们朝宫殿外跑去的时候,一阵猛烈的摇晃使得整座岛屿都晃动了起来。女巫的宫殿崩塌了,剩下的就只有席卷起来的扬尘和堆积如山的瓦砾。

我们浑身沾满了粉尘,身上到处都流着血。

海盗们穿过庭园的门冲向荒野。他们是打算在这座岛屿沉没前回到海盗船上去吧。我们赶紧追着他们来到了荒野上,却只能茫然地伫立在那儿。

因为远处的沙丘正像砂糖一样在缓慢地融化。颜色浓重的沙烟升腾而起,就像燃烧折纸一般从边缘开始侵蚀苍穹。不一会儿,前方的荒野上出现了黑色的斑点。它们瞬间扩散开来,接连塌陷下去的地面吞噬了海盗们。塌陷的地方溢出了泥水,周围的地面又随之塌陷了下去,眼看着就快要逼近我们脚下的地面了。

我们转过身,面朝着已经塌了的宫殿的方向。

那座瓦砾山的顶部还歪斜地残留着一个龟裂了的圆屋顶。我们朝着那个圆屋顶往上爬,其间周围每摇晃一次,瓦砾山的一角都会崩塌一点,飘舞的粉尘周围升腾起了黄色的烟雾。等我们终于登上圆屋顶时,泥水的洪流像是要冲塌围墙似的流进了庭园里。

我们站在瓦砾山前,茫然地眺望着这座岛屿的最后时刻。

不管朝哪个方向看,视野里都是泛着金属光泽的泥水在翻滚。朝我们涌来的巨大波涛溅起了泥水的飞沫。即使往泥沼的远处眺望,目之所及也只有如积雨云般翻涌着的沙尘而已。沙尘遮蔽天空,变成了暗云,四周如黄昏般昏暗。闪电在云层间穿梭,雨点开始打在周围的瓦砾上。

"尼摩,快用'创造的魔法'。"千夜小姐叫道,"这样下去我们就要沉了。"

这时传来了一声枪响。

我不由自主地缩起了脖子。

"危险!"图书馆长大叫。

只见老辛巴达从瓦砾间站了起来。所有海盗中唯有他一个人活了下来。接着,第二发子弹从附近掠了过去。

我捡起身旁的瓦砾丢了出去,趁对方害怕之际飞身扑过去。我们两人扭打间,手枪掉落到了瓦砾的缝隙中,接着老人拔出了腰间的佩剑。我跳跃着向后退,佩剑从我的鼻尖上擦了过去。

"啊,这是一场梦!一场愚蠢的梦……"老人悲痛地叫着,"这又是魔王的阴谋。"

"没有满月的女巫,辛巴达。"我说,"所以你就要杀了我吗?"

"你还不明白吗?!"

老人双眼目光炯炯。

"这座岛屿马上就要沉到海里了,只有你一个人会活下来。接着你就会被冲到蜡烛岛上。你就是年轻时候的我啊!"

看上去老人已经精神失常了。

"为了回到记忆中的地方,你已经白费了漫长的岁月。一个劲地做着归乡的梦,人生就完蛋了啊。接着你就会变成我,我又会和你相遇。这个没有结局的梦是个循环上演的时间的牢笼啊。魔王将我们关在了这个牢笼里。可是如果现在杀了你的话……"

老人举起佩剑朝我砍来。

我在瓦砾间跳来跳去,老人迈着危险的步子追赶我。风雨越来越强烈。闪烁的闪电照亮烟雨迷蒙的瓦砾山的瞬间,脚下的瓦砾突然坍塌,我们一点点地滑落下去。底下是一片翻腾着的泥淖汪洋。千钧一发之际,我紧紧地抓住了瓦砾。

等我回过神来,发现老人正俯视着我。

不知何时,他已经变回了和我在那座无人岛上初次见面那天的容貌。被雨水打湿的白发贴在他苍白的额头上,乘着海盗船周游时那副精悍的模样已经消失不见了,他的脸上已经呈现出了将死之人的面貌。他错了。用满月的女巫自己的"创造的魔法"来创造出一个传授真正的"创造的魔法"的满月的女巫——这种事到底是不可能发生的。

"我不会让魔王如愿的。"

老人举起了佩剑。

这时,我想起了在那艘海盗船的船舱里听过的故事。

那是关于这个老人的人生的故事。如果像他所说的那样,我们被囚禁在时间的牢笼里,无法归乡,就这么老去也会成为我的命运。

前往大海尽头的冒险与挫折、被遗忘的海盗时代、和魔王的对决及败北，以及在北方边境的岛屿上的孤独生活……这时，我明白了缠绕着他的悲哀之情。为什么我会在这里？为什么我迷失了回去的路？尼摩、约翰·西尔弗、吉姆、尼德·兰，还有"航海家辛巴达"——在一个又一个的假名间漫无目的地行走，我们所追求的不过是一个名字而已，一个再也想不起来的真实的名字。

我仰视着老人问道："你的真名叫什么？"

"真名……"

老人完全是一副意料之外的表情。

我瞄准这个时机，抓住了老人的脚。我拼命把他拖到面前，他"啊"地叫了一声，摔了个屁股蹲，然后就这么滑落下去。我想抓住他，可是已经来不及了。他就这么掉进了下面的大海里。

我最后看见老人，是他一度从泥淖的汪洋中浮上来，像泥偶人一样挣扎的样子，唯有在他"啪嗒啪嗒"开合的口中能看见红色。可是那也只是转瞬之间的事。不一会儿，巨大的波涛就让他沉入了泥淖之中。

我沿着沾满泥浆的瓦砾缓慢地往上走。

暗云完全遮蔽了天空，四周如夜晚一般黑暗。

这时，泥淖汪洋的远处浮出了一个微小的文字——一个用细小的光线在黑暗中描绘出的"大"字。以此为开端，妙法的文字和鸟居的形状也渐次浮了上来。它们宛如星座般熠熠生辉，让人感觉这片笼罩着我们的黑暗犹如宇宙般深不可测。

我想那就是五山迎火。

○

我跑进雨中,只见千夜小姐正闭着眼睛倚靠在圆屋顶上。图书馆长撕开衣服绑在她的手腕上。她被那个老人打出的子弹擦伤了。

"再不快点治疗的话……"图书馆长说,"话说回来,辛巴达呢?"

"掉进泥淖的汪洋里了。"

这时,千夜小姐微弱地呻吟着睁开了眼睛。

她直勾勾地盯着我,脸色苍白,脸上被划伤的伤口还渗着血,和飞散到脸上的泥混合在了一起。我用被雨水沾湿的手仔细地擦拭她的脸,顽固的血渍和泥污底下露出了幼童般雪白的肌肤。在我为千夜小姐擦脸的时候,她的眼中燃烧着绝望与希望。

"你会救我们的,我一直这么相信着。"

我们并排靠在圆形屋顶上。四周目光所及之处,无数泥淖的浪尖蠢蠢欲动。拍打过来的波涛冲塌了瓦砾山的山脚,泥水的飞沫四处飞溅。千夜小姐靠在图书馆长的肩上闭上了眼睛。

"喂,尼摩。"图书馆长说,"刚才我想起你说的话了。"

他的语气出奇地平静。

"就是那座你漂流到这片海域之前生活过的城市。你说过那里有千夜小姐,也有我,我们都是朋友。当然了,这种话我是不信的。可是我总想着这些如果是真的那该有多好啊。在你曾经生活过的那座城市里,我们是作为真正的人类而活着啊。"

"是啊,你们是作为真正的人类而活着。"

"我们都在干什么呢?"

"嗯……在旅馆里听唱片、去去咖啡店、逛逛祭典……"

夜晚祭典的灯光浮现在我的脑海中。一些色彩鲜艳的片段就像竞相开放的花朵一样将我的胸口填满。

雪花落在脸颊上的触感、热闹的参道、路边摊上的烟、白炽灯泡发出的光……我能生动、清晰地记起那个夜晚的景象。

"尼摩,你怎么了?"

我沉默地起身,站在瓦砾上凝视着泥淖的汪洋。

我想起了那个悲惨的老人。他是怎么学会操纵"创造的魔法"的呢?他称我为"恩人"的理由只有一个,那就是我对他讲述的回忆唤起了他已经忘却的记忆。

我觉得他是想要创造却做不到。

自己只是忘记了而已,应该被创造出来的东西早已在那里了。

我面朝大海张开双臂。

"所谓'创造的魔法'其实就是记忆啊。"

不久后,从泥淖的汪洋中浮上来一个巨大的东西,或者说是由泥塑造出来的东西更为妥帖。散发着光辉的白炽灯泡形成了一条光明的道路,从我们所处的瓦砾山下开始,一直延伸到海面上。许多路边摊、并排的松树、红色的鸟居以及来来往往的观光客的身影都浮现了出来。落下的雨水变成了雪花。

"这是吉田神社的节分祭。"

不一会儿,夜晚祭典热闹的动静就清晰可闻了。

我回过头去,只见图书馆长惊讶地注视着海面上的祭典。他脸上还是一副难以置信的表情。我蹲下来摸了摸千夜小姐的脸。

她睁开眼睛微笑道："和我说得一样对吧？"

"你还是不要动了。"

听完我的话，她轻轻点点头。

"我是从遥远的城市来的。很多人在那里生活，城市里有热闹的商店街和古老的神社庙宇。一到秋天，枫叶染红了群山。河上架着几座桥梁，我经常在桥上凭栏眺望远处的街灯。在那座城市里，我每天都能看见你们的身影。我们是亲密的朋友。"

接着，我站了起来，看了一眼漂浮在海上的祭典。

"图书馆长，千夜小姐就拜托你了。"

"你要干什么？"

"接下来，我必须去见一个人。那个人就在这夜晚的祭典里。满月的女巫应该也在那里。"

"我知道了，你去吧。"图书馆长说着揽住了千夜小姐的肩膀，"你可一定要回来啊。我们在这里等着你。"

我点点头，爬下瓦砾山，走进了夜晚的祭典中。

这时，我的耳边响起了一声低语——你要丢下我们离去吗？

我摇了摇头。我没有那么想，从来没有那样想过。

我脚下踩着的砂石路和周围人群散发出的闷热感都令人觉得无比真实。烤焦糖、棉花糖、射箭摊的招牌、酱汁的气味……灯泡的光芒照亮着前路，飞舞的雪花使得前方朦胧不清。观光客们都穿着十分保暖的衣服，头上和肩膀上落满了积雪，他们仿佛蒸汽机似的口吐白气。

路边的灯光下站着一个男人。他身材不高，穿着黑色的西装,积在他银发上的雪花看上去就像撒在上面的白砂糖。我立马就认出了他是魔王。他像是在等着我来似的,微笑着指了指卡盒。

雪花静静地落在焦糖色的木箱上。

"这个世界的中心隐藏着谜团。"魔王像要解开谜团似的说道,"那就是'魔法的源泉'。"

○

"这里很冷吧。进去里面说吧。"

说着,魔王走进了搭在路边摊之间的帐篷里。

"等等,千夜小姐受伤了。"

"你不用担心我女儿。"魔王说,"放心吧。"

帐篷里摆放着简易桌子和长凳,四周被暖炉的热气笼罩着。人们在灯泡底下摩肩接踵,吃着煎饼,喝着甜酒。魔王在板凳上坐下,把卡盒放到了桌上。

上了清漆的古旧木盒在灯泡的光照下散发着蛊惑人心的光芒,就像是在对我说着"打开来看看吧"。

"操纵魔法是一种什么样的感觉啊?"

"那真的是魔法吗?"

"你这么问是什么意思?"

"这一切可能都是你策划的。"

"我为什么要费这个工夫呢?"魔王微笑道,"是你用魔法开拓出了行至此处的道路,那就是创造出这个世界本身,其中包括你的同伴和宿敌。就连这个夜晚的祭典，不也是你自己创造出来的吗？甚至也包括正在说话的我。"

头顶上的灯泡就像发出警告般闪烁了起来。

"这里有两位魔法师，就是你和我。"

是魔王把我创造出来的吗？还是说是我创造了魔王呢？

被创造出来的世界翻天覆地地不断反转着。

魔王把手肘支在桌子上，纤细的白手托着脸颊。

"魔法这东西出人意料地不自由啊。虽然看上去好像所有的事情都是可能的，但那只不过是表象而已。我们试图操纵充满谜团的装置，结果不知不觉间却意识到自己被那个装置操纵着。可是领悟到这一点的时候已经太迟了。我们已经决定了前进的方向，只能像漂向瀑布潭的竹排一样随波逐流。"

我觉得之前似乎在某个地方也发生过同样的对话，是漂流到观测站所在岛屿之前的事情。

"来吧，你来打开这个盒子吧。"魔王把目光投向卡盒，"那就是你追求的东西对吗？"

我追求的究竟是什么？满月的女巫、"创造的魔法"的源泉、学团的男人们追求的东西、世界的秘密、我自身的秘密……卡盒里装的是这些东西吗？如果这些都装在里面，那么魔王是不可能轻易将卡盒让给我的。

这是个陷阱，我心想。

"决定穿过这扇门的可是你自己哦。"魔王用美艳的双眼凝视着我，"这个卡盒里装着一个'故事'。那是很久以前从西方流传过来的故事。我不知道该如何让这个未完的故事完结，所以想要拜托你啊。"

魔王用温柔的声音讲了起来。祭典的喧嚣渐渐远去。

"要说我是怎么得到这个'故事'的……"

○

我回过神来时,正站在一个人来人往的市场里。

这里是哪儿?

一阵茫然过后,我想起来了。

这里是奉天北面一个叫文官屯的城市。

战败后,大街上的市场里人来人往,熙熙攘攘。抬头望见的是蔚蓝的天空。温暖阳光普照的大街上充满了生机。酷寒的严冬过去,来到了昭和二十一年(1946年)的春天。苏联士兵就像大潮退去似的消失不见了,我们也不必再害怕被带去北方。取而代之进驻文官屯的是蒋介石的国民党军队。

我又在市场上悠闲地逛了起来。

现在的这个白日梦是怎么回事?

我试图想起些什么,可记忆却转瞬间就变得淡薄了——冬夜的祭典、灯泡发出的光亮、坐在桌子对面的银发男人。我觉得我们似乎在说一些重要的事情,可却完全想不起来,只有一些毫无脉络的画面断断续续地浮现出来。我边思考边走,突然有人跟我打了声招呼。

"你好啊,荣造先生。"

一见对方的身影,我就愣住了。

站在馒头摊位前的是长谷川健一。他把热气腾腾的馒头贴在脸颊上，眉开眼笑的。从奉天逃出来后，这还是我第一次见他，他竟出人意料地精神。我们都为这意想不到的重逢而感到高兴。

长谷川租下一间公寓做起了生意。

"要去看看吗？"他说，"你一定会喜欢的。"

于是，我们就一起往他的公寓走去。

途中，我跟他讲了我自己的"生意"。

我想找找有没有能用得上的东西，就在兵工厂里四处巡视。结果在角落里发现了大量囤积的猪骨头。苏联军是不可能带走这些的吧。我出神地看着那些骨头，想到了把它们干馏后做成骨炭。活性炭能吸附有毒物质和气体，因此可以用作肠胃药。我从各处捡拾收集材料，在兵工厂的一角制作了一个临时的炉灶。我将用金属锤砸碎猪骨扔进灶中，截断空气后开始焚烧石炭。我靠贩卖这样制作出来的肠胃药，得以维系生活。

"肠胃药啊。"长谷川感佩道，"生意兴隆就最好了。不过还是小心点好。"

"快来了吧。"

"马上就要和八路军进行城市战了吧。还是不要太张扬，蛰伏着比较好。"

从小工厂密布的街道上走十分钟就到了长谷川的公寓。公寓背后有条水沟。长谷川从公寓楼外的楼梯走上了二楼。贴在门旁的薄板上写着"峨眉书房"。

长谷川做的生意就是开旧书店。

走进那个小房间,几个装满了书的木箱沿着一侧的墙壁摆放着。眼下这个时局,他是怎么收集到这么多书的啊?从文学到历史、哲学、数学,各种类型的书应有尽有。我往木箱里一看,不知不觉就着了迷。

这时,一本薄薄的文库本吸引了我。

那是六年前发行的岩波文库版《一千零一夜》的第一卷。这个版本以马尔德吕斯博士从阿拉伯语原著翻译过来的法语版为底本,由丰岛兴志雄、渡边一夫、佐藤正章三位老师重译为日语版。仅仅是翻动积满了灰尘的文库本的书页就能抚慰我的心灵。现在即使我阅读着这种幻想故事,也没有人会抱怨。我有阅读这本书的自由。

长谷川看了一眼我手中的书后,高兴地说:"啊,是《一千零一夜》啊。"

"我只找到了第一卷。"

听我这么说,长谷川露出一脸抱歉的表情。

"我也没法从日本国内订购啊。"

我纠结了一会儿,还是买下了这本书。

我边喝着长谷川端上来的热茶,边眺望着窗外。公寓楼背后的水沟对面排列着白铁皮屋顶的工厂。望着这样的景象,周身却被书籍的气味包围着,这种仿佛身处另一个世界中的感觉让人安心。

长谷川讲起了他在内蒙古时的经历。

黄河边有一个叫包头的城市,沿着满是石头的道路翻越北方的山脉后就来到了内蒙古高原。嫩绿色的草原就像波涛起伏的大海一样，一直延伸到地平线。策马骑行一整天，周围依然是相同的景色——大草原上零星的白色蒙古包、从沐浴在夕阳中的绿色山丘上下来的羊群，还有身裹三原色的蒙古服装、长发编成了辫子垂落下来的姑娘。

"草原上到处都散落着白骨。"长谷川说着极目远眺，"死去的人被鸟兽所食，只有白骨长久地留存下来。"

想到这里，我的脑海中浮现出了妻子和儿子。

战败后，我好不容易回到砖瓦造的军官宿舍时，一个多月没见到我的妻子好一阵子说不出话来。她早已放弃希望，以为我死了吧。我转移到新京后不久，听说儿子在病房里死了。在那之后，我们无法回国，所以只好在这座城里继续生活。可妻子却在这年冬天得了斑疹伤寒去世了。

办完妻子的丧事后，我独自在城里步行，一边想着昭和十八年（1943年）的夏天，我去奉天站接从日本前来的妻子的情景。

等回过神来时，我已经走出了城市，来到了原野上。

天空中覆盖着阴郁的灰云，四周暮色悄悄降临。前方有一座缓缓上升的山丘，稀疏的松树林里一片漆黑。我为什么会在这里？接下来我要为了什么而生存下去？

我漫无目地继续走着，可穿过山丘上的松林后我就呆立住了。斜坡下方的洼地上空飘浮着"女巫之月"，就是从奉天逃出来的那个夜晚，我和长谷川健一一起看见的那个。它静静地飘浮在空中，散发出耀眼的光芒照耀着草地。

那究竟是什么啊？

长谷川健一突然说："有件事我想拜托荣造。"

"什么事?"

"有件东西我想托你带回国。"

"你不打算回去了吗?"

长谷川深思了一会儿后开口道:"从满铁辞职后,我待在一个叫绥远的地方。那儿有外务省管辖的学校,用于培养一些潜入西北地区的人,毕业后就会前往西北。我的任务就是越过国境,潜入甘肃一带。"

"你曾经是间谍?"我吃惊地问道。

长谷川点点头继续说了下去。

长谷川装扮成从内蒙古前往青海朝拜的喇嘛。可即便这样依然很危险。经由宁夏的善丹庙穿过戈壁沙漠的朝圣之路途经大草原和沙漠,是日军、国民党等各路军队相争之地。长谷川和三名喇嘛从蒙古高原出发是在昭和十八年的初冬。

"我们打算先到戈壁沙漠,再往前走。"长谷川凝视着玻璃窗低语道,"有时候我会想,我少年时代对西域抱有的憧憬也好,在世界的尽头所见到的事物也好,这一切会不会都是幻想?不光是这些,就连现在这样跟你说话的瞬间,我都觉得是在延续我的幻想。"

我想起了飘浮在原野上的"女巫之月"。

长谷川盯着我说:"我想让你带回去的是一个'故事'。"

"故事?"

"没错,'故事'。一个未完结的故事。我不知道该如何让这个未完的故事完结,所以想要拜托你。"

"可是,为什么要托付给我呢?"

"我也问了一模一样的问题啊。将这个'故事'传给我的是一个回教徒商人。我问他这个问题的时候,他是这么回答我的——这扇门只为你而开,决定穿过这扇门的是你自己。"

接着长谷川用温柔的声音讲了起来。

"要说我是怎么得到这个'故事'的……"

○

回过神来时,我发现自己站在低矮山峦环绕的荒野上。

这是哪儿?

一阵茫然过后,我想起来了。

骆驼正在北面的山麓上吃草,去往敦煌的商队等待着傍晚出发。我和同行的喇嘛决定在这儿野营。在这儿和西行的商队之路分岔,我们最终要去的朝圣之路则继续向南延伸。

现在的这个白日梦是怎么回事?

我试图想起些什么,可记忆却转瞬间就变得淡薄了。中国东北的城市、在一间公寓房里的旧书店、从玻璃窗向外眺望的年轻男子……我觉得我们似乎在说一些重要的事情,可却完全想不起来,只有一些毫无脉络的画面断断续续地浮现出来。

我们生起火喝着茶,只见一个男人从商队的营地朝我们这边走来。他戴着毛皮的帽子,脸部像鞣革般僵硬。

商人用嘶哑的声音叫道:"那边有日本人吗?"

我心中一惊。

"为什么问这个?"

其中一个喇嘛反问他,可商人似乎不打算回答。他用呆滞的目光扫视了一下我们。一阵沉默过后,商人突然移开了视线,自言自语地嘟囔着往远处的野营地走回去。

"真是个奇怪的商人。他为什么要找日本人呢?"喇嘛们交头接耳地窃窃私语。

从内蒙古的喇嘛庙出发以来,我们已经连续走了好几日了。可是路途从这里开始应该变得越发艰难了。

那天夜里,我们占卜了旅程的前途。

但结果却是不祥的。我们占卜了两次,可每次只有我的结果是大凶。喇嘛们对此也十分困惑。虽说不至于因此就弃我而去,可他们心中确实产生了不安。尴尬的沉默过后,负责做向导的喇嘛为了缓和气氛说了句"总之凡事小心吧"。那晚我们就歇息了。

第二天,我们沿着朝圣之路向南出发。

眼前只有一望无垠的雪原。随着暴风雪越来越强,我们渐渐看不见地平线上浮现出的群山了。为了不偏离被雪覆盖的朝圣之路,我们只能谨慎前行。就这么艰辛地连续走了几个小时后,领头的喇嘛让骆驼停了下来。

他说,道路消失了。

这位中年喇嘛至今曾走过这条朝拜之路四次。可以说他是我潜入西域时最依赖的人物。这样一位人物束手无策地驻足在雪原上的身影让我们一行人都极度不安。我们分头寻找朝拜之路的痕迹。其他喇嘛们的身影被暴风雪所掩盖,我体会到了被抛弃后徒剩我一个人的不安。正当我不由得想大叫出声的时候,旁边传来了向导喇嘛高兴的喊叫声。

"喂，在这儿呢。我找到路了，肯定没错。"

就这样，我们得以再次前行。

然而，直到黄昏时分暴风雪终于平息，我们才意识到一个惊人的事实。前方浮现出的淡紫色山脉不知何时转移到了背后。也就是说，我们不是在朝南走，而是在朝北折返。尽管向导茫然地说这不可能，可是暮色将近，我们就支起帐篷歇下了。

"这是怎么回事？"

"一定是被暴风雪包围，迷失了方向。"

"我不可能遭遇这样的失败。"

"那你说是怎么回事。"

喇嘛们的议论也不过是在来回兜圈子。

一到晚上，暴风雪竟然难以置信地停了，周围陷入了一片寂静中。

"看这天气，明天应该没问题了吧。"

我们就这样交谈着睡去了。

然而第二天又发生了一模一样的事情。我们被暴风雪袭击，迷失了朝拜之路，所有人都很小心，可不知何时又折返回了北边。然后一到晚上，暴风雪又像早有企图似的完全停止了。

这实在是太奇怪了。

"不会是在野营地见到的那个商人施了什么妖术吧？"

"难道不是那次占卜猜中了吗？"

喇嘛们神经紧张也不无道理。从这里到善丹庙要几天时间，越接近边界线就越危险。

到了兜圈子的第三天,一场前所未有的猛烈暴风雪袭击了我们。

暴风雪大得就连走在你前面的喇嘛的背影都看不见。我正想踮起脚尖看看前行的方向时,骆驼突然狂暴起来,我冷不丁地被摔在了雪地上。我真是太大意了。其他骆驼也被这头骆驼拖着向前跑去。我慌忙从地上站起来,可是已经来不及了。

喇嘛和骆驼们瞬间就消失在了大雪中。我极力大叫,可叫声也被暴风雪掩盖了。

我在暴风雪中跑了一会儿,却没有追上他们。

再这样胡乱地四处奔跑的话,我恐怕有性命之忧。我想还是等暴风雪小一些的时候再去找他们比较好。所幸我遇见了一大片岩石群,就委身在岩石缝间躲避暴风雪,并点燃了枯树枝来取暖。

如果我追不上喇嘛们的话,就不可能潜入西域了吧?实在是难以想象在没有向导的情况下,穿过危险的边界地带。即使我能越过国境线,前方还有戈壁沙漠在等着我。

暴风雪终于停止是在傍晚时分。

爬上岩山环视四周时,我感受到了一种异样的战栗。

头顶的漫天星空中万里无云。那么强烈的暴风雪突然就停止了,周围充斥着寂静,仿佛时间静止了一般。在远方的地平线处,冬季枯黄的山丘如波涛般起伏。雪地映照出星光,使得山丘在黑夜中浮现出青白色,看上去恰如被冰封住的大海。

翻越几座山丘后,前方的洼地里出现了光亮——可能是喇嘛们在那里。

我飞奔下岩山,踏着雪地跑了出去。

可是跑下山丘站在洼地边缘的时候,我不敢相信自己的眼睛看见的景象,于是茫然地呆立了一会儿。那里飘浮着一轮小小的月亮。月亮投下的光亮使得洼地底部的积雪如宝石般闪闪发光。更令我吃惊的是,那轮月亮旁边有一头骆驼,此外还站着一个男人。

我就这么呆立着不动,那个男人则朝我招了招手。

"我正在等你。"

那是在野营地和我们打招呼的商人。

我小心翼翼地靠近过去。

"我有件事想要拜托你。"商人说,"我想让你帮我带一个'故事'回去。"

"'故事'?"

"没错。不过是个未完结的故事。我不知道该如何让这个未完的故事完结,所以想要拜托你。"

"可是,为什么要托付给我呢?"

"我也问了一模一样的问题啊。把这个'故事'传给我的是一个年老的商人,他是这么回答我的问题的——这扇门是为你而开,穿过这扇门是你自己的决定。这个故事历经漫长的岁月,在人们之间口口相传至今。每个人都希望结束这个故事,可没有一个人能做到。不过你也许能做到。"

接着,商人用温柔的声音讲了起来。

"要说一开始是谁讲的这个'故事'……"

○

回过神来时,我被冲到了沙滩上。

这是哪儿?

一阵茫然过后,我想起来了。

我是出生在巴格达的商人辛巴达。我在巴士拉的港口买了一艘气派的船,在大海与大海之间、港口与港口之间不停地进行着冒险之旅。

就这样,某一天,我在一片远离所有陆地的海域中央发现了一座小岛。岛上茂密地生长着清爽的草木,宛如从天而降的乐园一样美丽。反正我也航行了好几天没见着岛屿的影子了,所以我很想登陆到岛上。因此,我不顾船长阻止我说这座岛屿不祥,就在岛屿旁下了锚。

这是一个巨大的失败。

我们登陆到了岛上,可洗衣烧饭的时候,岛屿突然开始剧烈地摇晃起来,强烈程度简直惊天动地。我还在想这是怎么一回事时,脸色苍白的船长跑到船头大喊:"快回船上去!这不是岛屿!是条巨鲸!"

鲸鱼扭动它巨大的身躯,把我们丢进了海里。

不知道鲸鱼是不是因为被惊扰了美梦所以异常生气,它好几次用头撞船。被岛屿般大小的鲸鱼用身体撞击,那还真是招架不住。我的船被击得粉碎,沉入了大海。

大闹了一阵的鲸鱼潜入了海里,漂浮在大海上的只剩下我一个人。我得救了,因为我凑巧抓住了漂过来的大木桶。我竭尽全力大声叫喊,却没有任何人回应我。大家都被拖入了海底。放眼望去,一座岛屿的影子都看不见,我也不认为会有路过的船只。我成了独自漂浮在大海上等待死亡的人。

我只能边漂浮边向神明祈祷。

我束手无策地在海上漂浮着,黄昏来临,周围笼罩在黑暗中。

这时,从大海远处射过来一束不可思议的白光。我朝着那个方向游去,只见海上漂浮着一轮圆月。它如宫殿的圆形屋顶一般大小,表面清晰可见被灰色的山和沙漠覆盖着。四周如白昼般明亮,海面像深山里的湖水般平静。这幅景象真是太不可思议了。

这究竟是什么?

我的记忆至此就中断了,等醒来时已经身处沙滩上了。

天已经完全亮了,头顶是一望无垠的蔚蓝天空。

沙滩上荒凉得就连一棵椰子树都没有。无论朝哪个方向看,闪闪发光的沙子都十分刺眼。沙滩就这么堆积成了沙丘,宛如用沙子建造的长城一般环绕着岛的外周。总之映入我眼帘的就只有沙子。

"太棒了,我这条命算是得救了。"

我用手挡在额头上仰望沙丘。

这时,沙丘上跑下来一个稀奇的动物,是一只戴着红帽子、穿着红上衣的小猴子。正当我惊呆的时候,猴子径直来到了我面前,恭敬地跟我打招呼道:"祝您安好。"

我忙回道:"你会说话吗?"

"我们是满月的女巫的侍从,人称学团的猴子。"

"我是辛巴达,是巴格达的商人。"我接着问道,"请你告诉我,这里是什么地方?"

"您漂流到了'女巫之月'。满月的女巫正在沙丘另一侧的宫殿里焦急地等着您。她是位美丽的、无与伦比的魔法师,身上充满了魅力和光辉,毫无缺点。她在舍赫亚尔国王身边的时候,用魔法拯救了百姓。"

"我竟遇上了这么不可思议的事情。"

我叹了口气。除了向满月的女巫求助外已经别无他法了吧。

"请您凡事遵从那位殿下所说的去做。"

接着猴子就引导着我往前走。

为什么事情会变成这样呢?我边走边思考。

曾经,同伴们称我为"航海家辛巴达"。因为我从小就憧憬冒险,好几次出去流浪,还惹恼了父亲。我特别渴望成为船员,梦想着将来要去大海的远方。

我父亲自然是不会同意我这么做的。他希望我继承他的事业,成为一名出色的商人,守护这个家的财产和商人同伴间的信用,拥有充实而平稳的人生。父亲不停地重复说,这就是全能的神为我安排好的道路。

结果,父亲病倒在床榻上的时候,把我叫到了枕边。

"我的儿子辛巴达啊,听我说我最后的愿望。"

不要向往大海,当一名商人,充实地生活吧。他的声音中充满了关怀。

父亲刚去世的时候,我好好地反省了一番。我为自己的任性妄为使得父亲烦恼不堪而真心悔悟,打算洗心革面。接下来,我用心从商还不到一年,又开始难以抑制对冒险的憧憬了。

"人生的道路不是只有在巴格达取得成功这一条。"

遥远的大海另一边有着未知的岛屿和未知的国度。那里有我国没有的珍奇食物,还有能治愈一切疾病的灵药。听说钻石、红宝石、蓝宝石等在王公贵族的宫廷中使用的所有宝石,在那里都能像在海边捡贝壳般轻易入手。如果自己造船并使贸易取得成功的话,父亲遗留下来的财产也会大幅增长吧。不,说不定这才是神明为我准备好的道路啊。经过这样一番深思熟虑后,我终于决定离开巴格达。我不顾商人同伴们的劝阻,从巴士拉的港口出发,买了船后就独自开始了冒险的航程。

结果,我失去了一切,漂流到了这样一个地方。

为什么我不听父亲的忠告呢?究竟是什么驱使着我?

我跟在猴子后面爬上了山丘,只见宽阔的盆地在底下铺展开来。

盆地中央建有一座耸立着圆形屋顶和塔尖的宫殿。宫殿前面是一个像巴格达般的大市场。我横穿过荒野,走进了那个市场。这热闹的景象真令人怀念啊。那里有各式各样的人的样子——精于商道的商人、阴险恶毒的老太婆、船员们、美丽的少女、挑行李的挑夫、学者、托钵僧们、提刀的警卫队长和他的手下。不可思议的是,所有路过的人都带着津津有味的表情注视着我。

"为什么大家都盯着我看呢?"

"因为你的样子很少见啊。"

"我只是个普通人啊。"

"所以才少见啊。这里没有人类。因为这里的所有东西包括我在内，都是由主人用魔法创造出来的。"

穿过白色的正门，里面是一个果树茂密的庭园，所到之处净飘浮着花朵和果实的香气。水渠中冷冽的清水淙淙流过，石造的喷泉在空中描绘出七色的彩虹。这真是一座前所未见的美丽庭园。我走在石阶上的时候，学团的猴子们在果树的树梢上窜来窜去，开心地嘲笑着我。

穿过宫殿的走廊后，我被领进了大厅。

大厅里铺着奢华的绒毯，许多美丽的人放松地坐在上面。

我所到之处都放着装美食的盘子和饮品，穿着红色上衣的学团的猴子们忙着到处上菜。我犹豫着走进大厅，周围的喧哗声戛然而止。身处大厅里的所有人都用充满期待的眼神注视着我。人们安静地分开来，让出一条道。道路尽头有一个被幔帐包住的大理石台，一名女性站起身来。

"莎赫札德殿下，"学团的猴子轻轻坐下，说道，"我们把辛巴达大人带来了。"

我跪在那个大理石台前。

莎赫札德看了我一会儿后说道："航海家辛巴达啊，你为什么会在这里？说来听听吧。"

于是我说了我至今为止的人生经历——孩提时代对于冒险的憧憬、父亲临死前在病床上的忠告、违背父亲的忠告踏上了旅途、在旅途中遇见的事情，以及因为大鲸鱼而沉了船，醒来时已经漂流到了这座岛上。

"现在只剩下我孤身一人了。我希望莎赫札德殿下您能助我一臂之力，让我回我的故乡巴格达去。"

听我说完后，莎赫札德说了下面这段话："航海家辛巴达啊，如果你希望回巴格达去，那就不得不满足我的愿望。那就是将未完结的'故事'带回去。"

我深深地低下头说道："谨遵您的吩咐。"

莎赫札德用庄严的声音说："穿过这扇门是你自己的决定。这个故事的大门经由人手关上的时刻，充满了我的语言的一千个夜晚就会打开一千扇大门。到那时，我们将成为新的生命，活在新的世界里。正如你们希望活命一样，我们也期盼活下去。祈求我的愿望能实现，让这个故事传到最后的讲述者那里！"

接下来莎赫札德讲了这样一个故事。

○

这个故事是什么样的呢？

我被从遥远的异国宫殿拉回了冬夜的祭典。

有一瞬间我不知道自己在哪儿。在侧耳倾听魔王所说的话时，我踏上了一次遥远的旅途。

等我好不容易回过神来看向桌子对面时，白炽灯的灯泡照射下的魔王看上去似乎老了一圈，就好像他在讲述这个"故事"的来历时耗尽了精力。

"那个故事是什么？"

"这个世界是由和梦想一样的东西织就的。"魔王把卡盒给我看，并用老唱片似的沙哑声音继续说道，"失去讲述者时，一切都会沉入海里，回到飘浮在存在与非存在之间的无数片段的状态。这片群岛上的森罗万象、生活在这里的人们，包括你自己，无一不将如此。尼摩啊，用讲述故事来拯救你自己吧。"

这时，帐篷外传来了笑声。

我朝那个方向看去，只见小猴子正在桌子上跑来跑去。它们戴着红帽子，穿着红上衣，它们是莎赫札德的侍从，学团的猴子们。过了一会儿，这些猴子从一张桌子飞跃到另一张桌子上，接着爬上了帐篷的骨架。它们因白炽灯泡的照射而闪闪发光的眼睛直勾勾地盯着魔王。

"魔王啊，听听这扇门打开的声音。"

周围响起了宛如宣言般庄严的声音。

下个瞬间，一只猴子就跃至空中，朝魔王飞扑过去。它在空中的时候变成了一只巨大的老虎。最后那个瞬间，魔王闭上眼睛，露出了微笑。

帐篷的顶塌了下来，四周被悲鸣声所包围。

我不知道究竟发生了什么事。好不容易爬到帐篷外的我看见的是叼着魔王的躯体打算从路边摊间离去的老虎的身影。魔王像高呼万岁似的伸长着双手，脸上鲜血飞溅。位于老虎前方的祭典区域已经开始沉入大海，观光客们一个个被大海吞噬。

我赶紧转身就跑。我必须回千夜小姐他们那儿去。

可是前方有众多的观光客挤作一团，要推开他们往前走可不是件容易的事情。

不知何时雪花已经变成了从侧面刮来的雨点，天空中响起了轰鸣的雷声。

"让我过去！让我过去！"

无论我怎么叫都没用。

结果脚下的地面也塌陷了，我们再次被大海吞噬了。

四分五裂的祭典带着闪光的灯泡沉入了海里。它们暂时照亮了黑暗大海的一角，最终像被吹熄的蜡烛般消失了。几道光芒消失在了海底，人们就像追逐着那几道光似的也沉了下去。

我将目光从他们身上移开，浮出了水面。

四周被黑暗包围着分不清方向。在风雨和巨浪的夹击下，我尽可能地向前游去。呛了好几次水后，我渐渐有些意识模糊。

就在精疲力竭之际，我的脚尖感受到了沙地的触感。

我的身体热了起来，我睁开了眼睛。

这时，一个被闪电照亮的岛屿的影子映入了我的眼帘。如果能到那座岛上的话，我就能活下去。我竭尽最后的力气，在想要把我拉回去的波涛里挣扎。我一点点往前游，终于从浪涛中逃脱出来。我趴倒在沙滩上大口喘着粗气。

过了一会儿，我站了起来。

这座岛屿是……

每当闪电划过天空，黑暗中的密林就会被照亮。

我朝着黑暗的大海呼喊千夜小姐和图书馆长。没有人回答我。波涛的远处漆黑一片，什么也看不见。我带着绝望的心情彷徨地在沙滩上走着，结果发现了一个埋在沙子里的木箱。那是魔王的卡盒。

天亮时分，我终于知道了这座岛屿的真实面貌。

这里是观测站所在岛屿。

○

之后，我就独自在观测站里生活。

每天早上，我在瞭望室的简易床上醒来。打开百叶窗向外看去，一望无际的海面上一座岛屿的影子都没有。吃完早饭后，我穿过清晨的森林，前往码头所在的海湾。这是我每天必做的功课。就如佐山尚一所说，如果不每天都除草的话，小径就会被森林吞噬。

穿过清晨的森林时，许多次我都感受到了佐山尚一的气息。

"佐山？"

我也曾向着葱郁的树林深处打招呼。可是佐山绝不会在我面前现身。

穿过森林来到海湾后，我会走到码头的最前端，眺望一会儿朝阳映照下的大海。

我希望能再遇见千夜小姐，也曾数次尝试过使用"创造的魔法"创造出岛屿来。可是"不可视群岛"却没有再次浮出海面。现在我已经不会再做这些徒劳的事情了。我只是站在码头上，凝视着美丽大海的远处来度过每一天。这样舒适的海风拂面，曾经存在于视线远方的岛屿以及在那里遇见过的人和情景都会掠过我的心间。

过不了多久，我就再次穿过森林，返回观测站。

佐山尚一消失后，现如今我不得不一个人维持这座观测站。工作怎么也做不完——必须每天除草，必须维修故障的设备，有时还要往返于森林里调配粮食。

暮色终于降临密林后,我坐到摆放在瞭望室窗边的书桌前。

不可视群岛消失后,我一个人留在这座岛上,过了一段空虚的日子。可在这期间,我却备感不安。也许在那片群岛上经历的一切都是我的幻想——我总是产生这样的想法。无论我对自己说多少遍"那些事情切切实实地发生过",那种不安始终挥之不去。

这个时候,我想到的是,趁在那片群岛上的经历还没有在记忆里淡去前,我要把它们写下来。也许和他们相见已再无可能,但我至少想把那段回忆以某种可见的形式保存下来。

我搜寻了一下佐山尚一的卧室,发现了崭新的笔记本。

当我把画着横线的笔记本摊在书桌上时,一种无法形容的安心感涌上了我的心头。将盘旋在脑海中的事物变成语言,再将它们填进横线之间,我觉得这对我来说是再自然不过的事情。事实上,面对着笔记本写文章的时候,我每晚都能从折磨我的不安中逃脱出来。

因此,我每晚都这样持续不断地写着。

在那片沙滩上醒来的早晨、和佐山尚一的相遇、我在这片海域里所经历的一切,我尽量回想这些事情,并简明地将它们写下来。在这样的写作过程中,我再一次与佐山尚一相遇,与千夜小姐相遇,与图书馆长相遇,与芳莲堂店主和夏芽相遇,与老辛巴达和海盗们相遇,以及与魔王相遇。我试图将我失去的他们的身影和这本笔记本联系在一起。

正是因为这样,我写下了这本笔记。

坐在书桌前,我听见森林深处传来了老虎的吼叫声。

我停止写作，聆听着那宛如在和我说话般的声音。吼叫声响了两遍、三遍，仿佛在说着"讲啊，讲啊"。即使看不见它的身影，我也能在脑海中描绘出在黑暗中徘徊的老虎的样子。佐山尚一啊，我们一起度过了多少个难以入眠的夜晚啊。

○

在写这本笔记的时候，魔王的卡盒一直在我的手边。

一切都消失了，现在留在我手边的就只有这件东西了。

盒子里装着许多旧卡片，每一枚上都用钢笔认认真真地写了东西。其中既有写得密密麻麻的卡片，也有只写了一行的卡片。这就是"创造的魔法"的源泉，是学团的男人们寻求的，也是魔王托付给我的东西。这里面有莎赫札德说过的、经由许多人传讲的"故事"——魔王曾经这么说过。

那是一个以一片奇异的海域为舞台的故事。

支配着这片海域的魔王能运用"创造的魔法"随意地创造出岛屿，或是让它们凭空消失。某天，有一个年轻人漂流到了这片群岛上。他似乎来自一个很遥远的世界。可是他失去了记忆，不知道自己是谁，也不知道自己从哪儿来。后来，年轻人被魔王流放到了北方边境的一个岛上，他运用不可思议的力量活了下来，结果遇见了魔王的女儿。魔王的女儿知道年轻人和魔王一样能够使用"创造的魔法"，于是请求年轻人将这片群岛从魔王手中解放出来。年轻人想掌握真正的魔法，就要去面见居住在满月之岛的女巫。

从头到尾粗略地读完这样一个故事的时候，我感到非常吃惊。

那些卡片上记载的正是我在这片海域里经历的事情。即使具体的细节和人物有所出入，但大致的过程却完全相同。一切正是如同这上面所记载的那样发生的。如果是这样，那么我和我在那片群岛上遇见的人，甚至魔王不都是被这个"故事"操纵着的吗？

那些笔记写到满月之岛沉入海中就结束了。

这个故事还没完结。

最后一张卡片上写着下面这样一行字：

用讲故事来拯救你自己

○

莎赫札德所讲的未完结的故事，完全就是我在这片海域经历的冒险，也是我在笔记本上不停写下的故事。一切都被提前记录在了卡片上。这是怎么做到的呢？

我一边写着这本笔记，一边多次重读了这些卡片。

我就这么日日把卡盒放在手边。时间一长，每次看到卡盒，一种奇妙的怀念之情就会从我的心上掠过。我曾经在哪儿见过这个木箱。是在我漂流到这片海域之前，在我曾经生活过的地方。

于是，某天晚上，一个情景在我的脑海中浮现了出来。

那似乎是一间昏暗的书房，窗外是葱郁的森林，一名四十岁左右的男子和一个年轻人在沙发上相对而坐。

以此为开端,我的记忆像泉涌般复苏了。

〇

在昏暗的书房里对面而坐的两个人就是永濑荣造和我。

我是语言学专业的研究生,是教授介绍我和荣造先生认识的。

荣造先生很喜欢《一千零一夜》,他正在寻找能阅读自己收藏的手抄本的学生。只要大略读一下,之后说明内容就可以,因此是份不错的零工。抄本本身并不稀奇,一开始的目标很快就完成了。可是荣造先生希望接下来我还能每个周末都前去拜访。他想听我讲一些关于阿拉伯语和埃及留学时期的事。因为他会支付我家庭教师的报酬,所以我也没有理由拒绝。

我很为自己受到了荣造先生的喜爱而自豪。

他有很多藏书,而且知识渊博,经验丰富,更重要的是他非常神秘。与其说荣造先生想听我讲一些事情,不如说我想问他的事情更多一些。那是一段非常有意思的时光,对我来说是份求之不得的零工。

只有我们两人坐在寂静的书房里时,我总觉得荣造先生像是一位拥有谜一般过去的魔法师。谈到兴头上时,荣造先生总会时不时露出那种仿佛在看着远方的目光。他的视线像是穿过我,凝视着遥远的地平线的彼方。被他的视线穿透的时候,我会被一种难以言说的高昂之情所包裹。我偷偷将那神秘的视线和荣造先生战争时期在中国东北生活过的经历联系在了一起。

某天,荣造先生和我正在聊关于"小说"的话题。他知道我在偷偷地写小说。不过那也只是将浮现在心中的片段式场景串联起来写在笔记本上罢了,谈不上是什么作品。

"要是能让今西读一读就好了。"荣造先生说,"他一定会给出自己的意见的。"

"他才不会读我写的东西呢。"

"是嘛。"

"他很讨厌浪漫主义者。"

事实上,是我写的东西实在不好意思给人看。

也就是在那个时候,荣造先生泄露了关于那个"故事"的事情。

"你应该会觉得很有意思吧。"

那是《一千零一夜》缺失的一话。

荣造先生是在中国东北的时候,从一个叫长谷川健一的人那儿听说了这个故事。他撤回日本后,凭借着记忆将其记录了下来。荣造先生给我看了那个卡盒。"《一千零一夜》缺失的一话"这个说法引起了我的极大兴趣。荣造先生对《一千零一夜》感兴趣也是由于在中国东北遇见了那个"故事"。

"那是个什么样的故事呢?"

"关于世界的秘密的故事。"

荣造先生只说了这么一句,就微笑着不再说下去了。

从那年的秋末开始到第二年,我每次去拜访荣造先生,都会求他告诉我那个"故事"。可是荣造先生始终没有告诉我。他只对我讲了那个"故事"是如何传到他这里的经过。那是他在中国东北遇见的长谷川健一的故事、长谷川健一在蒙古高原上遇见商人的故事、那个商人在绿洲遇见的其他商人的故事……这些故事能无穷无尽地繁衍下去，就像《一千零一夜》那样。

我既焦躁不已，又被深深地迷住了。虽然总觉得哪里有些奇怪，可我却无法停止去吉田山的府邸拜访荣造先生。这就像被一个贯通这个世界的深邃洞穴吸引进去了一样。我无论如何也无法反抗想要得到那个"故事"的欲望。

于是，在节分祭的夜晚，我偷走了那个卡盒。

〇

自那以来已经过去了多少年月啊。现在，这本笔记也快写完了。

在淡然地写这本笔记期间，我谁也没有见到。可以说，唯有每个夜晚从森林里传来的佐山的声音是我和他人之间的羁绊吧。虽说如此，可我并不觉得寂寞。确实，我是为了留住和千夜小姐他们之间的回忆才开始写这本笔记的。可不知不觉间，我开始觉得那片不可视群岛是真的存在于这本笔记之中的。

重读这本笔记的时候，我再一次与佐山尚一相遇，与千夜小姐相遇，与图书馆长相遇，与芳莲堂店主和夏芽相遇，与老辛巴达和海盗们相遇，以及与魔王相遇。他们活在这本笔记中。如今这本长长的手记快写完了，我觉得自己终于明白了我为何来到这里，我想要做些什么。

这几天，我一直不停地在写。

满月之岛的沉没、与魔王的会面以及回到观测站所在岛屿。写完这些后，我久违地走出了观测站。

朝着那片海湾走去时，我发现自己被森林中异样的宁静包围着。周围没有动物活动的气息，就连鸟鸣声都没有。整片森林就像屏息凝神地做好准备等候着什么降临似的。从码头望去的海面平静得让人害怕。我坐下来边眺望海面，边思考至今为止写下的手记。

卡盒里装着的笔记已经用完了，可那个"故事"仍未完结。之后就要靠我的回忆去书写了。可是，当我的回忆也用完了的时候，这本手记后面宽广的空白页要写些什么呢？

我站起来走回观测站。

走在密林中时，我想起的是节分祭那天晚上发生的事情。

那天，我到访吉田山的宅邸时，今西还没有来。家里只有千夜小姐和她的母亲，荣造先生出去了，还没回来。我在二楼千夜小姐的房间里等今西的时候，心里十分在意荣造先生的书房。荣造先生不在，那间没有人的书房里放着装有那个"故事"的卡盒。我心不在焉，谈话也不起劲，千夜小姐显得有些无聊。我起身说要去上厕所。

荣造先生书房的门没有上锁，我悄悄地打开门向里面窥视。窗外暮色降临，窗帘是拉起来的，书房中的光线很暗。南边有荣造先生制作的"房间中的房间"，卡盒应该就放在那里吧。还差一点我就能得手了。可我总是下不了决断，就这样呆呆地站在书房门口。

背后传来了千夜小姐的声音。

"怎么了?"

"不,没什么。有件事我一直很在意。"

说着,我打算回千夜小姐的房间去。突然千夜小姐抓住我的手拉住了我。她注视着我,仿佛有话要对我说。

"佐山,也许你知道。"

千夜小姐把发生在一周前的事情告诉了我。就是她和今西一起进入了荣造先生的书房,并在"房间中的房间"里找到了卡盒的事。

"父亲说卡盒里住着女巫。那到底是什么东西?"

"我什么都不知道。"

"真的吗?"

"你为什么会认为我知道呢?"

"我父亲是个充满谜团的人。可是他很喜欢你,那些不对我讲的事情他也会告诉你。虽然我挺不甘心的。"

"他要是真的这么喜欢我的话……"

"真的这么喜欢你的话怎么样?"

"打开看看就好了,对吧?"

听我这么说,千夜小姐凝视着我。过了一会儿,她点了点头。

我们溜进了昏暗的书房,往"房间中的房间"走去。

我爬上梯子,打开了那扇小门。打开灯后,里面放置的几个架子映入了眼帘。上面杂乱地堆积着旧笔记本、书籍和旧器具等物品,还有类似让我和荣造先生相识的手抄本。此外,还有那个卡盒。我的心狂跳起来。自己一直以来梦寐以求的东西就在眼前。

可当我伸出手去时,楼下却传来了玄关处的开门声。应该是今西来了吧。我听见站在梯子下面的千夜小姐叹息道:"不行,把灯关了。今天先算了。"

我答应了一句,便把灯关了。

正当我打算关门时,只听今西在玄关里说了声"请问有人在吗"。千夜小姐答了一声"来了",便打算离开书房。正当她背对着我时,我再次伸出手去拿走了卡盒,然后关上门,爬下了梯子。不能被今西和千夜小姐发觉,这是只属于我一个人的东西。趁着千夜小姐去迎接今西的时候,我回到了千夜小姐的房间,将卡盒装进了包里。

和千夜小姐还有今西结伴去节分祭的时候,他们也不知道我的包里装着卡盒。终于得手后的喜悦和自己为何要这么做的困惑使得我的内心混乱不已。

等回过神来时,我已经和千夜小姐还有今西走散了。我困惑地环视了一下四周。雪花在灯泡发出的灯光下飘舞,许许多多的人从我身边走过。

这时,我遇上了荣造先生。

"这里很冷吧。进去里面说吧。"

荣造先生说着邀请我进了帐篷。他已经看穿了我偷卡盒一事,我甚至觉得这正是他所希望的。"穿过这扇门是你自己的决定。"他说。

"来吧,你来打开这个盒子吧。"魔王把目光投向卡盒,

"那就是你追求的东西对吗?"

我在祭典上打开了卡盒。接着等回过神来时,我已经失去了记忆,被冲到了沙滩上。莎赫札德所讲的《一千零一夜》缺失的一话——正是那个故事带我来到了这片充满谜团的热带海域。

"祈求我的愿望能实现,让这个故事传到最后的讲述者那里!"

那个最后的讲述者就是我自己。

现在"故事"正要重生。

〇

好不容易到这里就写完了,我喝了口冰咖啡叹了口气。

从瞭望室的窗户向外看去,东方既白。我通宵伏案写作,因此已是十分疲惫。

我把写完的手记夹在腋下走下楼去。

在厨房洗完咖啡杯后,我去佐山尚一的卧室看了一圈。泛着青色的光线透过百叶窗的缝隙照射进来,整个房间染上了一种仿佛沉没在浅海里的颜色。哪里都没有佐山尚一的身影,可留在这个房间里的东西仿佛在诉说着他的存在。杂乱地堆积起来的纸板箱、散乱的文件、铺在地板上的波斯地毯、贴在墙上的海域图……无论看见哪个都会想起佐山的脸。

过了一会儿,我走出房间,下楼来到一楼大堂。

离开观测站后,我停下了脚步站在清晨冷冽的空气中,仰望了片刻这座奇妙的建筑物。我不会再来这里了吧。我明明就希望回到原来的世界,可为何离开这座岛屿的那天到来时,心中却感到如此孤独呢?可是我不得不走。

接着,我穿过了黎明前的森林。

森林被寂静笼罩着,没有鸟儿在枝头的鸣叫声,也没有风吹拂树木而沙沙作响的声音。整座岛屿仿佛都屏息凝神般等待着新的早晨来临。

我终于来到了码头所在的海湾。

穿过树林的时候,天已经亮了。真是个美丽的早晨啊,我心想。森林、沙滩、码头、大海,一切就像刚刚被创造出来一样。

那片美丽的沙滩上坐着一头老虎,它看上去很幸福,正放松地注视着大海的远处。它在等我。我横穿过沙滩走向那头老虎,它正用温柔的目光注视着我。

你一直在等待这个吗?

我悄悄地把这本手记放在沙滩上。

老虎把前爪搭在笔记本上,从喉咙里发出了高兴的吼叫。

"我一直相信你能成功。"

"是吗?"

"无论何时我都是你的伙伴,对吧?"

"骗子,你不也有变成了敌人的时候嘛。"

"那个时候需要敌人这样的角色嘛。"老虎开心地笑道。

喂,佐山。

我想这么叫他,但却没有叫出口,像是有什么东西把我拉住了。

老虎见我这样,缓缓地点了点头。

"你终于想起来了啊。"

"佐山尚一，"我喃喃道，"佐山尚一。"

这是漂流到这座岛屿来之前，我曾经无数次听到过、开口叫过的名字。可是现在，这个名字却以一种和之前完全不同的声响击打着我的心扉。为什么没想起来呢？那是我自己的名字啊。

"这样一来，我的任务就完成了。"

"就是这样吧。"

"为什么选中了我呢？"

"所有门都只为你而开。"

"是吗？"

"只要相信，一切就会成真。"

"能帮上你们的忙就好了。"

"你当然让我们的梦想成真了。总有一天会有许多人来到这里，这颗新的种子会生出一千个世界吧。"

"那样你们就能生存下去了吧。"

"我们也希望活下去，就像你们希望活下去一样。"

接着，我在老虎身边坐了一段时间。

我们眼前是美丽的大海和天空，耳中只能听见波浪的声音。我觉得身心就像被掏空了一般，可同时又觉得十分充实。老虎也满意地躺着，眯起了眼睛。我看着它的身影，突然心情有些哀伤。也就是说，我将在这里和你告别了吧。我们不会再相见了吧。在这异国他乡，唯有你是我的朋友。

"我必须得走了。"

听我这么说，老虎脸上的表情微动。

"我还有最后一件事情想拜托你。"

"什么事?"

"你能给我起个新名字吗?"

说完,老虎便用充满了期待的眼神凝视着我。

我站起来远眺大海的彼方。我失去一切来到这片热带海域的时候,心中该是多么的不安啊。我是个无名之辈,这片海域是一个一眼望去一无所有的世界。可"创造的魔法"正是发源自这片热带的海域。

我对老虎如是说道:"那就叫你'热带'吧。"

○

接着,我朝闪闪发光的大海走去。

我边走边想起了鲁滨逊·克鲁索。

他违逆父亲的忠告,始终向往大海。而他这么做的代价就是漂流到了无人岛,等待了二十八年才得以回到自己原先所在的世界。鲁滨逊·克鲁索是个不满足于眼前、永远向往着远方的男人。我总觉得自己也是如此。

走着走着,大海的光芒渐渐淡去,眼前的海面上浮现出了无数座岛屿。

这些岛屿埋藏在地平线的另一侧,构成了一个巨大的城市。那是我熟悉的那座城市的样貌。浮出海面的东山遮住了太阳,四周染上了浅蓝色,冰冷的雪开始飘落。浸没了双脚的海水消失了,我的脚下出现了柏油路。我走出了吉田神社的参道,沿着东一条通向西走去。

经过大学正门前时，我停下了脚步，看着落在掌中的雪花。

这是真正的雪花，是飘落在京都街道的雪花。清晨的大学附近寂静无声，雪花不断地落在高耸的钟楼上。

我一边因这熟悉的寒意打着冷战，一边穿过了东大路街。

经过春琴堂书店后，我走进了咖啡店，带着咖啡香气的温暖空气包围了我。收音机里传来小声的晨间音乐。

我拿来一张晨报，看了看日期。

上面写着一九八二年二月四日。

后记

记忆的作用实在令人匪夷所思。

有些事情会偶尔被唤醒,即使经过了漫长的岁月,仍然仿若发生在昨日。可其他事情却像放在了向阳处的笔记似的,很快就褪了色,立马就想不起来了。岁月就这样对我们混沌的记忆进行筛选,从而将它们转换成一段"回忆"。这就像通过编辑完成一本书一样吧。

时至今日,关于在那片南方岛屿上发生过的事情,我只能想起一些片段了。

回想在那个观测站里不停地写手记的日子,虽说已经过去了漫长的岁月,可我没想到自己竟会将其遗忘至此。不过仔细想想,我取名为"热带"的手记内容,和当时的自己有着难以分割的联系。逐渐远离那时的我,《热带》也将随着岁月变换成一段"回忆"吧。可是,无论经历多么漫长的岁月,我都不会忘记那时引导着自己的魔法。

《热带》的诞生距今已有三十六年。

现在,我打算开始再次书写手记。

○

我在国立民族学博物馆工作已有二十个年头了。

此前我在东京的研究所待过，也在海外生活过。最终选择在关西定居是出于家庭的考量。孩子们已经独立了，现在我和妻子两人一起生活。

七月下旬的某个午后，有个杂志编辑前来我的研究室拜访。他正在做一个关于《一千零一夜》的特辑，所以想要采访我。

可是，这不是在短时间里三言两语就能说清楚的事。我粗略地讲述了自己参与的关于《一千零一夜》的共同研究的概要，还就《一千零一夜》的一些基本情况进行了说明。随着时代的衍变，《一千零一夜》吞噬了许多故事，变得越来越庞大。比如《辛巴达航海记》这种原本是作为其他书的手抄本中的内容流传下来的故事也被收录了进来。不久后，西方人发现了这部作品，使得它的成书过程变得更为复杂离奇。随着在东西方之间来回穿梭往返，故事空间日益膨胀，这就是我心中的《一千零一夜》——说到这儿，采访暂时告一段落。

"不过，还是有些令人意外。"编辑边收拾东西准备回去，边说道，"老师您是一开始就对《一千零一夜》很感兴趣吗？"

"不是的。"

这又是反复说过很多次的话。

"原本我是对语言学感兴趣。不过人生漫漫，我总是想寻求新的研究对象。就这样我研究起了《一千零一夜》，并不是一开始就把这个作为研究目标的。"

"我似乎有点明白了。"编辑表示理解后回去了。

可是,我说了谎。

我在硕士阶段确实是研究古代阿拉伯语的,进入东京的研究所担任助手后从事的是中东游牧民的研究。可在这期间,《一千零一夜》一直存在于我心中的某个角落。其原因自然是《一千零一夜》缺失的一话和我个人之间的联系,也就是《热带》的诞生。可这些我并不想说与他人,况且即便说了,别人应该也不会相信。这三十六年来,我只对一个人说出过这个"秘密",而这个人如今也已经死了。

我重新回去工作,却怎么也集中不了精神。

书桌上放着一本《一千零一夜》的手抄本。这是在十九世纪末二十世纪初将《一千零一夜》翻译成法语版的马尔德吕斯的藏书,是他家族的继承人赠送的资料中的一册。古老书页的空白处有马尔德吕斯亲手写下的铅笔字笔记。

我叹了口气,眺望窗外。从这间研究室的窗户能俯瞰研究所中央的巨大中庭。虽说是中庭,可里面却没有任何草木。砂岩色的阶梯和底座交错在一起,流水淙淙的水池中贴着浅蓝色的瓷砖,这座奇特的中庭有点像埃舍尔[1]的错觉画画作。

不知为何,《热带》一直在我的脑海中挥之不去——那究竟是什么?

神思恍惚间,我听见远处传来一个声音。

---

[1] 莫里茨·科内利斯·埃舍尔,荷兰版画家,因其绘画中的数学性而闻名。

"佐山老师，佐山老师。"

猛地抬起头，只见同一个研究室的小原站在我面前，她正眯起镜片后的双眼盯着我。小原的法语很好，协助我进行马尔德吕斯的研究已经一年了。她从刚刚开始就在喊我，脸上的表情似乎很担心。

"您哪里不舒服吗？"

"不，没有。"

"您可别吓我啊。不管我怎么叫，您都没反应。我还以为您心脏骤停了呢。"

"抱歉。"我苦笑着说，"我想起了一些过去的事情。"

"沉浸在怀旧之情中了吗？"

"嗯……差不多吧。"

"我找到了一些有意思的东西，您要来看看吗？"

小原翻开了旧皮革封面的笔记本。

这是其中一件由巴黎的马尔德吕斯旧宅保管的遗物。马尔德吕斯在翻译《一千零一夜》的时候，似乎一直把这本笔记本放在手边，里面记录了一些很有意思的笔记。这几天，小原正在调查这本笔记本。

"您看这儿。"她指着笔记本说。

只见那里写着这样一行标题：

关于缺失的一话的备忘录。

○

小原回去后，我一个人留在研究室里。

夜渐渐深了，四周也越发安静。

我盯着放在书桌上的报告纸，那是小原翻译的马尔德吕斯笔记本上的备忘录的内容。

读完备忘录后，我产生了一种奇特的熟悉感。

它让我想起了三十六年前，我在南方岛屿上经历过的事情，也就是《热带》的内容。马尔德吕斯版本的《一千零一夜》里没有这样的故事，而且据我所知，其他的翻译版本和手抄本里也没有。马尔德吕斯是从哪里得来这个故事的呢，还是说这是他自己想出来的故事呢？如果是那样的话，这个故事能让我想起《热带》也就不仅仅是巧合了。

这实在是个难解的谜题。

不行，完全搞不懂。

我离开了研究室，朝博物馆的展览区走去。

每当思考走进死胡同的时候，我都会在夜晚的博物馆里走动。

没有比空无一人的博物馆更具有魅惑力的地方了。从世界各地搜集而来的民族资料笼罩在紧急出口淡淡的灯光下，比白天给人的感觉要神秘得多。对于我所面临的问题，这些资料有时也会像德尔斐神谕[1]那样给我一些提示。我也曾和跟我一样希望获得

---

[1] 指希腊德尔斐神庙阿波罗神殿门前的三句石刻铭文："认识你自己""凡事勿过度""承诺带来痛苦"。

"神谕"启示而漫步的其他研究者擦肩而过,不过那天我却没有遇见任何人。在宽广的展览区里漫步的只有我一个人,四周如海底般安静。

我边看着展览品,边心不在焉地走着。脑海中浮现出的既不是马尔德吕斯的备忘录,也不是手记《热带》,而是一九八一年到一九八二年间我还是研究生时候的情景——在住宿地的一间房间里说话的今西、在芳莲堂浏览旧物件的千夜小姐、坐在昏暗书房里的沙发上的永濑荣造先生……

事到如今,我已经没法准确地回忆起那个时候的感觉了。

那种类似混杂着不安的强烈憧憬感,从少年时代开始就不停地纠缠着我。这种感觉就像这个世界的某处开了一个大洞,洞里有一个不可思议的世界正在展开。我总觉得"神隐"[1]在逼近我,这感觉令人毛骨悚然却又甘之如饴。我是因为对人生感到迷茫所以才被这种幻想所吸引,还是因为被幻想吸引了所以才对人生感到迷茫呢?

那时,我偶尔会和今西说起这些事。

"这个世界上没有什么洞。"今西说,"那是佐山你心里的洞啊。"

在节分祭那晚,大概就是那个洞把我吸了进去,带我去了南方的岛屿。接着,随着《热带》的诞生,我回到了这个世界。

我应该确确实实地回来了。

节分祭的第二天早上,我就这么回到了借宿处。我累得睡着

---

1 指被神怪隐藏起来或受其招待,而从人类社会消失,去向不明。

了。午后,今西来到了我的房间。

"你还在睡啊。"他笑说道。

我觉得好像做了一个很长很长的梦。

"千夜小姐来了,你快起来吧。"

我拖着沉重的身体,呻吟着起身。

"昨天真是不好意思啊。"

"千夜小姐很生气哦。快去洗脸吧。"

我慌忙起床收拾了一下仪容。

我来到今西的房间,只见千夜小姐正端庄地坐在被塞得满满当当的书架边。我仰视着她的脸说了声"早上好"。今西和千夜小姐看上去都打算质问我昨晚为什么丢下他们两个消失不见了。可我也不能回答他们,这一个月期间我竟然都在热带的岛屿上漂流吧。看我一直在敷衍,千夜小姐的表情有些忧伤,今西也是一脸严肃。

过了一会儿,今西拿着小茶壶走开了。

"嗯……佐山,其实发生了什么事对吧?"千夜小姐低声说,"告诉我吧。"

"我觉得你不会相信我说的。"

"信与不信应该由我来决定吧。"

我注视着千夜小姐的眼睛。

"你父亲的卡盒……"

"卡盒?"

"我自作主张地把那个带出来了。"

"等一下。"千夜小姐疑惑地说道,"卡盒……是什么?"

节分祭那晚，我们俩潜入荣造先生的书房就是为了看看卡盒里面装了什么。可是，千夜小姐现在竟然说不知道。我没想到她会装傻，一时说不出话来。

"佐山，你没事吧？"千夜小姐不安地问。

那个时候的惊讶直到现在我都记得清清楚楚——我回到的究竟是哪里？

○

我回到研究室整理完后，走出了民族学博物馆。

进入七月后，天气异常地持续着高温。夜晚黏糊糊的空气粘在身体上。闭园后的自然文化园寂静无声，只有清扫车偶尔经过。我朝着中央口走去，黑压压的树木仿佛在热气中屏住了呼吸。

这时，我看见右手边的树木后面有什么闪光的东西。

我心血来潮地穿过了树林，来到了一片广阔的草地上。波动平缓的草原被黑暗的森林围了起来。我踩着草地往前走，穿行在中国的公路上的汽车声音犹如远处的波浪声。

草原的正中央飘浮着一轮光辉的明月。

我像被吸引过去一般朝着那轮明月走去。这时，三十六年前我在南方群岛的经历在我的脑海中浮现了出来——在夜晚的密林中走动的老虎、戴着佩剑的老辛巴达、在翻滚的泥海中崩塌的女巫的宫殿。可是，现在的我却无法将它们总结成一个故事。

随着我的靠近，奇异的月光消失了。

最后，我站在草原的最中央，那里什么都没有。

我为什么会在这里？

从那座热带的岛屿上回来后，经历了漫长的岁月，我已经习惯了这个世界。随着渐渐习惯了这个和我原先所在的世界似像非像的世界，我已经想不起来留在观测站所在岛屿上的手记《热带》的内容了。

不过我心中始终记得自己写了那本手记，也正是这件事决定了我之后的人生。它让我和《一千零一夜》重逢，继而让我和马尔德吕斯的备忘录《缺失的一话》相遇。我认为这三十六年就是让我和《热带》重新邂逅的漫长旅途。

我回过头去，只见黑暗森林的另一边耸立着"太阳之塔"。

《热带》究竟是什么——我孤零零地伫立在夜晚的草原上，问着自己这个问题。

〇

现在想想，马尔德吕斯留下的备忘录可能是某种预兆吧。

八月初，我因为工作去东京。持续到七月底的热带般的炎热缓和了许多，东京吹拂着像初秋一样的凉风。

在神谷町开完会后，我去往神保町。和出版社的编辑聊完下一本书之后，我去了面朝靖国大道的啤酒屋"午餐会"。里侧的一张桌边围坐着几位四十几岁的男性，他们正热闹地聊着天，大概是在开同学会吧。能俯瞰靖国大道的位子上摆放着桌子，戴着眼镜的今西坐在桌边。

"喂——"他朝我招招手。

我在他对面坐下。马路对面"书泉Grande"和小宫山书店的招牌清晰可见。

"天气转凉了，真是太好了。"今西说，"真是的，我还在想到底要热到什么时候呢。"

"夏天也快过去了吧。"

我在东京和国外生活的时候，每年和今西也就是寄寄新春贺卡。可我定居关西后，每年一定会跟今西见一两次面。随着年龄的增长，人会更加感激那些住得近、能够原谅彼此随心所欲信口胡说的朋友。我们俩都老了，可只要一见面，还是会回到借宿时代的心境。这次是我和千夜小姐时隔很久在东京见面，所以我把今西也叫上了。

今西昨天就到东京了。

"今天我在上野一带闲逛。"

"你儿子呢？"

"昨天在日本桥见了一面。"

"没住在他家吗？"

"没有，一个人比较自在。"

说着，今西点了一杯啤酒。两人说了一阵话后，他突然看向我的背后招了招手。

我回过头去，看见千夜小姐走了过来。

"好久没见你们俩了啊。"

"我们俩倒是经常在京都碰面。"今西说，"你看上去精神不错啊。"

"托你的福，我好着呢。"千夜小姐动作麻利地坐了下来。

我大概有五年没跟她见面了吧，不过她留给我的印象还是丝毫未变。千夜小姐摘下浅色的眼镜，露出那双和她父亲一模一样的眼睛。

我们边吃边聊着往事。

"那时候，佐山可紧绷得很啊。"今西说，"我们费了不少心思呢。"

"欸？什么时候的事？"

"我们一起去节分祭的时候，佐山你不是消失了嘛。自那以后直到初春，你一直都很奇怪。父亲还担心你是不是患了什么神经症。说起来，节分祭那晚的事情一直是个谜。反正你也不打算说对吧？"千夜小姐问。

"是啊。"我说。

"你丢下我们消失不见了，可第二天居然在房间里酣睡到中午。我和今西一起质问了你，你却死活不肯开口。"

"唉，我也有很多烦恼。那时候还年轻嘛。"我说，"这件事你们就原谅我吧。"

"那就原谅你吧。"

"千夜小姐说没关系就行，那我也原谅你吧。"

从那个热带的岛屿回来后，有一段时间我被一种难以言说的不安折磨着。这个世界和我原先所在的世界完全不同。眼前的风景突然四分五裂，就这么沉入了大海——我好几次做过这样的噩梦。

可随着时间的流逝，我渐渐接受了这个世界就是我自己的世界。像现在这样和千夜小姐以及今西见面,交谈当时的回忆,更让我深信那个时候就是自己的出发点。

就这样过了一个小时。

"那么,"千夜小姐说,"差不多该走了吧。"

"啊,这就要回去了吗?"今西遗憾地说。

可千夜小姐却含笑摇了摇头。

"有个地方我想带你们俩去。"

"是什么不错的店吗?"

"沉默读书会,喂,好好想想。"千夜小姐注视着我们说道。

这个名字我好像在哪儿听过。正当我和今西面面相觑时,摆放着橡木长桌的昏暗咖啡店的情景浮现在我的脑海里。这么一说,学生时代,我和千夜小姐他们参加过叫这个名字的读书会。

"那个读书会好像现在仍然在东京持续举办哦。"千夜小姐说,"你们不觉得很有意思吗?"

从"午餐会"出来时已是暮色低垂,靖国大道笼罩在一片蓝色中。街灯陆续开始点亮,大楼间的穿堂风意外地透着凉意。

○

我们乘坐出租车去往表参道。

"你去参加过吗?"今西问道。

千夜小姐点点头。

"今年初春的时候去过一次。是个很有意思的读书会。"

告诉千夜小姐有这个读书会的是一个叫池内的人，他是千夜小姐经常去的进口家具店的职员。

"他是个很奇怪的人，总是抱着一本大笔记本。"

"跟学生时代的佐山一样啊。"今西说。

"是吧？他会把读过的书的内容都仔细地记下来。真是令人怀念啊。我们聊了很多，然后就说到了'沉默读书会'。池内也很惊讶，因为我们参加这个读书会都已经是三十多年前的事情了啊。"

参加沉默读书会必须携带书籍。

千夜小姐准备的是《一千零一夜》。

"不过这是你的专长啊。"

"没关系，就充满谜团的书这个要求来说，这本书正合适。"

"你能不要说一些严肃的专家意见吗？"

"我当然不会说一些多余的话。"

今西拿出来的是他正在读的希腊哲学的入门书。学生时代，我没见他读过那样的书。非要说的话，那书倒符合我的口味。听我这么说，今西露出了不好意思的表情。

"最近，一读这本书我的心情就会平静下来。"

"人是会随着时间改变的啊。"

"那么佐山你呢？"

千夜小姐的提问让我很困惑。

虽然我包里有书，可都是工作上不得不看的专业书籍，不适合带去参加读书会。但是现在再去书店选书也太麻烦了。这时，我想起笔记本里夹着马尔德吕斯的备忘录——《一千零一夜》缺失的一话。这也是个充满魅力的谜团啊。虽然形式上它不是一本书，不过与会者们一定也会觉得很有趣吧。

"到了该说的时候我会揭晓的。"

"不告诉我们吗？"

"敬请期待吧。"

我们在表参道下了出租车后开始步行。

我对这一带不太熟悉，跟着千夜小姐沿着弯弯曲曲的小巷走了好一会儿后，远离了大街上的喧嚣，进入了排列着独栋建筑的安静的住宅街。

千夜小姐在一家咖啡店前停下了脚步。

"就是这里。"

那是一栋看上去有些年头的欧式建筑，布满了爬山虎的外墙上有几个圆窗。从一楼的凸窗透出的光亮照射在前院郁郁葱葱的树木上，只有这个角落让人仿如置身森林深处。前院里摆着几张白色的桌子。我们穿过前院来到玄关。

门边立着一块小黑板，上面用粉笔写着"今日包场"。

"这地方真不错啊。"今西说。

"据说一直都在这儿举办。店主就是读书会的主办人。"

"让人感觉这儿就像是进入神秘国度的入口。"我说。

接着，我们就走进了沉默读书会的会场。

店内用隔板分成了几个房间，有沙发卡座，也有桌椅座席。算上我们，前来参加读书会的大概有二十人。其中既有两个人一组在认真交谈的，也有五个人左右在一起热闹地讨论的。这里没有孩子的身影，但是从看上去像是大学生的年轻人到老人，参加者的年龄各异。在这个读书会里，参加者可以加入任何一个讨论组，想换组的时候也可以随时加入另一个讨论组。只要不解开别人带来的谜团即可——这是此处唯一的规则。

"池内好像还没来啊。"千夜小姐环视了一圈店内后说道。

我暂时和千夜小姐分开，起身去了厕所。

回来的路上，我忽然在楼梯底下停住了脚步。

那部楼梯散发出一种奇特的气息，把我吸引住了。楼梯的木制扶手泛着哑光，穿过带有小圆窗的楼梯平台后向右弯折，通向没有灯光的二楼。楼梯平台里摆着一张小桌，台灯的红色玻璃灯罩下散发出温润的光亮。楼梯口挂着一根金色的粗绳，看起来是禁止人们去二楼的。我竖起耳朵，想听听二楼有没有什么动静。可惜什么声音也没听见，但我总感觉楼上有人。

二楼的书房里有人在等着我，我忽地生出这种感觉来。

那一瞬间，遥远的春天里的往事鲜活地复苏了。

○

节分祭那件事后，我就不去吉田山了。

"你怎么不来了？"

千夜小姐好几次跟我说，荣造先生觉得十分遗憾。

可我总想找个理由来推脱，好不去拜访。我还没有理解自己所经历的事情，而且最主要的是因为我害怕荣造先生。我几乎没有从借宿的四叠半房间里出来，一直坐在书桌前，也不太和家里的人说话。今西的父母会担心我"是不是得了神经症"也是理所当然的。今西有时会来我房间跟我闲聊，我想他也是想借机来察看一下我的情况吧。

某天中午，我无意中打开了书桌前的玻璃窗，一阵带着清香的风吹了进来。这是街上某处盛开的花的香气。不知不觉，冬天过去了。明媚的阳光照射着邻家的庭院，只见胖胖的猫咪悠闲地躺着。我把手支在窗框上，看了一会儿窗外的景象，产生了久未有过的想要外出的心情。

我走到外面，听见二楼窗户打开的声音。一回头，只见今西探出身子来。

"喂，佐山，你去哪儿？"

"去散个步。"

"等你回来，我们去看电影吧……"

"看电影？"

"你偶尔也陪我去一次嘛。偷懒也很重要啊。"

我挥了挥手，答了句"知道了"。

我在傍晚时分安静的住宅区里走着，脚步自然而然地朝吉田山迈去。穿过今出川路，站在吉田山的登山口时，我感到胸口一阵微弱的躁动。不过，饱含着明媚阳光和花香的风缓解了我的不安。

我下定决心开始登吉田山。每当春风吹拂森林的时候，透过树叶间隙投射在小径上的阳光就像水光一样摇曳着。我心想，如此美丽的春日里应该不会发生什么恐怖的事。

回过神来时，千夜小姐正站在我的面前。

"佐山，你去哪儿？"

"去找荣造先生。"我说,"你去哪儿?"

"我正要去迎接你。"

对于我不来拜访,她似乎急不可耐了,今天似乎正打算去把我强拉过来。

千夜小姐靠近我,边往回走边给我看一个小贝壳。那个贝壳就跟葡萄干一般大小,呈清澈的桃色。那是我在芳莲堂找到后暂时放在书桌上,接着千夜小姐求我送给她的东西。

我对她说,把这个贝壳放在枕边,睡觉时就能梦见南方的岛屿。当然,这些都是不着边际的空想。

"就像佐山你说的一样。"千夜小姐说,"我真的梦见南方的岛屿了。"

"什么样的梦?"

"保密。"

"为什么?"

"有机会再告诉你。"千夜小姐说完露出了微笑。

终于到了千夜小姐家里,她指了指二楼的楼梯。

"父亲在书房,你自己上去吧。"

于是,我上楼去往荣造先生的书房。

直到现在,那间书房的样子仍能鲜活地浮现在我脑海里。

吹拂进来的风带来了春天的气息,近在西边窗外的吉田山上的新绿像是要将室内都染绿。令我感到意外的是,书房比我最后来拜访的那次要明亮许多。我从中偷走卡盒的那间"房间中的房间"不见了,那里改成了一扇朝南的大窗,正向外打开着。

荣造先生高兴地把我迎了进去。

"哎呀,你可算来了。"

我和荣造先生面对面地在会客沙发上坐下。

这时,我注意到荣造先生的形象也发生了变化。他俊美的容貌没有改变,可那种要把对方吸进自己的世界里去的强烈印象消失了。那种平淡的语调以前包含着一种冷淡,但现在却只是平静而舒适。

看我十分困惑,他不解地问:"怎么了?"

"很久没有前来拜访您了。"

"你好像很忙啊。"

"啊,是啊。"

"太好了。趁现在能做多少就做多少。"荣造先生微笑着抚摸他的银发,"我说这话可能有些自相矛盾,但你也应该关心一下自己啊,不管是身体也好,心理也好。如果今后你决定在这条路上走下去的话,就更应如此。凡事都要用长远的眼光来看。"

"我会注意的。"

"佐山,能活下去很重要啊。"荣造先生说,"无论如何都要活下去。"

我听见春风吹拂森林的声音,舒心的风吹进了书房。

节分祭那晚后的两个多月里,我都没有对任何人说起过我所经历的事情,而是将这些都独自埋藏在心里。可这个瞬间,我突然产生了想要说出口的冲动。

"荣造先生。"

"怎么了?"

"我接下来要说的话,你能保密吗?"

荣造先生的脸上闪过一丝困惑,可他立马恢复了严肃的表情,挺直了脊背。

"你说吧……"

接着我就讲了发生在自己身上的事。

在此之前和之后我都没有对他人讲述过这段不可思议的经历,仅有那一次而已。

我说完后,荣造先生双手交握着放在鼻尖上,像是陷入了沉思。

"确实是段不可思议的经历啊。"

"您不相信也没关系。"我说,"因为我自己也无法相信。"

荣造先生站起来朝书架走去,拿回来一本《一千零一夜》。

"以前我经常思考《一千零一夜》的魔法。"

"魔法?"

"从古至今,有很多人为《一千零一夜》所迷。你不觉得这其中是有什么魔法在作祟吗?莎赫札德追求故事,而与之有关的人都被她用魔法操纵了。因为如果她不能继续讲故事就无法活下去。你把同样的魔法也写进手记里怎么样?"

"为了……活下去吗?"

"她想要活下去。"

荣造先生望向窗外的新绿。

"你留下了那本手记《热带》。"他用平稳的声音说道,"阅读那本手记的会是什么样的一些人呢?"

以前来这间书房的时候,我曾被荣造先生那仿佛望着地平线彼方的不可思议的眼神深深吸引。可现在他眼中映出的只有窗外随风摇摆的新绿而已。

这时我终于发现,每次来到这间书房时,那种追赶着我的"感觉"消失了。这种感觉就像这个世界的某处开了一个大洞,洞里有一个不可思议的世界正在展开。我总觉得"神隐"在逼近我。那感觉绝不是消失了,而是变成了另一种东西的样子。但是我无法用语言表达出那种感觉是如何充斥着我的内心的。

过了一会儿,荣造先生盯着我说:"你不想再写一次手记吗?"

"我已经……写不出来了。"我摇摇头,"我变了。"

这时涌上我心头的感情既不是悲伤,也不是安心,而是对于失去的世界的惋惜和对新开辟的世界的期待。

但我只明白了一件事,那就是这个世界和我自己都不会回到以前的样子了,我的新生将从这里开始。

荣造先生表情祥和地凝视着我。

而荣造先生现在也去世了。

○

《热带》究竟是什么?

它简直就像热风一样贯穿了我。它是我创造出来的吗,抑或我是被创造出来的呢?也许两者都对吧。我们互相产生出了彼此。

我伫立在楼梯下思考着。

"不好意思,请问佐山老师在吗?"一位穿着西装的男性说道,"我叫池内。"

是那个邀请千夜小姐去读书会的年轻人吧。他腋下夹着一本黑色的大笔记本,一看就给人一丝不苟的印象。

"终于见到您了。"他微笑着说,"我老早就想见您一面。"

他好像读过我写的书。

我们边聊着《一千零一夜》,边走回了原来的房间里。只见千夜小姐和今西已经坐在窗边的沙发卡座上了。同一组里还坐着一个人,是位二十五岁左右的年轻女性。

我和池内在那张桌边落座后,千夜小姐就用清脆的声音说道:"那么,谁先开始呢?"

我打开笔记本,把马尔德吕斯的备忘录放在桌上。大家正想着是怎么回事儿,池内向那位女性打招呼道:"你先来怎么样,白石小姐?"

"是嘛,那就由我先开始?"那位叫白石的女性挺直了脊背,"今晚我想给大家介绍一下这本书。"

说着,她把一本书放在桌上。

那是本装帧奇特的书——令人联想到黎明时紫罗兰色的大海上,放着一本翻开的巨大的书。它似乎是代表着岛屿,上面还长着几棵椰子树。左边的书页被撕破了一半,那半页变成了沙滩。波涛拍岸时,蹲下的人物的影子在曙光中被拉长。那是一位叫森见登美彦的小说家写的叫《热带》的小说。

"这部小说的开头是这么写的……"她说,"莫谈与你无关之事……"

与此同时,一幅鲜明的南方岛屿的情景浮现在眼前。

光芒耀眼的白色沙滩、黑暗的密林、漂浮在澄澈大海上的奇特岛屿。我甚至觉得能想起吹拂在脸颊上的风的触感。三十六年前，在那座观测站所在岛屿上写《热带》的时候，我确实曾在那个世界里。然后经历了漫长的岁月，现在我又这样再次与《热带》邂逅。这是一个故事的结束，也是一个新故事的开始。

　　我的脑海中浮现出莎赫札德的话："我当然很乐意讲故事，可是这得要我们尊贵典雅的国王陛下同意才行啊。"

○

　　于是，她讲起了故事。《热带》的大门就此打开。

（全文完）

初出
第一章至第三章在WEB文艺志《马托格罗索》上刊载，之后为新写的内容。

关于阿拉伯之夜的研究，国立民族学博物馆的西尾哲夫教授告知了我非常宝贵的内容，在此表示由衷的感谢。
然而，作品中描写的事情都是以此内容为基础展开的幻想，并非完全遵循参考文献和历史事实，万望大家理解。

森见登美彦

森见登美彦

1979年出生于奈良,本科学生命科学,硕士学农学,现在却是小说家!起因是2003年读研期间,森见登美彦的处女作《太阳之塔》获"日本奇幻小说大奖",从此他走上了写作之路。

他擅长魔幻现实主义风格,作品中充满天马行空的想象、欢乐的幽默感和奇大无比的脑洞,被人称为"最不正经的天才"。

他写小说写了二十年不到,但接连拿下了"日本奇幻小说大奖""山本周五郎奖"和"日本书店奖"等奖项。

森见登美彦有很多作品被改编成热门电影和动画作品,比如《四叠半神话大系》《有顶天家族》和《春宵苦短,少女前进吧!》等。据说《热带》是他的作品中读起来最有挑战性的一本。

热 带

产品经理｜高一君	装帧设计｜何月婷
周颖琪	技术编辑｜白咏明
产品监制｜周　颖	出 品 人｜路金波

图书在版编目（CIP）数据

热带 /（日）森见登美彦著；高一君译. -- 济南：山东画报出版社，2020.11
ISBN 978-7-5474-3693-6

Ⅰ.①热… Ⅱ.①森… ②高… Ⅲ.①长篇小说—日本—现代 Ⅳ.①I313.45

中国版本图书馆CIP数据核字（2020）第180024号

NETTAI by MORIMI Tomihiko
Copyright © 2018 MORIMI Tomihiko
All rights reserved.
Original Japanese edition published by Bungeishunju Ltd., Japan in 2018.
Chinese (in simplified character only) translation rights in PRC reserved by Guomai Culture & Media, under the license granted by MORIMI Tomihiko, Japan arranged with Bungeishunju Ltd., Japan through TUTTLE-MORI AFENCY, Inc., Japan
Cover Photo: Tatsuya Tanaka（MINIATURE LIFE）
Book Design: Akiko Okubo
Chart: Masahiko Shimizu
"Nettai by Shoichi Sayama" Book Design: Yumiko Minami
山东省版权局著作权合同登记章 图字 15-2020-250

REDAI
热带

[日] 森见登美彦 著　高一君 译

责任编辑	张桐欣　马屹南
装帧设计	何月婷
出 版 人	李文波
主管单位	山东出版传媒股份有限公司
出版发行	山東畫報出版社
社　　址	济南市英雄山路189号B座　邮编 250002
电　　话	总编室（0531）82098472 市场部（0531）82098479　82098476（传真）
网　　址	http://www.hbcbs.com.cn
电子信箱	hbcb@sdpress.com.cn
印　　刷	北京盛通印刷股份有限公司
规　　格	880毫米×1230毫米　1/32 13.5印张　303千字
版　　次	2020年11月第1版
印　　次	2020年11月第1次印刷
书　　号	ISBN 978-7-5474-3693-6
定　　价	59.80元

建议图书分类：外国文学 / 小说